SV

Paul Nizon
Die Belagerung der Welt
Romanjahre

Herausgegeben und
mit einem Vorwort von
Martin Simons

Suhrkamp Verlag

Erste Auflage 2013

Satz: Hümmer GmbH, Waldbüttelbrunn
Druck: Druckhaus Nomos, Sinzheim
Printed in Germany
ISBN 978-3-518-42386-8

Einleitung

Das Leben ist zu gewinnen oder zu verlieren

I

Paul Nizon hat seit 1995 fünf Bücher aus tagebuchähnlichen Aufzeichnungen veröffentlicht. Jeder Band verhandelt ein Jahrzehnt, von den 1960er bis zu den 2000er Jahren. Die fünf Journale umfassen zusammen etwa 1400 Druckseiten und sind das Destillat aus einem zehnmal so umfangreichen Ausgangsmaterial. Für das vorliegende Buch habe ich diese bereits publizieren Texte in Abstimmung mit Paul Nizon ein weiteres Mal verdichtet und redigiert.

Dafür gibt es Gründe. In ihrer bisherigen Form waren Nizons Journale schwerpunktmäßig Werkstattberichte, Ergebnis täglicher oft wie blindlings ausgeführter Schreibübung, die man sich wie die Fingerübung eines Pianisten vorstellen kann. Diese Aufzeichnungen ermöglichten umfassende und unvergleichliche Einblicke in die Arbeit eines Schriftstellers, die Bedingungen seiner Produktion. Doch die schiere Masse des Materials, die Verästelung der wiederkehrenden Motive und Konflikte verstellte notgedrungen den Zugang zu der dahinterstehenden Existenz.

Die vorliegende Textauswahl konzentriert sich auf das Drama eines komplexen Charakters, der sich in die ihm eigenen Widersprüche mit den Jahren immer auswegloser verstrickt. Dieser fortlaufende Frontbericht hat anders als das klassische Drama keine fünf Akte, erstreckt sich dafür aber über fünf Jahrzehnte. Unwillkürlich wird damit die Zeit (in jungen Jahren als Hoffnungshorizont, dann zunehmend als un-

bestechliches Richtmaß) zum eigentlichen Helden. Der Leser bekommt so eine Ahnung von der Vergeblichkeit, aber eben auch von der Großartigkeit eines radikal für die Literatur gelebten Lebens.
Die biographischen Fakten dieses Lebens lassen sich aber bestenfalls mit Mühe aus den (notwendig bruchstückhaften) Journaleinträgen rekonstruieren. Deshalb erscheint mir eine Einführung in Leben und Werk Paul Nizons hilfreich.

II

Paul Nizon wird 1929 in Bern als Sohn eines russischen Emigranten und einer Schweizerin geboren. Seit 1976 lebt er in Paris, wo ihn die späte, aber enthusiastische Anerkennung der Franzosen nach eigenem Bekunden vor dem Verzweifeln rettet. In Frankreich erkennt man sogleich das Unerhörte seiner »littérature pure«, ernennt ihn zum »Chevalier des Arts et des Lettres« und ehrt ihn bereits zu Lebzeiten mit einem Eintrag im exklusiven *Larousse*, dem maßgebenden Lexikon. Man stört sich nicht daran, daß er keine Storys oder Inhalte in handelsgängiger Verpackung zu verabreichen hat. Sondern mit Sprache – nahe am Größenwahn – nichts Geringeres anstrebt, als »das Leben zu geben«.
Bei seinen Anfängen in Deutschland und erst recht in der Schweiz stößt man sich an solchem Anspruch. Als Nizon 1959 mit seinem Erstling *Die gleitenden Plätze* auftritt, findet er zwar sogleich die Anerkennung von Kollegen, von Ingeborg Bachmann, Friedrich Dürrenmatt und besonders Max Frisch. Der Verleger Siegfried Unseld nimmt ihn für Suhrkamp unter Vertrag, nachdem er nichts weiter als eine Leseprobe auf Tonband abgehört hat, und prophezeit einen riesigen Erfolg. Doch anstatt Weltruhm erntet Nizon vor

allem Unverständnis. In den politisch aufgeladenen 1960ern und 1970ern erwartet man von einem Schriftsteller in erster Linie eine engagierte Literatur im Dienste des gesellschaftlichen Fortschritts. Nizon aber hat, so bekennt er selbst, »keine Meinung, kein Programm, kein Engagement, keine Geschichte, keine Fabel, keinen Faden. Nur diese Schreibpassion in den Fingern.«

Paul Nizon ist Individualist, und sein Leitspruch lautet »Das Leben ist zu gewinnen oder zu verlieren« – von niemand anderem als einem selbst. Sein hochfahrender Anspruch ans Leben, sein manischer Freiheitsdrang, seine unverstellte Lebensgier, aber auch seine Verachtung für das Mittelmaß provozieren Kritiker und Kollegen.

Paul Nizon ist ein Berufener. Er erklärt sich mit sechzehn selbst zum Dichter, ohne bis dahin überhaupt nur eine Zeile geschrieben zu haben. Er ist ein überempfindsamer Tagträumer, aber auch ein stolzer junger Mann, der aus Angst, wegen seiner Sensibilität für schwach gehalten zu werden, boxt und den Mädchen nachstellt. Noch verläuft sein Leben in normalen Bahnen. Er studiert in den 1950ern Kunstgeschichte in Bern und München, verliebt sich in eine Pfarrhaustochter, die er – es ist eine sittenstrenge Zeit – etwas überstürzt noch während des Studiums heiratet, und wird schon bald zum ersten Mal Vater. Unversehens findet sich der junge Nizon, der noch immer den Traum »vom *ganzen*, vom *großen*, vom *reinen* Leben« als einen Glückstraum hegt, in dem befriedeten Rahmen einer Kleinfamilie wieder. Er wird Kunstkritiker und Museumsassistent und schreibt an seinen Sachen in der Zeit, die ihm bleibt. Das geht so fruchtlos über Jahre. Kurz vor seinem dreißigsten Jahr überfällt ihn die an dieser Schwelle übliche Panik, und er zwingt sich, etwas Vorzeigbares für eine Publikation zusammenzustellen. *Die gleitenden Plätze* erregen 1959 ein kleines Aufsehen und veranlassen einen Förderer, bei Anwälten, Bankern und Ärz-

ten Geld zu sammeln, mit dem sich Nizon für ein Jahr als Stipendiat ans Schweizer Institut in Rom begibt.
»Ich bin nicht länger der Mann, der ich war«, beginnt Henry Miller den *Wendekreis des Steinbocks* und spielt damit auf seine Verwandlung durch Paris an. Vergleichbares gilt auch für Paul Nizon und Rom. Er kommt mit seiner Familie und vielen Idealen im Gepäck und geht, wie er sagt, als eine Art »heidnischer Hurenbock«. Er nennt diese Wandlung das »Ausschlüpfen des Barbaren«.
Rom ist die Stätte einer Häutung, der Geburtsort des Schriftstellers. Natürlich quält den vorerst notorischen Müßiggänger in der Ewigen Stadt ein schlechtes Gewissen. Gegenüber seiner Frau, den beiden kleinen Kindern, seinen Förderern. Doch Rom lockt mit dem vielgestaltigen, dem schwelenden Leben. Nach Rom ist Paul Nizon für alles Bürgerliche verloren. Er weiß es nur noch nicht. Zurück in der Schweiz nimmt er zwar den Posten des Kunstressortleiters bei der *Neuen Zürcher Zeitung* an. Doch er kann sich in der vielversprechenden Laufbahn nur ganze acht Monate halten. Eine Dienstreise nach Barcelona läßt ihn endgültig ins freie Schriftstellerdasein entgleisen.
»La Buena Sombra«, der gute Schatten, heißt das Nachtlokal, in dem Nizon sich über Wochen selbst verlorengeht. Man könnte meinen: Das in Rom ausgeschlüpfte Ich probt gegen den angestellten Zeitungsmann den Aufstand. Nizon ist als Künstler gerade erst zur Welt gekommen und will sich soviel als möglich von ihr einverleiben. In Barcelona wird es ihm gleich nach seiner Ankunft zur fixen Idee, eine Spanierin, eine Tänzerin im »Buena Sombra« zumal, in sich verliebt zu machen, obwohl er überhaupt kein Spanisch spricht. »Und staunend, nein: fassungslos wurde mir bewußt, daß mir alles an dieser Frau gefiel. Ich verschlang das Gesicht, ich tanzte in das Gesicht hinein, ich muß mich betragen haben wie ein Verrückter [...]. Ich nahm in einer Art stummer

Wut Besitz von diesem Mädchen«, schreibt er zehn Jahre später in *Untertauchen*, einer Erzählung mit der er das »spanische Abenteuer«, eine Grunderfahrung seiner Existenz, in Literatur überträgt. Er mag sie sogleich geküßt haben. Aber mit der Liebe geht es nicht so schnell. Nizon treibt die Sache auf die Spitze, *das Leben ist zu gewinnen oder zu verlieren*, er sitzt jeden Tag in der Bar, der Zeitungsauftrag ist vergessen, auch die Familie, er verpraßt den Vorschuß und überhaupt sein ganzes Geld, hinterlegt schließlich seinen Schweizer Paß, der ihm vorerst Kredit verschafft und unterschreibt Rechnung um Rechnung. Er verwahrlost, wird verprügelt und ins Gefängnis geschafft, wähnt sich in Francos Spanien in ernsthafter Gefahr. Aber – und das ist bei so viel wahnwitziger Hartnäckigkeit kein Wunder – das Ziel wird erreicht. Erst dadurch kommt er wieder zur Besinnung und leiht sich in der Schweiz Geld, damit er seinen Paß auslösen kann. Er fährt zurück nach Zürich, um seinen Dienst bei der Zeitung zu quittieren – und sich seiner Frau zu stellen.

Es fällt Paul Nizon nicht schwer, die bürgerliche Karriere und die damit verbundene Sicherheit aufzugeben. Schrecklich aber ist die Ablösung von der Familie. Er will – mehr als alles andere – ein möglichst großer, ein möglichst bedeutender Schriftsteller werden. Dies erscheint ihm in den gegebenen Verhältnissen, die vor allem Familienverhältnisse sind, nicht möglich. Schreiben bedeutet für ihn eine Existenzprobe, ein Wagnis, eine radikale Sache. Doch Radikalität verträgt sich nicht mit Rücksicht. Er verläßt Frau und Kinder in dem Bewußtsein, daß er Schuld auf sich lädt. Er ist von der (für ihn nicht zu überwindenden) Überzeugung durchdrungen, daß sich außer Literatur, verstanden als dem Leben abgerungene Essenz, nichts auf Erden lohnt. Die Scheidung erfolgt einvernehmlich.

Nizons tiefe Angst gilt einem Nie-ganz-auf-die-Welt-Kommen. Für ihn ist das Leben eine Aufgabe der Imagination im Wortsinn, eine Ein-Bildung, ein schöpferischer Akt. Nizon ist ein Sprachmensch. Seine Weise, zur Welt zu kommen, ist das Aussagen des Erlebten. Nur die zur Sprache gebrachte Welt ist wirklich. Das klingt überspannt und übertrieben. Ist aber im Grunde ganz plausibel. Wer nur wenige Worte hat für das, was ist, für den bleibt die Welt diffus, eine sinnliche Überwältigung, eine nie zu fassende Reizflut. Das feine Unterscheidungsvermögen durch Sprache hilft, dem bodenlosen Erleben Grund einzuziehen. Sprache ist das primäre Erkenntnisinstrument. Gleichzeitig verstärkt Sprachmacht die Intensität der Erlebnisse. Für Nizon ein entscheidender Aspekt. Denn es ist eine Erfahrung, die viele erleiden, daß die Erlebnisfähigkeit mit zunehmendem Alter abnimmt. Die »Erstausgabe der Gefühle« während des Heranwachsens ist noch ein Fest des Lebens. Danach wütet die Macht der Gewohnheit, man lernt das Leben auswendig, es wird »wie eine abertausendmal erzählte Geschichte, es kriegt den stumpfen Glanz der abgegriffenen Münze, es wird immer enger und kleiner«. Dagegen kämpft Nizon mit seiner Sprachwut an. Erst die genau benannte Welt bricht in all ihren Facetten auf und wird im Bewußtsein auf erregende Weise Wirklichkeit.

In seinem zweiten Buch macht Nizon diese Überzeugung zum Programm. Er läßt sich durch das Action-painting der abstrakten amerikanischen Expressionisten zu einer »action-Prosa« in *Canto* anregen. So wie ein Jackson Pollock sich zu einem Erregungskörper machte, der in einer Art Veitstanz den Niederschlag des Welterlebens im eigenen Körper auf die Leinwand kleckst, so schleudert Nizon in diesem Text mit aller Wucht die Sprache aus sich heraus. Es ist der wahnwitzige Versuch, das eigene Bewußtsein ganz auszusagen. Nizon schreibt *Canto* 1962 wie im Rausch. Er, der später oft Jahre für seine schmalen Prosabände braucht, vollendet das Buch, mit dem er sein Romjahr verarbeitet, in nur wenigen Monaten. Die Erwartungen sind hochgespannt. Sein Verleger Siegfried Unseld hält es für nicht weniger als einen Geniestreich – jedenfalls so lange, bis man ihm die Verkaufszahlen vorlegt. Das Buch findet kaum Leser und stößt bei der Kritik, auch wenn sie vereinzelt enthusiastisch ist, im großen und ganzen auf Unverständnis. Nach den übergroßen Erwartungen, die auf Weltruhm und einen Platz in der Geschichte zielten, ein Frontalaufprall gegen eine Betonwand. Die Ablehnung fährt Paul Nizon ins Kreuz, er leidet Schmerzen, die nur noch mit stärksten Mitteln zu betäuben sind. Nizon wird zeitweise Morphinist. Er war aufs Ganze gegangen, hatte dem Buch Familie und Karriere geopfert – und das scheinbar für nichts. Trotzdem bleibt er selbstgewiß. Er weiß um seinen Rang und ist wild entschlossen, sich diesen auch zu erschreiben. Sieben Jahre braucht er für das nächste Buch, lebt in bescheidensten Studentenbuden in der Schweiz und immer wieder auch für Monate im Ausland, London zumeist. Eine lange und schwere Zeit, in der er seinen Lebensunterhalt und die Alimente für die Kinder hauptsächlich mit Kunstkritiken verdient.

Im Hause enden die Geschichten, das 1971 endlich erscheint, ist ein eher sprödes Buch, ein stiller Abschied von der Kindheit. Sieben Jahre sind für das Geschaffene ein ziemlich hoher Preis. Doch nun hat Nizon seine künstlerischen Mittel beisammen, er verarbeitet in *Untertauchen* das »spanische Abenteuer« und heiratet 1973 die Künstlerin Marianne Wydler. Die beiden gelten als Idealpaar, attraktiv, begabt, verliebt. Nizon versucht sich an einem halbwegs konventionellen Roman, benutzt erstmals eine Figur, einen Plot und ist beglückt, wie leicht ihm solche Arbeit am Faden einer Handlung von der Hand geht. *Stolz* gewinnt den Bremer Literaturpreis – und Paul Nizon schlittert in seine größte persönliche Krise.

Der Erfolg hat auf ihn eine unerwartete Wirkung. Anstatt zu besänftigen, macht er ihn wütend. Er weiß nicht mehr weiter, die Enge der Schweiz ist niederdrückend, auch in seiner von außen ideal erscheinenden Ehe gibt es Probleme – vor allem weiß er nicht, was schreiben. Ihm ist fürs erste der Stoff ausgegangen. In Zürich gilt er plötzlich als arriviert. Nizon ist sechsundvierzig und lernt auf einer Lesereise eine junge Frau kennen. Odile ist noch Studentin und – bedauerlicherweise – die beste Freundin seiner Tochter. Die beiden verbringen in London eine Nacht und danach leidet Nizon an etwas, was er angemessen drastisch »Liebesvergiftung« tauft. Er bricht nach Monaten, in denen er sich wie ein wild gewordenes Tier aufführt, im Rausch Lokale verwüstet und Leute attackiert, alle Brücken zu seinem erfolgreichen Schweizer Leben ab und flieht nach Paris, wo ihm eine Tante eine kleine Hinterhauswohnung in einem Einwandererquartier hinterlassen hat. Nizon balanciert wieder einmal am Abgrund. Er ist durch Odile für jedes planmäßige Schreiben blockiert, hockt beschäftigungslos in der fremden Stadt und droht zu verkommen, ein Gewesener, aber inzwischen leider Verrückter zu werden. Trotzdem hegt er die ehrgeizigsten künstlerischen Hoffnungen: »Ich hatte das Gefühl, daß aus meinem Untergang etwas vergleichbar Vollkommenes wie eine Partitur von Mozart emporsteigen müßte, etwas Unzerstörbares und absolut Vollendetes.« Ein halsbrecherischer Anspruch. Über zwei Jahre steckt er angesichts solcher Erwartungen in der tiefsten Depression. Der Kampf um Odile scheint aussichtslos (doch er wird ihn gewinnen), sein letzter Halt ist das tägliche »Warmschreiben«, »Blindschreiben«, ein Vergegenwärtigen des eigenen Daseins mit Sprache, ziellos, einfach um nicht aus der Welt zu fallen oder »in Einsamkeit zu ertrinken«. Tatsächlich schreibt er wie zufällig so sein schönstes Buch, einen Paris-Roman, wie er nach Miller oder He-

mingway kaum mehr möglich schien, ein Buch aus nichts als Lebensgefühl, unverwechselbar in seiner Eigenheit und gleichzeitig geräumig und groß, so daß es jedermann offensteht. Im Rückblick erscheint es, als hätte sein Instinkt Nizon den Ausbruch nach Paris diktiert, um so seinen größten Stoff zu finden. Mit *Das Jahr der Liebe* gelingt Nizon etwas, was er seit seinen Anfängen anstrebt: den schöpferischen Prozeß im Vollzug sichtbar zu machen. Die Schreibzeit in *Das Jahr der Liebe* entspricht der beschriebenen Lebenszeit. Lesend wohnt man so der Entstehung eines Kunstwerkes bei, ist Teilnehmer dessen, was Paul Nizon das letzte und einzige Wunder nennt: die Schöpfung der Welt aus dem Ich. Die Beschreibung einer Busfahrt durch Paris ist dafür exemplarisch. Auf fünfzehn Seiten läßt Nizon aus dem Wirbel von Stadtimpressionen, Traum-, Lektüre- und Lebenserinnerung ein so reich gesättigtes Lebensgefühl entstehen, daß man sich beim Lesen auf der Welt wie selten fühlt.
Obwohl Nizon sich auch von der Kunst kein Heil verspricht, er in ihr nichts Religiöses oder Ideologisches erkennen will, sondern nur eine »flüchtige Vereinigung mit allem Bestehenden«, hat sein Schreiben eine metaphysische Dimension (einen ganz unbeschwerten Ausdruck findet sie in den Existenzromanen *Hund* und *Das Fell der Forelle*). Es liegt ihm die Überzeugung zugrunde, daß nur das schöpferische Leben menschenwürdig ist. Das Leben ist ein Geschenk, dem man sich würdig erweisen muß, es ist eben zu gewinnen oder zu verlieren. Man gewinnt es, indem man den Reichtum der Welt in der Arena des eigenen Ichs zur Aufführung bringt. Und verliert es, indem man begriffsstutziger Zuschauer bleibt, der in Ermangelung von Worten und Einbildungskraft nur einen beschämend geringen Teil dessen wahrnimmt, was ihn umgibt. Aus nichts als Einbildungskraft besteht dann Nizons vielleicht bestes Buch. *Im Bauch des Wals* ist reine Literatur, sprachliches Klima, ein

Duft aus Stimmen, eine Atmosphäre aus Worten. Nizons Sprache wird hier endgültig zum Ereignis. Seine Worte sind so ausdrucksstark und genau, sie fächern einen Sachverhalt so sinnfällig auf, daß man glaubt, die Welt endlich einmal in ihrer ganzen Fülle wahrzunehmen.

Wie es zu so einer reinen, gleichsam destillierten Sprache kommt, zeigen vor allem die Journale. In diesen verdichtet Nizon Partikel erlebter Wirklichkeit so lange, bis sie Poesie geworden sind, funkelnde Sprachstücke von oft berükkender Schönheit und Kraft. Sie sind aber auch Selbstrechtfertigung einer ganz und gar fürs Schreiben eingesetzten Existenz: »Warum genügt es mir nicht, einfach mit- und dahinzuleben, die Stadt zu erleben? Es ist wie in der Liebe. Wenn das Herz übergeht vor Zärtlichkeit, innerer Huldigung, Überschwang ... dann möchte man resümieren können; man möchte das Erlebte wiederaufleben lassen können; man kann es fast selber nicht glauben; aus Ungläubigkeit unter anderem denkt man zurück und möchte alles noch einmal vor sich hin beten, es ist sonst wie nicht gehabt«, erklärt er sich im Journal der 1980er seinen Schreibzwang und erkennt: »Und dabei merkt man, daß sozusagen nichts zu halten ist, das Leben ist kein Besitz. Leerausgehen in der Fülle.«

Doch während man Nizon liest, verhält es sich gerade umgekehrt. Statt leer auszugehen, erfährt man in seinen Büchern Wirklichkeit. Dadurch, daß er in ihnen die Welt benennt und für ihren Reichtum ein sprachliches Bewußtsein schafft. Seine Bücher befeuern eine besondere Art von Aufmerksamkeit, geben einem die dünne Haut der jungen Jahre zurück und schenken einem durch ihre Sprachintensität wieder vor Verwunderung leuchtende Augen. Daß so etwas möglich ist, gehört zu den Wundern des Lesens – und Nizons Schreiben.

Martin Simons

Die Belagerung der Welt

Die Wirklichkeit, die ich meine, ist nicht ein für alle mal abzuziehen oder abzufüllen und in Tüte, Schachtel oder Wort mitzunehmen. Sie ereignet sich. Sie will verdeutlichend mitgemacht werden und eigentlich mehr als das: Sie muß hergestellt werden, zum Beispiel im Medium der Sprache. Deshalb schreibe ich. Die in der Sprache zustandekommende Wirklichkeit ist die einzige, die ich kenne und anerkenne. Sie gibt mir das Gefühl, vorhanden und einigermaßen in Übereinstimmung zu sein mit dem, was sich insgeheim wirklich tut. Mein Leben, von dem ich annehme, es sei einmal und einmalig, läuft auf diese Weise weniger Gefahr, in blind übernommenen Konventions- oder in irgendwelchen Idealkanälen dahinzufahren oder auf Lebzeit in Untermiete eingelagert zu bleiben. Es setzt sich nicht auf Dienstwegen mit der treibenden Instanz auseinander, sondern empfängt seine Impulse direkt.
Ich schreibe aus einem Lebendigkeits- und Wirklichkeitsanspruch heraus. Große Themen habe ich nicht an den Mann zu bringen oder in die Welt zu setzen. Ich möchte keinerlei Einfluß nehmen mit Geschriebenem, nicht belehren, nicht bekehren, nicht moralisieren, nicht aufrichten, nicht aufbauen, nicht verändern. Herstellen und vielleicht mich bekennen.

Gestern Frisch getroffen: Hatte den Eindruck, daß er zu meinem Begräbnis gekommen war. Er hatte sich einige Tage in Zürich über den »Fall Nizon« informieren lassen, hatte festgestellt, daß ich es fertiggebracht habe, sehr viel Mißgunst, Hohn, Unwillen auf mich zu ziehen. Ich fragte ihn, wie er die jetzige Situation des *Canto* beurteile. Er meinte,

das Buch sei nicht untergegangen, nicht begraben, aber sehr mit Fragezeichen belastet, mit Infragestellung. Mit dieser schweren Belastung sei es vorläufig noch »da«. Warum die Großen unter den Berufskritikern nicht an das Buch herangingen, fragte ich, was seine Meinung sei. Lustlosigkeit, wenig Anreiz, kein Interesse vielleicht, meinte er. Aber das bleibt merkwürdig. Und bisher unerklärt. Keiner der das wirklich Experimentelle darin erkennt, keiner der auf die Sprache, die Sprachexpedition eingeht. Aufs Instrumentarium. Ob sie's nicht sehen? Martin Walser meinte, es sei in dem Buch ein Widerspruch zwischen dem Aufbau, der »spinnend«, unter Verzicht auf Anfang und Ende und jeden Ideal-Zusammenhang und jede Ideal-Rundung, ohne Handlung, ohne solche »Kunst« auskomme und eine äußerste Position der Innovation bezeichne *und* der Sprache, die gefräßig, schwelgerisch, reich, ungewohnt verspielt sei. Hätte ich ein klar erkennbares Rezept als Aufhänger mitbeigegeben, dann würde es das Buch leichter gehabt haben.
Frisch: An manchen Stellen sei für die meisten Leser einfach kein »Problem« zu erkennen, es bleibe bei einem Privatproblem – überall da, wo kein »Stoff«, keine Anleitung, kein Unterbau mitgeliefert werde. Da, wo das Material für die Problematik, das epische Material dabei sei, aus dem der *Canto* gewonnen werde, sei's gut. Vielerorts bleibe es in der Privatluft hängen. Vielleicht. Aber ein Sprachbuch. Man nehme mir übel: Arroganz, das durch und durch Unsolidarische, das bis zum Verleumderischen gehe.

Aus Brief an Gerhard Hoehme:
Es sind tatsächlich schwierige Zeiten eben jetzt, ich könnte sie als »Prüfung« bezeichnen. Denn weit über den finanziellen und prestigemäßigen Mißerfolg hinaus hat mir das Buch etwas eingebracht, das man als Animosität empfinden

muß. Eine Animosität, die durch den Vorwurf *Canto* hindurch auf meine Person abzielt. Ich habe vielleicht einiges von der hochgespannten Verlagsstimmung unbewußt assimiliert und also auch manifestiert – wie hätte das anders sein können, wo man mich unter Bedingungen, wie man sie sonst nicht kennt, zum Verlag geholt, beim Verlag behandelt hat und wo man mein Manuskript in einer Weise quittierte, die schöner nicht zu wünschen gewesen wäre: als ein »ganz wichtiges Suhrkamp-Buch«, als »bedeutende Arbeit«, als »echte Dichtung«? Wenn ich mich zurückdenkend befrage, dann scheint's mir schon möglich, daß mir so der »Kamm schwoll«, mehr als er es ohne diese Behandlung getan hätte, und daß ich mich schon selbstverständlich in die Prominenz einreihte (ich wurde ja auch von der Prominenz selbstredend aufgenommen). Ich erwähne das, weil Du mir einen Vorwurf in dieser Richtung machst, wenn Du schreibst, ich habe nur allzu deutlich mein Talent zur Schau getragen. Das war mir allerdings nicht bewußt. Wenn ja, bin ich ganz einfach dem Literaturbetrieb nicht gewachsen gewesen. Aber Du tust ja geradezu so, als sei durch das Buch das Gegenteil von Talent erwiesen. Da würde ich mich doch sehr dagegen verwahren. So niedergeschmettert bin ich auch wieder nicht, daß ich an meinen Realien zweifelte. Ich empfand das Buch bei Abschluß des Manuskripts als Äußerstes, das mir möglich war, als gelungen, wenn ich auch an manchen Stellen vielleicht ein ungutes Gefühl hatte, aber überall da war mir Besseres nicht möglich gewesen. Ich hatte im großen Ganzen den Eindruck, auf Grund und in meinem Revier angekommen zu sein und auch etwas Exemplarisches unternommen zu haben. Ich habe nämlich wirklich mit meiner Ohnmacht der Themenlosigkeit ernst gemacht und konsequent aus Banalität Sprache, das heißt Wirklichkeit gezimmert.

Neulich, als ich nachts noch kurz vor Kneipenschluß in die Bierhalle gegenüber gehe, die ich überhaupt nicht mag, weil das Essen unter qualmiger Gestankentwicklung auf den Tisch kommt, aber ich bin hin, da ich noch nicht heim mochte und einen anderen Ausflug der späten Stunde wegen nicht mehr riskieren konnte ... neulich also sitze ich an diesem Biertisch, und schon geht das ganze Theater mit dem Hund los. Zuerst nähert sich dieses magere etwa 50jährige Gestell mit den Schwindsuchtbäckchen, die sich als besondere Freundin meines Hundes aufspielt und ihm immer Leckerbissen bringt.

Aber nun kommen noch all die italienischen Küchentiger hinter dem Büffet hervor und umstehen unseren Tisch, und da sagt doch wirklich so eine schwarzhaarige Hexe in weißem Schürzenkleid: »Der arme Hund, immer wird er so angebrüllt von seinem Herrn«, und meint mich damit. Die schauen ja immer in mein Zimmer und auf mein Blatt in der Maschine, wenn sie Pause machen und sich auf diesen Mansardenbalkönchen ergehen und schnaufen wie die Kühe. Die können mir geradewegs ins Zimmer langen von gegenüber, mich stört's nicht. Aber dieselben Fremdarbeiter-Mägde, die doch mit Hunden nicht umzugehen wissen, sich fürchten und durch ihre Furcht den Hund zum Bellen reizen, dieselben schönen Italiener, für die ein Hund ein Herrensymbol, wenn nicht die Strafpetarde des Padrone ist, weshalb ihr Instinkt der Abwehr durchaus richtig und verständlich wäre ... dieselben Wesen wollen mich nun plötzlich zum Hundeschinder stempeln. Haben vielleicht meine liebevollen rauhen Spiele mißgedeutet, wenn wir uns balgen und der Kerl glücklich grollt und tollt. Oder wenn ich weggehe und ihn einmal allein lasse – mag sein, daß er mir nachgebellt hat. Und jetzt bin ich der Tierquäler in ihren Augen. Auch gut.

Aber vielleicht hat es wirklich etwas auf sich. Vielleicht ist diese Kammer, die mir langsam unerträglich wird und mehr und mehr einer Hundehütte gleicht, vielleicht ist so ein Stadtzimmerchen wirklich nichts für einen Hund. Das sagt mir ja immer auch mein ältester Sohn, Valentin, der jetzt immer mehr an mir herummeckert. Er brüllt mich an: »Du willst ja nur mit dem Hund angeben.« Und jetzt entfaltet er den ganzen Katalog der Vorwürfe. Der Zigarettenrauch, die dicke Luft im Zimmer (mein Sohn will mir seit langem das Rauchen abgewöhnen), der Benzingestank in der Stadt (er hat begreiflicherweise etwas gegen mein Alleinleben im Zentrum). Seine ganzen Verteidigungsreden, seine Anwaltschaft für den Hund ist auf mich gemünzt. Es bricht aus ihm hervor. Er meint mich, der Arme. Ich soll wieder zurückkehren und in ruhigen und »gesunden« Verhältnissen mit ihm und der ganzen Familie zusammenleben.

Er wird jetzt gleich erscheinen, es ist der freie Mittwochnachmittag. Ich werde mit ihm zum Maler W. fahren und ihm vorführen, was ein städtisches Hundevergnügen ist. Wenn er ihn erst einmal in diesem herrschaftlichen Park mit Sira, der Jagdhündin, herumtollen sieht ... Übrigens gipfeln die an mich adressierten Vorwürfe immer in der höhnischen Bemerkung, ich vermöge dem Hund ja nicht einmal die Hundemarke zu kaufen. Er meint damit meine ganze, in seinen Augen fragwürdige Existenz. Die Diskrepanz zwischen meinen Allüren und meinem realen Status, meinem elenden Habitus und Hausen.

Und diese Diskrepanz ist beispielsweise auch an meinem Verhältnis zum Hund abzulesen. Überhaupt dreht sich alles immer mehr um den Hund. Der Hund – die Drehscheibe aller Dinge, der Hund – der Kreisel der Wahrheit, der Hund – der Verbindungsläufer. Der Hund, meine Fron und mein Halt. Also der Hund scheint mich jetzt aus dieser schönen Kammer Nähe Bahnhofstraße hinausmanövrieren zu können. Weil sich am Hund die Italiener stoßen?

Ein, zwei Mal ist er mir entwischt und durch das enge, hölzerne Treppenhaus hinunter auf den einen Italiener losgegangen. Auf diesen schmierig lächelnden, säuerlich liebenswürdigen Kraus- und Habichtskopf meines Alters, der immer im Käseladen anzutreffen ist, wo er eine Art Gehilfenfunktion (neben anderem) ausübt. Ich versteh's nicht: Mein geradezu trottelhaft verschmuster Hund. Ein fürchterliches Gebell hat er angeschlagen, ich fliege die Treppen hinunter und treffe folgende aufregende Szene an: Der Italiener wacklig steif, mit einem Langholz auf den Hund einhauend, und Flen, ein gesträubtes schwarzes Etwas, Gebell spuckend, daß es fürchterlich dröhnt. Ein Ausweichen ist nicht möglich bei der Enge des Treppenhauses. Nun, auf beiden Seiten ist kein Schaden entstanden … Aber danach … kleine Italienerdelegation klopft an meiner Tür … es wird höflich, doch bestimmt auf Besserung der Zustände gepocht, ansonsten: Polizei.

Samstag nachmittag verdschungelt die Gasse italianesk. Während ich mit dem Rücken zum offenen Fenster sitze und den plempernden freien Tag registriere, die trödelnde Gasse, das Laufen mit nur halber Kraft etc. werde ich so langsam von italienischen Lauten gespickt und eingegarnt. Die hängen aus den Fenstern, die Köchinnen von der Bierhalle, Büglerinnen, die Matronen; die Männer der Schöpfung paradieren unten oder stehen herum, und nun geht das Gequatsche los, das Steigen von fragenden, singenden Stimmen, dann ein ganzes Geknatter von Antwort, Gelächter, die Stimmen klettern in den Tonleitern und Tonarten herum, die Luft wird tragfähig wie Wasser, das klingt, Gott, man könnte sich einbilden, im glücklichen Land des Südens zu sein. Dabei unterhalten sie sich vielleicht gerade über mich. Natürlich ist das schon ganz schön, aber eingedenk meiner

Lage, meines Provisoriums, meines baldigen Rausgeekeltseins … Der Ingrimm steigt.
Diese dunkle Demut allenthalben. Und mir hätt's doch gefallen hier. An sich. Aber die Beengung wird unerträglich. Ich muß in dem schönen Zuckerzimmer über Hund und liegende Stapel von Papieren und Wäsche und Koffern steigen, wenn ich nur ein Buch vom Regal holen will; der Hund sucht sich mißlaunig eine andere Stelle, womöglich nimmt er nun den Platz ein, wo mein Stuhl zu stehen hat. Und jetzt komme ich nicht mehr an die Dinge ran, und jetzt muß ich den Wagen umparkieren, um mir keinen Strafzettel einzuhandeln, und jetzt muß ich noch die Wäsche wegbringen oder holen, dann telephonieren, dann: Soll der Hund mit oder nicht … das ewige Dilemma, zermürbend. Der Tag zerhackt.
Das verrottet doch alles. Jetzt muß eine Wohnung her.

Stipendien- und Darlehenskasse der Universität Bern
An den Universitätsverwalter
Sehr geehrter Herr Verwalter,
zunächst habe ich mich zu entschuldigen, daß ich auf Ihre eingeschriebene Ankündigung des betreibungsrechtlichen Inkassos meiner Studiendarlehen so lange nicht geantwortet habe. Ich war konsterniert und sah zuerst keine Möglichkeit zu irgendeinem Vorschlag oder einer Maßnahme, die die Betreibung hätte aufhalten können. Ich habe lediglich den Sachverhalt nach einiger Zeit meinem Freund Professor Paul Hofer mitgeteilt. Das war alles. Zudem war ich in dieser ganzen Zeit immerzu vergrippt und fiebrig und pillenschluckend und also ohnehin nicht ganz präsent. Jetzt erst bin ich wieder so weit gesund, daß ich meine Arbeit und so und so viel Anstehendes wieder aufgenommen habe. Jetzt will ich mich auch ausführlich zu meinem »Fall« äu-

ßern. Ich bitte Sie nochmals, mein Schweigen zu entschuldigen, und ich danke Ihnen herzlich, daß Sie die Betreibung – offenbar – zurückgezogen haben.
Wenn ich mich richtig erinnere, habe ich Ihnen in einem früheren Schreiben meine Entwicklung seit Abschluß der Studien skizziert. Sie werden in Erinnerung haben, daß ich nach kurzen Assistentenjahren mich der Schriftstellerei zugewandt habe. Ich lebe heute als freier Schriftsteller, das heißt: Ich verdiene mir mit Kunstkritik gerade so viel, wie ich für meinen persönlichen Lebensaufwand (unter bescheidensten Bedingungen) und für meine Familie brauche. Den größeren Teil meiner Zeit verwende ich für meine literarischen Projekte. Ich möchte hier noch einmal wiederholen: Ich bin keineswegs, was man als gescheiterte Existenz bezeichnen könnte, ich habe lediglich die von meinen Studien her vorgezeichnete Karriere verlassen und einen künstlerischen Beruf gewählt. Und ich habe mir als Schriftsteller wie als Kunstkritiker einen Namen gemacht und auf beiden Gebieten »eine weitere Zukunft vor mir«. Was ich aber notgedrungen aufgegeben habe, ist das, was man im bürgerlichen Verstand als Besitzbildung und Sicherheitsstreben bezeichnen mag. Ich lebe tatsächlich »von der Hand in den Mund«, das heißt, was ich verdiene, sei es durch Kritik oder sonstige Veröffentlichungen oder Radiosendungen, verbraucht sich monatlich. Seit einigen Monaten bin ich geschieden. Ich habe mich verpflichtet, allmonatlich 1000 Franken für die Kinder aufzubringen, eine Auflage, der ich mich strikt nachzukommen bemühe. Im Grunde ist weder für Anschaffungen noch für Abzahlungen etwas von meinem Einkommen übrig. Neuerdings wurde ich zudem für eine größere Bankschuld (die auch aus meiner Studienzeit datiert) betrieben. Ich mußte Vorauszahlungen für eine gewichtige Auftragsarbeit erwirken, um die Pfändung verhindern zu können – denn zu beschlagnahmen und in

Geld umzuwandeln gibt es bei mir nichts. Das ist meine Situation. Sie werden begreifen, daß ich Ihrer Forderung fassungslos gegenüberstand. Meine künstlerischen Leistungen honorieren sich eben nicht unbedingt im Verhältnis zu der aufgewandten Arbeit und zu den investierten Werten (geistigen Werten). Und von der künstlerischen Arbeit abzulassen, etwa zugunsten einer erhöhten Verdienstarbeit, ist mir innerlich (oder existenziell) nicht möglich. Was tun?

Ich kann Sie natürlich bitten, mir einen Stapel Einzahlungsscheine zuzuschicken, wobei ich mir vornähme, monatlich Fr. 50,– einzuzahlen. Und noch etwas: Mein regelmäßiges Einkommen basierte hauptsächlich auf der (kunstkritischen) Mitarbeit bei der *Zürcher Woche*. Nun ist – im Zusammenhang mit einer politischen reaktionären Welle – das alte *ZüWo*-Redaktionskollegium im Begriff, die Zeitung zu verlassen, und ich werde mitgehen. Also entgleitet mir wohl bald meine bisherige und einzige materielle Sicherung. Auch das gehört zur Situation, und auch das müssen Sie wissen.

Sie verstehen jetzt wohl, daß ich wirklich nicht wußte, was antworten. Ich danke Ihnen nochmals für das langjährige Wohlwollen und Verständnis.

Mit ausgezeichneter Hochachtung

Ihr

Stiller.

Im Unterschied zu Schiwago oder Zeno Cosini eine doch eher knorzige Figur. Kein Eulenspiegel, kein Don Quichotte, kein Revolutionär, kein Künstler, kein Mann ohne Eigenschaften: ein Bürger. Ein Schweizer Bürger. Und das Verhältnis zur Frau ist unangenehm schwierig.

Es scheint, daß das *Tagebuch* das Beste ist. Auch die literarische Form ist dort interessant. Das luftige Nebeneinander,

Geschiebe von Beobachtungsnotiz und Gedankensprung, Fabulieren, Einfällen, Überlegungen, Fragen. Der schöpferische Apparat.

London, Islington, Thebertonstreet 34
Endlich den Schritt getan, den Schritt mit den im Köfferchen eingepackten Schreibmaterialien (Notizen, Entwürfen, durchgeschriebenen Passagen, Plänen – Materialien eben ...) weg von der Zürcher Verstrickung und ins Fremde, Neue, ins Ausland. In eine andere Stadt. Den Schnitt getan.
Das Abnabeln hat wahnsinnig lange gedauert. Glaube aber, daß ich mir viel Erleichterung eingehandelt habe. Freie Bahn.
Die kleine Beginnensschwierigkeit jetzt besteht darin, daß ich mich nicht versteife, sondern austrudle in den Ozean des ungeborgenen, brodelnden, wellenden Stoffes wie ein Boot, gedankenlos, ziellos vorerst, bis ich von selbst Kurs fasse ...
Welchen Faden zuerst greifen?

Die Russen haben einen Apparat auf der Venus gelandet. Die Exploration im Weltraum hat damit einen ungeheuren Schritt vorwärts gemacht.
Die Russen feiern das 50jährige Jubiläum der Revolution. Überall auf der Welt Riesendemonstrationen gegen Johnsons Vietnamkrieg. Tausende von Rekruten werfen ihre Aufgebote weg. Also Desertion im großen Stil.
Eine ganze Weltjugend beginnt sich gegen den Krieg einer Weltmacht aufzulehnen. Der Goodwill für Amerika schrumpft täglich mehr.
Die Jugend hat sich in globalem Maßstab emanzipiert von den Vätern, der Tradition, der Geschichte etc., hat ein eige-

nes Reich entworfen, ein Phantasiereich, einen Maskenball und ein Kostümfest in Permanenz, auf dem die Epochen der Erwachsenen in einem fastnächtlichen Verkleidungsspiel paraphrasiert und – wenn man will – ironisiert werden. Was ernst und bitter und historisch gewichtig *war*, dient den Jungen zu einem modischen Musée imaginaire. Sie nehmen nur die Requisiten der Geschichte, um sich zu verkleiden – zu eigenen Zwecken. Zu einer Aufführung, in der man Sex statt Krieg propagiert und Rauschgift-Träume, und auch von Afrika hat man bloß das Trancehafte zu eigenem Gebrauch (netter, entschärft) übernommen und in das Dauer-Beat-Vergnügen umgegossen. Die so aus allen Ecken und Winkeln der Erwachsenen-Welt zusammengeschmökerten und -gebrauten Elemente und Materialien werden in der neuen Aufmachung an die Erwachsenen verkauft und bringen Devisen und Reichtum.

Während alldem (und während die alten Systeme wie das amputierte Weltreich England allmählich Pleite gehen), während sich die USA stur in diesen mörderischen Vietnamkrieg verrennen, während das infantile Kostümfest wütet … erforschen, nein: erobern die Wissenschaftler im Alleingang und unkoordiniert als ›Köpfe ohne Welt‹ ungeheure neuartige Lebensdimensionen,
den Totalroboter,
die Totalsteuerung des Menschen,
den Kosmos als künftige Kolonie,
das Ende der Krankheiten und das Ewige Leben.

Gott ist abgesetzt. An seiner Stelle die Bombe (wie Elias Canetti sagte).

Was soll da noch die Kunst respektive die Literatur? Die Schlager propagieren ein freundliches Kinderbiedermeier. Die populären Songs kommen in Science-fiction- und möglichst in Comic-Strip-Form daher.
Die Künstler sehen beim besten Willen nicht mehr ein, wozu Bilder machen, für wen? Um das kleinbürgerliche Heim zu schmücken?

Daß viele zeitgenössische junge Avantgardisten keine bleibenden und das schöne Heim schmückenden Werke und Werte verfassen mögen, ist verständlich. Daß sie gegen das Wandbildchen sind. Daß sie lieber ein Feuerwerk, ein Happening in Szene setzen wollen, um wiederum etwas wie ein heutiges Lebensgefühl zu realisieren, etwas, das sich verbraucht, etwas Unästhetisches meinetwegen – ja. Aber etwas, das zumindest den Voraussetzungen nach *heutig* wäre ... Im Hintergrund die Hoffnung, wenigstens den Versuch oder auch nur das Gestammel zu einer Replik geformt, sich in den rasenden unschönen Lauf eingeritzt zu haben. Was tut's, daß die Werke infantil ausfallen, ohne bleibenden Wert, kindisch in der Gebärdung? Es wird hier nicht nach Kunst gefragt.
Wieder einmal, was auch der Nouveau roman und andererseits einige jüngere dezidierte Formalisten aufzeigen: Die Sprache gibt äußerlichste Erscheinungsphänomene wieder (in der Beschreibung), mehr faßt sie nicht. In der prägnanten Beschränkung aufs Oberflächliche äußert und demonstriert sich die Ohnmacht des Menschen der heutigen Welt gegenüber. Mehr kann der nichtnaive, der bewußtseinsmäßig differenzierte und resignierende Zeitgenosse anscheinend nicht verantworten. Er gibt zu, daß er die Wirklichkeit nur noch äußerlich oder auf einem Spielzeug-Niveau beschreiben und sprachlich reproduzieren kann.

Das heißt, daß auf die existenzielle Dimension als künstlerisches Wollen verzichtet wird. Daß resigniert wird – vor dem Totalanspruch dem Leben gegenüber.

Das Russische der Lebensanteilnahme; deshalb ja auch mein begeisterter Konsum von Gogol, Gontscharow, Pilnjak etc.
Ich möchte so und soviel, was ich auch weiß vom Leben, was für mich auch dazugehört, eben mit Sprache auch machen können. Ich bin in diesem Punkt in einem Dilemma. Das Schicksalhafte, das für mich in meinem gegenwärtigen *Haus*-Buch steckt, bzw. das Psychologische geht schwer ein in Sprache. Die Dinge geraten mir vielfach wie ein Stummfilm, sehr verkleinert, humoresk, wie aus weiter Distanz, wie Spielfiguren. Aber nicht lebendig im Sinne der russischen Anteilnahme.
Natürlich will ich jetzt nicht plötzlich einen alten Realismus wiedergebrauchen. Ich möchte schreibend nicht mehr aussagen, als ich wirklich weiß. Aber es genügt mir nicht, daß es bloß so ein distanzierter Episodenfilm wird. Ich möchte die Empathie der Russen und möchte meine Art des kindlichen Schrecks, diese Lähmung, Langeweile, Bedrückung provozieren können – mittels der Art und Weise, wie die Figuren (also meine Umwelt) gesehen werden.
Dilemma.
Nicht Grass' Zwergen-Theater, nicht Marionetten, aber auch nicht Bolls oder Walter Matthias Diggelmanns oder Anderschs traditionelle Sprachhaltung. Deren Optik und Erzählweise lehne ich für mich und überhaupt für die jüngeren Zeitgenossen ab.
Es ist doch klar: nur das Ich als Speicher der Erinnerung und als sichtbar konstitutives konstruierendes Bewußtsein.
Das einzige oder einzig Tröstliche, das es dazu zu sagen gibt: Die Psyche ist trotzdem immer noch ein Ausschlags-

platz ohnegleichen geblieben und eine Realität ersten Grades. Es müßte doch möglich sein, etwas Existenzielles hinzubekommen, etwas Festigendes, Erhellendes, Anrührendes, ein Bassin mit Worten, in dem einige sich spiegeln und im Spiegel wiedererkennen können, einen Park aus Sätzen, der zum Sichaufhalten einlädt. Und getränkt wäre mit Luft von heute.

London
Letzten Sonntag am Speakers' Corner gewesen. Hyde Park: Jetzt, im Herbst, eine müde, bräunliche endlose Weide inmitten der Weltstadt, dieses große grüne wallende Fell, über das die Menschen in allen Richtungen sich verteilen, spazierend, sich verlieren. Und dann überall kleinere und größere Trauben von Leuten um einen Redner, der entweder auf einem Holzkistchen oder zu ebener Erde (also unsichtbar) oder auf einer Art Leitertribüne steht und brandrednerisch in die Menge brüllt. Und die einzelnen antworten, fragen. Es gibt Käuze unter den Rednern, wie jener kahlköpfige über und über tätowierte Alte, der offenbar weiter nichts als von seinen zahlreichen Gefängnisaufenthalten erzählt. Oder wie der hagere Dunkelhäutige mit dem geierhaften Araberkopf, aber angezogen wie ein Dandy, der seine lepraverstümmelten Hände, diese zusammengeflickten Stummeln, der Menge drohend, als seien sie Knüppel, entgegenstreckt und der etwas ganz Absurdes verkündet, nämlich: Zurückdämmung und Landesverweisung der Farbigen … Nach ihm steigt ein junger Kerl, etwas zwischen Student und Angestelltem, auf die Leiter und tritt für die Gleichheit der Menschen ein über alle farbigen Unterschiede hinweg. Aber überernst, so daß die Schwarzen unter den Zuhörenden in Lachen ausbrechen. Es folgen irgendeine Verrückte, Religionsstifter, Käuze, ein Kapuziner, alle mit ihrem Publikum, alle einzel-

nen Brandredner brüllen sich manchmal über die Köpfe ihrer Zuhörermengen hinweg an. Dann wieder welche, die ihr Israel proklamieren ... Aufklärer. Politische Redner, absurde Redner, Normale und Irre. Und Tausende von Leuten.
Und irgendwie seltsam, dieser Anblick, man spürt, daß es eine Institution ist, ein Gewinn der Demokratie, und fühlt sich an die Französische Revolution erinnert. Wie der einzelne Citoyen seine Mitbürger unterrichtet, informiert, aufstachelt, umwirbt, Zetermordio und Untergang androht ... Und wie die einzelnen Bürger mitmachen, Fragen stellen, diskutieren ... Die erhobenen Zeigefinger. Etwas, das dem Fremden zuerst vorkommt wie ein Theaterstück. Wie aus einem Revolutionsstück, aber es ist Alltag. Und das in England. Wo die Königin sogar noch nach jedem Film das Publikum im Kino zum Aufstehen und zu einer Ehrbezeugung bringen kann.

Und etwas weiter vom Knäuel der Rednertribünen lagern in einer Herde, wie Tiere, wie sonderbare Tiere, wie fremde Menschenschau in einem Zirkus – FLOWER PEOPLE, ganz junge Leute in den tollsten Maskeraden, die Mädchen mit Tüchern bis zum Boden, orientalisch bunt, die Jungen in allen Varianten zwischen Uniformstück und orientalischen Umhängen, mit Blumen, ungeheuerlichen Haarauswüchsen, geschminkt, alle aber eindeutig Passivität vorlebend. Ihre Parolen: Nichtstun, Nichtarbeiten, Liebe, Träume, Zusammenleben. Man denkt: Anderswo würden die von der Polizei aus dem Verkehr gezogen oder von den Autoritäten unter den Erwachsenen zur Arbeit geprügelt. Oder würden interniert. Hier können sie ihre These leben. Man geht hin, schaut sie an, spricht sie an, keineswegs schockiert ... Toleranz.

Übrigens war gleichzeitig am Trafalgar Square und um die amerikanische Botschaft die Anti-Vietnam-Demonstration. Zu Tausenden belagerten Leute aller Schichten die Botschaftsgegend. Zur Schlägerei kam es erst, als man die Botschaft zu stürmen suchte. Die Polizei war nicht bewaffnet, trotzdem gab es Verletzte (unter beiden Parteien). In Frankreich waren's 45 000, in Tokyo anderthalb Millionen. Gab's schon mal sowas? In Amerika beginnt die Ausbürgerung. Zahllose Jugendliche nehmen die Ausbürgerung in Kauf und wandern aus nach Kanada, London ...
Und Johnson will auf seinem starren Kriegskurs beharren.

Das freiwillige Obdachlosentum
Bei uns in der Schweiz – ja wo leben denn die Hippies und Flower-Power-Leute? Die können ja gar nicht entkommen und verloren gehen, nehme ich an. Die gehen schön brav nach Hause und tragen ihre Maskerade als Bürgerschreck. Bei uns sind die Schäflein registriert.
Aber hier in London – ich stelle mir vor, daß tagtäglich überall einige still desertieren, das heißt die Gesellschaft verlassen, austreten und sich wegstehlen. Wohin? Zu ihresgleichen, in ein Zusammenleben außerhalb der geltenden Gesellschaft. Die weltlichen Würden und Ziele werden aufgegeben. Verlassen werden Universitäten und Akademien, Schulen und Karrieren, verlassen werden die Wege und Geleise bürgerlicher Institutionen und Organisationen und Verbände. *Massenfahnenflucht*. Warum?
Austreten, nur austreten. Weil jedes Drinbleiben als Partizipieren empfunden werden muß. Partizipieren an einer Welt, die sich Massenmorde leistet in Permanenz, den Weltraum mit nuklearen Vernichtungspotentialen spickt, aber bei allem eine prüde Geschlechtsmoral und Filmzensur propagiert.

Flucht in die Unschuld. In den Pazifismus als passiver Widerstand. In etwas – zugegeben – sehr Naives und Uneffektives. Ins freiwillige Clochardtum, in die freiwillige Obdachlosenexistenz

Eine Anti-Aktions-Haltung. Eine Antizivilisationshaltung. Eine fernöstliche zeitlose Haltung.
Nicht umsonst sind die äußerlichen Kennzeichen mit alldem verwandt und ist der ästhetische Stil sehr nah am Jugendstil.

Wenn man sich den einzelnen Gammler und Asozialen, den einzelnen Bettelmönch und Nazarener in seiner tollen Maskerade und Verwahrlosung mit den exzessiven Attributen von Haar- und Bartzöpfen, von Glöckchen um den Hals und unbedeckten Füßen, von exhibierter Wehrlosigkeit und Sanftheit etc. ansieht (von den Massen, die nur das Äußerlichste als Modehit mitmachen, jetzt einmal nicht zu reden) – wenn man sich den einzelnen ansieht, dann wirkt das zugegebenermaßen verwirrend naiv und lächerlich. Und steht dennoch für eine Existenzfigur. Ein Leitbild.

Genau so verhielt es sich vermutlich mit jenen Leitbildern der Generation des jungen Picasso, mit dessen Période-bleue-Leitbildern: den Gauklern, Saltimbanques, fahrenden Leuten – den Asozialen, Verlorenen, Randfiguren – und den Zöglingen, einem weiteren Leitbild einer Epoche. Die Gaukler waren das Symbol für eine moderne Existenz, deren Protagonisten sich als Tänzer auf dem schmalen Seil verstanden, als Akrobaten, jederzeit vom Absturz bedroht, bodenlos, am Rande, rechtlos; als Kunstfigur. Das Artistische war die Antwort auf die Unbegreiflichkeit und Bedrohlichkeit des Daseins. Über allem ein blauer Raum der Heimatlosigkeit und Schwermut …

Heimatlosigkeit und Schwermut sind ja auch in den Zöglingen, im Zöglingstypus (von Joyce, Musil, über Robert Walser, Kafka, Schlemmer, Otto Meyer-Amden, Döblin etc.) festzustellen, nur daß jener Typus eine vielleicht um Grade positivere Fassung desselben Grunderlebnisses ist. Der Mensch als Zögling des Lebens, als Kuros-Paraphrase, schaudernd an der Schwelle des Fremden, verhalten und keineswegs freibeweglich, so wie die archaischen Jünglinge noch in den Block eingebunden waren. Im Zögling (auch der Grand Meaulnes ist einer) ist zudem eine negative Anspielung auf den einstigen Entwicklungsromantypus zu erkennen, auf das klassische Menschenbild überhaupt, aber gerade im Vergleich dazu kann die neue Unfreiheit und Angst erst recht ermessen werden … In der Metaphysischen Malerei findet eine Vermengung mit der Schneiderpuppe, der Puppe überhaupt statt, über die vom grausigen Schicksal nach Willkür verfügt werden kann. Übrigens war im deutschen Expressionismus das Gauklermilieu auch maßgebend, aber einzig im Sinne der Unbürgerlichkeit, des Ekstatischen. Das sind ikonographische Topoi.

Mit Valentin Freundschaft schließen.
Klar, daß er mich (und mit mir die Familiengeborgenheit) mehr vermißt als ich ihn. Daß ich für ihn wirklich ein Herr draußen geworden bin, ein Herr, der luxuriös (wie er sagt) lebt, in europäischen Verhältnissen, unabhängig, frei. Das gerade tut ihm weh: die Freiheit, die ich vorlebe, weil sie ihm immer dieses einschneidende Erlebnis der zerstörten Familie, auch des Ausgestoßenseins aus der Geborgenheit, vor Augen führt – zwanghaft. Und das Unglück der Mutter.
Ich habe ihn gefühlsmäßig nicht verloren, er ist da und am alten Platz da. Aber ich demonstriere durch alle Abweichun-

gen meines Gebarens und Lebensstils vom früheren Gebaren und Lebensstil eben ganz grob dieses Unglück der amputierten Familie.
Deshalb meckert er dauernd an mir herum – Versuche, mich ins alte vertraute Bild zu passen. Mich zurückzuführen.
Offenbar vermißt er mich ganz persönlich, ich gehe ihm offenbar wirklich ab, es ist eine richtige Trauer. Er kämpft immer noch, will es nicht wahrhaben.
Und dann hat er immer das Beispiel der vaterlos (und eingeschränkt) vor sich hin lebenden Familie und einer sehr bedrängten Mutter. Und *damit* vergleicht er meine »Fortschritte« – alles: meine Freizügigkeit, Gelockertheit im Äußeren, auch in Form meiner scheinbaren Wahllosigkeit im gesellschaftlichen Umgang. Selbst mein Auto.
All diese Anzeichen eines neuen Lebensstils betonen in seinen Augen bloß mein Entwachsensein, mein Verlorengegangensein. Jedes Anzeichen einer äußeren und Sinnes-Wandlung unterstreicht immer definitiver den Vater-Verlust. Er ist weg – sie bleiben.
Wie soll er anders als mit Gerechtigkeit argumentieren, da er immer noch von seinem Festhalten an einem Vater *und* einer Mutter, also theoretisch: von *einer* Familie, ausgeht. Wenn er Vater *und* Mutter für sich in Anspruch nimmt, dann kann es ja nicht sein, daß bei Mutter zu Hause gespart wird, gleichsam fleischlos gegessen, ohne Überfluß jedenfalls, sagen wir: haushälterisch! Und umgekehrt vertritt der Vater für sich Ansprüche und Freiheiten, die in seinen Augen Luxus sind. Sein Meckern, sein Argumentieren mit Gerechtigkeit ist Ausdruck einer überforderten Kinderseele und einer Hilflosigkeit und vor allem Trauer.
Und dann verkriecht er sich noch stärker in Land- und Einfachheits-Vorstellungen, weil es dort gut ist. Und Stadt haßt er, weil Stadt das Element ist, das mich fortzerrt …
Ich muß ihm Freundschaft anbieten. Muß ihm klarmachen,

daß ich in meinem Beruf andere Dinge brauche. Muß ihm nochmals meinen Beruf darlegen. Auch das Moment der Besessenheit, Unteilbarkeit …
Muß mich für meine Ungerechtigkeit entschuldigen. Muß ihm klarmachen, daß dieser Beruf aus tausend kontrafamiliären Dingen besteht, aus scheinbaren Träumen, aus freien Rhythmen, aus Mobilität, aus Elfenbeinturm auch …

Ein Haus auf dem Lande. Warum die überflüssige Zurückweisung der bloßen Zumutung, daß ich mit einem Haus auf dem Lande etwas zu schaffen haben könnte? Warum diese spontane ressentimentgeladene Reaktion? Weil ich mir das Gästebuch ansah und drinnen Sätze des Behagens las, Sätze, die den Luftkrieg gegen die Libellen in Erinnerung bringen, die steinerne Bank draußen nachkostend erwähnen, das Brot- und Wein-Dasein? – das einfache Leben als Möglichkeit …
Ich habe sogleich nach meiner Ankunft in Carona ein beklemmendes Unbehagen verspürt. Wie ein Verbannter. Die Natur, dachte ich, mit Schrecken.
Und angesichts dieser Natur draußen, die mich anschweigt, mit ihren Erfindern zusammen wartet, daß ich den Atem finde einzustimmen, den Landmannsatem, die Einstellung für die steinerne Bank, wenn es schön würde, das Ohr für die Libellen …
Ich würde hier gar nicht erst auspacken, mich keinesfalls einrichten.

Heute Dubčeks Rede gehört. Keine Floskeln, eine schöne direkte Rede an das Volk wie an eine Familie, jedenfalls an eine Gemeinschaft, ergreifend. So menschlich, daß sogar der Stil großartig wird.

Die Tschechoslowakei heute das großartigste Beispiel für Hoffnung.
Der Ideenumsatz geht heute schneller als jede Übermittlung durch den Äther. Die Jugend zehrte von kommunistischen Ideen, ich meine die Jugend in ihren Revolten rund um die Erde. Die Tschechen wieder verwenden entwickelte Praktiken der Franzosen und Deutschen (der Studenten ...), und das wirkt wieder zurück. Das ist Internationalismus.
Und Amerika – auf dem Weg zu Wallace und zum Faschismus.
Prag: das Beispiel von Intelligenz und Vernunft und Glaube und Hoffnung; Idee als tatsächliche weltbewegende Macht.

London
Ich liebe diese Stadt mit einer zärtlichen Intensität, mit einer Dankbarkeit, Rührung. Ich sehe sie an, das heißt, ich sehe hinaus – irgendwohin und weiß, daß das Auge mit etwas zurückkommt, als wäre es Traum. Das Auge holt sich draußen eine milde Verzauberung, eine *innere* Schau, zurück. Das ist das Wunderbare.

Das Grau des Alltags hat hier etwas Hochlebendiges, Hochpoetisches und atmet Anstand, Takt, Feinheit, FREIHEIT. Ich bin verliebt in diese Stadt, die so *leise* ist.

Die Schweiz kann man als Avantgarde auffassen, insofern sie etwas vorwegnimmt, was dem ganzen westlichen Europa blüht: die Einübung in den Tod. Hier ist das Licht des Lebens schon lange erloschen, hier hat man schon lange Übung darin, lebend tot, das heißt ohne Zukunft zu sein, das heißt nur im eignen Materialismus zu schmoren. Das

heißt ohne Hoffnung und doch dick zu sein und hoffärtig und dünkelhaft.
Die Schweiz hat 100 Jahre Vorsprung in der Einübung in den Tod.
Die Lebenszentren haben sich verschoben, die Sonnenzentren haben sich verschoben, wir sind Trabanten, die im Schatten fortdauern, ohne Möglichkeit ins Leben zu investieren, ins Leben zu hoffen.

London, Fitzroy Road 34 A
Wenn ich an meinem Roman schreibe, habe ich nicht bloß die ständigen Fluchtinstinkte zu unterdrücken (die Widerstände), nein: Ich ertappe mich dabei, daß ich – wie ein Kind, das erst die Aufgaben machen muß, bevor es hinaus darf – dauernd an irgendwelche Vergnügungen denke, die ich mir *nachher* oder *danach* werde leisten dürfen. Als hätte ich ein Pensum zu absolvieren, als würde ich mir mit dem Schreibpensum ein bißchen Lebensabenteuer (Lebenserwartung) verdienen. Eigentlich komisch, denn wenn ich an einem Essay sitze, geht es mir anders. Ich fühle mich dann viel weniger in Klausur oder im Gegensatz zum Leben, weniger ausgesperrt. Ich kann kontinuierlicher und eigentlich auch genußvoller vor mich hin arbeiten.
Warum dies?
Ich deute mir's so.
Das dichterische Schreiben ist viel mehr Leben abgeben im Sinne von Wärme abgeben. Ist viel stärker mit vitalen Verlusten verbunden, deshalb dieses Bedürfnis nach Leben im Sinne von etwas zu mir nehmen, aufnehmen, konsumieren.
Das Dichten ist Leben abgeben, und deshalb sträubt sich alles dagegen.
Oder auch: Das Dichten ist etwas »Sündiges«, ist ein Sichvergreifen am Leben, ist verbunden mit der Möglichkeit des

Fehls, des Lebenverfehlens (zumindest) des endgültigen Sichtäuschens und des Schlags ins Leere. Ist Konfrontation mit der letztlichen Ungreifbarkeit, Unerreichbarkeit, Unhaltbarkeit des Lebens, deshalb stellt sich schon im Akt des Schreibens dieser Appetit auf Leben ein.

Diese Unterschlüpfe, diese argen Löcher. Man könnte fragen: Wie kommt es, daß ein Mann seines Alters (ein Mann von 40), ein Mann seiner Formation, seines Ansehens ... es immer zuwege bringt, in dermaßen chaotischen Verhältnissen zu logieren, wenn er sich zurückzieht, in Klausur geht, um konzentriert zu arbeiten?
Hier dieses Basement, dieses Souterrainloch ohne hygienische Vorrichtungen, mit Zimmern, die mit lumpigen Teppichen belegt sind, immerfeuchten Bakterienplantagen; die vor allem mit den ärgsten Betten möbliert sind, entweder vollkommen ausgelegenen, muldenförmigen oder aber harthügeligen Liegen, die schlaflose Nächte mit Angstschweiß und Alpträume spendieren; außerdem sind sie (und die zugehörigen Decken) in einem dermaßen verlausten Zustand, daß man nur mit Widerwillen einsteigt in diese Lazarus-Pfühle. Alles in allem Nachtasyl-Mobiliar mit Maxim-Gorki-Stimmung. Alles in allem heruntergekommenste und total unkommode Verhältnisse. Alles in allem ungünstige Lebens- und Arbeitsbedingungen. Jeder andere würde sich besser organisiert, würde die Sache vorher besichtigt (und sich aus dem Kopf geschlagen) oder umfunktioniert haben. Warum nehme ich immer diese Verhältnisse in Kauf, als wäre ich ein jugendlicher Streuner? Ist es mangelnde Fähigkeit, mit den praktischen Dingen des Lebens zurechtzukommen? Oder ist es Neigung?
Ich lege mich gerne zu den schwärigen Dingen der Fremde ins Bett, ich begebe mich nicht ungern in diese niederen (un-

geglätteten) Lagen. Ich mag das Unfertige, die Lage im Rohstofflichen, das Unausgeprägte (Chaotische), Grundmaterialhafte. Und dann auch die entsprechende Brüderlichkeit. Aber es ist mir bewußt, daß man's auch als Schwäche auslegen kann. Andererseits – das Loch ist Freiheit, während der Besitz und die ausgesuchte und etablierte Einrichtung bindet.
Jedenfalls erstaunlich, diese meine stinkenden Löcher, die mich weiter gar nicht aufregen.

London kommt mir neuerdings in anderen Aspekten zu Bewußtsein: nämlich als eine Art Trümmerfeld, Trödelmarkt, Gracchenacker. Als hätte sich die Erde aufgetan und würde dauernd irgendwelche Behausungsbrocken aus sich und emporwälzen. Dasselbe wiederholt sich im kleinen Maß der Schaufenster, wo auch bloß eine Riesenmenge Waren gestapelt ist, von welcher man nicht recht weiß, wo das Angebot anfängt und der natürliche Schutt oder Abfall aufhört. Aber aus beiden Optiken, der kleinen wie der großen, ist natürlich im einzelnen überall herrlichste Pracht zu entdecken, Allüre, Stil, Kostbarkeit, nur eben im (Ur-)Schleim einer wuchernden »Acker«erde.
Und insgesamt gilt auch noch, daß man hier (wie in einer dauernd wechselnden Wüste oder Meeresweite) nie weiß, wo man ist, immer in einer sich und mich bewegenden lebendigen grenzenlosen Menge und Vermengung ist ... in einem wuchernden Einerlei.

Mit Canetti nach Lugano
Wir sprachen über das Phänomen des Vorbilds für Künstler und Dichter und waren uns darin einig, daß Kunst insofern von Kunst kommt, als eine Art Stafettenübergabe zwi-

schen Geistern stattfindet, eine Art zündende Funkenübertragung von verwandten Figuren, eine Art Vererbung wohl. In dieser Hinsicht ist das Phänomen des Vorbilds oder des Erbantretens sehr wichtig. Wo es fehlt, fehlt Entscheidendes.
Ich sehe solche »Staffettenübergaben« bei Hölderlin und Trakl und das geht eigentlich noch bis zu Robert Walser. Dann wieder von Büchners *Woyzeck* zu Canetti. Er sagt, er habe nach dem nächtlichen Lesen dieses Dramas eine Art Rausch erlebt und dann sein erstes Drama, *Hochzeit*, geschrieben. Bei Büchner ist dasselbe bezüglich des Dichters Lenz zu sagen. Und geht von da nicht etwas zu einem Horváth?
So gesehen wäre jeder echte Künstler auch eine Art *Bote* im geistigen Geschichtsraum, einer, der in sich das Vermächtnis, nein, mehr: die Figur seines Vorbilds wie eine innere Figur (wie eine mittelalterliche »Seele«) mitträgt. Am Endpunkt dieser Botengänge und Botennetze würde sich allerdings herausstellen, daß das Vorbild, das weitergereicht und übermittelt wird, nicht eine Dichterperson, sondern etwas namenlos Größeres war.

Canetti ist von einer aggressiven Güte. Er ist die verkörperte Kriegserklärung an alles Gemeine, Niedrige, Schläfrige und eine moralische Großmacht.

Friedrich Kuhn säuft seit Wochen in der anstößigsten Weise, heißt es, und ich habe ihn ja auch gesehen, mehrmals: abgesoffen, erbarmungswürdig etc. Ich und andere von Kuhns Freunden haben mit Schmerz darauf reagiert. Mein Schaudern angesichts dieses in Suff und irrer Wüterei abhanden gekommenen Kuhn von vorher faßte sich in die Frage: Warum hast du aufgegeben? Neulich habe ich ihn wieder getroffen, im Kreis 4 an der Langstraße, eine bereits legendäre Erscheinung in diesem Viertel, Inkarnation eines Bohemiens, mithin eines antiquierten Exemplars, der eine Art Garde um sich gesammelt hat, aber auch Verfolger. Ein Verächter der Ordnung, ein wandelndes Beispiel der Maßlosigkeit. Ein Verführer, Verleumder der Wirklichkeit.
Er (der ja nicht an Kunstwaren glaubt – »Kunst ist umsunst«) hat jetzt übergewechselt in die Freiheit des tosenden Mimen, die Langstraße ist sein Parkett, er ist der Eroberer in vielen Rollen; er sucht das Wunder, es hat beinah etwas Religiöses, wie er seine Herausforderung an den Tod vorlebt. Aber es ist nichts Beklagenswertes dabei, im Grunde. Es ist der immergleiche, der alte Kuhn: der das Wunderbare und Außerordentliche verteilt oder doch anruft wie jener, der ausrief: Ich lasse dich nicht, du segnetest mich denn. Das Wunderbare ist gleichermaßen in diesem Maßlosigkeitsbeispiel und in der Herausforderung, über den Schatten des eigenen Todes zu springen. Er versucht jetzt gewissermaßen über das Wasser zu schreiten, der Todgeweihte. Dieser Totentanz ist seine Erpressung des sogenannt realen Lebens, und er führt diese Erpressung mit dem Einsatz seines Lebens durch. Ist dieser traurig-imponierende Exzeß ein Versuch, dem abschließenden Kapitel in meiner Kuhn-Monographie, dieser Festlegung, zu entkommen? Warum

ich ihn so lange nicht begriff? Wo ich doch letztlich genau nach demselben dürste?
Die Legende zu Lebzeiten aufzustellen in atemloser, in atemanhaltender Steigerung ist der inbrünstige Versuch, aus dem schleichenden Tod im Dasein den Beweis eines eigenen Vorhandenseins zu erzwingen. So wie es in Spanien war, als ich mit allen Poren das sinistre Trommeln spürte und dieses beharrende Trommeln meine sichtbare Auferstehung im Leben jetzt zu fordern schien. Alles in mir war stumm vor Erwartung, und die Augen brannten in den Höhlen so weit aufgerissen, und alles war voll des furchtbarsten Ernstes und dennoch ganz leicht, weil nichts mehr zu verlieren und alles zu gewinnen war.

Es fiel mir ein, daß im Zusammenhang mit Liebe oder doch mit dem Zustand der Verliebtheit dieses inständige Reden zu zweit (abseits) einhergeht. Dieses »Sich-selbst-geschenkt-bekommen« aus den Augen und Worten des anderen, dieses Neugeborenwerden, wohl ERKENNEN, irgendwo an einem Tischchen in einem Wirtshaus, irgendwo abseits passiert es. Man tritt aus dem Munde der Schönen (heißt es im *Canto*). Der Partner wird eine Art Existenzgarant, deshalb dieses Hangen und Bangen, als hinge die eigene Existenz von der Erhaltung dieses Liebeszustandes ab. Außerhalb droht die Gefahr, in Nichtexistenz zurückzufallen. Deshalb auch dieses Hinterherbuchstabieren der Szenen und Gesprächsfetzen, dieses dauernde Rekonstruieren: weil alles plötzlich nur noch innerhalb des Rahmens des neuen Wunders zu bestehen scheint.
Existenzhelfer einer dem andern.
Ein jeder redet über den andern wie über die Entdeckung Amerikas, und der andere horcht in höchster Anspannung.

Der Prager Friedhof ist eminent parkartig. Das Grab Palachs im neueren Teil des Friedhofs ist über und über bekränzt vor der mannshohen Photographie des als Lebende-Fackel-Verbrannten, dieses Widerstands-Toten. Mit brennenden Kerzen davor. Viele Leute. Wallfahrtsplatz.

Und der Judenfriedhof
Nichts von Anlage – die zerstreute Schar. Die Steine unglaublich dicht gesät und ganz ohne Umrandung, Umschwung. Ein hügeliger Haufen, die Toten (wir wissen, daß sie über- und untereinander liegen). Und zu jedem Bestatteten gehört einer dieser oben spitzen, an den Rändern zakkigen, grob behauenen Steine, die voller Schrift sind. Die Steine in ihrer dichten Saat wirken wie wackelige und schief starrende Zähne. (Zähne der Zeit.) Und das Ganze hat etwas von der zusammengedrängten (heimatlosen) Herde. Wichtig für mich diese schonungslose Faktizität – wie in die Erde gesteckte Tafeln, wie steinerne Karteizettel. Wahrhaft kein Trost, keine Ummäntelung. Kein Friede. Diese harte Faktizität (vor dem Faktum des Todes). Zähneberg. Knochenberg. Und auch hier weit weit oben Laub von Bäumen, die von krächzenden Raben bewohnt sind. Das ununterbrochene Krächzen gehört zu diesem Judenfriedhof, der das einzige ist, was vom einstigen Ghetto blieb, wenn man von den Synagogen absieht. Da ist nichts beruhigt, der Schrecken ist nicht befriedet.

Trost der Stadt (Notiz nach Prag)
Man tritt in den Schatten einer Gasse (der Großstadt) ein, wirft diesen Schatten wie einen Mantel über sich, empfindet die Verdunkelung und nimmt gleichzeitig einen Schwall von Gerüchen wahr und dazu noch diesen nicht wegzudenkenden Ton, der immer summt und irrt, Ton eines Instru-

ments vielleicht, der sogleich Vorstellungen hervorruft, etwa eines (Klavier) übenden Kindes hinter einem Fenster, das man überhaupt nicht auszumachen braucht: Es ist trotzdem ein Zimmer plötzlich da, vor dir, in der Luft da, die Nachbarschaft einer Interieur-Vorstellung, eines Nachmittags, eigene Erinnerungen weckend ... Und jetzt legt sich von ganz anderswoher ein anderer Laut darüber – sei es eine schlagende Tür, sei es das Anknurren eines Motors. Und noch etwas – etwas von Sägen oder ein rascher Wortwechsel oder auch nur das Geräusch einer Spülung: Und sogleich ist dieses wunderbare Gefühl da: daß all diese Mauern bewohnt sind, nein mehr: Zeugen und steinerne Behälter von Jugend und Alter und Feierabend und Krankheit und Krieg und Liebe und Rauferei ... sind. Daß sie voller GESCHICHTE (Geschichten) sind. Und daß sich dies fortsetzt, und zwar nach allen Seiten: Trost des Kontinuums: daß hier alles millionenfach gepfadet und besetzt ist durch menschliche Lebensvorgänge. So viele Menschenleben haben hier Patina und Ton und Laut und Geruch erzeugt und tun es immerfort ... Das eigene Leben wird wundersam gesteigert, der Gang von Schritt zu Schritt abenteuerlicher. Ein Ewigkeitsgefühl? Ein Reichtumsgefühl? Lebens-AUSSICHT wird vermittelt. Das ist gewiß. Der Stein der Stadt stellt ungezählte Wände voll neuer Möglichkeiten des Lebens um dich. Er begleitet dich mit solchen Wänden. Er verlockt – zum Leben. Das Unmögliche lauert mich an. Deshalb der Pflasterstein, der dir all das vorzittert und vorvibriert. Er hat teil. Er ist gesättigt. Der Boden der Städte sei mir geheiligt. Ich gehe im offenen Haus der Stadt.

London

Ob es damit zusammenhängt, daß ich gerade Jean Amérys *Über das Altern* lese? Ob es mit der altersmäßigen Verunsicherung durch mein Jahr an der ETH Zürich zusammenhängt und jetzt, in London, noch potenziert wird durch die lange ausgelassene Vaterrolle (zudem noch einem Sohn gegenüber, der jetzt ins jugendbewußte Alter eines jugendhörigen Zeitalters tritt) … – jedenfalls stelle ich fest, daß ich mich neuerdings mit dem Problem des Alterns herumschlage. Wenn Valentin mir (halb mutwillig, halb in echter Besorgnis) eine Altmännerhaut attestiert oder eine leibliche Verwahrlosung, wobei er teils ganz gewiß ehrlich entsetzt ist, sein Vaterbild modifizieren zu müssen, dann bedeutet dies im Grunde ein erstes Abschreiben des Vaters, er nimmt den Akt der Ablösung voraus. Er erkennt mich als einen älter Gewordenen (älter als er mich in Erinnerung hatte). Es ist dies alles auch ein bißchen die Anmeldung von Führungsansprüchen der heranwachsenden Generation (wobei man selber in den Schatten der Lebensszene gedrängt wird). Ich bin verunsichert.

Auch auf der Straße. Es kommt wohl daher, daß ich mich spontan mit der Jugend (dem jugendlichen Helden) messe und dabei feststelle, daß ich da nicht Schritt halten kann. Ich bin ja älter, feister, eben mittelältlich im Vergleich zu ihnen. Ich gehöre in den Kleidergeschäften zu einer »gehobenen« Konsumentenschicht. In solchen Geschäften fühle ich mich geradezu an den Rand gedrängt, weil die feilgebotene (und Beat-umsäuselte) Ware nicht für Staturen meiner Generation vorgesehen ist. Ich müßte also mein Bild von mir selbst revidieren. Denn bis vor kurzem noch sah ich mich offenbar als den »jugendlichen« Eroberer an, der – nichtetabliert – herumstreunt, auf Mädchen aus ist, auf Eroberung, Welteroberung ganz allgemein. Aber jetzt steht eine Eroberer-Generation auf dem Plan, die mich durch ihr augenfälliges Jüngersein distanziert, wenn nicht isoliert. Es fällt mir auf, daß auf der Straße die Jungen dominieren, die Älteren nimmt man merkwürdigerweise nicht mehr recht

wahr; auf dem MARKT des Lebens spielen sie keine Rolle. Nicht auf der lebenshungrigen Szene des Jahrmarkts der Eitelkeiten. Noch bis vor kurzem habe ich mich indessen ganz selbstverständlich so benommen, als gehöre *mir* dieser Markt – so wie früher.
Ich weiß plötzlich auch nicht mehr recht, was mir gehört und zukommt und was nicht. Die Altersgrenze um 40 ist offensichtlich eine problematische Schwelle. Man müßte da schon im Räderwerk der Macht und der Besitzenden integriert sein und kein Außenseiter. Man müßte mit Kaufkraft und Ansehen wettmachen, was die biologischen Umstände von selbst nicht mehr vermögen oder an »Versprechen« zu bieten haben.

Vater kam so schön daher, so lebens- und unternehmungslustig – einen Faden aus dem fernen Rußland hier zu knüpfen. Und endete so still im Haus.

Die Leute stehen so verheißungsvoll und geheimnisvoll auf den Namensschildern der Briefkästen.

Eigentlich könnte ich mich ganz anders fühlen, denke ich, wenn ich nachts mit oder ohne Hund, mit oder ohne Auto-Dislozier-Pflicht durch die ganze Feierabendlichkeit oder Vergnügungssucht meiner Altstadtstraßen stapfe. Ich meine: weniger aggressiv gegenüber Vergnügungstrotteln, die jetzt »frei« haben; also auch weniger geplagt, weniger geduckt. Weniger deplaziert oder verfemt.
Und ich stelle mir vor, wie ich mir (wäre ich ein anderer) von außen einen Schriftsteller meines Schlages denken und vorstellen würde: als eine souveräne und eigenartige Er-

scheinung, der als ein »Freier« in seiner Stadt sein (bewußtes) Leben lebt. Statt dessen schleiche ich voller Neid und Bedrückung – jedenfalls häufig –, schleiche ich wie der einzige Unfreie, wie ein Paria durch die Gassen. Was im Nakken? Die Faust? Faust der wirtschaftlichen Pression? Warum ergehe ich mich nicht wie einer, der seine Arbeit tut, aber auch sein Leben lebt?
Mißverhältnis.
Ich gehöre eben nicht zu jenen, die vor sich hin produzieren können. Ich muß mit aller Müh und Plag mir mein Schreiben erstehlen, habe nie Zeit, komme nie frei, bin nie frei … Finde mich in einem miesen und schiefen Verhältnis zur Öffentlichkeit.
Kein richtiges Privatleben und kein freies Berufsleben oder: keine freie Bahn für mein Berufsleben. Immer noch nicht richtig ausgeschlüpft. Oder ins Freie gelangt mit meinem geschriebenen Leben und Wort.
Ja, wenn ich in London oder auch nur im schönen Häuschen auf dem Pfannenstiel bin, als tagsüber schreibender Schriftsteller, der in seiner Arbeit und seinen Arbeitsgedanken aufgeht, dann habe ich gleich ein ganz anderes Lebensgefühl.
Ja, wenn ich wirklich als Schriftsteller leben kann zwischendurch, dann sind die Straßen gleich viel abenteuerlicher. Aber so, wenn die ganze schriftstellerische Arbeit unbezahlt und der Autor zudem durch die Ungewißheit des Ausgangs und das Erscheinen des Buches etc. verunsichert ist, so daß ihm sein ganzes Unternehmen vorkommen will wie etwas Halberlaubtes, Unwichtiges, Prestigeloses – dann hat das natürlich seine Rückwirkung aufs Lebensgefühl: Man sieht sich wie einen Heimlichtuer und Schreibknecht. Man sollte ja dies und jenes unternehmen, um an Geld zu kommen. Man geht ganz nackt herum mit seiner Schriftstellerei, dabei sollte sie im Rahmen einer gewissen Stabilität, Legitimität stattfinden dürfen.

Man erhebt den Anspruch, ein ernstzunehmender Schriftsteller zu sein, ein Künstler eben (und nicht einer aus dem Haufen) ...
Und dabei ist man in den Augen des Steuerinspektors und hämischen Nachbarn, in den Augen des Zeitungsredakteurs, des Beamten, des Funktionärs nichts weiter als ein armes Würstchen – demoralisierend. Man kann gar nicht recht in den eigenen Umriß steigen.

Ich möchte das Große, Einmalige, Tiefe, Unvergleichliche, Reine – des *Dichters*. Und ich möchte die (Mailersche) Öffentlichkeitswirkung des resonanzreichen Opponenten.
Und habe weder das eine noch das andere. Nur die Zwiespältigkeit und innere Zerrissenheit und Schwereinschätzbarkeit und Isolation.
Und allen zugehörigen Haß. Und alle zugehörige Wut und Überheblichkeit ...
Basta.

Ein Kind der Zeit sein: Man müßte mit einer hundemäßigen Schnüffelneugierde seiner Zeit auf der Spur sein und bleiben, aber man muß auch gegen seine Zeit sein.
Zeitmitläufer, Objekte der Maschinerie ihrer Zeit sind beispielsweise all die Jugendlichen der Beat-, Popgeneration, diese drogensuchtigen Gespenster und Teilnehmer des permanenten Maskentreibens, Demonstrations-Rauschsüchtigen. Sie sind Zeit-Geister, materialisierte. Sie drücken vielerlei aus, was unsere Zeit ausmacht, weil sie ganz unmittelbar von ihr betroffen scheinen. Sie sind Medien. Sie interpretieren ihre Zeit.
Ein Zeitgenosse aber wird einer, der bereit ist, die eigene Zeit zu überwinden.

Die meisten schöpferischen Zeitgenossen haben von weit hinten (in der Geschichte) Anlauf genommen, um die eigene Zeit zu verändern. Ein van Gogh hat – während alle Welt pleinairistisch hell daherpinselte, phototrunken – bei Rembrandt und Delacroix und den Primitiven angesetzt, finster von tiefem Herkommen, und stieß ungeheuer ins Neue vor.
Ein schöpferischer Zeitgenosse ist durch seine Zeit aufgestört, weil er sie im wesentlichen inakzeptabel findet. Aber seine Maßstäbe hat er von einem Herkommen oder von einer eingeborenen reinen Vision. Ein Zeitgenosse, der diesen Namen verdient, ist jedenfalls nicht Teil des Zeitviehs, der modischen Herde und Masse.

Max Frisch beim Fest für Federspiels 40. Geburtstag:
Wie er, der Erfolgreiche, uns Jüngeren, Erfolgloseren vorrechnet, wie hart er's doch in unserem Alter hatte: Veloklammern. Kein Auto. Kein talentsüchtiges Verlagswesen. Harte Zeiten. Grenzbesetzung. Eidleistung. Erschießungsandrohung seitens eines Hauptmanns mit Zivilberuf Abendtechnikumsbauzeichner. Keine literaturgünstige Situation mithin. Jüdische Verlobte, die er an die deutsche Grenze begleitet; ihr wird der Paß abgenommen, ihm unaufgefordert ein Arierausweis zugestellt. Er hat's schwer gehabt, oh ja, er hat zwar auch Glück gehabt, zum Beispiel mit der Marktlücke im Literaturwesen des Jahres Null, mit dieser verhältnismäßigen Konkurrenzlosigkeit, aber in seinen Augen hatte er's viel schwerer als irgendwer von unsereins. Ressentiments werden ihm vorgehalten, doch, klar, ja. Mir wirft er in drohendem Anspielungston das »enfant gâté« vor, rechnet mir vor, was andere und er mir »zahlten«, die Caritas; er möchte mir immer gern politische Gesinnung bestreiten, solche hat er (gepachtet), ich bin oder habe zu sein: ein Poetenjüng-

ling? Ein ewiger Frischling? Jedenfalls möchte er mich gern in eine ungefährliche Romantikerzelle, was weiß ich, sperren. Spricht davon, daß von einem gewissen Alter an (großzügig nennt er 45 als Grenze) die eigenen Bücher Bestand aufweisen müssen, bleiben müssen, »damit nicht immer alle Brücken, Stege, die man sich nach vorn baut, abbröckeln« (so ein sehr bezeichnender Traum von ihm); dabei meint er offensichtlich, er habe es geschafft, mit seinen Werken »zu bleiben«. Es war ein satanisches Festmahl, ganz im Unterschied zum demjenigen, das Frisch zu meinem eigenen 40. ausgerichtet hatte. Ich sehnte mich nach Canettis Gegenwart, wo man sich frei und glücklich und »bedeutungsvoll« vorkommt. Nicht nur das Jüngersein, auch die Erfolglosigkeit neidet uns der Mann. Sein Gesellschaftsspiel mit Rundfrage an die anwesenden Damen: »Welchen von den dreien (Steiner, Federspiel, ich) könnt ihr euch am besten als guten 70jährigen (Über-)Lebenden vorstellen«, woraus ein Rätselraten und Prophezeien von Todesstunden wird. Ich kam mir irgendwie mißbraucht und jedenfalls als Verräter (an meiner Welt und an den Werten, an die ich glaube) vor. Feig, weil ich nicht wagte, dem lieben Wohltäter aufzukündigen.

Erster Schnee. Das Schneelicht in engen Gassen merkwürdig hellgrau, sauber (hat man den Eindruck), wie geschrubbt, aromatisch (wenn es das geben sollte). Ich stecke in langweiligen Arbeiten: Zurechtmachen eines alten Aufsatzes (über Künstlerkolonien). Muß mich sehr beherrschen, weil mich das Abschreiben und Überarbeiten anödet wie der Aufsatz selbst, der mir verblasen und pubertär erscheint. Morgen noch eine entsprechende Adaption des Aufsatzes über den Kulturbahnhof Rolandseck für die *Kunstnachrichten* von Peter Friedrich Althaus. Geldarbeit.

Dieses Jahr war's ja diesbezüglich besonders hart. Von ganz wenigen *Weltwoche*-Artikeln abgesehen, habe ich nur von Bildverkäufen, also Eigentumsveräußerung, und Bankkrediten gelebt. Jetzt sieht's besser aus: Vorschuß auf die spanische »Liebesgeschichte« (Barcelona-Story) in Aussicht. Dann: eine Summe aus städtischem Literaturpreis. Vielleicht noch etwas Entsprechendes von Bern, wer weiß. Und die Tantiemen von *Im Hause enden die Geschichten* stehen noch aus. Erste Abrechnung im Frühling. Mit anderen Worten: Einkünfte aus literarischer Tätigkeit und, was das einzig Erfreuliche ist, *für* literarische Arbeit.

Rückblickend waren die sechziger Jahre nach dem Start mit *Canto* wirklich Talwanderungen. Ehe und Familie zerbrochen. Fronarbeiten, Anmarsch zur Literatur via Kritik, Essayistik, Journalismus; Kuhn-Buch, Skira-Buch, *Diskurs in der Enge*: alles auf das *Haus*-Buch hin. Jetzt wäre ich also wieder bei der Literatur nach einem vollen Jahrzehnt, mein Gott.

Canetti war bei mir. Suchte mich darin zu bestärken, daß ich eine ausgesprochene Begabung für Figuren besäße. Er kenne außer sich überhaupt niemanden, der so übertreibend (wie es alle Dichter seit je gemacht hätten, insbesondere die Russen) über Menschen erzählen könne. Ich solle mich dieser Begabung bedenkenlos ausliefern. Die Kunst stelle sich in meinem Fall ganz von selbst ein. Ich könne bedenkenlos ausgeben.
Er hat's fast beschwörend gesagt. Sein Fixieren, der Nachdruck auf das Gegenüber. Damit man wirklich merkt, wie ernst er es meint. Dann wieder sein Nachsinnen mit schräg gestelltem Kopf und wägend runterwärts gerichteten Au-

gen, dann wieder das Lachen, das ihn den Kopf verwerfen läßt. Und dies alles auf seinem gewaltigen Oberleib. Darüber das Strindberg-Gesicht. Seine Mutter liebte Strindberg über alles. Vielleicht ist er, der es seiner Mutter als Kind immer recht machen wollte (er wollte einfach vor ihr bestehen), ihr zuliebe in diese Gesichtsverwandtschaft gewachsen.
Man fühlt sich wunderbar gehalten und gesteigert in seiner Gegenwart und im Guten bestätigt. Schwer zu sagen, die Erscheinung und Wirkung Canettis.

Man gehört als sozusagen anerkannter Writer zu einer sogenannten »Elite«. Man wird allerorten aufgefordert, sein Votum abzugeben, Stellung zu nehmen. Und der Briefkasten ist andauernd voller Anfragen, Einladungen, Aufforderungen zu irgendwelcher Mitarbeit. Viel ehrenamtliche Arbeit, auch Rampenlicht. Voilà. Aber privat –
Nun: eine Art Studentenbude. Zu einer richtigen Wohnung reicht es nicht. Kein Bad, nicht der geringste Komfort. Überhaupt nichts auf der hohen Kante. Von der Hand in den Mund von Monat zu Monat. Das Dastehen im Rampenlicht ist purer Bluff.
Dieser Kontrast wirkt sich als Unglaubwürdigkeit aus nach außen und nach innen manchmal als Verunsicherung.

Was für eine Lebensform: kommode Boardinghouse-Existenz in London, in weiß gestrichenem Haus in Paddington und zu dieser Straße zu gehören, zu diesen Anwohnern (wo keiner weiß, daß ich gar nicht dazu gehöre), diese Verkehrsmittel (Underground und Bus) zu benützen, diese Läden, die Ohren in dieser Sprache zu baden … Irgendwie »Wohnen in Luft«, jedenfalls nicht mehr eingehöhlt in den Burgen des Bekannten und Beschwerlichen zu Hause …

Es ist nicht wie »entwurzelt«, es ist befreit, herrlicher Schwebezustand, wo sich nur noch das Wichtige kondensiert oder kristallisiert, wo man äußerlich wie innerlich aus dem eigenen Gepäck lebt. Und natürlich das Arbeitsinstrument dabei. Was wegfällt, ist die Fron an einen Alltag, der mich aussaugt.

Nachtrag zum elysischen Aspekt mancher Straßen Londons:
Der ölig-weiße Anstrich der Häuser (der oft auch ins Elfenbein spielt) bewirkt eine Entmaterialisierung. Dieser Anstrich geht über alle tektonischen Elemente, über korinthische Kapitelle, Sockel, Säulen, ja selbst Geländer, mithin Eisen, und es ist diese »Öltuchhaut«, diese Verfremdung, die zum Elysisch-Behaglichen beiträgt. Nun ist man ganz innen im Straßenraum, der beidseitig wie mit sehr hellen Tapeten beschlagen ist. Man geht draußen in tapezierten Räumen, die das – übrigens gelbe – Licht der Laternen reflektieren. Ein bißchen Kulissenwelt. Ein bißchen aber auch Spitalwelt. Hospitalgänge. Wovor haben die Engländer Angst, daß sie auf diese Idee und Praxis kamen? Im Hospitalaspekt in Verbindung mit den zart reizenden Neonschriften und schönen schwarzen Lettern (auf Säulen etc.) kommt etwas kommod Pflegliches zur Wirkung. Ganz daheim. Die tausenderlei Läden und Shops und Bars sind dann nur wie Türen zu anderen Zimmern.

Das Licht ist überaus wichtig für mich. Früher war ich beim Schwinden des Tageslichts manchmal richtiggehend verstört, das reichte bis zum Identitätsverlust. Dann habe ich mir die Nachtarbeit angewöhnt, die Nacht als Wohnung gewissermaßen, als dunkle Höhle, als Leib. Natürlich arbei-

tete ich in der »Einsamkeit des Langstreckenläufers«. Ich mußte viel »Möblierung« seelischer und anderer Art aufbringen, viele Tricks. Nachts gehörte zu den Tricks das Sichhinlegen auf die Liseuse zwischendurch, als hätte man eine behagliche Abendlichkeit vor sich und nicht den einsamen Marsch. Es hat auch etwas von soldatischer Nachtwache, ein entsprechendes Triumphgefühl gehört dazu. Schön wurde es jeweils bei Tagesanbruch, im Morgengrauen, bei den ersten Vogelgeräuschen, den Vorhuten des Lichts, dem Aufsteigen des großen Sonnenballs über den Dächern. Man riß das Fenster auf, ging Zigaretten holen, aber jetzt als ein Nachtarbeiter unter den Frühschichtlern.
Aber ganz anders ist es natürlich bei Tageslicht. In den Lichtfluten kommen ganze Landschaften daher, Verheißungen von Lebensland, man badet in solcher Weltzufuhr.
Jetzt zum Beispiel strahlt die Februarsonne Frühlingsverheißung aus. Ähnlich wie ich sie auch an einem Januarsonntag in Rom verspürte. Ich bin hinter der Piazza del Popolo in einem solchen Licht über eine krumme Tiberbrücke gegangen. Der schmale steinerne Steig, der über die träge Breite des Tibers sich buckelt. Im trüben Wasser oder darüber west Natur in Form von Dämpfen, von Insekten, von Lauten (in der Vorstellung). Und die Poren der steinernen Mauern scheinen sich zu öffnen – überall: auf der Brücke und drüben auf dem kleinen Plätzchen in Trastevere, wo allerlei Rastvolk zu bemerken ist. Der Sonntag ist dort ja nicht so sehr ein Lebens-Ausnahmezustand wie bei uns. Nichts Feierliches und Lebensfeindliches, bloß ein gern ergriffener freier Tag, zum Sichherumtreiben, Autoputzen, Lieben.

Muskelriß, invalid, herumhumpeln in einer Wohnung, die nach Medikamenten und Umschlägen stinkt. Gefangener meines Arbeitszimmers. Termin zum Abliefern des Manuskripts (1. April) nicht eingehalten. Terminverlängerung. Ich schaff's.

Frischs neues *Tagebuch* angelesen.

Dann kommt überraschend Canetti zu Besuch mit seiner schwangeren Hera (die er kürzlich geheiratet hat) und bringt Aufwind. Herrliche Gespräche über Dichter – Joseph Roth, Isaak Babel, Walter Benjamin. Als Canetti blutjung war und für einen Verlag arbeitete, hat er Babel in Berlin kennengelernt. Er erzählt von einer Runde sowjetischer Dichter in Berlin, die in einem Luxushotel von einem adligen Russen als Kellner bedient wurden und sich einen Spaß daraus machten, die bestellten Speisen mit dem Hinweis auf Verwechslung zurückzuweisen – um den Weißrussen zu demütigen. Und wie der kleine untersetzte, im Gesicht kugelige, kugeläugige Babel die beschämende Sache mit zorniger Autorität abstellte.

Und er erzählt von Joseph Roth in Paris, dem monarchistisch-katholischen Roth (Kaiserheimweh-Roth), wie er auf seinen Stand als ehemaliger kaiserlich-königlicher Offizier verwiesen habe, wenn in politischem Gespräch eine linke Position ergriffen wurde. Canetti liebt Roth, aber er stellt Döblin über ihn. Und als den bedeutendsten damaligen Zeitgenossen stellt er Heinrich Mann hin. *Der Untertan*.

Canettis wunderbar herzliches Lachen, es reißt ihn buchstäblich aus dem Sitz hoch, den dicken kleinen Mann mit dem Löwenkopf, als ich ihm von Charles Racine erzähle, wie er immer schrie »Ça je vais écrire à Elias, je vais l'appeler, il doit le savoir«. Und zwar als Drohung gegenüber uns – derselbe Racine, der mir zu Hause auf geradezu apokalyptische Weise seinen Judenhaß offenbart hatte und das ausgerechnet vor dem Zuhörer Canetti.

Ich sehe mich als kleinen Jungen um »Carmens« Haus streichen. Es ist Frühling und Ferien. Der Tag der Straße noch unbefleckt, frisch. Die Einkaufsfrauen noch nicht unterwegs. Ein Vorrat an Tag in der Luft, der chlorophyllischen Morgenluft. Ich sehe mich an der Rückseite des Hauses um den Garten streichen. Der Garten hinter Hecken versteckt. Ein Schatten Abweisung liegt noch überm Rasen, in dem ihr Liegestuhl …

Was ist eigentlich die Verbindung zwischen Antonita und »Carmen«? (Auf einen Zusammenhang hatte mich schon Canetti aufmerksam gemacht, als ich ihm, offenbar am selben Abend in London, hintereinander meine spanische »Liebesgeschichte« und die Geschichte meiner Kindheitsliebe erzählte.)
Die Geschichte mit »Carmen« war eine Kinderliebe. Die Geschichte einer Abhängigkeit. (Macht der Liebe.) Der kleine Junge, der ums Nachbarhaus streicht, wo er auf seine Gespielin wartet. Sie hat einen weißen Teint mit einer Spur Laubflecken im Gesicht, die den Teint noch weißer erscheinen lassen. Sie gilt als hochnäsig, hochmütig. Aber auch als ein heimliches Luder (wie er später hört). Für ihn ist sie der Inbegriff der Schönheit, Anbetungswürdigkeit, Unerreichbarkeit, Verzauberung. Sie ist ein höheres Wesen. In ihrer Nähe oder auch nur im Gedanken an sie stockt ihm der Atem, setzt das Herz aus. Sie hat Macht über ihn. Erhören und verstoßen. Sie erscheint auf dem runden Balkon, um ihn wissen zu lassen, daß sie gleich kommen werde. Es ist früh am Vormittag, Ferien, sie werden zusammen sein, allein zusammen draußen sein. Den ganzen Tag. Er liebt sie. Er weiß nicht, was das ist: lieben. Aber er ist ihr ganz hörig.
Alles ist insgeheim auf sie bezogen –
Er lebt aus ihren Gnaden.
Sie ist in allem, was er sieht. Weil er mit den Augen des Lie-

benden um sich sieht. Sie ist der Animus in allen Dingen, die wiederum ein Versprechen enthalten, köstlich – sie. Sie ist die Ursache einer erregenden Begeisterung, einer Erregung. Und sonst? Sie ist die Verkörperung des Begehrenswerten.

Sie ist die Schönheit an sich. Und alles ist Abglanz von ihr. Sie ist irgendwie allgegenwärtig, weil sie in seiner ganzen zwölfjährigen Existenz spukt – zentral und beherrschend spukt. Aber er weiß nichts darüber. Sie ist sein erster Gedanke beim Aufwachen, obwohl »Gedanke« eigentlich schon zuviel ist, sagen wir also: Sie sei seine erste Empfindung, Lebensempfindung – oder, noch besser: Erwartung (Lebenserwartung?). Sein Versprechen. Und sie ist das unermüdlich Irritierende. Aufwachen und – sie vor Augen haben, vor Sinnen haben. Wie?

Er hat noch überhaupt nicht die Fähigkeit, qualitativ oder kritisch zu denken, er kann sie noch nicht beurteilen. Er *sieht* vor sich – *in allem* – sie. Er spürt ihre Nähe (wie ein Tier spürt). Das genügt. Und schon von der Evokation ihrer Person gehen ganze Wellen von Seligkeiten und Ängsten aus. Ihr bleiches Gesicht mit den dunklen Augen. Und ihre Stimme. Etwas dünn, diese Stimme, eine kleine Stimme, fast ein bißchen rauh oder gepreßt – aber schon die Tatsache, daß diese Stimme »seinen Namen in den Mund nimmt«, kommt ihm vor wie – ja, wie was? Wie die unerhörteste Intimität. Wie ein Glück, an das man nicht zu glauben wagt. Jetzt ist er in ihrem Munde, also in ihr. Wie Vereinigung und unglaubliche Erhöhung kommt es ihm vor. Also muß er sie wie das Unerreichbare schlechthin empfunden haben, über ihm stehend. Er hat sie erhöht und sich erniedrigt. Er war sich gar nicht bewußt, daß er auch etwas darstellte, darstellen mochte. Oder daß er selber attraktiv hätte sein können. Das bleiche Gesicht mit Andeutung Sommersprossen, die sehr dunkelbraunen Augen dazu (was das Gesicht noch blei-

cher machte) und sinnlich (Maske?). Und aus ihrem MUND tritt sein eigener Name.
Gut, das sind im Grunde Empfindungen eines körperlichen Reizes. Aber es ist auch die Annahme darin (die stillschweigende), daß dieses in sich abgegrenzte, dazu noch bekleidete, in Kleidern nochmals abgegrenzte weibliche Wesen, Verführerin, fähig, ihn und überhaupt alles zu beseelen – daß diese FREMDE überhaupt nicht erreichbar sei. Oder für ihn nicht erreichbar.
Woher wohl diese Erhöhung des Weiblichen?
Sie ist schön, sie ist reich, sie ist vornehm (gehobener Schicht angehörig). Sie ist die Fremde par excellence. Märchenprinzessin. Und natürlich ist seine Empfindung ihr gegenüber auch sinnlich. Die Schönheit empfindet er ja mit Sinnen. Aber keine Berührung. Keine Umarmung – obwohl undeutlich solche Begierden sich in ihm regten.
Die Freiwilligkeit ihrer Zuwendung – fragil erscheint ihm diese Freiwilligkeit. Er ist ihr ganz ausgeliefert. Zur Bezauberung und Dauererregung gehört die Angst, daß sie sich ihm jeden Moment entziehen könnte. Und dann würde der Geist, der Lebensgeist sich aus allem zurückziehen. Dann wäre er verloren. Sie ist also auch der Garant auf ein unbestimmtes, aber vehement empfundenes Glücksgefühl (im Leben). Und wenn dieser Garant sich zurückzöge? Er war in ihrer Hand. Diese Vergötterung ihrer Person und gleichzeitig seine Erniedrigung – warum? Seltsam.
Aber er kann (realiter) gar nichts anfangen mit ihr. Er fängt auch nichts an. Sie sehen, sie erwarten, sie auf sich zukommen sehen, sie seinen Namen aussprechen hören. In ihrer leiblichen Nähe sein.
Hätte er sie herunterzerren können – auf irgendeinen Boden oder sie gar unterwerfen können.
Aber so –
Er kann nichts mit ihr anfangen (außerhalb seiner »Inner-

lichkeit«), er ist wie gelähmt. Linkisch vielleicht. Er setzt ihr keinen Selbstwert entgegen. Er hängt von ihrem Wetter ab. Es gibt keine Entwicklungsmöglichkeit dieser Liebe und Liebesgeschichte. Nur Bangen.
Sie erscheint auf dem Balkon, hinter sich die Gouvernante, Kinderfrau, um zu verstehen zu geben, daß sie jetzt gleich käme. Es ist, wie wenn die Sonne aufginge. Sie hat sich gezeigt. Und dann wird sie unten erscheinen, leibhaftig. Sie wird mit ihrem merkwürdig weißen Gesicht und den schwarzen Augen, schwarzen Haaren unten bei ihm sein. Mit ihrem Körper, in ihrer ganz und gar *fremden* Art, mit der Aura ihres Höhergestelltseins, mit ihren Kleidern, ihrem Kindersex, allem, was ihr vom Inneren *ihres* Hauses anhaftet ... wird sie sich nähern. Sie wird seinen Namen aus ihrem Mund schlüpfen lassen.
Und dann?
Sie werden nebeneinander hergehen und irgendwas reden, aber alles wird eine Bedeutung haben. Man muß höllisch aufpassen, daß sie nicht entgleitet und daß niemand eindringt in diese »Welt zu zweit«. Diese Stimmung der Unausgesprochenheit. Und eines Tages wird er aus Angst, sie zu verlieren, oder einfach, weil er nicht glauben kann an das, was ihnen geschieht, ihr die Liebe gestehen und die Frage stellen, ob sie mit ihm gehen wolle. Und sie – »Ich muß es mir überlegen«. Was laut Canetti typisch spanisch (spanischer Stolz) ist, was aber genügt, um ihn – mich – aus dieser wunderbaren Welt zu verstoßen. Für ihn ist's Verrat. Wortgläubig, wie er ist. Und jetzt kommt das grausame Leiden. Das Licht ist ausgegangen. Der Animus hat sich aus den Dingen verflüchtigt. Die Welt ist zusammengebrochen. Er kämpft nicht. Er wird in Stolz flüchten, um die Erniedrigung zu verbergen. Die Fassungslosigkeit angesichts des Todesurteils. Nie mehr ein Wort, nie mehr einen Gruß in all den Jahren.

Für sie muß es unbegreiflich gewesen sein.
Das wird bestimmend sein für alles Weitere. Nur nie mehr verletzt werden. Nur nie wieder sich dieser Gefahr aussetzen.
Was er mitnimmt, ist der Verdacht einer Minderwertigkeit oder aber einer Verletzbarkeit (Achillesferse). Übrigens ist auch ihr Vater bereits auf dem Friedhof, wo er den Zutritt zu einem »anderen Land« hütet.
Von da an auch Angst, geliebt zu werden.

Paris.
Damals, als ich hin und wieder von der *NZZ* nach Paris geschickt wurde, um etwa eine große Ausstellung, Henri Rousseau oder Aristide Maillol, zu besprechen, stach ich immer von der Gare de l'Est aus in die Stadt, bevor ich zu meinem Maler-Freund Bruno Diemer ging oder auch zu meiner Tante. Und in der Nähe der Grands Boulevards, spät nachmittags oder auch abends, bevor die Dämmerung einbrach, also noch in vollem Tageslicht, aber schon zu einer Zeit, wo die Büros geschlossen hatten oder im Begriff waren zuzumachen, gewahrte ich diese Dehnung der Zeit, dieses Sichräkeln in einer abendlichen Vergüldung. Ich ging durch eher stille Straßen an all den Bistros, Hotels, Restaurants, Bars vorbei; ich schaute hinein, sah Männer vor ihrem Blanc sec an einer Theke stehen oder Amerikaner an einer Bar oder die Kellner in einem leeren Restaurant, bevor die Gäste eintrafen, oder ich sah an einer Bartheke eine junge Frau – warten. Und diese göttliche Erwartung des Abends staunte mich aus all den einsehbaren Etablissements (zu ebener Erde) an und steckte mich an (mit ihrer Erwartung). Ich weiß nicht, was alles zu diesem Glücksgefühl gehört, das mich bis zuinnerst begeisterte; das herrliche Weiß und Grau der Bauten gehört dazu, es war alles in allem diese

versammelte Verlockung der mit Lebenskunst erfahrensten Stadt der Welt. Es gehörte dazu das Gefühl, daß all das jetzt hier wahrhaft unausschöpflich vorhanden war längs aller Linien der Metro, die mich mit ihren Zustiegen und Ausstiegen und phantastischen Namen einer alltäglich gewordenen Historizität, »Austerlitz« ..., beschwichtigten. Es gehörte dazu alles, was Literatur und Film mir an Lebensmöglichkeit in Paris bereits zugeschmuggelt hatten, es gehörte das Pandämonium dieser Erschließungen dazu, die Allgegenwart so vieler Existenzen, die alle hier sich ausgelebt hatten – ja: Das gehört zum pariserischen Stadtgefühl, daß die Vorstellung, ohne sich dessen bewußt zu sein, andauernd in Romane abirrt, in Existenzromane, Liebesromane, in Künstlerromane. Es ist schwer, in Paris etwas zu denken oder zu fühlen, das nicht in den Spuren bereits ausgedrückter Gedanken und Gefühle abliefe. Paris, Hauptstadt des 19. Jahrhunderts. Es wäre einmal hübsch, aufzuschreiben, was einem alles dazu einfällt. Diese imaginäre Bevölkerung der Stadt und der Stadt in meinem Gefühl (wenn ich hier bin), diese Ver-Romantisierung des Lebens und der Stadt, automatisch.
Ich werde einmal eine Woche hinfahren, im Zimmer einen Stadtplan aufhängen und zu Fuß durch alle Quartiere gehen und alles aufschreiben, was sich mir eingibt, was ich beobachte und fühle. In Paris wechselst du auf Schritt und Tritt von einer Realität in eine nächste und übernächste.

Lese als Begleitlektüre unter anderem Handkes *Der kurze Brief zum langen Abschied*. Ein Angstfriede ist da drin wie bei Adalbert Stifter. In der Malerei würde entsprechen: Caspar David Friedrich. Vor allem die Naturbetrachtungen – die Natur ganz vollgesogen mit psychischen Zuständen und also immer mit starrem Selbstkonterfei zurückgrinsend. Albtraumruhe.

Nach dem Tod und der Beerdigung Friedrich Kuhns eine ganze Woche mit Sauferei, Herumtreiberei, Schlägerei verloren. Endlich wieder im Arbeitszimmer Gärtnerstraße, mit blauem Auge. Übrigens kündet sich ein neues Domizil an: das Maleratelier in der Stockerstraße 43. (Dessen Inhaber, Bert Schmidmeister, zieht in Kuhns Atelier in der Wuhrstraße 10.)
In meinen, in letzter Zeit sich mehrenden Ausschweifungen kommt neben Sauf- und Sexgier immer mehr Aggressivität zum Ausdruck. Aggressivität in beängstigendem Ausmaß, krankhaft, Mordwahn, Totschlagsgelüste, Zerstörungs- und Selbstzerstörungsmanien. Hinterher Gedächtnisverlust, und ich laufe herum in einer Traurigkeit wie einer, der mit dem Wissen um eine unheilbare Krankheit herumgeht.
Ich habe Angst – vor mir. Vor meiner offenbar nicht regulierbaren Verschwendungssucht, Zügellosigkeit, Anarchie. Und Angst, daß ich nicht hinausgelange: ins Freie eines großen Werks, einer großen Entwicklung, einer großen Kurve. Also Realisierungsangst. Woher übrigens dieser Selbstanspruch, unbedingt etwas Großes leisten zu müssen, dieser verzehrende Originalitätstrieb?
Auf der anderen Seite ist eine unbedingte Befreiungstendenz in diesem Wildsein und Verkommen. Selbstbefreiung. Canetti sagte ja einmal, daß das Fesselsprengen zu meinem Lebensbild gehöre. Und immerzu denke ich mit halbem Ohr an ein neues Buch – Stadtnachrichten.
Ist es Angst vor dem neuen Werk, was in mir wütet und mich umtreibt?

Die neue Lebenssituation hier in London gefällt mir außerordentlich. Schon das Haus ist bemerkenswert. Ein Boardinghouse, von oben bis unten zimmerweise vermietet.
In einem Zimmer hausen ein Pakistani und eine Bretonin mit Kleinkind zusammen, im anderen die Witwe eines im letzten Jahr erschossenen Al-Fatah-Kämpfers (erschossen bei einer Flugzeugentführung), Engländerin, mit kleinem Kind im Vorschulalter, Mirjam mit Namen. Wird einmal eine tolle Eurasierin, schaut immer bei mir herein, sehr anmutig, auffassungsklug und zielbewußt in einem. Hat mir vorhin auf mein Blatt allerlei gekritzelt, in dem ich allmählich arabische Schriftzüge entdecke. Im Gang als Gemeinschaftseinrichtung das Telefon, das sehr häufig klingelt und überhaupt andauernd genutzt wird. Vor der Türe die Gespräche in englischer, angloindischer, indischer? Sprache. Alle Bewohner kochen im Zimmer, haben vermutlich Television.
Ich sehe von meinen großen Fenstern (die über die ganze Höhe des Raums reichen) die Straße und Straßenkreuzung mit dem Gehsteig und dem nebellampen-gelben Laternenlicht. Und die Geschäfte: gegenüber Zeitungsladen (ein dauerndes Kommen und Gehen), daneben Drogerie und indisches Restaurant mit Take-away-Service. Waschsalon, der Tag und Nacht geöffnet hat, ebenso Reinigung, dann ein Wettbüro etc. Weiter hinten ein Club und die herrlichen Parkhotels. Ich sehe die Uhr, die eine Stunde vorgeht im Vergleich zur kontinentalen Uhrzeit. Die Parade der Leute auf dem Trottoir, Inder, Pakistani, Schwarze stark vertreten, Hausfrauen verschlampter und gleichzeitig selbstbewußter als bei uns, wenig Glamour, in Sachen vestimentärer Nachlässigkeit scheint einfach alles erlaubt.

Präsenz der Dritten Welt.

Heute wieder mal stadtspaziert, und zwar, obwohl nur etwa zwei Stunden, bis zum Kreuzweh. Eigentlich sollte ich nicht Kreuzweh, sondern Kopf- und Seelenweh haben: Es ist (beinah) wie in Rom – der Magen, der Verdauungsapparat ist zu klein und hilflos, um mit den Eindrücken Schritt halten zu können. Während ich draußen bin, erfahre ich eigentlich mehr den eigenen Prozeß des Überwältigt- und Verschlungenwerdens (von Stadt) als die Stadt selber. Das Stadterlebnis: vor Fassungslosigkeit selber ort- und heimatlos, wenn nicht identitätslos zu werden – ein Untergangserlebnis.

Zwei drei Bemerkungen (armselige Speisereste) trotzdem: Wenn ich sage, auf dem Portobello Market werde man durchweht und durchlüftet von Exotik, meine ich es so: Es ist, wie wenn man durch verschiedenste unsichtbare Vorhänge schritte, durch Bazars in Singapur, durch afrikanische Krals und karibische Dörfer etc. versetzt würde. Ja, all das ist auf einmal anwesend, ist *anwesend* im Zusammenstehen von zwei, drei dicken Negerinnen dieses Gesichtsschnitts, dieser Physis und dieser Art Gelächter, wenn sie so, irgendwelche Wurzelgemüse unter dem Arm, miteinander quatschen und lachen. Aber jetzt ziehen fast lautlos Turban-Männer vorbei, sie ziehen karawanisch geisterhaft einen total anderen (Asien-)Vorhang über die Szene, und wenn im kleinen pakistanischen Restaurant der Kellner sein bengalisch leuchtendes Gebiß entblößt und mit seinem melancholischen Riesenauge lacht, dann ist wieder Szenenwechsel.

Dieses Gewimmel ist in einer unendlichen Vielfalt *da und nah* in seiner exotischen Befremdlichkeit. Und zwei, drei taiwanesische Mädchen gehen schnatternd vorbei. Und thailändische Studenten. Perser, Türken, Zyprioten ... eben das ganze Weltreich. Aber wenn früher einige aus den Kolonien rekrutierte und entsprechend gedrillte Arbeitskräfte

integriert waren, hinzu kamen noch Studierende dortiger Eliten, so ist das heute ganz anders: Es ist eine wahre Flut. Das bankrotte Empire überflutet aus allen fernsten Himmelsrichtungen das ehemalige Zentrum dieses Imperiums, und die Leute sind nicht wirklich integriert, sie sind »da«, und zwar mit ihrem ganzen Anderssein und dem Selbstbewußtsein in diesem Anderssein, sie sind da mit ihren anderen Lebensgewohnheiten, Sitten, Gebräuchen, ihrer anderen Sprache, Kultur, unbekümmert. Das ist viel extremer als das, was bei uns die »Überfremdung« heißt. Es ist, wie wenn auf einer exklusiven weißen Party plötzlich ganze Völkerstämme aus fernsten Landen sich breitmachten, aber nicht um *teilzunehmen*, sich an- und einzupassen, sondern um unter sich zu sein – nur sind sie zufällig auf der falschen Party. Sie funktionieren die Party nolens volens um, achtlos, ohne böse Absichten, einfach so, durch ihre Gegenwart. Enoch Powell im Fernsehen gesehen. Sehr ähnlich unserem James Schwarzenbach vermutlich. Die Angst, auf die er abstellt und mit welcher er spekuliert, *ist* vorhanden. Auch das ein Zeichen der verschobenen Weltgewichte. Wir sind nicht mehr Zentrum, wir sind Peripherie. Die andere, die zugewanderte Völkerwelt ist lebensmächtiger, weil jünger, vitaler, vor allem zukunftsträchtiger.
Das Ganze schlecht ausgedrückt – aber grosso modo dennoch stimmig.

Warum habe ich, sowohl in Paris wie jetzt auch in London, jedes Jahr in verstärktem Maße den Eindruck einer Entzauberung? In Paris ist es äußerlich durch die bauliche Zerstörung bedingt (Verlust ganzer Quartiere wie Les Halles), und der Ersatz ist eine Modernisierung der Stadt im Stile unpersönlicher Hochhaus-Aussaaten. Aber es ist nicht nur das. Es geht eine Entpersönlichung vor sich. Die Städte sind

alle im Begriff, ein größeres Zürich zu werden. Gut funktionierende Städte werden es dereinst sein, aber ohne Genius, Verwaltungsräume, Bankenzentren, Bürozentren, sauber, aber leblos. Die Leute werden vertrieben und damit die Seelen (der Städte) ausgetrieben. Der Genius flieht. Ich weiß noch nicht so recht, was es ist. Walter Hunziker sagte, es sei viel weniger los in London, die Popszene sei arm, und überhaupt sei der Londoner Beitrag dünner geworden, dafür seien die Preise gestiegen und die Räuberei auch. Er sei in paar Tagen mehrmals und in einer für London untypischen Art ausgenommen worden.
Ist es, weil all diese Städte nicht mehr Zentren sind, weil die Sonne nicht mehr über ihnen steht? Werden diese Städte Museen ihrer selbst, nicht mehr recht selbsterneuerungskräftig, uniform? Ist es so, daß wir im Grunde erinnerungstrunken in London und Paris traumwandeln, rückwärtsgerichtet? Ist London heute höchstens noch so reizvoll in seinem Stadium eines Totalausverkaufs, eines Liquidierungsprozesses der ganzen imperialen Herrlichkeit von einst? Lieben wir diese Städte schon als Antiquitätenliebhaber? Ist keine Zukunft, weil das System keine echte Zukunft hat, das diese Städte beherrscht?

Ungeheure Tiefs mit finsterster Bedrückung, geballter Aggression und viel Lethargie, die ganzen Tage durch. Natürlich hängt damit zusammen, daß die Atelierwohnung noch nicht parat ist, alles noch im Zustand der Malerarbeiten und Schlimmerem und dabei Mutter zu Besuch und die Kinder in Osterferienfreiheit. Also keine Rückzugsmöglichkeit, keine Abkapselung, dafür das Zerhäckseltwerden durch Anforderungen familiären Alltags und durch winzige »Pflichten«. Einen Monat habe ich jetzt dadurch verloren. Ich sollte es langsam wissen: Für mich ist Arbeiten nur möglich, wenn ich mich und meine Arbeit ganz und gar in eine unabhängige, abgelegene Klause einsperren kann, wo wir unerreichbar sind. Abtrennung von Tageskram, Familie, Haushalt etc. Anders verkomme und stagniere ich. Mein blöder Zustand mag auch damit zusammenhängen, daß ich seit 14 Tagen, zum ersten Mal in meinem Leben, nicht mehr rauche. Untergründig ein Gefühl wie wenn man operiert, kastriert wäre, wenn man nur auf zwei Zylindern liefe, und die anderen wissen es nicht. So eine merkwürdige Melancholie.

Las monographische Texte über Hemingway und staunte – neiderfüllt –, wie wunderbar total er sein Leben auf sein Werk programmieren konnte. So daß Kriege, Jagdabenteuer, Fischen, Afrika, altes Europa und Amerika, Liebe versuchen und Tod versuchen, kurz: alles, dem er als Lebensgläubiger oder Zweifelnder auf der Spur war, gewissermaßen die stoffliche Vorarbeit für seine Bücher darstellte. Auch wie er alles auf eine Karte setzte, hat mich ungeheuer beeindruckt, und dann sein Ehrgeiz: ein großer Schriftsteller werden oder sein zu wollen, wenn möglich der größte von allen. Sein Einsatz im Leben und Werk, dieses unbedingte Alles-oder-Nichts – während hierzulande etwa die Schriftsteller ganz gerne von sich sagen würden, sie seien halt Leute dieses oder jenes mittleren Talents, durchaus bewußt, durchaus …, aber sie täten ihr Bestes, indem sie diese oder jene Lücke auszufüllen trachteten. Sie wollen sich nur irgendwie im Betrieb integrieren, innerhalb ihrer Grenzen florieren. Sie halten Bescheidung für anständig, ins Große zielenden Ehrgeiz für unanständig. Ich möchte auch ein großer, möglichst sehr großer Schriftsteller sein oder werden, und ich muß mein Leben viel brutaler auf dieses Ziel hin ausrichten. Das Leben viel rücksichtsloser meinem Schreiben beugen.

Hans Manz meint, die Aggressionen, die Gewalttätigkeitsausbrüche, die unter Alkohol erfolgen, könnten daher rühren, daß ich auf jeder Ebene und auf allen möglichen Gebieten immer widersprüchliche Tendenzen verfolge. Etwa, was die Kinder und die Familie betrifft, sowohl das Verlassen und Mich-Losstrampeln wie das An-mich-Binden, väterliche Versorgen, Vorsorgen … Daß ich im Künstlerischen sowohl das eine wie das andere anstrebe. Ist mein ausbruchswildes Gebaren, meine gestaute und sich Bahn brechende Aggression auch Ausdruck einer nach vorn verbarrikadierten Dimension? Ausdruck einer Weglosigkeit, Visionslosigkeit?
Manz bemerkte, ich müsse wohl sehr viel verdrängen, daß es zu all diesen Ausbrüchen komme. Stimmt. Muß sehr viel Primitives verdrängen. Ich bin wohl wirklich mit einem Fuß in der »anständigen« Welt der Bürger und mit dem anderen in jener wilden Welt der Kuhns, Clochards und Outlaws. Das könnte der Grund für die Stauungen sein.

Dachte mir: Warum hab ich eigentlich nie hier gelebt? Liebe ja dieses Paris seit je, liebe es – aus der Ferne, nein: aus kleinen Berührungen, mein ganzes Leben lang, und bin doch nie richtig dagewesen, immer bloß besuchsweise. Spüre aber eine tiefe Vertrautheit. Kann in meinen Erinnerungen zudem über beträchtliche Lebensstrecken verfügen.
Was ist Paris?
Boulevards … Die Breite der überaus lebendig, körperlich hügelauf und -ab kletternden Straßenbetten, mit dem oben kanalisierten Himmel. Die Fassaden beiderseits sind teils durch die fetten grünen Schwänze der Bäume verdeckt. Paris, das sind auch: die Bürgersteige. Gott, wenn man auf den Bürgersteigen geht, hat man den Eindruck auf der Reling eines Schiffes, jedenfalls auf einem altmodischen Reservat

der Straße entlangzuschreiten. Und der Bürgersteig ist eins mit dem knallig-satten Bereich der Läden, Verschläge und des Menschengewimmels. Die Zonen der Straße zwischen Himmel, Haus und Boden. Das Flackrig-Schuppige der Häuser. Das Saftige der Trottoirfarben. Aber es mischt sich auf Schritt und Tritt der Traum der Erinnerung ins (Ansichts-)Bild. Paris des Jünglings, des Studenten, des jungen Mannes, der Bruno Diemer besuchte ... Dieses Paris ist noch enthalten – in seinem Auge, seinen Sinnen, seinem Gefühl. Das jetzige verhält sich zur Erinnerung ein wenig wie eine verblichene Photographie zur brausenden Lebensgegenwart. Frage: Ist die Ernüchterung, ist das Erbleichen in Wirklichkeit geschehen (ist alles ärmer geworden, ins Ärmliche verändert) – oder ist er selber ernüchtert?
Die Metro, wenn sie in der Gegend von Stalingrad, Barbès zur Hochbahn wird. Wenn sie auf ihrer kräftigen Eisenkonstruktion auf halber Höhe der Häuser wie eine Lunapark-Berg-und-Tal-Bahn durch die Luft rattert und dem Passagier herrliche Blicke in die Straßenräume schenkt. Und die Metrostationen: eigentlich wie eine schön gekachelte Untergrundtrambahn. Nicht wie in London, wo sie orkusartig wirkt. Die Pariser Metro ist behaglicher. Alles badehausartig weit und gekachelt. Wohnlich. Ja, das ist's.
Und jetzt sind wir am Boulevard Barbès. Das Gefühl des gepflasterten Grundes der Straße, dieser alten Pflasterung voller Geschichtsspuren und Lebensabdrücke. Und das Grün der Bäume wie eine dicke Portiere aus Grün. Aber im Schatten der Häuser, im Fußgängerbereich (im Unterschied zum Straßenbett, spürbar betthaften Straßengrund) ist immer noch Bazar. Ist es Täuschung oder bin ich nur nicht mehr so empfindsam und begeisterungsfähig wie einst? Alles ist mir ein klein wenig wie »verlassene Stadt«. Nicht mehr brüllend vor Leben. Ergraut und verlottert.
Ich kam also den Boulevard Barbès herauf und bog in die

rue Simart ein. Wieder mal das kleine Abenteuer, eine neue Bleibe meiner Pariser Tante ausfindig zu machen, wie schon des öfteren, was abenteuerlich scheint auch deswegen, weil ich ja via Tante eine Art Mit-Einwohner, Mitteilhaber an dieser Stadt, diesem Lebenspflaster, gewesen bin. Erinnere mich, wie ich damals Avenue Trudaine und die untere Gegend von Pigalle tagsüber (mit Hund Toby oder Jimmy) begangen habe, als halbwegs Zugehöriger. Rue des Martyrs ... Damals hat mir und meiner Schwester irgendeine Nennfreundin der Tante vorgemacht, wie reich diese sei ... Ich erinnere mich daran, daß wir auch mal die Druckerei (die sie geerbt hatte) besuchten und wie wir in den anliegenden Restaurants durch die allbekannte und geschätzte Madame Lola überall willkommen waren; wie ich diesen Steingeruch, Tagesgeruch des Steins, um Pigalle einschnupperte und auch den unvergleichlichen, unverwechselbaren Geruch in den Treppenhäusern; wie stolz ich war, die großen Kehrichteimer, die im unteren Hausgang nahe der Conciergenloge standen, bedienen zu dürfen. Sesam öffne dich. Und wie ich später auf (eher berufsbedingten) Besuchen in einer Bar am Boulevard Rochechouart gleich ein Mädchen kennenlernte und mit ihr (samt Hund) in einer Kinologe flirtete. Und der Boulevard Rochechouart verschmolz in meinem Gefühl mit der Szenerie und dem Lebensgetümmel aus *Les Enfants du Paradis*.

Kam also die rue Simart rauf, natürlich gespannt, wie das neue Domizil aussähe. Es stellte sich heraus, daß diese Wohnung immer schon der Tante gehört hatte, nebst der Eigentumswohnung in der rue du docteur Goujon nahe Daumesnil. Kam also die rue Simart rauf. Haus Nr. 20 ist kein schlechtes Haus, wenn auch schlichter als die Vorgänger. Ohne Lift. Irgendeine Frauensperson rief im halbdunklen Gang nach mir und fragte, was ich wünsche. Madame Lola wohne »dans la cour, deuxième, à droite«. Also im Hinter-

haus, engbrüstig, ohne Lift. Ich klopfte, drehte an der Klingel. Ein bißchen Hundegeknurr und Gescharre, ein bißchen Schlurfen. Ob's der Briefträger sei? Nein, ich, dein Neffe aus Zürich ... Endlich geht die Tür auf, und Tantchen im Bademantel, noch nicht zurechtgemacht, sehr klein, etwas abgemagert. Sie hat sich operieren lassen müssen, hat das andere Appartement verkauft (an einen Komponisten aus Belgien), und zwar weil ihr Zurückgelegtes aufgezehrt gewesen sei. Aber innen ist es doch wieder so wie immer. Sympathisch schlampig. Die Möbel zu groß für die kleine rotgefärbte Dame mit der zu prominenten Nase, die sie von ihrem Vater geerbt habe, einem Riesen übrigens, mindestens ein Meter achtzig, sagt sie.
Also sitze ich wieder mal in einer Lola-Wohnung. Jimmy, der Foxterrier, ist auch ruhiger geworden. Und wir plaudern über unsere russische Familie. Sie spricht von Ärzten, Musikern, auch Journalisten in der Familie. Großvater gehörte einst das Haus in London, das Haus, das neulich Valérie für mich fotografiert hat. Es gab Domestiken etc. Allerdings scheint die zweite Frau die Kinder aus erster Ehe nicht gemocht zu haben. Lola wohnte ein Jahr bei ihnen in London. Entfremdung. Aus den Augen verloren. Onkel Sidney sagte einmal, mein Großvater sei ein ausgesprochen kühner, starker, selbstbewußter Mann gewesen.
Ich gehe mit Jimmy raus, derweil Lola sich zurechtmacht – »sortir Jimmy«. Dann schlendern wir zum Boulevard Rochechouart, um zu essen. Das Restaurant heißt »À la bonne table«. Hier kennt man Madame Lola seit 20 Jahren, hatte sie doch in der Nähe eines ihrer Geschäfte. Wirklich großartig das Essen. Es gibt nur ein Menü, aber man bedient sich nach Belieben. Als Vorspeise stellt man uns an die zehn Schüsseln mit crudités und Fisch plus Wurst auf den Tisch. Wein und Brot. Dann zweierlei Fleisch, Gemüse etc. Zu beobachten sind: typisch französische Spießer, die offenbar

den Geburtstag eines Gastes feiern. Man merkt es daran, daß sie nach Wein und Schnaps noch Champagner bestellen und mit bereits geröteten Nasen sich zuprosten.

Montag. Ich war gestern à La Foire des Femmes, einer Veranstaltung des Pariser »Mouvement pour la libération des femmes« in der Cartoucherie de Vincennes. Raymonde, die Frau von Hubschmid, ist enragiertes Mitglied der Bewegung und schleuste uns ein. Es zeigte sich nämlich, daß die Männer nur in Begleitung von Frauen zugelassen waren: Übrigens hatten ab sechs Uhr alle männlichen Wesen, selbst die militanten Homosexuellen, das Areal zu verlassen, damit »les femmes puissent s'exprimer«.
Rein äußerlich wirkten die zahlreich herbeigeströmten Besucher ihrem Habitus nach durchweg unbürgerlich. Eine Längsseite des Areals (um ehemalige Munitionsfabriken herum) war mit Strohballen – anstelle von Stühlen – ausgelegt, damit man sich (weich) lagern konnte. Dann auf einer Bühne ununterbrochen Sketche, Agitation der kämpferischen Frauen, Aufklärung, Aufwiegelung, laut durch Lautsprecher hallend, erhobene Fäuste, Chorgesang, Frage-und-Antwort-Gellen. Das Revolutionäre wirkte hier gleich viel selbstverständlicher als bei uns, weil in Frankreich eine entsprechende Tradition vorherrscht. Überhaupt zeigt sich in allen Gesprächen, welch bewußtseinsprägende Rolle die Mai-Revolution 68 gespielt hat und wie groß nun die Desillusionierung ist. Immerhin hat man Praktiken und Gehabe noch in lebendiger Erinnerung, so auch hier. Raymonde ist aktiv in der Bewegung (die zum Teil so weit geht, daß die – übrigens vorwiegend sehr jungen – Mädchen den Männern den Geschlechtsverkehr verweigern). Sie hat eine ungeheuerliche Puppe einer dominierenden Monsterfrau geschaffen, einen Männerschreck ... Agitationskunst?

Reizwort »Mitte des Lebens«.

In mancher Hinsicht wäre der vorliegende Pariser Aufenthalt eine Lagebesichtigung im Sinne des Gerichthaltens mit sich selbst und einer Konfrontation mit der »verlorenen Zeit«. Er sieht, daß die Verheißung aufgebraucht ist. Zwar kann er immer noch in sich selbst eine erhebliche Weltliebe mobilisieren, wie sie nur das Wunder der Großstadt provoziert. Das wären Pariser Hymnen und Pariser Passagen ... aber – ist er je eingedrungen, angekommen? Anders gesagt: Was war der Traum, war die Hoffnung? Etwa: in ein viel vollständigeres Leben, ein rauschendes Leben zu gelangen, aber um was zu werden bzw. beizutragen? War es unstillbare Genußsucht, was ihn trieb? War es das Glückswunschpaket »Ruhm, Reichtum, Liebe«, was er zu erobern träumte? Es war der Traum vom »In die Welt kommen«. Diese Lagebesichtigung oder auch dieses Gerichthalten auf dem Schauplatz Paris könnte man vielleicht äußerlich so motivieren, daß er eine kleine Erbschaft anzutreten hätte oder daß es der Tod einer Anverwandten wäre, der dazu Anlaß gäbe.
»Blick in die verlorene Zeit«. Übrigens müßte nicht nur im Buch, sondern auch für das Leben des Autors ein Entschluß reifen, was er mit der anderen »Hälfte des Lebens« anfangen will.

Ich verhalte mich der Gegenwart gegenüber wie eine Jungfer, die die Freier nicht sehen will, weil der geträumte Prinz nicht kam oder nicht mehr ist – dieses kindisch-trotzige Verhalten und Versagen, ein wenig auch wie einer, der seinen Traum nicht aufzugeben, aber in unseren Verhältnissen auch nicht zu leben bereit ist. Célines Haß gehört auch in dieses Kapitel.

Bruno Diemer hieß er. Er hatte dieses Stirnlachen. Er schlürfte das Lachen still und mit Marabu-artigem Nicken des Kopfes in die Stirnhöhle hinauf, wo es ungehört verhallte, dabei verzog er die Mund- und Augenwinkel zu einer Lachmaske. Er war groß gewachsen, schlank. Und er hatte den Krieg hinter sich, sowohl Luftschlacht um London (als Bordfunker?) wie – später – Monte Cassino. Er erzählte von Leuten, die stundenlang einen Fuß aus dem Erdloch streckten in der Hoffnung, daß eine verirrte Kugel sie (möglichst nicht allzu gravierend) treffe und aus dem Kampfgeschehen retten möge. Er desertierte, saß im Keller seiner Mutter, als der Krieg zu Ende war, in einem kleinen Städtchen in Baden-Württemberg (wo später auch die Beerdigung war). Er galt als Liebling der Frauen. Seine Frau Martina, Brigittes Schwester, sagte so tolle Dinge wie »Meine Sonne« zu ihm. Er war für sie eine Cherubserscheinung. Wir zwei hatten ein gewisses Konkurrenzverhältnis. Ich hatte damals bereits einen Namen als Kunstkritiker bei der *Neuen Zürcher Zeitung*, während er ein noch recht unbekannter deutscher Maler in Paris war, der kaum ausstellte und wenig verkaufte, jedoch den Krieg erlebt hatte. Er war gleich nach Kriegsende in Stuttgart Schüler bei Willi Baumeister gewesen, hatte abstrakt gemalt, war aber noch in den vierziger Jahren, noch zur Zeit der Wols und anderer deutscher Künstler, nach Frankreich gekommen, erst nach Südfrankreich, dann nach Paris, er wohnte im Montparnasse-Viertel, rue de la Tombe Issoire. Ich war damals in den fünfziger Jahren noch nie »draußen« gewesen, schon gar nicht im Krieg. Ich war brav verheiratet (mit Martinas Schwester), Museumsassistent und Kritiker mit regelmäßigem, wenn auch äußerst knappem Monatseinkommen. Wenn er uns besuchen kam, dann hatte ich ihm gegenüber ein niederschmetterndes Angestellten- und Provinzlergefühl.

Damals habe ich Bruno Diemer von meinen literarischen

Vorlieben (vielleicht Pasternak?) erzählt, und er wies mich auf Henry Miller und vor allem Louis-Ferdinand Céline hin. Das verdanke ich ihm. Es war noch vor meinem Rom-Jahr. Ich muß an den *Gleitenden Plätzen* geschrieben haben.

Wie sah es also damals für mich in Paris aus, wenn ich von der Zeitung zu Ausstellungsbesuchen hingeschickt wurde? Ich pflegte schon von der Gare de l'Est aus ein Taxi zu nehmen, um gleich (mit allen mitgebrachten Spesenvorschüssen) bei Bruno an der rue de la Tombe Issoire, Nähe Denfert-Rochereau, einzutrudeln. Es gab da einen recht geräumigen Innenhof, auf dessen Mittelfeld Bruno eine Baracke oder ein Gartenhäuschen bewohnte, das er mittlerweile ingeniös und liebevoll ausgebaut hatte, und zwar mit Dusche und Küche. Er hatte die städtischen Gas- oder zumindest Wasserleitungen angezapft. Diese »Wohnung« bestand aus einem Atelier, in welchem er auf etwa einem Drittel der Fläche einen höheren Boden, ein Mezzanin, eingezogen hatte, und darauf befand sich das Bett. Eine unwahrscheinlich kleinstufige harthölzerne Wendeltreppe führte zum Bettbereich. Bruno malte Figurenbilder, die einen surrealistischen Einschlag hatten, etwa einen Frauenbaum, die Frauenglieder dornenvoll, aber in den Stellungen monströs und obszön. Er arbeitete daran über lange Zeit in einer Altmeistertechnik, akribisch, wie wenn es sich um Mathematik gehandelt hätte. Später machte er dann – unter dem »lösenden wärmenden befruchtenden Einfluß« Martinas, wie sie immer zu dozieren pflegte – Stilleben mit Krügen, die schon beinah gemütlich und weniger dornenvoll wirkten gegenüber den Bosch-artigen früheren Dingen.

Neben diesem Atelier gab es einen Wohnraum, Holz in Holz, wie in einem Wohnschiff, mit Tischchen, Decken, Stühlen und allem, was dazugehört, bloß alles enger und kleiner als normalerweise. Man mußte andauernd aufpassen, daß man

nicht aneckte, nichts zerstörte, sich hindurchwinden konnte. Dann ging es über die Küchenecke in den besagten Duschraum. Und draußen war sogar eine Art Zaun, denn gegenüber hatte ein Exil-Amerikaner eine Baracke oder ein Atelier, allerdings viel kostspieliger und geräumiger ausgestattet als dasjenige Brunos; auch lebte er mit einer recht hübschen jungen Spanierin zusammen, die wie eine Gauguin-Frau am Zaun stehen und »Guten Tag, Herr Gauguin« sagen konnte. Außerdem gab es einen hübschen Schäfer-ähnlichen Hund bei denen, der auch am Zaun entlangstrich. Jedenfalls respektierte man gegenseitig die Hoheitsgebiete.
Von besagtem Amerikaner wußte Bruno zu erzählen, er habe als Pianist angefangen, großspurig und gestopft mit Geld, übrigens gab es den Flügel noch; auch sei er in einem imposanten Sportwagen vorgefahren, habe aber, nach einiger Zeit und entsprechenden Verausgabungen, den Gürtel enger schnallen müssen und vorerst den Rennwagen noch gefahren, aber mit ausgewechseltem Motor. Irgendwer oder er selber habe den starken vielpferdigen Motor ausgebaut und einen schlichten von VW eingebaut, so daß die Fassade vorerst gewahrt werden konnte, aber Benzinverbrauch und Steuern auf ein erträgliches Maß sanken. Bruno wußte viele solcher Geschichten von Pariser Leuten zu erzählen, was mir sehr imponierte: zeigte es doch, daß man hier eben in der Welt, in der großen Welt lebte und nicht in der Provinz und daß man einiges an Improvisationstalent aufbieten mußte, um sich hier durchschlagen zu können.

In Florenz gewesen. Über die italienische Autobahn hab ich schon früh zu schreiben versucht, über dieses ungeheuer befreite, glücklich und tatkräftig stimmende Sausen in diesem Himmelslicht, das bis zur Erde reicht. Und die Eleganz der Autostrada-Bauten und Raststätten. Die merkwürdige Ge-

meinschaft dieser blitzend dahinsausenden Straßenbenutzer.
In Italien ein feurig erotischer Impetus. In Frankreich eine milde lyrische Weite. Fläche mit den meilenweit verstreuten oder lagernden schwarzen und gefleckten freien Kühen. Und dann die Routiers, die Lastwagenfahrer, diese Gilde starker Männer in den Riesenbrummern. Und die Leere rührt daher, daß alles auf Paris zielt, alles von dorther magnetisch angezogen wird; und, was weit ab von der Hauptstadt, leer oder Provinz scheint. Und zu Frankreich gehören die schönen Pappelalleen, die napoleonischen, auch die Schlösser (zu welchem Frankreich?)

Aus Bern zurück. Im Historischen Museum gewesen und über »Schatten auf Rasen« ins alte Museumsgefängnis. Wiederum lagerten auf all den düsteren (burgartigen) Treppen Schüler, Kinder und Halbwüchsige unter den steifen Porträts der alten regierungsfähigen Familien, hatten ihre schulsauren Mäntel und Taschen wie in Bahnhofshallen herumliegen. Ist mir wieder eingefallen, wie ich damals einen Beruf, nämlich den des wissenschaftlichen Assistenten, mehr gespielt als wirklich gelebt hatte.
Im Museum, wenn man hinaustritt, hat man den Helvetiaplatz vor Augen, die schöne freie Straßenrichtung gegen den Thunplatz; zur anderen Seite die hohe Brücke mit Blick hinunter auf Marzili oder auf die rauschende Aare im Schwellenmätteli, auch auf die Matte, wo ich gewohnt habe. Ich hatte fast vergessen, daß da mitten in der Stadt soviel Himmelsraum und Landschaft und alte Schönheit ist – wie beispielsweise die hängenden Gärten der hinteren Junkerngasse.
Im Museum wurde mir zugetragen, daß eine ehemalige, mir überaus sympathische Angestellte etwa eine halbe Million

Pensionskassengelder unterschlagen hatte. Sie soll sie in kleinen Raten beiseitegeschafft und größtenteils für wohltätige Zwecke verwendet haben. Niemand hätte ihr so etwas zugetraut. Anscheinend brachte der Prozeß noch an den Tag, daß sie von einem katholischen Priester, oder irre ich mich?, einen Sohn hat.
Und ein anderer Angestellter hat sich eines Mittags im Waffenkämmerchen erschossen, nachdem er sich an die Münzen im Münzkabinett (aus Neugier?) herangemacht hatte und dabei ertappt worden war. Er ging zum Direktor, um sich zu erklären, die Exponate waren vollständig da. Und nur weil der Vorgesetzte nicht das richtige Wort fand – »Beruhigen Sie sich erst einmal, dann wollen wir weitersehen« oder dergleichen –, hat sich der Verdächtige, ein Vater und Großvater, der zu Hause Kaninchen züchtete, auf der Stelle umgebracht.
Und ein anderer, der hinkende Etikettenschreiber, der Taubstumme, der Lippenleser, der liebe – er hat für sich nebenher kunstgeschlossert und immer neue Ausbildungskurse absolviert, soweit ich mich erinnere –, dieser Mann, erzählte man mir, sei immer an der Metzgergasse auf Hurenfang in die Kneipen gegangen, und um sich verständlich zu machen, habe er tolle Zeichnungen mit Penis und allem vorgelegt, um auszudrücken, was er wolle, nämlich eine Frau. Die hätten ihn immer ausgenommen und ausgelacht, klar, und jetzt ist er auch tot.
Und der alte Rußlandschweizer, Agronom unter dem Zaren und noch zur Zeit der Sowjetunion, ein Flüchtling, der im Museum als Zeichner untergekommen und mein besonderer Freund gewesen war, sei ganz nobel und gelassen im Spital an Krebs gestorben. Er habe meinem Vertrauensmann bei seinem Besuch im Spital die Brust voller Knollen vorgewiesen, dann das Hemd wieder zugemacht. Es sei aus mit ihm und vorbei, Teufelssohn, habe er gesagt. Museumsnach-

richten, jene kurze Zeit betreffend, da ich Angestellter und Teil der Museumsfamilie gewesen war.

Plötzlich ging im Hof Stockerstraße-Tödistraße Solschenizyn an mir vorbei. Sein Anwalt Heeb hat seine Praxis in unserem Hof. Ging er da mit seinem »angeklebten« Bart, dem durch die fein gebogene Nase, gewölbte Stirn und mittelalterliche Haartracht geprägten Gesicht, das mir aus unerreichbarer, geradezu historischer Ferne bekannt ist, an mir vorbei. Das war viel aufregender, als wenn man in Paris Sartre sieht.

Bin aggressiv, weil depressiv; warum ist nicht ganz einzusehen. Wieder mal Schreibhindernisse, die ich mir teils selbst zuzuschreiben habe. Offenbar war die Verschiebung meines Buches ein Schock. Alles gerät dadurch durcheinander: meine Jahresplanung, mein Einkommen (keine Aussicht auf Preise), mein Gefühl – ich war dermaßen in Erwartung des Neuauftauchens mit meinem Buch, auch was die Resonanz betrifft, daß ich jetzt in einem Tal und Niemandsland stecke. Die schöne Arbeitswelt, dieser Brutkessel, ist zerschlagen.

Gestern konnte mich Dr. Fortunat Mühlon nicht drannehmen, weil er betrunken war, wie er sagte. Er war betrunken, weil vor seinem Fenster ein Spatz an einem Ast hing, der immer wieder herunterfiel vom Zweig und sich eben noch auffing und also wie ein Reckturner die Rolle machte, nicht fliegen konnte, es war ungewiß, ob er verletzt war, aber die Angst des Spatzes paralysierte den Arzt Mühlon, da er nicht einzugreifen wagte (er befürchtete, das Vögelchen habe den Schwanz oder einen Flügel ab und er hätte nicht helfen können). Die vogelgroße Angst und Ohnmacht vor Augen, das Leiden, das an den Arzt appellierte, der nicht wußte, ob er »der Natur ihren Verlauf lassen« sollte oder eingreifen müßte, trieb ihn in die Alkoholflucht, so daß wir nur miteinander sprachen und von einer Behandlung keine Rede sein konnte. Er sagte die Patienten ab. Heute teilt er mir mit, die Putzfrau habe das Spätzchen befreit; es war mit einem Nylonfaden an den Zweig gebunden und habe sich mit all diesen Reckrollen immer stärker gefesselt. Der Vogel muß den Faden für den Nestbau aufgegriffen und mitgeführt haben. Er verfing sich am Ast. Ein Füßchen war gebrochen. Eine Tierliebhaberin hat den Piepmatz in Pflege genommen. Das mit dem Nylonfaden passiere sehr häufig, sagte jemand.

Frl. Frieda, langjährige Haushälterin von Frau Dr. Gäumann, der Gattin des weltberühmten Botanikers Prof. Gäumann (Gäu), selber namhafte Kunsthistorikerin, standhafte, mundstarke Dame von 77 Jahren ..., Frl. Frieda, die 32 Jahre lang Haushälterin bei Gäumanns war ... rotgesichtige pummelig untersetzte herrschsüchtige Person wie aus altem Sittenbuch, hat kürzlich ihre Herrin angefallen. Erst gingen Tage voraus, da sie im Haus rumorte, Selbstgespräche führte, die Treppen rauf und runter stampfte, dann sich einschloß und schrie. Einmal habe sie in der Küche alles Erreichbare ausgeschüttet, zu Boden geworfen, alle Gefäße geleert, ein unbeschreibliches Chaos von Bodensatz angerichtet und dann geweint und weinend gesagt: »Und das mache ich, die ich immer so sparsam war.« Dann habe sie auch in anderen Zimmern alles demoliert, unter anderem die Vorhänge samt Vorhangstange heruntergerissen, alle Bilder abgehängt, alles Mobiliar verschoben, aber eigentlich wenig zerstört, und dann sei sie in Frau Dr. Gäumanns Zimmer, Studierzimmer, eingedrungen mit dem hochdeutschen Kampfruf »Ich

muß Sie töten«. Sie ist anscheinend in Deutschland aufgewachsen, habe aber nie, nie in all ihren Haushälterinnenjahren deutsch gesprochen. »Ich muß Sie töten«, schrie sie und stürzte sich auf ihre Herrin, krallt sich mit dreifachen Wahnsinnskräften an deren Schultern fest und beginnt das folgende Ritual: »Beten Sie. Sprechen Sie mir alles folgende nach« (und würgt und würgt – aber nicht am Halse). Und dann habe sie allerhand Zeugs von einem Oberrabbiner Schuler und einem Graf Wildenstein, insgesamt allerlei Kitsch aus Heftchen, vorgebetet, und Frau Dr. Gäumann hat alles wiederholt, in Panik, aber nicht in Todesangst, wie sie sagt. Dann sei der Stuhl kaputtgegangen, sie zu Boden gekippt und die Magd auf sie drauf, erst weiter würgend, dann mit Küssen beginnend.
Ein Zimmerherr habe alles gehört, aber nicht reagiert. Sonstwer lief hinzu, fand die Tür verschlossen, alarmierte die Polizei und lief hinaus, irgendwelche Gärtner zu holen. Die hätten die Tür aufgebrochen und Frau Dr. Gäumann befreit. Als die Polizei anfuhr, fand man Frieda in betender Stellung im Schlafrock auf der Straße Parkring. Sie ließ sich abführen und ist jetzt im Burghölzli – Diagnose: schizophren.

Ich war auf Asienfahrt und seitdem plemplem oder auch: desorientiert, sommerlich vegetierend. Auch Sommerpleite. Kein Geld, kein Freiraum. Mutter zur Sommerpause da. Die Kinder in den Ferien und von den Ferien zurück. Viel mit Willy Spiller herumgestrolcht, eine Art mutwilliger Verlängerung unseres fernöstlichen Reiseteams, On-the-road-Seins. Willy ist übrigens sehr anhänglich seitdem, sagt immer, mit mir sei das Reisen halt viel lebensvoller als mit anderen.

Ich lese in den Briefen Robert Walsers. Eine richtige Qual für mich. Über lange, eigentlich über die längsten Strecken habe ich das Gefühl, nicht ein richtiger Schriftsteller, nicht ein Selbstverantwortlicher, sondern ein »Naiver«, ein Knechtlein, der selber gar nicht wisse, was ihm in den besten Fällen aus der Feder fließe, sei da am Werk. Krankheitsäußerung? Man hat den Eindruck, er schreibe wie ein inhaftierter Sonntagsmaler. Da ist diese fast wichtigste Briefpartnerin, Frau Frieda Mermet (geborene Schneider), Büglerin in der Anstalt Bellelay im Jura, ungefähr gleichaltrig wie Walser, also auf dem Zenit des entsprechenden Briefverkehrs gegen 40, geschieden und Mutter eines halbwüchsigen Jungen namens Louis. Er ist offensichtlich in diese »liebe Frau Mermet« verliebt, aber das äußert sich hauptsächlich so, daß sie ihm Käse und Speck, auch Socken und Hemden als Geschenke schickt und er ihr Dankesbriefe schreibt. Aber die anzügliche Art seiner Verehrung, die ihm Anlaß gibt zu allen Formen der Selbsterniedrigung und einer entsprechend verdrehten Courtoisie, ist das wirklich Schreckliche beim Lesen. »Ich danke Ihnen herzlich für die guten Sachen wie Käs, Anken, Schinken- und Bifsteckspitzen, nebst Brot, lauter nahrhafte Dinge, die ich mir habe schmecken lassen. Einer so guten Frau anhänglich zu bleiben, ist ja ein Genuß, das werden Sie glauben.« Er schreibt in der Stellung eines braven dankbaren Kindes, das alles ordentlich schülerhaft verzeichnet, was man ihm geschenkt hat und gleichzeitig unterstreichen möchte, daß es auch alles ordentlich aufgegessen habe. Und vom Stil her ist das Unbeholfene, ja Berndeutsche nicht etwa Manier, sondern dem Schreiber natürliche Ausdrucksform. Er *ist* beim Schreiben auf diesem Niveau. Und fast alle Briefe an diese Frau haben zum überwältigenden Teil mit Essen, Verdankung von Essen, von Freßpäckli und Eßgeschenken, zu tun, mit der genauen Verzeichnung der Gaben und der ebensolchen Vermerkung, alles brav aufgegessen zu haben. Es ist die Devotheit des leicht eingeschüchterten Kindes einer gestrengen und darum nur um so mehr verehrten übergroßen Mutter gegenüber. Und nun stelle man sich vor, daß es sich um einen Dichter, sogar um einen berühmten, handelt, der so zu einer einfachen Frau, Glätterin in einer Anstalt, schreibt. Selbsterniedrigung, Überhöhung des Adressaten und Bravsein – Bravsein um alles in der Welt.

Und Betteln um Strafe: Selbstbestrafungsallüre? »Ich strenge Ihre lieben Augen ein wenig sehr an mit diesem engen Gekribsel, nicht wahr, liebe Mama. Vielleicht haben Sie nicht ungern, daß ich Sie so nenne. Es ist dann so, als wenn ich Ihnen in allem gehorsam sein müßte, wie ein kleiner Bub; das möchte ich gerne. Hin und wieder würden Sie recht streng sein und mich strafen, dann würde ich vor Sie hinknien müssen und Sie um Verzeihung bitten. Ueberhaupt würde mich Mama ganz nach Laune und lieber Willkür behandeln. Das sind allerlei einfältige Gedanken, werden Sie sagen, die sich für einen dummen Jungen ziemen oder nicht einmal für einen solchen, aber mir sind es liebe Gedanken. Sie sollten mich einmal recht bei der Nase nehmen mit Ihrer Hand, d. h. mir die Nase mit zwei Fingerchen fest einklemmen, und mich dabei fest und energisch anschauen.«

Im selben Brief hatte er geschrieben: »Wissen Sie, liebe Frau Mermet, was ich mir wünsche? Sie seien eine vornehme schöne Madame und ich dürfte dann Ihre Magd sein und eine Mädchenschürze umhaben und Sie bedienen, und wenn Sie nicht zufrieden wären, ich irgendwie Ihren Unmut hervorgerufen hätte, so würden Sie mir Kläpfe geben, nicht wahr, und ich würde über die lieben Kläpfe hellauflachen. Das wäre ein hübscheres Leben für mich als die Schriftstellerexistenz, die ja freilich auch nicht übel ist. Damenbinden, Monatsbinden, Gestältchen für Mädchen, Windelhöschen aus Baumwollflanelle. Sie werden sagen, daß ich der reinste

Handelsmann sei oder mich für Damensachen furchtbar interessiere. Eine nette Sorte Dichter, nicht wahr?«
Wenn man das liest, denkt man, man habe, gelinde gesagt, einen in bezug auf das weibliche Geschlecht Verqueren vor sich. Einesteils diese Anzüglichkeiten, die darin verborgene Sexuallüsternheit, die aber in Selbstbestrafung umschlägt, so daß der Gegenstand der Gier, die Frau, erhöht und ins Überlebensgroße vergrößert wird, in die Große Mutter, der Adorant aber sich in die Magd verwandeln möchte, weil er anders keinen Weg sieht, der Verehrten nahezukommen. Die höchste Lust: von der Verehrten bestraft zu werden.

Vincent van Gogh suchte keinen Modernismus, er wollte im Gegenteil das erreichen, was ihm bei den alten Meistern so bestürzend begegnete, vor allem deren humane Qualitäten strebte er an, deren Ethik. Er wurde gewissermaßen nolens volens zum Neuerer.
Ich merke, während ich mich jetzt, nach so langer Zeit, wieder mit den Briefen van Goghs auseinandersetze, wie sehr mich dieser Künstler und Mensch am Anfang meiner Laufbahn bestimmt hat. Beispielsweise das Glück, im Künstlerischen das Handwerk mitzusehen, stammt von daher. (Dasselbe gilt für Robert Walser.) Dann: die Vorstellung, mit einem *Werk* beschäftigt zu sein oder: auf einem langen Anmarsch dorthin. Das »Sichheranarbeiten« – an die Wirklichkeit. Er hat es mit dem Zeichnen, den vielen Figurenstudien, Schritt für Schritt getan. Welch ein Ringen, um die Mittel zu erlangen, die gestalterischen Mittel. Welch ein Stufenprogramm. Das Künstlerische als der einzig mögliche Lebenszugang.
Van Goghs Überzeugung, daß er das eigene Leben opfere für sein Werk. Überhaupt sieht er die großen Künstler als Märtyrer, aber auch als Sendboten, die sich in einer Art Staf-

fellauf die Fackel in die Hand drücken. Er selber sah sich als »Vorläufer«, als Täufer, als Wegbereiter für eine kommende Kunst. Und mit der Kunst wollte er Menschen schaffen mit einem Heiligenschein, obwohl sie ganz gewöhnliche Menschen wären ... Erstaunlich ist die hohe Einstufung der Kunst bei van Goghs sozialem Fanatismus, seinem urchristlichen Engagement. Kunst als Lebenserweckung? Als Trost jedenfalls. Farner sprach von der »Heilung durch den Geist«.

Mich beschäftigt zur Zeit der Gedanke, daß ich gerade jetzt, vor dem nächsten Schlag oder Roman oder Entwicklungsschritt (den ich im Herbst/Winter mit ungeteilter Kraft zu führen entschlossen bin, weiß noch nicht wo, vielleicht sogar in Zürich, wer weiß) gleichzeitig mit zwei Gestalten oder Göttern bzw. Geistern mich herumschlagen muß, die beide für meine Laufbahn oder besser: für den Start derselben so entscheidend waren. Walser hat mich präfiguriert im empfänglichsten Alter, und ich stoße auf geradezu erschreckende Wahrheiten bezüglich Verwandtschaft, Anlage, Nöte und Tugenden, ich stoße auf verblüffende Affinitäten (die mir gar nicht sonderlich gefallen). Und andererseits war ja van Gogh, siehe *Stolz*, ebenfalls ein zentraler Anstoß. Und beide zusammen kamen nicht recht ins Mannesalter hinein und haben auch sonst diverse Parallelen, nicht nur die »Schizophrenie« und das frühe Verlöschen. Parallelen bezüglich einer spezifischen Einsamkeit, Melancholie und Lebensunfähigkeit.
Ich kehre also gegenwärtig zu Ursprüngen zurück, zu neuer Selbstfundierung. Übrigens litten beide an einer Art Narzißmus und entsprechenden Absonderung und Unfähigkeit »hinaus«, das heißt »auf die Welt« zu kommen, so daß sich beide an Deskription klammerten. Beide konnten nicht »erfinden« und waren schrecklich subjektiv, bloß daß der eine

dieses Manko mit einem Riesensystem von Füllseln verschleierte und der andere es in einem Amok an »Hineinversetzung«, Identifikation zu kompensieren trachtete. Indem ich über die beiden nachdenke, betreibe ich Klärungsarbeit an mir.

Vor einer Woche aus Rom zurück. Die dort gemachten Notizen werden folgen. Seit der Rückkehr, genauer: seit der Rückkehr aus Bracciano, wo Marianne und ich bei Kiens zu Besuch waren, bin ich merkwürdig kalt und seelisch entheimatet. Was ist los? Ausgelöst war es durch einen Streit mit Marianne ... Abendliche Rückkehr per Bahn von Bracciano, im Nebenabteil zwei mich nervende amerikanische Girls im Schulalter, die andauernd von einer Party quatschten. In Roma Ostiense ausgestiegen. Dann per U-Bahn nach Rom reingefahren bis zur Via Nazionale und zu Fuß durch die Via delle Quattro Fontane runter zur Piazza Barberini. Marianne immer etwas hinter mir. Ein klein wenig Gezänk wegen meines Tempos. Ich: »Ich kann ja versuchen, immer einen Schritt rückwärts zu gehen oder gar auf der Stelle zu treten ...« Eine böse Bemerkung. Ich befand mich in einem der Romstadt dargebrachten Gefühlsüberschwang von totaler Hingabebereitschaft und Fremdbleibensnot, in einem eigensten Fegefeuer. Meine Füße wußten und kannten noch alles, was da je war, nur ich nicht mehr. Das war nicht zu teilen, und an der Erkenntnis des Nichtteilenkönnens ermaß sich die Fremde auch zwischen uns, und im Grunde ist es der Schmerz um diese Einsicht, die mich in die Aggression trieb. Unsere zänkische Diskussion warf den Graben der Fremdheit auf. Seitdem bin ich irgendwie kalt und gefühllos geblieben und untergründig konstant aggressiv.
Jetzt ist das Jahr um, und, so schön oder auch: glorios es begonnen hat, mit der Reise nach Bremen eben, zur Entgegen-

nahme des Preises (für *Stolz*), so langweilig, fad, ja ein bißchen trostlos endet es. Nach Rom habe ich mich bis jetzt nicht aufgefangen. Erstens andauernd durch Ischias oder Bandscheibe oder Hexenschuß behindert und dies trotz schon fast zweimonatiger Behandlung, ferner untätig und mißmutig, drittens diese Kälte oder Abgelöschtheit seit Rom. Oder handelt es sich einmal mehr um Einstiegsschwierigkeiten? Der neue Roman! Oder ist eine noch radikalere Umschichtung, Lebensumschichtung im Gange?

Gestern mit Handke in der Banlieue spaziert, immer über Bahndurchstichen, Vorstadtlandschaft, kleine Häuser aus Backstein, fast ein wenig englisch, an gußsteinernen laubfleckigen Geländern entlang, in einem widerlich kalten Licht, am Boden stellenweise ein lächerlicher Schneebesatz … Meudon, wo Céline seine letzten Jahre verbracht hat. In Meudon Handkes Tochter von einer Schule abgeholt, dann per Zug nach Clamart zurück, wo er ein Haus (gehört einem Mathematikprofessor, der zur Zeit in Afrika ist) ohne jede eigene Möblierung oder Akzentsetzung bewohnt. Handke, wenn er erscheint, hat etwas, das sogleich intensive »Anwesenheit« vermittelt. Und etwas heimlich Hitziges, eine Haut, die erröten kann. Sehr genau umrissen, Allein-Person, aber nicht gehemmt, vielmehr aus längerem Schweigen heraus plötzlich ganz normal kommunizierend. Natürlich ein Star oder doch vom Ruhm gezeichnet. Fast komisch, wie man in beinah schon Maxims-ähnlichen Lokalen mit ihm speist, Geld spielt scheinbar keine Rolle mehr. Eine selbstverständliche Erwartung, vom Kellner VIP-Aufmerksamkeit zu genießen. Und neben alldem das Scheue, sehr Straffe, Profilierte, Schweigsame, intensiv Nachdenkliche, Jünglingshafte. Ich komme mir leicht gehemmt vor im Sinne des Nichtstören-Wollens. Die Ausstrahlung ist jedenfalls stark, weiß noch nicht recht wie sehr sympathisch. Vermutlich irritiert ihn ein wenig das Bewußtsein, bereits öffentliche Person, wenn nicht eine Art geistiger Leader, also etwas schon fast Historisches zu sein? Eine Bemerkung, die immer wiederkehrt, betrifft »Sätze, die hart oder endgültig sind, nicht mehr besser zu schreiben …«. So im Urteil über Ludwig Hohl, bei früherer Gelegenheit auch bezüglich meines *Stolz*. Und die Sätze beim neuesten Thomas Bernhard nennt er zügellos oder beliebig laufend. Offenbar notiert er auch immer derlei »Sätze«, dies im Gegensatz zu mir, der ich notierenderweise mich gehen lasse, die »Sätze«, das Machen aber genauestens kenne, wenn ich dichte.

Wir warten auf das Taxi, unten beim Empfang im Hotel, es ist sehr früh, vor Tag ist's, wir haben uns wecken lassen, um ja die Züge nicht zu verpassen, den meinen, der zuerst abgeht in Richtung Zürich, und den ihren nach London.
Wir warten, mein Koffer, ihre Reisetasche uns zu Füßen unterhalb der Schranke bei der Rezeption; und in der Nacht hatten wir uns ohne zu schlafen geliebt, durchgeliebt hatten wir uns. Odile sagte beim Abendessen, heute sollst du nicht so viel trinken, trink noch einen Kaffee, wir wollen diese Nacht nicht schlafen. Und nun stehen sie da, wortlos, weil gedankenvoll oder auch bange, unter den Augen des Empfangschefs oder einfach jungen Mannes vom Hotelfamilienbetrieb, warten aufs Taxi. Es regnet, als sie hinausgehen, es ist früh, vor Tag, früh im Jahr auch, aber gerade dieser Tage war da in Paris ein Frühlingseinbruch, als hätte der Himmel ihnen alles verhimmeln oder schmerzlich schön machen wollen in diesem Hotel, das zudem noch »Hôtel du Paradis« hieß.
Ich sah dieses Frühlicht oder nein, die Gräue des Morgengrauens, als wir hinaustraten, mit den Augen des sich Erin-

nernden, mitten in der Gegenwart war mir bewußt, daß ich mich daran erinnern würde, an diesen kleinen Gang die Treppen des Hotels und die längeren Treppen des baumbestandenen Platzes vor dem Hotel zur Straße hinunter, wo das Taxi im Regen wartete. Es regnete grau und schräg durch die Bäume, durch das Grauen des Morgens, es war ein Regen, der nicht andauern würde, eine kurze Angelegenheit der Frühe, nicht für die Augen der Menschen bestimmt, und wir gingen in dieser Stummheit, versiegelt und bis zum Überlaufen voll von Abschiedsbewußtsein, Trennungswissen die Stufen hinunter, Hand in Hand, ich fühle noch die kleine warme schöne Hand mit den Fingern, die sich emporzubiegen scheinen, wenn sie ausgestreckt sind, und mit den schlanken schmalen, aber nicht besonders langen Nägeln, jeder Nagelfinger eine Schönheit, und wir gingen zum Taxi. Stumm. Es gab nichts zu sagen.
Wir hatten uns die Nacht sehr geliebt, wie wir es übrigens immer taten, wir konnten ja nicht auseinander, nie voneinander lassen.
Odile hat diesen ihr eigentümlichen Gang beim kurzen Weg zum Taxi womöglich noch stärker gezeigt als üblich, es gehört das Senken des Kopfes dazu, eine Kopfhaltung fast, wie wenn sie sich schämte oder genierte oder auch, wie wenn sie nur so täte aus Furcht, man könne ihre Gedanken, ihre Innenwelt sonst zu leicht erkennen, ihre Verliebtheit, ihr Schuldgefühl? ich weiß nicht was.
Abgeführt wurden wir beide, ein jedes in diesem randvollen Bewußtsein, daß es jetzt auseinandergeht.

Und nun ist alles vorbei und wie nie gewesen, wer kann behaupten, beweisen, daß etwas war, »les miracles n'ont lieu qu'une fois«. Da ist keine Stimme am Telephon mehr zu erreichen, die mir sagt, wie sie es nicht mehr aushält, wie sie leidet, wie ihr zumute ist. Wie sie sich freut, wie sie wartet.

Diese ungeduldig und dann hell erlöst tönende Stimme, die dann sagt »Häng noch nicht auf«. Nicht mehr. Die mir Unruhe auf den Weg gibt, wenn ich die Kabine verlasse. Da ist dieses Ziel des Denkens, Hindenkens, Bangens, aber auch der Vergewisserung nicht mehr. Der Faden durchschnitten, die Hoffnung weg. Die Hoffnung auf diese Strömung der Liebe, dieses Bad.

»Aber das ist nicht Liebe«, ruft Jeannine aus, ganz dezidiert und ein bißchen keck-schrill (vor Überzeugung), »Liebe – da ist man glücklich, überschwenglich, trunken vor Glück … Aber Sie sind traurig und tiefunglücklich, das sieht ein jeder. Nein, das ist etwas anderes, jedenfalls nicht Liebe. Nehmen Sie ein großes weißes Blatt. Nehmen Sie einen schwarzen Stift. Machen Sie einen großen Strich schräg übers Blatt, übers ganze (Blatt). Fini. Aus. Aus mit der Geschichte. Sie können Odile auch schreiben: Es ist aus. Und dann unterdrücken Sie hinfort jeden Gedanken an sie. Aus. Sie sind doch ein Mann. Sie müssen den Willen aufbringen können. So. Und fertig. Und nicht mehr an all das denken. Das kostet Anstrengung, gut. Aber das geht. Also ich will Ihnen nun etwas sagen. Wenn Sie so weitermachen, dann will ich Sie nicht mehr sehen. Dann haben Sie Jeannine zum letzten Mal gesehen. Dann haben Sie alles verloren, die Kinder, Walter, Marianne, Jeannine, alles. Ist es Ihnen so viel wert, was? Erwachen Sie, Paul.« Voilà. Solche Ermahnungen.
Ja, Jeannine, die Freundin meiner Tante, hat ja recht. Seit dem Beginn dieser Geschichte ist es jedermann klar, daß es nicht Liebe sei. Oder nicht die richtige. Was dann? Eine Krankheit, ja, dies sicher. Etwas, das man möglichst schnell hinter sich bringen sollte. Auch Odile schreibt und spricht ja immer in diesem Sinne. »Il faut s'oublier.« Sagt sie. Oder früher schrieb sie mir, sie möchte, daß ich sie ein wenig

befreie, erleichtere: indem wir uns in Ruhe lassen? Ja. Und nun, nach dem letzten Zusammensein in London schreibt sie kategorisch, daß wir voneinander lassen müssen, denn anders sei es der Untergang, die Verderbnis (la perdition). Schreibt man so von Liebe? Alles beginne wieder von neuem, schreibt sie, und zählt die »Krankheits«-Symptome auf: die Geistesabwesenheit in allem, was sie tue; der qualvolle Schlaf oder Schlummer; die Albträume nachts; das Würgen in der Kehle; der Klotz (le nœud dans la gorge), hängt wohl mit Ersticken zusammen – allesamt Ausdrücke von Qual, nur nichts von Glück. Und bei mir dasselbe. Nur: »S'oublier à plus jamais, ça me paraît impossible« – das fügt sie auch an. Und sie bittet mich, worum? Um eine Galgenfrist. Damit wir unsere Sache machen könnten, sie ihre Examina, ich meine Arbeit, um zu überleben, schreibt sie, das heißt ja oder tönt ja, als würde man sich auf einer Rutschbahn zum Tode befinden. »Il faut survivre, Pablo.« Sie bittet um Schonung, Verschonung vor mir. (Als wäre ich der leibhaftige Zerstörer.) Liebe und Tod. Das gehörte aber schon immer zusammen. Warum? Weil man sich nicht richtig vereinigen kann und in dieser Prüfung erst recht die Einsamkeit oder Verlorenheit oder das drohende Ausgestoßensein zu spüren bekommt?
Als ich sie, vor nun bald zwei Wochen, wiedersah, sagte ich, ich würde sie nun nie wiedersehen. Das ist ja auch wirklich merkwürdig, wenn nicht sinnwidrig, daß zwei dermaßen Liebende sich nur eines wünschen, nämlich: voneinander freizukommen. Ich hatte damals gedacht, daß ich es jetzt schaffen würde. Ich hatte nämlich erstmals in dieser Geschichte so etwas wie einen gewissen Abstand, also ein Anzeichen von Befreiung, verspürt. Ich hatte ihr Gesicht als ein mir zumindest beurteilbares, also wohl fremdes Gesicht erkannt. Anzeichen von Distanz und Loslösung. Aber die Distanz schwand gleich wieder in dieser unaufhörlichen

Vereinigungswut. Liebe, amour terrestre. So habe ich nie geliebt. So ernst, inständig. Wegmann meint, ich sei (auf einer Ebene zumindest) auf einen Pol, meinen Pol, gestoßen. Und sicher ist, daß ich seitdem zwar mit anderen Frauen wieder umgehen kann, aber irgendwie lieblos; immer das Unerreichbare (bei Odile) vor Augen. Bei Odile: dieses Ein-Gehen, An-kommen. Diese ganz und gar bedingungslose (auch selbstverständliche) Vereinigung, ein Einswerden, unbeschreibbar. Hingabe. Selbstaufgabe. Ist es das? Idiotische Wörter, die nichts besagen. Ist denn das vielleicht nicht Liebe, wenn man sich nie überdrüssig wird, wenn man nichts anderes mehr wünscht als damit fortzufahren, wenn man sich nie eine Sekunde auszulassen begehrt, wenn man die Münder nie entsiegeln, die sich aneinanderpressenden Körper nicht voneinander lösen und immerzu verschmolzen bleiben, eins bleiben möchte? Und wie ihr schöner Körper für den meinen geschaffen ist. Und wenn sie meinen Namen ruft beim Höhepunkt, in diesem überraschten, überreizten hellen wunderschönen Stimmton. Was ist denn das? Und dann hatte ich auf einmal erstmals das Gesicht oder die diesem Gesicht zugehörenden mir fremden Züge oder Eigenschaften distanziert wahrgenommen und so etwas wie Abstand verspürt. Aber das verging und schmolz wieder hin. Schmolz hin in den abertausend Zärtlichkeiten, die man außerhalb des Bettes austauscht: beim Gehen, im Taxi, in der Metro, im Restaurant, überall. Was ist denn diese fatale Anziehung, wenn man sich andererseits unbedingt befreien möchte?

Paris

Man verkauft auf allen Straßen Maiglöckchen (muguets). Es ist der Arbeitersonntag. Ich bin hundsallein. Immerhin habe ich seit gestern wieder einen sauberen, einigermaßen geordneten Schreibtisch – und eben mit den vorliegenden Aufzeichnungen begonnen. Ich will mich jetzt in Regelmäßigkeit üben. Mich hinausschreiben. Woraus? Aus der Krise. Aus der Odile-Geschichte.

Edgar Heim, Chefarzt der Psychoklinik »Schlößli«, meinte nach dreistündiger Unterhaltung, ich sei vermutlich wirklich unterwegs in die Einsamkeit einer neuen Schaffensphase zumindest, einer entscheidenden Runde. Meine Odile-Geschichte sei ein Überkippen vom Kalten ins Warme bzw. Heiße gewesen. Es wäre eine Angstreaktion oder ein Angstreflex gewesen.

Es scheint ja wirklich, daß ich mit dem *Stolz* etwas beendet, auch umgebracht habe – meine ganze bisherige Existenz, die pessimistisch-nihilistisch eingestellte, aber trotzdem empfindsame Jugendexistenz, den jungen Nizon, den letztlich desinteressierten, zukunftslosen (?). Woher den neuen nehmen? Beim Schreiben des *Stolz* war mir ja keineswegs bewußt, wenigstens anfangs nicht, daß es ein Buch der Lebensverneinung, des In-sich-selbst-Erfrierenden, des Kommunikationsunfähigen, des untergehenden jungen »Helden« werden würde. Ich dachte immer, ich sei nicht mit jenem identisch. Aber nun ist all das, was ja schließlich auch aus mir heraus in das Buch geflossen ist, in mir selber zum Ausbruch gekommen. Die Depression zwischen dem ersten und dem zweiten Teil des *Stolz* war eine Vorwegnahme meiner jetzigen Krise, die möglicherweise lebensgefährlich war – und es vielleicht noch ist. Jedenfalls ist eine Totalrevision mit mir im Gange, und die Frage ist, ob ich sie bestehe. Günstiges Anzeichen: Ich notiere wieder. Ich bin dabei, mir wieder Gegenstände zu schaffen. Während ich die ganzen letzten Monate nicht mehr fähig gewesen bin, auch nur einen Brief zu verfassen. Kreiste nur immer in meinem Depressionsloch oder hockte herum, rauchte und soff und besprach mich und mein Elend mit anderen.

Vorgestern noch tapste ich so verloren in den Pariser Straßen herum, mit einem Gesicht, dessen Züge mir ständig zu entgleiten drohten vor Traurigkeit und drohenden Tränen, und nichts antwortete mehr von der Straße her, nichts nahm mich an, ich hatte keinen eigenen Motor mehr, kein Eigenleben, keinen Stützpunkt in mir und dabei das Gefühl, daß ich alles verlassen, keine Heimat, keine Angehörigen mehr hätte.
Heute setzte irgendwann, so schien mir wenigstens, der Atem in der Welt und Umwelt wieder ein und nahm mich auf in seine Zirkulation. Alles wieder von Atem bewegt, die Metrokonstruktionen, da wo die Bahn überirdisch fährt, die Bäume, der Abfall, der die Straßen säumt ... Als setze ein Uhrwerk oder der Pulsschlag wieder ein. Vordem. Da war nur Häufung von Dingen, toten, schalen, geworfenen Dingen. Die Häuserfronten, die Häuserfluchten – geworfener starrender Stein. Die Kehrichthaufen, die von den streikenden Abfuhrmännern stehengelassenen, waren nur Petrefakte von Abfall, genau konturierte und in ihrer Abfallhaftigkeit aufs grausamste in der Konturierung anzuschauende Häufungen von Unrat, toten Materialien, verbrauchtem, dinglichem Schmutz. Überhaupt eine Schmutzschicht über allem. Die Geschäfte, die Auslagen, das Trottoir, das von mir als Lebensufer so vielgeliebte, es war alles wie metaphysische Malerei: kalte Unwirklichkeit. Und mein Fuß ging durch diese Glaswelt, die mich anstarrte. Es war Totenland, mitten am Tag. Oder Mondlandschaft. Und ich in der Isolierung von allem, auch tot, in einer abgrundtiefen Traurigkeit, herausgefallen aus allem Zusammenhang, alles unerreichbar, unerreichbar dem Herzen und seinen Fühlern und Fingern. Und ich wußte, daß nirgends, auch da, wo ich herkam und hingehörte, mich etwas anderes erwarten würde, wußte, daß ich rettungslos allein war. Auf der Welt.
Und das Zimmer in der rue Simart genauso. Was tun in den

plötzlich so unnütz leeren Räumen. Wo sich unterbringen, unterschlüpfen? Nichts.

Und jetzt dieser Brief von Odile, der mir schildert, was ich auch empfinde: daß sie denkt, sie könne vergessen, aber es ginge nicht, und dann frage sie sich wieder: Was ist denn das? Bloß sexuelle Passion (was wir zusammen haben)? Sie schreibt, sie möchte mich kennenlernen, mich sprechen hören, wo ich doch so gut zu »singen« vermöge ... Und was bleibt, bei alldem, ist dieses Reißen, dieses Gequältbleiben, Unglücklichsein, Absorbiertsein, aber ohne Erfüllung. Und am selben 9. ist Marianne nach Berlin gereist, auch in ein Einsamsein; und ich habe noch in selbiger Nacht am van Gogh weitergearbeitet.

Irgendwann vor langem hatte ich den Gedanken, wieder allein zu leben – und war erschrocken. Denselben Gedanken hatte ich einmal mit Brigitte, meiner ersten Frau, gehabt. Wenn derlei erst einmal denkbar wird, dann beginnen auch allerlei Impulse und Imperative darauf hinzuarbeiten. Und dann diese traurige Sache in Rom. Marianne konnte auf ihren hohen Schuhen nicht mit mir Schritt halten und sprach immer vom Langsamergehen. Und ich: »Muß ich eigentlich (mit dir) rückwärts laufen?« In diesem Moment habe ich sie wirklich abgelehnt, jedenfalls war ich für Augenblicke ihr gegenüber vereist. Und am Tag danach hat sie in einer Trattoria in die Spaghetti geweint, mitten unter Leuten, und es war Sonntag, das Lokal überfüllt.
Und wie wir vor meiner Abreise nach Paris im Restaurant Monza in Zürich zusammensaßen. Und kaum etwas aßen. Der Zug würde in zwei Stunden gehen. Und ich wollte dies Mal nicht begleitet werden, nein. Ich ging dann auch allein.

Und sie: »Glaubst du, wir werden wieder zusammenkommen? Wird es wieder gut werden (können)?« Ich sagte, zweifellos würde alles wieder werden.
Ich staune über mein Leben. Über die Traurigkeit und die verzweifelte Sucht, es zu gewinnen. Und ich habe in letzter Zeit immer von früher geredet, immer rückwärtsgewandt: von Leuten, die das Leben gelebt und es verloren oder nicht bestanden oder nicht ganz bestanden hatten (Kesser, Leoncillo, neulich Bruno Diemer).
Und ich arbeite manchmal über meinen Abgründen. Und Marianne drüben in Berlin. Gestern hatte ich sie am Telefon. Das klang schon sehr distanziert. Sie will und kann nicht schreiben. Sie liege tagelang wie Oblomow. Bedenkt, bestaunt, beweint ihr Los.

Ja, ich war noch in Zürich, erhielt andauernd Odiles Telefonanrufe, zu jeder Zeit des Tages und der Nacht, manchmal auch nur eine Notiz von Walter, daß sie angerufen habe. Und ich auf meinem Abschiedstrip, ohne Kontakt zu Marianne. Und dann fuhr ich endlich nach Paris.
An einem Dienstag war es. Und Ende der Woche sollte Odile in Paris eintreffen. Trotz des Briefes überkam mich schon bald eine unerklärliche Unruhe. Ich versuchte sie anzurufen – und erreichte sie nie. Wo mochte sie sein? Wo? Dann erreichte ich sie endlich. Und nun purzelten die Sätze nur so aus ihr heraus: Sie komme nicht nach Paris, es sei alles aus, fini, c'est fini. Und ich solle nicht anrufen, nicht schreiben, nicht kommen. Alles schnell und im Tone der Endgültigkeit gesagt. Ohne Erklärung.
Ich nahm am selben Abend den Nachtzug nach London. Die Fahrt eine Marter im Abteil mit jungen Reisenden, der ganze Zug überhaupt voller junger Leute, Ferientramps, Studenten. Und die langen Warteschlangen beim Fährboot,

beim Zoll, bei der Paßkontrolle. Ich hatte die silberne Taschenflasche mit Whisky dabei und nahm von Zeit zu Zeit einen Schluck. Ich konnte nicht schlafen. Ich war grau vor Angsterwartung. In der Victoria Station nochmals durch eine Warteschlange aufgehalten, es war kurz vor acht, glaube ich, und ich hatte kein englisches Geld dabei, mußte also auch vor der Wechselstube anstehen. Dann nahm ich ein Taxi in die Mount Pleasant Road, fuhr durch London, am Hyde Park entlang, möglichst alle Gedanken verdrängend. In der Nähe des Fahrtziels ließ ich anhalten, um anzurufen. Ich sei da, ganz in der Nähe. Sie stand in einem japanischen Morgenmantel an der Haustüre und ließ mich ein. Und dann waren wir in ihrem Zimmer. Ich nahm sie in die Arme, erleichtert, daß ich wenigstens bei ihr war. Ich stellte die Koffer hin, setzte mich ihr gegenüber an den niedrigen Tisch. Und dann sprachen wir.
Und später gingen wir wie früher durch die Straßen. Meinen Arm hatte ich über ihre Schulter gelegt, und sie hielt mich um die Taille; oder wir hielten uns an der Hand, und von Zeit zu Zeit küßte ich sie, und sie küßte zurück, es war wie früher, nur daß sie gedämpft und verhalten oder auch verlegen schien. Es war nicht mehr diese Trennwand da in ihrem Zimmer, aber es war auch nicht mehr dieses absolute und verliebte Beieinander wie sonst immer. Oder war es sonst auch nicht so gewesen? Sonst hatte sie mich doch immer gehalten und von sich aus geküßt, auch in der Metro oder beim Warten in einer Taxischlange oder wo immer, so daß ich mich manchmal fast ein bißchen geschämt hatte. Jetzt war es so, als ob sie mir ein mildes Entgegenkommen schulde.
Wir gehen also in dieser Verschränkung (die aber nur mehr ein Echo ist auf frühere wirkliche Nähe) durch die Oxford Street, dann rüber nach Soho, immer auf der Suche nach einem einigermaßen ruhigen Pub, aber alles, auch die Stra-

ßen, ist voll von verkleideten, mit Nationalattributen ausstaffierten Schotten, grölenden demonstrierenden besoffenen Schotten, die sich und alle Welt für das bevorstehende Länderspiel England-Schottland aufheizen (das die Schotten denn auch gewonnen haben). Keine günstige Lage für Odile und mich. Ich rede jetzt andauernd davon, daß wir unseren Plan durchzuführen hätten, daß wir nämlich, wie übereingekommen, das Zusammenleben erproben müßten. Ich sage, ich nehme dich jetzt übers Wochenende mit nach Paris, und diese Nacht bleibe ich bei dir. Sie ist bei alldem merkwürdig passiv, nicht nur unentschieden, sondern unerreichbar, fast geistesabwesend. Etwas in ihr stemmt sich unausgesprochen, aber nachhaltig dagegen. Einmal sagt sie, was sie früher schon erwähnt hatte: Der Altersunterschied mache ihr Angst, weil ich alles schon durchlebt und erreicht, also hinter mir hätte, was ihr noch bevorstehe; sie würde soundso viel, was ihrer Lebensstufe entspreche, dann nicht mehr unternehmen, nicht mehr angehen können, und sie würde von mir eingesperrt sein. Ich spüre die ganze Zeit, daß alles verloren ist. Verloren, verloren. Zwar bilde ich mir zwischendurch ein, es käme doch alles zustande, was ich ersehne. Dann stellt sich bei mir merkwürdigerweise nicht Freude oder Erleichterung ein, eher Beklemmung.

Sie möchte heimgehen, sagt sie. Sie will allein sein, schlafen.

Wir haben uns zu Bett gelegt. Dann schliefen wir nebeneinander. Ich erwachte aus einem merkwürdigerweise glücklichen Traum, dessen Inhalt ich vergessen habe. Ich erinnere mich an die Abschiedsumarmung: Sie lehnte sich mit zu Boden gesenktem Gesicht an meine Schulter, dann verkroch sie sich ins Bett. Das letzte, was ich von ihr sah, war der Hügel des Deckbetts, unter welchem sie ganz und gar verschwunden war. Möglicherweise weinte sie darunter. Ich zog mich an und ging grußlos hinaus in den Tag. Denselben

Samstag mit dem Nachtzug nach Paris zurückgefahren. In Paris war es kalter Sonntagvormittag. Darum reiste ich noch denselben Abend nach Zürich weiter.

Damals. Stand Marianne plötzlich da, frühmorgens war es, in der winzig-kleinen Pariser Wohnung, im Reiseaufzug, im bodenlangen, hemddünnen Mantel, in der neuen Magerkeit, das Gesicht bleich, kantig; eben vom Flugzeug, eben vom Terminal und von da per Metro eingetroffen. Im bleichkantigen Gesicht eine gewisse Vorsicht, das leise Forschende, das Beherrschte auch. Hatte ich um Hilfe gerufen? Jedenfalls war sie herbeigeflogen, in der vollen Bedeutung des Wortes. Und stand nun da, bereit, zu helfen, in unverbrüchlicher Solidarität. Dem Dreckskerl zu helfen, der ihr so viel Leid zugefügt hatte.

Ich hatte sie aus dem Nest der Liebe, zumindest einer dementsprechenden Vergewisserung gestoßen mit meiner Odile-Geschichte, in ein Dasein der Fassungslosigkeit, einer alkohol- und nikotinvergifteten Haltlosigkeit, Auflösung. Durch meine Hölle war sie gegangen, und nun stand sie da.

Sie steht da und hat dieses Forschende, Ängstliche, Den-Tränen-Nahe in den Augen. Wir gehen essen, wir gehen schlafen, wir sitzen uns gegenüber, wir reden. Und immer ist dieses neue Niemandsland zwischen uns, der Vertrauensverlust. Sie steht – abwartend? mißtrauisch? furchtsam? verletzlich? – in der Wohnung herum. Fluchtbereit? Was sollen wir miteinander? Was sollen wir *spielen*? In der kleinen Wohnung, am neuen Wohnort, in der Stadt Paris, Frankreich, wo man leben könnte wie Gott in Frankreich, wenn, ja, wenn die Liebe noch wäre und die Zukunft zu zweit und die Hoffnung. Und jetzt hätte ich sie wiederum aus

einem schüchternen Selbstwerdungsversuch herausgerissen. Sie sei jetzt mehr löwinnen- als häschenartig geworden, hatte sie geschrieben, fast mutwillig, doch jetzt fallen Panzer und Fassung ab vor dem klaffenden Niemandsland, das sich zwischen uns breitmacht, und vor der offenen Frage, was werden wird und soll, hier in Paris.
Manchmal rettet sie sich in Angriffslust, Vorwürfe. Warum, warum habt ihr alles so leichtsinnig zerstört? Ich hab wirklich daran geglaubt, daß wir bis 65, wie ich es immer im Spaß sagte, bis 65, bis zur Altersrente, zusammenbleiben würden. Ich habe es im Spaß gesagt, aber geglaubt hab ich ganz fest daran. Du bist die Liebe meines Lebens; und jetzt ist alles vorbei. »O verloren«, lautet der Refrain in Wolfes *Schau heimwärts, Engel.*

Sie ist mir immer wieder entkommen auf diesem Gang, das steht fest, aber warum habe ich sie (mir) entkommen lassen? Ich sage: Hör zu, morgen fahren wir zusammen nach Paris und versuchen es. Wir sind uns ja in unseren Briefen und Anrufen darüber einig gewesen, daß uns nur noch das übrigbleibt: es zu versuchen, uns zusammen in die Realität einzuholen, weil wir sonst diesem irrealen Zustand der Anfechtungen, der Gespenster, des Sehnens, des Absorbiertseins (durch Vorstellungen), weil wir anders dieser Lähmung nicht Herr werden können. So oder ähnlich habe ich auf sie eingeredet auf diesem Gang oder an einem einigermaßen ruhigen Tisch in einem Pub mit den Schotten vorn an der Theke und während ich ab und zu nach vorn gehe und neue Gläser, mit Pernod – ihre Idee – hole und bringe. Und sie sitzt da und hat dieses Insichgekehrte, Verschlossene, fast Verbohrte, schlau wirkt es beinahe, aber auch traurig, dieses Gesicht, ein Gesichtsausdruck, den ich nicht ganz begreife, aber etwas in mir versteht ihn. Und ich rede eigentlich ohne Überzeugung, verloren, verloren, raunt etwas in mir, auch habe ich Angst beim Gedanken, daß sie wirklich dann bald bei mir in Paris sein würde, in dem kleinen Schachtelzimmer, zwei Fremde, habe ebenfalls Angst vor allem, was ich nicht an ihr kenne und wohl auch nicht teilen könnte, und sie nennt es auch einmal, ganz gedankenverloren sagt sie es, schnell und leise: Du würdest mich einsperren, du würdest mich von fast allen Dingen meiner Generation ausschließen. Und ich wiederum hätte Angst vor ihren mir fremden, vielleicht gegen den Strich gehenden Gewohnheiten. Nicht auszudenken, das ganz enge Zusammenleben, denkt es in mir und hofft fast auf eine Absage. Und wirklich, immer wieder geht ein verneinendes Mimen, ein Ansatz des Kopfschüttelns über das liebe Gesicht, das mich nicht mehr anzuschauen wagt, darum zu Boden blickt. Und wieder hinaus auf die Straßen. Ich habe sie laufen lassen, schließlich.

Und jetzt kommt mir der andere Spaziergang in den Sinn, vor zwei Wochen erst, in Zürich, am Abend:
Am See. Es dunkelt. Marianne und ich, nach einem Tag voller Hader, und ich bin durch ihre immer wiederkehrenden Tränenausbrüche gereizt, ihre ständige Frage: »Aber warum mußtest du mich immer betrügen? Ich kann und will nicht mit einem Weiberhelden zusammensein ...« Derlei Gespräche, Anwürfe, Ausbrüche.
Ich bin seit wenigen Tagen wieder in Zürich und möchte sie, wie abgemacht, nach Paris holen. Ihr Husten, Weinen, die ewige Erkältung, ihr trotziges, beleidigtes, aggressives, haltloses und auch haltungsloses Benehmen. Und dann schlug ich vor, den See entlang Richtung Seefeld zu laufen, Richtung Bellerive-Park, Seepromenade, wo wir so oft abends mit dem Hund noch hingepilgert, hingewandelt, hinspaziert

waren, innig allein, in Abendgespräche versponnen oder Nachtgespräche.
Wir setzen uns ins ehemalige »Frascati«, das jetzt eine Backhendlstation geworden ist. Ein riesiger Kellner, ein wahrhaft stangenlanger Kerl, dünn und alles überragend, der möglicherweise seiner Länge wegen oft gehänselt wird, bedient uns überaus aufmerksam. »Weißt du, warum er so nett ist? Weil er merkt, daß wir ihn in seiner ganzen Länge für voll nehmen, weil er sich akzeptiert fühlt, darum«, sage ich.
Und nun will sie wissen, was ich denn bei den Huren suche und finde. Und ich antworte, und es ist ein milder Abend, mit einer Spur Herbstvorahnung in der Luft, nicht viel Leute im Lokal mit den rustikalen Nischen, und ich habe Marianne einen Irish Whiskey gegen das Husten und Heulen verschrieben und mir einen Bourbon mit Wasser ... und ich antworte: Da ist erst mal die Einsamkeit; wenn ich so lange allein bin, muß ich von Zeit zu Zeit eine Frau umarmen, das hält dann eine Weile vor. Ich gehe überhaupt nicht aus Verklemmung oder Kontaktschwierigkeiten zu Prostituierten. Es sind übrigens ja auch nicht Straßenmädchen, sondern eher »Belles de jour«, die ich aufsuche, Mädchen von diesen Maisons de Rendez-vous. Da hat man auch Zeit füreinander, ein, zwei Stunden und mehr, in diesen schönen Zimmern, wo man sich unterhält und nicht gleich, sondern nach sachten Annäherungen, fast wie »richtig« mit dem Lieben, Liebemachen beginnt. Und dann finde ich immer von neuem dieses Zueinandersteigen, diesen Vorgang des Zusammenliegens wunderbar. Ein Wunder, wenn man bedenkt, welche Wälle von Fremde und Furcht, Berührungsfurcht, Mißtrauen dabei überwunden werden in diesem, ich kann es nicht anders nennen, Vertrauensbeweis, wenn man sich zueinander legt, nackt wie man ist, und dieses kleine Glück herzustellen beginnt. Es geht mir nicht um den schnellen

Sex und schon gar nicht um Spezialitäten, sage ich, sondern nur um dieses Immergleiche und Wunderbare, und wenn es gut ist, dann ist es doch schon auch Liebe oder doch an die Liebe angrenzend, was da passiert. Und dann ist auch noch etwas anderes dabei, bei mir jedenfalls, fast etwas Lazaronisches, wenigstens im Bedürfnis, ich kann es schlecht ausdrücken, sage ich. Und schön ist das Zuhören, wenn die Mädchen zu reden und zu erzählen beginnen, aber jetzt nicht gestellt, sondern vertraulich und von sich aus, ja, oft habe ich den Eindruck, daß nicht nur sie es sind, die etwas geben, nicht sie allein und ich bloß der Nehmende, sondern daß auch ich etwas hergebe und bringe, ja, sage ich, ich bin schon auch der Hurenhirt, ich schaue nach ihnen, ich trage ihre Konfidenzien fort, wie es im *Canto* heißt.
Und so rede ich, und es ist zum ersten Mal, daß ich es so einfach und wie es ist sagen kann, wenigstens Marianne deutlich machen kann, wir haben ja bisher kaum je darüber gesprochen, und tatsächlich fällt nun bei ihr jeder Argwohn, Spott, Hohn weg, und sie sagt: »Ich kann es verstehen.« Und dann schlage ich vor, daß natürlich auch sie ihr Leben haben soll und ihren »Fuhrknecht« oder wen immer. Daß sie aber andererseits bei mir ihren Platz hat, sofern und solange sie will, da sie ja mich doch nicht ganz verlieren und opfern möchte, wie sie selber sagt, und plötzlich ist da etwas Mildes in der Stimmung, und sie meint, vielleicht können wir etwas machen aus den Scherben unserer Ehe und Liebe, was noch keiner konnte; wenn du nur dann morgen nicht wieder in deinen Machtwahn, deine Intoleranz verfällst. Und so haben wir es ausgemacht.

Kürzlich hatte ich hier Besuch von H. C. Artmann. Er war mit seiner neuesten Freundin, einer 17jährigen Schülerin aus dem Salzkammergut, Groupie, wie er das Wesen beim Namen zu nennen die Direktheit hatte, unterwegs zu einem amourösen Urlaub in der Bretagne. Er ist 40 Jahre älter als seine Mini-Muse: eine Figur, die an Friedrich Kuhn gemahnt. Suhrkamp-Autor und einigermaßen berühmt. Ein gewaltiger Säufer, körperlich prima erhalten, wir haben noch zusammen ein wenig Boxen gespielt, übrigens in der Luxuswohnung von Susanna Heimgartner, die hier Kulturattaché ist (sie ist eine ehemalige Freundin von H. C. Artmann). Artmann ist ein Kelten-Fan und überhaupt in vielen Sprachen zu Hause, ein Sprach-Hippie, nicht nur polyglott, sondern auch institutionell-unstet im Leben. Ein Austria-Beatnik?

Und heute hab ich vor dem Warenhaus »Printemps« vier Dixieland-Musikanten gehört, Studenten wohl, ganz junge Menschen, einen kleinen mageren Klarinettisten, zwei Banjospieler und einen Baß, die – à la Claude Luther und Sidney Bechet – mit reichem Repertoire aufspielten. Den Klarinettisten hatte ich schon mal vor Nôtre-Dame gehört, er ist großartig, bravourös, nicht nur virtuos, ein Boxertyp, kurzhaarig, und beim Blasen kriegt er einseitig eine dicke Backe, während er nur ganz leicht mit den Füßen den Takt skandiert, aber manchmal geht er in die Hocke und erhebt sich dann – wunderbar. O wie er triumphiert und betört. Ich hatte, glaube ich, nasse Augen, und Neid. Dieses Stengelchen Klarinett, dieses leichte Gepäck. Und diese Macht über Gefühle und Herzen. Und die Figuren verschwinden ganz hinter ihren Tönen, Aufrütteleien, Jauchzern und Schluchzern und den Triumphen und den Erhebungen (nicht nur der Herzen), Aufständen! Das hätte ich immer auch sein mögen und wollen, ein dermaßen Mächtiger über Herzen und Gefühle mit nichts als Tönen. Es ist dies die Musik meiner Generation, der Existentialistengeneration.

Die Rolle meiner Asienfahrt. (Ich sprach ja schon lange von dem Projekt »Abschied von Europa«.) Ich glaube, diese Fahrt, dieser Ausbruchversuch aus dem vertrauten Europa hat mir einen nachhaltigen Schock versetzt. (Deshalb konnte ich wohl auch nichts darüber schreiben.) Ich war mir ja längst der Fragwürdigkeit meines europäisch-nihilistisch-individualistischen Schreibens bewußt – eines Schreibens ohne Position nach vorn, eines schlimmstenfalls nur privaten Schreibens (im – gesellschaftlich – leeren Raum, würde Farner sagen). Und nun mußte ich mir vor Augen führen, daß ich für eine lächerlich kleine Minderheit diese meine »Privatwelt« ausbreite. Daß die überwältigende Mehrheit auf Erden nach anderen Kriterien und Bedingungen lebt; sie befindet sich, nach unseren Begriffen, im Aufbau, sie ist vital-überlebensgierig motiviert. Eine Menschheit, mit der mein Realitätserlebnis überhaupt nichts gemein haben kann, fürchte ich: weil dort der Individuumsbegriff keine Rolle spielt. Dort ist alles Masse, also gigantisches Kollektiv, naturausgeliefert, fatalistisch. In meinen Augen: ein vergifteter Paradiestraum. Ich wurde gleich zu Anfang in eine ganz und gar andere Welt hinein »verhext«, ja. Die mit mir nichts zu tun hat und die sich für mich nicht interessieren kann. Das alles wäre viel weiter auszuführen. Jedenfalls zog mir dieses Erlebnis weitere Stücke eines fragwürdig gewordenen Bodens unter den Füßen weg. Eine weitere Relativierung war das.

Ja, und dann war da die Stimme, ihre Stimme, in meine beiden Ohren drang sie ein (ich hatte den Kopfhörer zusätzlich zu Hilfe genommen), und das ungeduldig-lebhafte, innerlich glücklich schwingende »Attends ... je vais changer d'appareil ...«, sie will zum anderen Apparat, und dann ist der Kreislauf wieder da, und wir fragen uns, wie es uns gehe, und beide sagen wir, es gehe uns gut, und ich frage, hast du meinen Brief bekommen damals? Sie: Welchen, den vom Juni? Oh ja …

Ich sage, ich entschuldige mich dafür (ich hatte geschrieben: Je t'aime et je te déteste …), ich sei damals noch verrückt gewesen, und sie sagt: Nein, nein, ich weiß jetzt, was damals war, du hast einfach den falschen Moment erwischt mit deinem Ultimatum, ich war so voller Angst um meine Studien. Und sie habe auch einmal in Zürich angerufen, aber niemand habe abgenommen. Und dann sagt sie noch, sie habe jeden Tag an mich gedacht, chaque jour …

Und sie fragt, ob ich nun geschieden sei, nein, aber ich lebe hier, sage ich, und hätte keine Niederlassung mehr in der Schweiz, und Marianne käme von Zeit zu Zeit, mich besuchen. Und sie bemerkt, dann bist du ja jetzt eingerichtet in Paris, und ich sage, ja, du wirst ja sehen, und sie sagt, sie lerne wie verrückt, Sprachen, lese Romane, ja, Romane, lacht sie, und ob ich schriebe. Ich schriebe an einem großen Roman, sage ich; wie lange es dauern werde? Ein Jahr, sage ich. Oh, ein Jahr … Und sie sagt, sie werde drei Jahre für ihre Sprachstudien brauchen, und in den Ferien war sie auch nicht, sie hat gearbeitet. Ich sage, drei Jahre, nun, ich habe dir ja gesagt, du sollst auf mich warten. Und in diesem Ton reden wir, und ich merke, daß alles noch ist wie je, unversehrt. Und ich weiß, daß ich jetzt wieder in ihren Gedanken kreisen werde. Eines Tages werden wir uns das alles sagen.

Ich weiß jetzt auch, was unsere Angst, unsere Fluchttendenz war. Wir hatten so fürchterliche Angst vor dem Beginnen, weil wir wußten, daß unsere Liebe unaufhaltsam, vielleicht verheerend sein würde, und wir waren noch nicht bereit: sie noch ohne Beruf; und ich noch nicht wieder in einem neuen Roman, ohne Anker, ja, es war der falsche Moment, aber wir wußten im tiefsten Grunde, daß wir auf uns

warten würden, daß nichts vorbei sei. Allerdings hatte ich Angst vor einem möglichen Erkalten, vor einer immerhin möglichen Abwendung, wenn ich auch doch wohl nicht aufgegeben hätte.
O sie ist für mich geschaffen.
Ich glaube, ich habe diese Gewißheit des Füreinanderbestimmtseins in meinem ganzen Leben noch nicht gekannt. Oft verspüre ich aus ihrer Stimme dieses innerliche Triumphieren, eine Gewißheit, ein Glücksgefühl, das mitschwingt. Ich weiß jetzt auch, was es bedeutete, wenn sie, den Kopf verlegen nach unten gesenkt, auf mich zukam, ein Gang wie zum Schafott, dachte ich immer oder was? gehemmt? schlechten Gewissens? Nein, es war eine Art Opfergang, weil sie spürte, daß sie (ohne oder entgegen ihrem eigenen Willen) sich einem höheren Gebot unterzog, wenn sie kam. Wir haben aufeinander zu gelebt, diese ganze letzte verrückte Zeit. Wir bereiten uns vor, nicht auf einen Kampf, sondern auf dieses gemeinsame Leben, diese »vie à deux«.

Meine Schwester teilt mir am Telefon mit, mein einer Onkel sei gestern gestorben. Ich bin hier in Paris in einer schrecklichen Lethargie, wohl auch Depression. Untätig, vor mich hin stierend, nur annähernd »normal«, wenn ich mich bewege, das heißt einen Gang unternehme, zusammen mit Marianne (wenn sie zu Besuch ist). Dieser Zustand datiert seit einem Monat, seit ich in Bremen zur Lesung und danach auf einen Sprung in London war. Odile. Die Geschichte ist tot. Sie hat mir am Telefon in letzter Minute mitgeteilt, daß sie zwar nach Paris käme, mich aber nicht sehen werde. Aus. Ich habe das alles nicht einmal besonders tragisch aufgenommen, war selber erstaunt über meine relative Gelassenheit. Denn ein Wohnen mit ihr zusammen in diesem Schachtelzimmer oder auch anderswo schien mir schlicht

unvorstellbar. Angesichts dieses Verlaufs der Dinge fühle ich mich sogar einigermaßen erlöst. Trotzdem ist dadurch wohl meine Niedergeschlagenheit mit bedingt.
Elisabeth Plahutnik war acht Tage hier, nach meiner Rückkehr aus London. Anschließend bin ich im Wagen nach Zürich gefahren, habe in Mariannes Wohnung an der Schönfeldstraße gewohnt (und getobt), später sind wir zusammen im »Manfred« (wie ich den alten Fiat nenne) hierher gefahren. Seitdem Lethargie, Untätigkeit, Traurigkeit. Du schaust so unsäglich traurig vor dich hin, heißt es immer wieder von seiten Mariannes. Ich merke es selber gar nicht mehr. Wenigstens bin ich mir nicht bewußt, sonderlich traurig zu sein, bloß dumpf, müde, ohne Energie, ohne alle Lust. Schlafe viel und lange. Vielleicht bin ich doch aus einem Traum abgestürzt. »Das Jahr der Liebe« soll das neue Buch heißen, habe ich noch in Zürich bestimmt. Also kein Ich-Buch, sondern eine »Erfindung«.
Ich habe in diesem Jahr 1977 mit Hilfe Odiles und dieser Geschichte nicht nur mein Leben ganz und gar verändert, sondern wirklich und wahrhaftig etwas *versucht* (und bin abgestürzt?). Was versucht? In eine andere Dimension zu gelangen? In die Liebe (was immer das bedeuten und beinhalten mag) – ins Leben statt ins Schreiben.
Das Thema wäre: daß die Liebe nicht gelingt. Und daß man im Ermessen des Scheiterns die definitive Einsamkeit erfährt. Wenn es so ist (wie ich zusammen mit Elisabeth zur Einsicht gekommen zu sein meine), daß nämlich meine Geschichte mit Odile eine schöpferische Wuttat, eine Kreation war. Wenn also ich der Autor dieser Geschichte sein sollte und Odile Reflektorin dieses schöpferischen Wutanfalls im Leben, dann würde das bedeuten, daß ich nichts verloren habe, daß der Traum bei mir geblieben, mir verblieben ist, daß nicht Odile die einmalige Chance und Anzünderin war, sondern nur die begnadete Mitspielerin; es wür-

de bedeuten, daß ich grundsätzlich den Traum wiederholen, das Paradies noch einmal erfinden könnte. Ich hätte nichts verloren.
Es würde aber ferner bedeuten, daß ich mit dieser Geschichte versucht hätte, ein anderes Leben zu *wählen*, und daß dieser Versuch (vorläufig) gescheitert wäre. Ich wurde zurückgestoßen – auf mich zurückgeworfen. Das Land der Liebe oder der Tod (wie ich früher meinte) hätte mich noch nicht akzeptiert. Und nun wäre ich zum zweiten Mal – nach Rom – zum Künstler geworden, aber nun viel radikaler als damals und als je zuvor. So gesehen, wäre die Odile-Geschichte auch der Versuch gewesen, von meinem einsamen Auftrag als Dichter freizukommen. Um im Leben zu weiden statt des alten Karrengauldaseins, wie van Gogh es ausdrückt. Aber wo wäre dieses Leben?
Etwas ist auf das Vehementeste versucht worden. Etwas ist grauenhaft gescheitert, besser: gestorben. Und etwas (oder ich?) ist im Begriff geboren zu werden. Ich habe alle Brükken abgebrochen. Nun bin ich hier. Der Exodus war viel folgenschwerer als angenommen. Alle Geborgenheiten aufgegeben. Habe ich das Weite gewonnen? Jedenfalls ist da überhaupt keine Rückzugsmöglichkeit mehr, das spüre ich sowohl mit Grauen wie mit Beflügelung.
Ich habe das Weite gesucht und die Einsamkeit oder einen Kern gefunden. Wenn bis dahin mein Schreiben immer noch irgendwie freiwillig oder spielerisch gewesen sein sollte, so ist es jetzt – von der Motivation her – todernst und ausweglos und wohl also notwendig geworden.
Manchmal merke ich das mit Angst, ja Entsetzen (was ich aufgegeben und hinter mir gelassen habe); manchmal mit wahren Fluten von Glücksstolz. Etwas ist mit mir passiert. Ich kann nur noch siegen oder untergehen.
Manchmal das erhebende oder besser: berauschende Gefühl, (eigentlich ganz unverdient, wie in einem Traumerwa-

chen) in jenen Strom gelangt, gemündet zu sein, wo all die Weltliteratur, die Kunst der Welt entstanden ist.

Dürrenmatt schreibt mir:
»Ich denke oft an Dich. Ich sehe Dich finster und verschlossen in Paris herumlaufen. Du gehst künstlerisch, um das verfängliche Wort zu wählen, auf einem ebenso schweren wie gefährlichen Pfad – nichts gegen ihn, nichts gegen Deine Wahl – wenn wir das Nicht-anders-Können überhaupt eine Wahl nennen dürfen; aber einen Pfad vorwärts zu gehen, den man betreten mußte, ist schließlich eine Wahl. Beim Lesen Deines Protokolls wird es mir deutlich. Zuerst die scheinbare Nähe zu Walser und das aufregende ganz andere ... Was nun das ›ganz andere‹ betrifft, Deine Angelegenheit: Aus lauter Verlegenheit am Grabe Varlins reden zu müssen, sagte ich dann, wenn es heiße, daß am Anfang das Wort gewesen, so müsse am Ende das Bild sein. Indem ich in Deinem *Untertauchen* lese, wird es mir deutlich: Was bleibt, was Bild geworden ist, was damit, daß es Bild geworden ist, wieder zum Wort werden kann, ist Erinnerung, und ich meine damit das Gegenteil von Erdichtung: Sind doch gerade die meisten Erinnerungen Erdichtungen, oft großartige: Proust. Reine Erinnerungen aber sind Dichtungen, das heißt nicht Sprachlust, Beschwörung, Wortmagie, sondern Fallenlassen der Gründe, die ja in der Erinnerung gleichgültig werden, so gleichgültig wie die Zwecke. Doch für die Erinnerung zahlen wir mit Leben und um zu leben, verbrauchen wir uns, unsere Zeit. Der Tribut, den Du entrichten mußt, ist verdammt teuer, mag das Resultat noch so kostbar sein.« An den Rand geschrieben: »Dichtungen sind äußerste Konzentrationen.«

»Künstlerdarsteller« hatte mich Peter Hamm letztes Jahr in London tituliert, als ich mein Bangen und Überquellen in Erwartung des Wiedersehens mit Odile wohl übertrieben zur Schau stellte, und ich nahm diesen Titel als Böswilligkeit entgegen. Aber es steckt dennoch etwas darin. Denn jetzt in Paris merke ich, wie ich im Grunde nur das Leben im Sinne des Romanerlebens forciere. Es ist wie damals in Rom: eine Sucht. Ich vergesse darob alle Aufgaben, ich schmeiße alles Geld raus in diese Affären, wo ich doch nur von Barmherzigkeiten lebe. Ich bin jetzt zwei Tage im Bett gelegen und habe Chandler gelesen, bin nur schnell rübergegangen zu Said, dem Wirt an der rue Marcadet. Und dann wieder zurück in diesen Stall von einer Wohnung, wo sich Unordnung und Unrat nicht nur stapeln, sondern geradewegs begatten.

Zurück zu den Hurenbesuchen. Es ist dieses geradezu Schallmauerdurchbrechende, dieses Überspringen der Fremdheitsgrenze bis zum intimsten Nahesein, denn näher als im Sexus, in dieser »Vereinigung«, kann man realiter einem Menschen überhaupt nicht sein. Ich glaube manchmal, daß sich etwas vom anderen dem eigenen Hormonhaushalt mitteilt oder integriert, und ich würde mich nicht wundern, wenn ich zuweilen mit den Augen oder dem Wesen einer längst vergessenen Liebespartnerin in die Welt schaute, mit etwas aus ihrem Wesen. Derlei geheimnisvolle Dinge sind es, die mich bei der körperlichen Liebe berühren und begeistern, ja, begeistern. Und die kleine Verbündung, die da stattfindet und irgendwie auch bleibt, man sieht es daran, daß man mit einer Frau, mit der man einmal geschlafen hat, noch nach Jahren eine merkwürdige Vertrautheit, ein verschwiegenes Wohlwollen spürt, auf das man auch zählen kann. O dieses Im-Körper-Sein, dieses In-eine-Körperexistenz-verpackt- und -vermauert-Sein, und mit dem eigenen Fleisch an demjenigen einer Fremden kommunizieren, konversieren, partizipieren, zwei Fremde, die sich »vereinigen«, ohne daß sie je darauf kommen können, was sich denn auch wirklich vereinigt und mehr: erzeugt hat aus ihrer Verschlingung. Derlei Dinge hab ich zu Handke gesagt, als wir bei ihm draußen in Clamart mit seiner Tochter den Abend verbrachten, schön war das Nachtmahl zu dritt. Es war eine entspannte Stimmung zwischen uns, es lag ein Klang von Sichmögen, wenn nicht der Liebe in der Luft und dem Abend. Übrigens hat mir Handke gesagt, er könne gut verstehen, daß ich es mit den Mädchen gut könne, die müßten nämlich spüren, daß ich sie wirklich begehre, und daher seien sie mir so gut und willig und in einer gewissen Weise wirklich Liebende.

Jetzt lebe ich schon die ganze Zeit dermaßen exzessiv und komme mir dabei gar nicht auf der Flucht oder auf Abwegen vor, sondern wie wenn ich arbeitete: weil ich dieses Grundgefühl wieder habe, dieses Unterwegssein zu einem Auf-den-Grund-Kommen, dieses körperlich-schälende Sichaussetzen, dieses Dem-Geheimnis-Näherkommen, dieses lebensbrüderliche Gefühl. Ein Zustand, der äußerlich wie ein Auf-den-Hund-Kommen wirken mag, aber in der Tiefe – nolens volens – ein Auf-der-Lauer-Liegen ist, ein Forschen gar. Vielleicht sind die Absteiger, die Clochards, solche Forscher

Vergangene Woche, das heißt letzten Sonntag abend, mit Valentin in seinem VW-Lieferbus hier mit einem Teil meines Umzugsgutes eingetroffen: mit dem Glasbücherschrank, der Liseuse, dem alten Schneider-Schreibtisch und noch dem Kokosteppich aus der Stockerstraße. Das ist jetzt installiert und stimmt mich ein bißchen melancholisch, weil mein altes

Hab und Gut, in der kleinen Tantenwohnung versammelt, mir erst so richtig meinen Exodus zu Bewußtsein bringt. Das Meinige, in diese Pariser Bleibe integriert.
Die Simart-Wohnung beginnt hübsch auszusehen, erinnert mich ein wenig an Canettis Kleinwohnung an der Thurlow Road in Hampstead. Emigrantendasein. Ohne soziale Stellung und patriotische Zugehörigkeit, wohnhaft irgendwo, ohne nennenswerten Besitz, nur mit der Lebensneugier, Weltliebe und einer Schreibpassion ausgerüstet. Und nun kann es losgehen oder weitergehen. Die kleine Melancholie rührt von der Entwurzelungsaktion her. Und Marianne stiefelt durch New York, auch sie wohl allein. Entkommen.
Mit Valentin gute Gespräche gehabt. Wie er mit Liebe mein Leben, mein Wollen oder Müssen, meine Thematik und Existenz zu begreifen beginnt. Er hat mir viel geholfen, hat mir den neuen Fernseher, den Teppich, die Bilder installieren helfen, alles Technische inklusive meinen neuen Radio-plus-Kassettenapparat eingerichtet, durchgetestet, aufs beste in Funktion gesetzt. Nebenher Vorbereitungsarbeiten für sein zweites (Forstingenieur-)Vordiplom stundenweise hier und in seinem Hotelzimmer, Résidence Bécquerel; und viele Verhöre, um den Vater besser zu verstehen. Wir sprachen über die Odile-Geschichte, über Marianne, über meine Frauenaffären, die er als Vorstufen für meine jetzige Thematik zu verstehen begann. Er sagt, ich hätte mir wirklich das tollste »Forschungsprojekt«, nämlich die Liebe, ausgewählt. Er meint einzusehen, daß mein Herumlieben, mein Frauenleben, vielleicht einer Erkenntnis und damit meiner Dichtung diene; er verstieg sich gar zur Bemerkung, daß ich weniger ins Fleisch als in die Erkenntnis, ins Wissen investiere. Ich habe ihm aus entsprechenden Skizzen vorlesen müssen, auch aus alten Büchern. Ich war gerührt, wie er Anteil nahm, immer mehr vom Vater und seiner Zeit, seiner Welt, wissen und verstehen wollte. Ob auf den Gängen durchs Quartier,

abends auf dem Markt rue des Abbesses, rue Lepic etwa oder nachts in einer Bar bei Pigalle (wo ich Rachid zu treffen hoffte, den Chasseur, Zuhälter), ob in den verschiedenen Bistros – überall schien er zunehmend verzaubert von diesem Leben, dieser großen Geliebten seines Vaters namens Paris. In zwei, drei Fällen bekam er wie von selbst Anschauungsunterricht über mein Verhältnis zu Frauen: einmal in einer Bar, wo wir mit einer Sophie oder Stephanie ins Gespräch kamen (»Il est beau, ton Papa«), und dann in der »Cave des Îles«, einem karibischen Klub (öffnet um vier Uhr früh, schließt um neun Uhr vormittags), wo ich mich mit dem Bar-Engel Christiane verabredete (mit der ich dann anderntags auch ausging). Einblicke. Manchmal dachte ich in diesen Tagen, daß ich Erziehung nachhole mit meinem Sohn. Er blieb eine volle Woche mit mir zusammen.

Zuerst will ich von der abgrundtiefen Traurigkeit sprechen, die mich in der letzten Zeit jedesmal hinterrücks überfallen hat, sobald ich mich von Odile getrennt hatte. So vergangenen November nach meinem Besuch in London. Was sich allmählich in mir frei arbeitete, nachdem das mit Hoffnung geladene, physische Zusammensein aufgehört hatte und ich wieder mit mir und der Geschichte und der Erinnerung allein und auf mich gestellt war, gehört nicht nur ins Gebiet des Liebesentzugs, sondern des Liebesbetrugs; Gefühl krassen Ungeliebtseins. Senkte sich aus tausend Ritzen auf mein Gemüt und wölkte mich ein.

Einmal sehe ich sie zwischendurch mit Röntgenaugen und mache mir vor, daß mir manches nicht nur nicht gefällt, sondern mißfällt. Ich sage mir: Immer schon hatte ich das Gefühl, daß aus unserer Geschichte nichts werden würde, daß es für uns keine gemeinsame Zukunft gebe, wir stammten aus zu sehr verschiedenen Lagern, Welten. Um so trauriger diese Liebe.

Sonntagnachmittag in der »Kronenhalle«. Die paar überhängenden Esser und Schwelger, Frau Zumstegs, der Wirtin Alte-Dame-Gang am Krückstock quer durchs Lokal, das ich immer als eine Art schönes Bahnhofsbuffet empfunden habe, wiewohl es nachts mit der prominenten Internationalität der Gäste und den im Licht erblühenden echten Braques und Derains und Mirós und Picassos etc. die Dreisterne-Exklusivität erreichte; wir hatten früher gleichsam unter Künstlern (mit Hund Flen) hier auf das Selbstverständlichste verkehrt, hatten beinah hier gewohnt, Marianne, meine damals neue und vielgeliebte und engvertraute Gefährtin, der Hund und ich. Jetzt saßen wir, Canetti und ich, unter dem Bildnis von Joyce an dessen Tisch.
Canetti wollte erst wissen, wie die Robert-Walser-Veranstaltung gewesen sei, der er sich mit allem Mißtrauen ferngehalten hatte; ich habe ihn diesbezüglich mit meiner positiven Einstellung (Literaturshow in der Größenordnung einer Oststaaten-Personenkultveranstaltung oder auch Dichterzirkus mit einem Zulauf, den sonst nur Popbands erreichen) überrascht. Zur Bemerkung, daß Walser nie richtig populär werden könne, meint Canetti, er könne sich vorstellen, daß die heutige Jugend in Walser ihren Hesse finden müßte, da er eine unerwartete Aktualität habe. Wer weiß?
Canetti ist eingeschrumpft, was sich vor allem im Gesicht zeigt und mich beim ersten Wiedersehensblick erschreckte, ich dachte an die Sterbensmöglichkeit Canettis und merkte, daß ich erstarrte. Hatte ich ihn ernsthaft für unsterblich gehalten? Er hat zehn Kilo verloren, raucht nicht mehr, trinkt nicht (wegen Zucker) und lebt auch sonst auf Diät. Dann mußte ich ihm von der Lesereise durch Österreich erzählen.

Und schließlich kamen wir auf Marianne. Canetti nimmt mir mein Verhalten ihr gegenüber übel. »Sehen Sie, Nizon, Sie müssen das verstehen, ich habe Ihre Beziehung zu Marianne immer sehr geschätzt, da war so viel Wärme und Innigkeit besonders von Mariannes Seite, man spürte doch sehr deutlich, daß sie ihr ganzes Leben auf Sie ausgerichtet hatte, sie hat um Ihretwillen doch so viel gelesen, sie hat alles getan, um Sie zu verstehen, sie hat Ihre Welt, Ihr Dichtertum über alles gestellt, das war doch wunderschön, und dann sah sie doch total zerstört aus, als Sie letzten Frühling mit ihr zu uns kamen, sie war gebrochen, ja, ich hatte den Eindruck, daß sie gebrochen war, und ich will Ihnen jetzt sagen, daß ich danach auch selber richtig zerstört war, Hera könnte es Ihnen bestätigen. Darum habe ich ja auch versucht, Ihnen diese Leidenschaft auszureden, weil ich so betroffen war von dem Aussehen der Marianne, von ihrem Schmerz. Und Sie selber machten den Eindruck, als wollten Sie mit der Selbstzerstörung beginnen, das hatte etwas von einer solchen, wie Sie auf einmal alle Brücken abbrachen und auszogen, wie Sie sich selber allen Boden entzogen. Ich konnte Ihnen die Begeisterung für Paris nicht ganz glauben, Paris ist, wie Sie jetzt selber sagen, die kälteste Stadt der Erde, das ist doch fürchterlich, diese menschliche Kälte, das habe ich immer so verspürt, und ich kenne die Stadt, wie Sie ja wissen, sehr gut durch meinen Bruder …«
Ich habe ihm gesagt, daß wir jetzt vielleicht die Trennung in die Wege leiten würden, um uns freizugeben oder so ähnlich. Ich erzähle ihm von Mariannes Aufenthalt in New York, diesem Glücksrausch, den sie da hatte, und von ihrer neuen Liebe. Ich sage ihm auch, daß mein Odile-Erlebnis deshalb so erschütternd gewesen sei, weil ich mit ihr erstmals etwas wie unumschränkte Vereinigung erfahren hätte. Und er ist verblüfft. »Das haben Sie nie erlebt? Das wußte ich nicht, ich kann es mir gar nicht vorstellen. Ich weiß doch

noch ganz genau, wie ich Marianne und Sie erstmals zusammen in der Bar des Hotels »Butterfly« getroffen habe, ganz zu Anfang Eurer Verbindung, 1965, glaube ich, war's. Da war doch eine sehr deutliche Aura der Zärtlichkeit, auch des Eros, um Euch. Es fällt mir schwer zu glauben, was Sie da sagen, ich hätte es nie für möglich gehalten. Und, sehen Sie, ich mußte doch einfach für Marianne sein, weil ich doch Euer Verhältnis so zauberhaft und kostbar vor Augen hatte die ganze Zeit und nun diese Gebrochenheit antraf, das war wirklich gefährlich, glauben Sie mir. Bei Ihnen habe ich jetzt ein etwas erleichtertes Gefühl, seit ich Sie wieder so lebendig von Menschen sprechen höre, so wie früher immer, ganz Dichter. Auch als ich das Nachwort zum van-Gogh-Buch las, wagte ich aufzuatmen. Damit, ich meine mit dieser Insel-Ausgabe, haben Sie für längere Zeit eine gültige Vermittlung van Goghs zustande gebracht, das wird jetzt bleiben und genügen.«

Irgendetwas blieb unbeantwortet in meiner Mariannenzeit, Mariannenwelt, da war wohl zuviel Milde. Einesteils tendiert mein Wesen seit längerem auf Alleinwagnis. Andernteils ist alles, was Geborgenheit bedeutet, bei ihr. Und ich nehme es ihr fürchterlich übel, natürlich zu Unrecht, daß sie versucht hat, mich gegen andere Partner abzutauschen, in Zürich und später in New York. Ich hätte wohl ihr Opfer erwartet? Oder ein Mehr (an Liebe)? Oder Witwenleid? Ich nehme ihr, unlogisch genug, übel, daß sie bereit war, um ihrer Selbstrettung willen, mir das Restchen Geborgenheit zu entziehen. Und sie nimmt mir die Raschheit meiner Wegwerfgeste übel.

Gestern, Freitag, Beginn des Pfingstwochenendes, war es schrecklich in der Wohnung. Ich war verkatert nach dem Besuch bei der Witwe von Boris Vian unten beim Moulin Rouge in einem toll verkommenen Hinterhaus mit einer Boheme-Attitüde der unmittelbaren Nachkriegszeit, dann nach diesem stundenlangen Durchhalten im Karibenklub der ewig nörgelnden beleidigten Christiane, mit dem Kameruner Mohammed an meiner Seite etc. Geld rausgeschmissen. Und draußen spürte man schon die Entspannung, das Aufatmen der ganzen Stadt, es ging ja auf Pfingsten zu, es war der Vorabend der Pfingstferien. Das Aufwachen nach kurzem, durch Alkohol unruhig verbrachten Schlaf, das Katergefühl und Unvermögen, etwas zu tun, auch nur das geringste in die Hände zu nehmen oder etwa ans Aufräumen zu denken. Das Eingesperrtsein in diesen blöden engen vier Wänden, weiß nicht, wie die Stunden herumbringen, und weit und breit niemand, an den man sich wenden könnte. Und eben untergründig das Bewußtsein der Realistik meiner Ungeborgenheit, der definitiven Wirklichkeit und gleichzeitig Absurdität meiner Lage. Plötzlich sieht das nun anders aus, daß man »ausgewandert« ist, wie es so schön heißt. Und dann biß mich wie eine heimtückische Schlange der Gedanke, daß ich jetzt hier in Paris das erleben würde oder bereits zu erleben und zu leben im Begriff sei, was in bezug auf *Stolz* endogene Depression bedeutet. Und ich hatte wahrhaftig Angstzustände, Panik stieg in mir auf, ich hatte wahr und wirklich den Verdacht, daß etwas in meinem Kopf ausklinken könnte, ich war eingesperrt und ausgesperrt vom Leben, ich blieb fixiert auf diese eben noch niedergehaltene fixe Idee des drohenden Ausklinkens, aufgespießt auf diesen Angstgedanken. Und dazu das Bewußtsein, daß ich ja jetzt kein Hinterland, Heimatland in der Schweiz, keine Rückzugsmöglichkeit mehr besaß. Und keine Arbeit, kein Einkommen. Panik. Sehnte mich einmal mehr nach einer gewöhnlichen Anstellung, einer Zuordnung, einem Joch, einem Trab, einer Mühle, einem Trott. Und die Straßen draußen nur noch Dreck und Häßlichkeit. Ähnlich hatte ich in jener depressiven Zeit zwischen dem ersten und dem zweiten Teil des *Stolz* in Zürich empfunden und im Grunde immer schon, auch in Rom. Die frühe Heirat war aus Instinkt gewollte *Belastung* gewesen, dachte ich jetzt, Verankerung im Leben, ein Integrationsversuch. Und nun sah ich auch meine bisherigen Bücher als heroische Leistungen. Nämlich Leistungen insofern, als es verzweifelte Versuche sein mußten, der in mir latenten Depression, auch der eigenen Unfähigkeit zu entkommen und zum Leben hin zu erwachen.

Gestern bei Georges-Arthur Goldschmidt, dem Handke-Übersetzer, Romancier, Mittelschullehrer, mit dem Gesicht eines leicht konsternierten Schubert (mit Lustmündchen), in Belleville draußen gewesen, der sich für meine Literatur interessiert; Frau auch Professorin, unterrichtet alte Sprachen; zwei Söhne, der eine 20, Geograph, der andere 19, angehender Cineast. Belleville mit starken Flecken und Akzenten des Proletenviertels, bunt grell lebhaft, schönes bürgerliches Essen, und dennoch ein wenig melancholisch zurückgekehrt, vielleicht doch etwas zuviel getrunken, sogleich noch auf der Liseuse eingeschlafen, dann ins Bett übergesiedelt und schlecht weitergeschlafen, gegen sechs Uhr früh aufgewacht, paar Stunden gelesen, Patricia Highsmith, dann nochmals bis halb elf geschlafen. Den ganzen Tag über faul und kaputt gefühlt.

Als mir im Juni vergangenen Jahres der Schlößli-Psycho-Chef Edgar Heim (er ist inzwischen Universitätsprofessor, ich glaube in Bern, geworden) eine mindestens zwei Jahre andauernde Krise voraussagte, hoffte ich auf ein Schablonendenken seinerseits, also auf einen gnädigen Irrtum, und dann bin ich ja wirklich in Finsternisse, ja fast ins Allerheiligste der Finsternis geraten und habe Höllenfahrten absolviert; diejenige in Abano erscheint mir jetzt im Rückblick fast lächerlich in ihrer symbolischen Ausstattung, ihrer theatralischen Zeigefingereindeutigkeit. Aber nach den darauffolgenden zwei, drei Wochen mit Marianne an der Schöneggstraße (wo die Scheidung ausgebrütet wurde), nach dieser letzten Höllenfahrt, als ich in einer wahren Todesangst hierher zurückfuhr, mir graute vor der rue Simart, danach also waren Melancholie und Depression wenigstens im klinischen Sinne wunderbar weg, sie waren einfach verschwunden. Nun, ich war zwar beileibe nicht heiter, ich war herunten, aber nicht mehr krank, ich war durchs Feuer gegangen, und ich arbeitete wieder kontinuierlich.

In Paris haben wir, das heißt eigentlich mehr Odile als ich, die Wohnung umgestellt und auf eine *vie à deux* eingerichtet, das sieht nun ganz anders aus, aber ich möchte das Ding verkaufen und etwas anderes nehmen, die rue Simart hat mich doch sehr gedrückt, alles in allem. Übrigens ist mein Lebenshund Flenny gestorben, ich komme darauf, weil ich mit der Erwähnung von 20, rue Simart an früheres Leben dachte, das schon so weit zurückzuliegen scheint. So viel ist buchstäblich davongeschwommen in letzter Zeit, so schnell ging das alles, und nun suche ich einigermaßen entschlossen, auf mein Schreiben zurückzuspuren.

Serrazzano
Die Silhouetten dieser Städtchen oder Orte hier (in Toskanien) wie Pomarance, Sasso Pisano, Lustignano, Monteverdi … sind von einer ausgesuchten Schönheit. Sie sitzen, lagern, ruhen, schweben auf Hügelkuppen dieser durch und durch hügeligen, ja muskulösen Landschaft, die man in vielen Kurven durchfährt, so daß man ganz schwindelig wird vom andauernden Standortwechsel und Aussichtswechsel; und dann wird man dieser kompakten Stadtsilhouetten gewärtig, die sich in einem aschigen Braun darbieten, von fern einprägsam, leicht und traumhaft oder besser: traumdunkel, wirklich wie von fern herwinkend, und die Silhouetten haben eine apart gespreizte oder unerwartet verzeichnete, reizvolle Linearität, wie wenn sie von einem Lorrain gezeichnet wären, das heißt wie wenn sie wirklich aus einem alten Bild herüberwinkten. Da war kein Architekt am Werk, aber ein apartes Disegno des Lebensgefühls, der Lebensäußerung. Die lagern quergewachsen und auch wehrhaft, ein grauer Körper auf den Kuppen, und haben durchweg eine ganz und gar aufregende Akzentuierung der Silhouette. Dachte eigentlich mehr an einen Greco als einen Lorrain. Apart, kostbar, exquisit, fein und verzogen, rauchgrau und entrückt, feingliedrig und unverhofft … sind Worte für die Wirkung. Volterra gehört auch in die Reihe, aber ich spreche eigentlich von Städtchen einer noch kleineren Ordnung, von Landstädtchen mit Landadel im Gepräge. Klösterlich abwendig. Escorial.

Gestern schnell nach Lustignano gekurvt, um Wein zu holen, Odile am Steuer, und da sehen wir von weitem eine Schafherde die Straße überqueren und beim Näherkommen den Hirten an der Spitze, er führt den Widder an einem Strick, die Mutterschafe trotten oder wabbeln brav hinterdrein, ein einziges Junges, schwarz in all den grauweißen, springt nebenher. Die Herde hat die Straße verlassen und ist dabei, einen Abhang hinunterzusteigen, aber oben am Straßenrand ist ein Schaf zurückgeblieben, ein Lämmchen ist neben dem Muttertier zu erkennen, aber warum folgt dieses eine Schaf der Herde nicht? Es läuft blökend oder bähend immerzu am Rand des Abhangs und dann wieder zurück, das kleine weichbeinige weichgliedrige Wollwesen immer nebenher, und wie dieses Mutterschaf der weiterziehenden Herde nachblökt, das ist, vom Profil des Mauls und Kopfes, ganz und gar inbildlich und beim Näherfahren erkennen wir den Grund oder die Ursache des Verhaltens und zwar mit Beschämung, mit Schrecken. Am Straßenrand, nah an einem Meilenstein, und im Helligkeitsgrad kaum von dem weißlichen Stein zu unterscheiden, liegt ein weiteres Lamm mit erschreckend abgewinkeltem Bein, könnte es sich wohl gebrochen haben. Darum das hilflose, hilfesuchende, hilfeblökende, fassungslose, aufgeregte Betragen des Mutterschafes. Es ist hin- und hergerissen zwischen dem verunglückten Jungen und der Herde, die weiterzieht, Widder und Hirt am Kopfe des Zuges. Das war kein Guter Hirte. Aber die Szene biblisch wie diese Landschaft, wie der Sonnenuntergang etwas später mit der roten Sonne im Glorienschein, wie dieses Offenbarungsauge. Dann erloschen die Hügel.

Wenn wir eine Woche am Ort bleiben, das heißt ohne Ausflug und Abstecher, ohne Milieuwechsel ansässig bleiben, bekommen wir einen echten Koller. Odile sagt, sie wünschte sich Ablenkung von diesem Denken an die Liebe oder diesem In-Liebe-Gefangensein; daß etwas Äußeres, Äußerliches geschähe. Zwischendurch immer denkt sie ans Sterben, an ein Doppelsterben, weil uneingeschränkte Liebe ohne Einbuße durch Alltagsbeschäftigungen oder Arbeit nicht zu halten und nicht zu steigern und nicht auszuhalten sei. Wenn man einzig der Liebe zu leben versucht ist, entstehen diese Fallhöhen, Verzweiflungen.

Die erste Nacht in diesem Hotel für christliche junge Männer (das mir Elisabeth besorgt hatte) war gespenstisch, wenn nicht romanhaft, irgendwie will sich mir das mit Kafkas *Amerika* überlagern. Unten lungert hinter dem schmutzigen, aber gepanzerten Empfang ein kräftiger Kerl, weitab auf einem Stuhl sitzt ein einzelner Schwarzer. Ich versuche mich mit dem Lift zu verstehen. Ich habe ein kleines Zimmer, aber mit Farbfernsehkiste, Flimmerfilm zu jeder Nacht- oder Morgenstunde. Gefühl von Drohung und Gewalt. Waschraum mit vielen kleinen Lavabos, die sich in meinem Geist mit Pißschüsseln vermischen. Das Zimmer geht auf einen eisengegürteten Hinterhof, schmutzig brauner Backstein, die Feuerleitern, im Waschraum anderntags ein paar Männer bei ausführlicher und ungenierter Toilette.

Mit Elisabeth zur Wall Street und da erstmals die Wolkenkratzerhöhe und die entsprechende Verschattung empfunden und das Businessleben, und fashionable Bars gibt es da, und dann mit der Fähre rüber und beim Zurückfahren dieses Empfangskomitee der Wolkenkratzer, dieser Zähne und zackigen Zahnreihen gesehen, nachts durchlöchert von den Lichtern der Fenster, das ist wie wenn sie mit Licht gefüttert wären, und dabei denkt man immer an die Einwanderer, wenn man mit der Fähre – seitlich grüßt die Freiheitsstatue – auf dieses Panorama zu- und losfährt, die Neue Welt.
Während meines Besuchs im »Woodstock«-Hotel brach un-

ten Feuer aus, und der Rauch wallte an den Fenstern des Hotels hoch. Man hatte Berge von ausgedienten Matratzen aus dem Haus befördert und für die Abfuhr bereitgestellt. Irgendein Passant hatte Feuer gelegt, und nun brannten diese mit soviel Angst- und Nachtschweiß, Blut, Auswürfen und anderen Ingredienzien durchtränkten, nach Menschenfleisch stinkenden, fauligen Matratzen, und der Brandgeruch hatte tatsächlich etwas von verbranntem oder angesengtem Fleisch.

Und dann hinunter in die Subway, in diese andere eisenstarrende Unterwelt. Ich sage eisenstarrend und meine die vielen Träger, schwarzeiserne Stützpfeiler, die die häßlichen Decken tragen. Da unten herrscht ein wahres Gittersystem, die schwüle Luft ist vergittert, der unterirdische Raum mit seinen Passanten in lauter eiserne Zellen gesperrt, und wenn die Züge daherdonnern, tönt es, als zerrten Millionen von Eingesperrten an den Stäben und rasselten mit Handschellen.

In New York wird die Unterweltfinsternis mit Eisenschwärze schraffiert, ich habe an Gefängnisse und Schlachthäuser gedacht. Dagegen sind die blechernen Züge in ihrer vandalischen Bekleckerung, Bemalung, Vernutzung und Verwilderung wunderbar gastfrei, natürlich vor allem im Innern. Nie habe ich diese Form von »Freiheit« oder soll ich sagen, von Sichgehenlassen? und, ja, von Gleichheit empfunden wie in den Wagen der New Yorker Untergrundbahn oder Subway.

Zwar herrscht so gut wie keine Kommunikation unter den Fahrgästen, aber die für die Gefahrenstrecke einer Fahrt zusammengewürfelten und -gepferchten Menschen verhalten sich, als hätten sie allen Ehrgeiz, alle Not und alle Unterschiede – der Klasse, des Ansehens, des Vermögens, des Intelligenz- und Bildungsgrades und Titels, der Hautfarbe, der Religion, des Geschlechts und des Alters – vergessen;

als hätten sie ihr Privatleben, ihr Leben oben deponiert und liegengelassen. Sie wirken merkwürdig entkleidet, entbunden, entwöhnt; und enthemmt.
Einmal mit einem am Boden liegenden Schwarzen gefahren, der nur ab und zu wie in konvulsivischen Zuckungen nach der in Armeslänge torkelnden Flasche grabschte. Weiß der Himmel, wie lange er schon in dieser Lage transportiert wurde, aber niemand kümmerte sich um ihn, man übersteigt diese Packung Mensch vorsichtig wie eine tickende Bombe, nur nicht anrühren, man vermeidet es, ihn auch nur mit einem Blick zu streifen, es könnte ja, durch den Kontakt entzündet, etwas weit Schlimmeres aufsteigen und ausbrechen als nur der Geist aus der Flasche.
Da ist man wirklich zur Disposition gestellt, in diesen rüttelnden Wartezimmern, die mit ihrer Menschenfracht voller Schreckenserwartung so monoton unter Tag dahindonnern.
Und oben starren die gigantischen Latten aus Stein maßstablos zum Himmel, den sie kratzen; bilden diesen unglaublichen Zaun der Zähne vor einem Äther, in dem die Flugzeuge wie Fliegen erscheinen, wenn sie das bleckende Gebiß überfliegen. Und nachts, etwa von der Rainbow-Bar des Rockefeller Centers aus, erscheinen sie als lichtdurchschossene Waben in einer Art Unterwasserschwärze, unwirkliche Waben, Korallengebirge, und den Trinker erfaßt eine eisige Einsamkeit da oben in seiner Glasglocke von Bar, da hilft kein Alkohol, er könnte ebensogut in einer Raumstation hocken irgendwo im Weltall, angeschnallt auf einem Barstuhl, umgeben von diesem Raumton, der sich ins Gehirn bohrt: extraterrestrisch.
Unten sind die Straßen kaputt, ganze Viertel legen sich hin wie sterbende Saurier, die sich selbst überlebt haben, legen sich hin und in Falten und Schutt. Und die Subway deportiert immerzu Millionen von Menschen durch den an den

Stationen eisenklappernden Untergrund, um sie irgendwo an einer dieser namenlosen, bloß numerierten Straßen wieder an den Tag zu schaufeln; in der Bahn drinnen aber herrscht die lässigste Nonchalance (nach außen), da ist einfach alles möglich an Aussehen und Auftreten oder Benehmen, und niemand kümmert sich um den andern, auf diesen stummen Parties, wo man nebeneinander und sich gegenüber sitzt, während der Zug durch die Schwärze saust, Schwarze und Puertorikaner, Mexikaner, und der feine Herr aus Boston, Nackte und Kostümierte und welche im Pyjama, und die Allerfettesten, die man je zu Gesicht bekam, sitzen da und hoffen nur eines: wieder empor- und anzukommen oder auch nur: mit dem Leben davonzukommen, das sie oben abgegeben haben, sitzen scheinbar entspannt da in der allergrößten Freiheit und Gleichheit und ohne jedes Interesse.

Und in den Straßen, den kaputtesten Straßen der Welt voller Löcher, Fallen und Gruben, so daß die Wagen wie Schiffe bei hohem Seegang daherschaukeln, das wird in Filmen nie gezeigt, dieses Schaukeln – nie so kaputte Straßen gesehen; da unten latschen die Leute in der gemütlichsten Gangart, im Negligé daher, an der Büchse Cola oder Bier suggelnd, den brüllenden quietschenden Transistor unterm Arm.

Und dann werden wieder ein paar von ihresgleichen ins Weltall geschossen, es werden die allerhöchsten Wolkenkratzer, das Schwanken mitinbegriffen, errichtet, der höchste schwankende Turm aller Zeiten, der die Bevölkerung einer ganzen Stadt faßt, Rekordturm, und die Filmindustrie macht sich daran, diese Leistung zu allerneuesten nie gesehenen Horrorzwecken auszubeuten, das zieht wiederum Millionen in die Kinos; und unten auf ebener Erde in den Schluchten dieses Betongebirges das zuckende Fleisch in den Orgien des Sexus, des Rocks und des Punk, der Mordlust, und das Winseln der Polizeisirenen und die Brunftlaute der zu

Feuerbrünsten aufgebotenen und bestellten glänzend schönen, kinderbuchschönen Feuerlöschwagen, bemannt.
Und dann dieses Hotel »Woodstock« an der 43rd Street, West; der Reigen der Alten in der Empfangshalle, dieses stumme Bild eines angehaltenen und jetzt schon verewigten Lebens, das den Besucher berührt wie die in immer derselben Rille drehende Grammophonplatte oder wie ein Alptraum oder wie der Mythos vom Sisyphos. Der Stall- und Fäulnisgeruch. Und die eisigen, im Sommer wohl brütend heißen Katastrophenstockwerke von der siebenten Etage an aufwärts.
Eines ist gewiß: Vom »Woodstock« aus erscheint alles anachronistisch, antiquiert, was noch vom alten Europa übrig ist und uns vorschweben mag – ein italienisches Landstädtchen wie dieses hier zum Beispiel, auf das man über gewundene Straßen zufährt, hügelauf und hügelum, teils von torkelnden Zypressen begleitet oder von schräg abfallenden Ölbergen, die Blätter der Olivenbäume, silbern und schattig, dunkeln im leichten Wind wie die zwei Seiten der Medaille, und immer die erlesene Silhouette eines solchen Städtchens vor Augen, das auf einer Hügelkuppe mehr wie ein Inbild schwebt als steht, der Umriß hat das zimperlich Gespreizte eines großen Vogels im Nest, vielleicht eines Kranichs, der seine Schwingen über die Brut breitet, und der Hals wäre der Glockenturm, der Campanile, aber beim Näherkommen nimmt das In- und Wappenbild Gestalt und Mauern an, es sind die Fassaden alter bröckliger Palazzi, und dann der Platz, wenn man einfährt, mit dem Denkmal in der Mitte, der Platz wiederum von alten Fassaden umgeben und die zwei Bars und eine mit dem T für Tabacchi; die knöcherne Stille des Alters, einesteils schon fast pergamenten und durchsichtig, das Alte, andererseits echte Civiltà, wenn auch in der Provinz. Die Menschen sind hier keine Enthemmten, lutschen keine Cola oder Bier aus der Büchse im Gehen, sie sind strenge Zivilisten und Borghesi,

und die Jungen, die Vitelloni, in der Bar oder in Gruppen vor der Bar draußen auf dem Platze, träumen und sehnen sich mit allen Fasern hinaus aus diesem abgelegenen, altersstillen schönen Ort, hinaus in die Welt, zum Beispiel nach New York, das sie vom Kino her kennen und verehren.

Heute habe ich vom Notar einen Scheck bekommen – meinen Restanteil vom Erbe der Tante. Damit habe ich hier erstmals ein positives Konto und Lebensmöglichkeit.

Ich lese wieder – jetzt als Begleitlektüre zu meinem neuen Pariser Buch – *Ein Held unserer Zeit* von Lermontow. Dieser Protagonist ist auch eine Schlüsselfigur für mich. Als seine Eigenschaften werden Melancholie, Lebensverachtung, Maßlosigkeit, Leidenschaftlichkeit, Aufbegehren gegen Gott und die Welt erwähnt. Im übrigen gehört er in die Reihe jener Frühvollendeten oder auch Selbstmörder im jugendlichen Alter (Engel?) wie ein Trakl, Büchner, Heym, Lenz. Lermontow starb im Alter von 27 Jahren bei einem Duell. Er starb an Langeweile oder Unterernährung in punkto Schönheits- oder Größengier oder Liebeshunger. Er ähnelt dem Herrn Nagel aus Hamsuns *Mysterien* – eine dieser Figuren, die höchstens ein Gerücht hinterlassen, ein unerhörtes Gerücht oder Exemplum. Sein Zuschnitt paßt nicht in die Gegebenheiten seiner Zeit und deren Gesellschaft. Die kommen schon irgendwie vergiftet zur Welt, traben als merkwürdige, unverdauliche Herausforderer eine gewisse Strecke ab und verschwinden wieder. Es hat ihnen nicht gefallen. Aber sie hinterlassen einen Mythos.
Als ich ein Jüngling war, fungierte Niels Lyhne als Identifikations- und Leitfigur für mich. Später war es ein Herr Nagel, aber auch mit dem Weltschmerz-Werther hatte ich im

Schulalter innerlich zu tun. Ich frage mich, ob meine Affinität zu Frühvollendeten oder trotzigen Frühabgängern damit zu tun haben könnte, daß auch ich im Grunde nie ins Alter steigen, nicht einmal erwachsen werden wollte, daß ich »Entwicklung« ablehnte. Ob es nicht mit einer Vergötterung von »Jugend« zu tun hat, Jugend im Sinne der Impressionierbarkeit, der fürchterlich ungeschützten Augen und Seele, des *ersten Blicks* (auf die Welt). Dieser erste Blick, diese Kraft der Empfindung, diese Erlebniskraft, urschöpferische Lage geht ja dann später verloren (wenn man sich »entwickelt«, wie es heißt und gefordert wird), statt dessen: Abstumpfung, Anpassung, Vernunft.
Entwicklung ist Erblinden.
Das Heroische steckt durchaus in den genannten Helden, ich meine, eine entsprechende Hingabefähigkeit, Aufopferungsbereitschaft, aber der ebenbürtige Anlaß fehlt, leider. Da ist »keine Zeit für Heldentum«. Robert Walser gehört auch zu diesen »Jungverstorbenen«. Er, der das Reifsein als »Zustand vor der Fäulnis« verachtete, hat immer nur seine Jugendfigur gedichtet, bis es nicht mehr ging. Und Conrad gehört auch in diesen Zusammenhang. Wie hat er *Jugend* verherrlicht, dieses In-der-Tür-Stehen – vor dem Leben. Dieses Antreten, das Wunderbare: des Antritts.
Mit dieser meiner Affinität zu einem Petschorin (so heißt Lermontows Held) und Nagel (Hamsun) und Lenz und Werther und Niels Lyhne und Stolz (!) hat natürlich auch meine Schriftstellerproblematik zu tun. Wie soll einer immer weitererzählen, wenn er Entwicklung und Geschichte und Älterwerden oder auch nur Ins-Leben-Treten im Grunde seiner Seele ablehnt und haßt? Manchmal denke ich, ich sei meinem Typus nach einer von denen, die jung hätten abgehen müssen und nun zum Weiterleben, Weiterdichten, Reifwerden verdammt sind.
Manchmal ist mir, wie wenn verschiedene Personen um mei-

ne Seele kämpften, je nach dem Bild, das sie sich von mir gemacht haben. Du sollst dir kein Bildnis machen.

Bin ich eine Geißel der Frauen? Der selbstsüchtigste Mensch. Neulich habe ich mich in dieser Rolle gesehen und um mich herum die Opfer: als erstes Brigitte, wie sie mit aller ihr damals, als sie so jung und ungefiedert war, zur Verfügung stehenden Tapferkeit einstieg in das Eheunternehmen, die Mutterschaft, den Haushalt, die Familie, das Berner Leben; wie sie mir nach Kräften half und wie ich, einmal Schriftsteller geworden, die Familie verließ, in die Literatur und meiner Wege ging. Und jetzt ist sie bald auch 50 und hat diese Wohnung im Röslibrunnenweg und die Kinder sind, bis auf den kleinen Boris, ausgeflogen; sie nimmt ihr Studium wieder auf und versucht, tapfer und unabhängig und kokett und vieles mehr zu sein, und hat gewiß manchmal diesen unverwundenen Kummer: der zerbrochenen Ehe und meinetwegen. Dann Marianne mit ihrer großen Geduld; sie hatte die Kinderlosigkeit akzeptiert und was ich ihr sonst noch als Bedingungen auferlegte. Sie hielt 13 Jahre zu mir und hörte sich mein Klagen und Brummen und Schimpfen an, wenn ich nicht wußte, wie es mit dem Bücherschreiben weitergehen sollte und dem Geldmangel. Und beugt sich über ihre Zeichnungen und sorgt für einen gepflegten Tisch und einen gepflegten Rahmen, um den Gemahl zu empfangen, abends wenn er von seinem Atelier oder seinen Abstechern heimkommt, und versorgt den Hund – und dann diese Grausamkeit.
Vielleicht hatte Brigittes Vater doch recht, als er es ablehnte, mit einem solchen Halunken zu sprechen und zusammenzukommen. »Er hat meine Tochter unglücklich gemacht und ist dabei, seine zweite Frau unglücklich zu machen. Es ist an der Zeit, daß ihm einer zeigt, daß er ihn verachtet

und nichts mit ihm zu tun haben will«, hat er damals gesagt, als wir uns hätten über den Weg laufen können. Und blieb bei dieser Haltung.

Habe ich bloß immer an die Stillung des Lebenshungers gedacht, die letztliche Freistellung zum Schreiben, den eigenen Lebensroman? Oder dachte ich oder dachte etwas in mir, daß ich als Künstler und Dichter nicht vereinnahmt werden dürfe, um disponibel zu bleiben? War es die im Grunde unteilbare poetische Existenz, die mich abhielt? Dann hätte ich keine Ehen eingehen dürfen und keine Kinder haben sollen ... Ein Künstler darf nicht heiraten, heißt es im Volksmund.

Von einem romanhaften Poetenleben, von diesem vogelfreien »vivere pericolosamente« aus gesehen, auch von dem entsprechenden Einsatz her, erscheint das Schreibgeschäft leicht als etwas Titanisches. Man neigt zur Überschätzung der künstlerischen Unternehmung und zur Selbstüberschätzung. Zu einer Heroisierung des Ganzen. Natürlich hört man es nicht gerne, wenn ein Beat Müller, der ja weitgehend abgesichert lebt, behauptet, das Schreibgeschäft sei prinzipiell nicht besser und nicht schlechter, vor allem aber nicht höher einzustufen als das Geschäft des Schreiners; es sei halt ein Handwerk wie ein anderes auch, nicht mehr und nicht weniger; und wie bei anderen Handwerken könne man allenfalls noch Güte und Tüchtigkeit, auch Niveau unterscheiden, aber nicht prinzipiell eine andere Rangebene, Hierarchie in Betracht ziehen. Ein Beat Müller mag graduelle Unterschiede konzedieren, aber letztlich ist für ihn das eine wie das andere Handwerksprodukt. Er möchte mit dieser Profanierung des Dichterischen von vornherein den Ruch des Elitären ausschließen. Den Geniekult. Nun gut. Ich kann beide Standpunkte einnehmen. Ich kann mir natürlich auch sagen, daß ich selbst einen Lermontow, einen *Oblomow* so konsumiere, wie ich irgendein Nahrungsmittel verzehre. Beat würde provozierend bemerken, man delektiere sich an einem Buch nicht viel anders als an einem schönen Möbelstück, an einem Teppich oder Wandbehang. Alles wäre unter »Ausstattung« und Komfort oder eben Kulturgut zu rubrizieren.

Die Bücher werden verschlungen, wie es heißt, früher hatten sie erbaulich zu sein, belehrend, zerstreuend, aufklärerisch meinetwegen. Aber das Betörende, Atemberaubende, das Tiefe, Unerklärliche, das Leben darin, das unerschöpfliche Leben, wenn es ein echtes Buch ist, dieses Element, wie erklärt sich das?

Will jetzt noch schnell den Seelenzustand der (materiellen) Lebensangst aufschreiben. Jedenfalls habe ich immer festgestellt, daß meine Lebensgeister sich ungemein belebten, wenn Geld in der Kasse oder in Sicht war. Zwar habe ich den Hunger nie gekannt, mußte mich nie wie Orwell in Paris in meinem Hotelzimmerchen verstecken und, um zu überleben, mich in eine Art Winterschlaf hineinhypnotisieren, in einen Schlaf, der dann aus lauter Schwäche in ein Delirieren mündete, Vorwegnahme der Entleibung. So weit ist es nie gekommen. Orwell hat sich aus dem Hotel geschlichen, vorsichtig an der Concierge oder der Patronne vorbei, damit sie nicht sähen, wie er sein letztes Hab und Gut, den Koffer mit dem Wintermantel darin, zum Pfandleiher trug. Oder er ging aus: um auf einer Bank sitzend den Tag herumzubringen und dem Magenknurren zu lauschen. Nein, so etwas kenne ich nicht.

Es ist etwas grundsätzlich Verschiedenes, wenn man bereits so heruntergekommen ist, daß Kleidung und Stand und Wohnung und was der bürgerlichen Dinge mehr sind, keine Rolle mehr spielen, weil man diese Schwellen der Selbstachtung bereits hinter sich gelassen hat. Man ist dann bereits

ein Ausgestoßener. Ein Vagabund. Es geht dann wirklich nur noch um die nackte Existenz.
Geld haben bedeutet bei mir ja bloß Schnauf haben. Schnauf zum Arbeiten, zum Herstellen eines neuen Buches und damit (auch) eines Verkaufsprodukts. Es ist immer ein Schnauf auf Zeit, auf Wochen, auf einige Monate. Dann muß man weiterschauen. Zur Zeit habe ich ein wenig Schnauf aufgrund der kaum mehr erwarteten Restsumme der Tantenerbschaft, diesen Frühling war es das Honorar für das Falk-Buch. Immer eine kurze Strecke Schnauf. Wenn aber der Schnauf ausgeht, wenn diese Basis entfällt oder eben im Begriff steht, sich aufzubrauchen, und nichts in Aussicht – ja dann schleicht sich eine echte Ungemütlichkeit ein. Die unbezahlten Rechnungen schweben wie Wasserleichen an die Oberfläche meiner Gedanken mitsamt der Drohung, die sie beinhalten: Drohung von seiten der Ämter, Betreibungsämter, Drohung von Schikanen. Da ist kein Arbeitsklima mehr. Alle je ausgestandenen Verzweiflungen und Zermürbungen steigen in mir hoch, und ich sehe mich schon im Armenhaus. Auch die Schuldgefühle für meine Lebensführung, für alle Anmaßung sind da: Es ist die vorwurfsvolle oder hämische Einstellung der Außenstehenden, die sich in Selbstvorwürfen laut macht. »Hochmut kommt vor dem Fall.« Und wenn ich erst krank würde! An Arbeit oder Träumen und Spazieren ist natürlich nicht mehr zu denken. Neid auf die Geschützten und Angestellten, die Versorgten.

Allein in Paris, ich bin es nun schon seit zehn Tagen, und ich staune über meine Kühnheit, denn *ich* habe Odile nach London zurückzukehren veranlaßt, habe mich also dieses Lebenshalts beraubt. Ich brauche Deine Liebe, unausgesetzt, ich bin nicht bereit, Dich mit irgend etwas zu teilen, Du mußt immer um mich sein und mich mit Deiner Liebe bestrahlen, sonst erfriere ich etc. – so ähnlich habe ich gesprochen und gefühlt. Und so blieben wir denn das ganze Jahr aneinandergeklebt, collés. Ich habe nicht mehr dieselben Ängste wie bei den ersten beiden kurzen Trennungen, als Odile nach London ging, um die Sache mit dem College in Gang zu bringen und um eine Wohnung zu finden. Damals griff die Verzweiflung oder der Unglaube nach mir, ich konnte nicht mehr glauben, daß wahr war, was wir das ganze Jahr über gelebt hatten. Ich fühlte, wie das Bild unserer Liebe, wie diese Wirklichkeit verblaßte und zurücktrat und wie sich das alte Schreckbild von Odile aus den zwei Jahren des Alleinseins, als wir nur immer diese beirrenden Telefonate und Anfechtungen hatten, davorschob. Jetzt glaube ich an unsere Bindung, doch zwischendurch schüttelt mich die Angst beim Gedanken, daß ich es riskiert habe, alles aufs Spiel zu setzen. Denn wir werden nun lange getrennt bleiben, wenn wir uns auch ab und zu an einem Wochenende sehen werden, aber wir werden zwei verschiedene Leben leben, ich das alleinstehende Pariser Simart-Leben mit meinem Ringen um das neue Buch, Odile das Londoner College- und Zimmer-Leben. Wir werden – das hatte sie befürchtet – unseren Alltag nicht mehr miteinander teilen. Wir könnten uns auseinanderleben, die Gefahr besteht. Und das wird ja nun nicht bloß ein, zwei Monate dauern, sondern erst einmal bis zu den Sommerferien und dann noch ein volles Jahr.

Ich habe für das Buch optiert. Nach der Rückkehr aus London, als Odile alles fahren ließ, was mit ihren Studienplänen zu tun hatte … zurück in Paris, merkte ich, daß ich das Buch, wofür ich einen Vertrag mit Abgabetermin Ende Dezember unterschrieben hatte, wirklich nur allein machen kann. So wie ich es früher immer hielt, in dieser Belagerung und Bebrütung, dem ausschließlichen Daran-Denken rund um die Uhr, im Arbeitstunnel. Ich handelte unter Pression

(s. Vertrag) und aus Angst; ich hätte mich zu zweit nie zurückziehen können, sie im Nebenzimmer, wartend ... das wäre nicht gegangen. Und so habe ich sie also zurückgeschickt, wie sie sagt: Tu m'as renvoyée. Odile ruft täglich an; sie ist andauernd auf Zimmersuche gewesen, dabei erkältet, fiebrig, aufgewühlt, weil abgetrennt von unserem gemeinsamen Leben, außerdem verzweifelt wegen des College, wo sie, wie sie meint, so sehr im Rückstand sei, daß sie nicht würde mithalten können. Und nun kommen ihr unsere Dispute in Erinnerung: wie ich sie »gemetzelt« habe, sagt sie, und all das führt zu einem kritischen hysterischen Zustand. Tu me détruis.
Ich habe mich also für das neue Buch oder das Weiterkommen durch ein Buch, für diese Hoffnung oder Illusion?, von ihr zu trennen gewagt, und nun bin ich schon zehn Tage allein, arbeite mich an etwas heran, von dem ich noch nicht abzusehen vermag, ob es gelingen wird, bin im Tunnel und, wenn es dunkelt, von Schreckgespenstern heimgesucht. Und dann habe ich, das ist ein Mechanismus, nur den einen Wunsch, und dies in der Stärke einer Zwangsvorstellung: mich, um es altertümlich auszudrücken, mit einem Weibe zu vereinen. Nur das möchte ich, ist es ein Unterkriechen? Aber an der Heftigkeit der Zwangsvorstellung ermesse ich den Grad meines Horrors, jedenfalls geht das weit über Lustbefriedigung hinaus. Ich weiß nicht was es ist, aber stark ist es.
Welch eine Tollkühnheit, die Trennung zu wagen.

La veille de mon cinquantième anniversaire.
Heute abend kommt Unseld, wir essen zusammen in der »Closerie des Lilas«. Vom neuen Buch habe ich jetzt die ersten 50 Seiten gewonnen, das heißt, Struktur ist gefunden, das Ganze eingefädelt, auch ist mir bewußt, was das

Ganze soll: Es geht um das Handwerk des Schreibens und um das Handwerk des Lebens, es geht um Fremde und Heimat, es geht um Kälte und Liebe. Das Buch ist von der Struktur her wild, ein Geknäuel, ein wahrer Knäuel von vielem, es ist auch eine Art fernes Echo, wenn nicht Äquivalent von *Canto*, und es hat auch etwas von Gerichthalten über sich selbst.

Es ist prall zum Zerspringen, und es hat, was neu ist, nicht nur Dialogisches, sondern sogar Humor. Der Humor, so scheint mir, ist hier das Resultat oder der Nebeneffekt von echter Verzweiflung. Und der Humor ist auch das Händereichende, Menschliche darin. Ein traurig-lustiges Buch, jetzt nicht nur von der Einsamkeit handelnd, sondern diese auch aufbrechend, wohin?

London
In Paris habe ich wohl alles Mögliche an Glanz, Hoffnung, Flitter verloren, aber ich habe diese poetische Existenz gefunden, die ich verteidige und für die ich bezahle, unter anderem mit Einsamkeit.
Der Arzt meinte, mir fehle nichts, meine Herzbeschwerden seien zwar bestimmt echt, letztlich aber imaginäre Beschwerden, es handle sich um das nervöse System. Valérie meint, das Ganze sei der Rückschlag auf die zwei schwierigen Jahre, die ich hinter mir habe, auf Einsamkeit, Herzeleid, Altersangst; und jetzt erst, da ich Ruhe hatte, also in einem Hafen angekommen sei, komme der Rückschlag. Außerdem sei der ganze Druck, den ich auf der Brust zu spüren vorgebe, sei die Beklommenheit ein Ausdruck jenes Druckes, unter welchen ich ja immer noch meines Buches wegen gesetzt sei. Und dieser ist ja in der Tat nicht unbeträchtlich, es ist Ende Februar, das Buch ist angekündigt, aber noch nicht geschrieben, das kann einen schon beklemmen.
Der Ruf *Wo ist das Leben?* mag gleichbedeutend sein mit Themenlosigkeit, Heimatlosigkeit, ideologischer Standpunktlosigkeit. Das einzige, was ich alldem entgegenzusetzen habe, ist mein Poetenleben, zu welchem eben dieses Inkubationszimmer gehört, und vordem die Selbstversetzung nach Paris. Dieses »Amt«. Aber vielleicht glaube ich nicht einmal daran. Und vielleicht gehört zum Verständnis der Pariser Situation und der dazugehörigen relativen Larmoyanz, daß ich die Scheidung in Zürich einflechte und die Liebe, Liebesvergiftung hereinhole. Denn etwas habe ich wirklich gewonnen im Sinne einer Öffnung, und das ist Menschlichkeit; Menschenzugewandtheit, was sich ja auch in den dia-

logischen Ansätzen ausdrückt und überhaupt in der kunterbunten Teilnahme an Figuren, Gestalten.

Habe dieses Paris-Gefühl gehabt, mein Gefühl schwang sich an den hellen zuckrigen Fassaden, Steinbrüchen der Straßen, die alle in den Himmel langen, empor, und im Emporschwingen empfand ich dieses Meer- und Schaumgefühl, die Trunkenheit, Freiheit. Das innere Sprühen.

Im Traum sagte ich zu meinem Nebenmann, in einem Zugabteil und möglicherweise nach einem literarischen Meeting: Ich hätte das nie gedacht, daß ich beim Binden meiner Schuhbändel oder Schnürsenkel hören könne, was anderswo gesprochen wird. Ich entdeckte unverhofft, daß ich die Gabe hatte, meine Schuhbändel abhören zu können wie ein Tonbandgerät, sie übermittelten mir, was in der Ferne vor sich ging.
Später befand ich mich, es handelt sich um eine weitere Traumphase derselben Nacht, in einem Saal von allerhand Ausmaßen, es waren jetzt viele Leute da, wie auf einer Party, und unter all den Gästen fiel mir ein schönes Mädchen auf, ein sehr sanftes und tadellos aufgemachtes Mädchen, das allerhand rasche Auftritte und Begegnungen hatte, als suche sie wen, und nun steht es plötzlich bei mir und sagt: Gerne, Herr Nizon, aber nur unter der Bedingung, daß ich ihren Penis schlecken darf, sagt's und nimmt mit ihren herrlichen Händen mit den schön gelackten Nägeln meinen Penis und führt ihn zart zum Mund, der mit diesem fetten modisch glänzenden Lippenstift geschminkt ist. Sie hat gedankenvolle scheue glänzende Augen; und eben danach träumte mir, wie mir jetzt einfällt, von dem Flugwunder.

Ich konnte fliegen und zwar unter Zuhilfenahme eines Blatts Papier. Es war nicht gerade ein Packpapier, aber auch kein aus einem Schreibblock stammendes gewöhnliches Blatt, etwas dazwischen, und ich war platt vor Staunen und gleichzeitig selig, daß ich mich mit meinem Papier aus dem Stand in die Luft schwingen, emporschrauben und dahinsegeln konnte. Leider erinnere ich mich nicht mehr, wie ich es schaffte, vom Boden abzuheben, obgleich ich es im Traum immer wieder ungläubig rekapitulierte, es war ein an Zauber grenzendes Kunststück, und in der Luft hielt ich mich an dem Blatt wie an einem Drachen fest, ich überflog ein Revier, groß wie ein Dreiländereck, in der Höhe von 2000 Metern überflog ich eine stille menschenleere vorfrühlingshafte grünbraune oder bräunlichgrüne Landschaft, zitternd vor Glück.

Merkwürdige Verfassung nach der Heirat – Hochzeitsfest zauberisch im luxuriösen Appartement von Botschaftsrat R., Nähe *Champs de Mars* mit annähernd 50 Personen. Ein wunderbares Fest, das jedoch unserer Wirklichkeit in keiner Weise entsprach, weil es Glück, wenn nicht Arriviertsein spiegelte, während mich und uns beide danach lauter ungelöste Probleme erwarteten – kurz: Ich fiel hinterher in eine merkwürdige Verfassung, als hätte ich mich nun aller Rückzugsmöglichkeiten und der alten Heimat begeben, ich war ins Leere verstoßen, die hergestellten Verhältnisse überfielen einen Ängstlichen, der Sprung nach vorn hatte mich des Muts beraubt, ich sah nurmehr traurig endende Leben vor mir, der auf unserem Fest in seiner Hinfälligkeit und Besoffenheit am Boden liegende heulsüchtige Maler B. beeindruckte mich vielsagend, ich dachte andauernd an all die traurig endenden Künstlerleben wie an den armen Robert Walser, den sich umbringenden Hemingway, den sich davonstehlenden Maler Friedrich Kuhn, den sich im Alkohol ersäufenden Joseph Roth … Ich sah mein unfertiges Buch, und wenn ich das Buch nicht schaffte? Überhaupt sah ich jetzt tausend Möglichkeiten eines traurig endenden Ausgewanderten vor mir, eines im Exil Zu-Grunde-Gehenden, ich war einmal mehr vorwärtsparalysiert.

Ich lese als Begleitlektüre rororo-Monographien, eben habe ich die über Hemingway fertiggelesen. H. ist ein Autor, der mich, eigentlich gegen meine Art, immer wieder sehr beeindruckt, ich glaube sogar, daß ich ihm einiges verdanke. Hemingway hat sich lebenslang mit der Todesangst konfrontiert. Es heißt von ihm – einleuchtend –, er sei mit diesem amerikanischen Pioniergefühl, einem Gemisch aus Heldenbereitschaft und Unsterblichkeitsglauben und der Zuversicht in die unbeschränkten Möglichkeiten, aus der Reinheit ›oben in Michigan‹, der Gegend des doppelherzigen Stroms und der großen Seen aufgebrochen, ein geborener Abenteurer. Erste Einführung in die Liebe durch ein Indianermädchen – sein Vater war Arzt und versorgte die Indianer in einem nahegelegenen Reservat. H. geht früh von der Schule ab, wo er als Lieblingsbeschäftigung Sport und Schreiben betreibt; die Liebe zum Angeln und zur Jagd hat er vom Vater. Ein Junge, der boxt und die Schülerzeitung mit Beiträgen beliefert. Und dann geht er als halbes Kind an die Isonzo-Front. Er kehrt in der Uniform eines Leutnants des amerikanischen Roten Kreuzes verwundet zurück, ein Held, ist aber fortan psychisch gestört, hat Schlafschwierigkeiten, ist labil, und nun unternimmt er einen wahren Kreuzzug – auf amerikanisch –, um der Nachwirkungen des Schocks und der omnipräsenten Todesangst Herr zu werden. Wie kann man mit der Todesangst leben? Wie kann man mit der Gewißheit der Todesverdammnis ein großräumiges amerikanisches Leben führen, wie kann ein Puritaner als Nihilist bestehen? Er geht in den Journalismus, wird Reporter, heftet sich als Nachrichtenmann an die Fersen der Verderbnis; er bevorzugt die rauhe Lebensseite, nicht nur um sich zu stählen, sondern um sich an das Unverdauliche zu »gewöhnen«. Und dann geht er nach Europa, wiederum als Korrespondent einer Zeitung, mehr aber, um von der Alten Welt zu lernen, was? tragisch leben zu lernen, mit der Tragik leben zu lernen. Er geht nach Paris, und dort wird er zum Schriftsteller. Er beginnt, den im Krieg erlittenen Schock, seine Austreibung aus dem Paradies des amerikanischen Traums, zu verarbeiten.

Und dazu erfindet er die Alter-ego-Figur Nick Adams. Wie kann man als Nihilist leben? Man muß ein Schreiber-Ethos entwickeln – er wird Stilist. Aber er bedient sich, sentimental und puritanisch, wie er von Haus aus ist, einer Sprache des lapidaren bis brutalen Realismus. Er schreibt von leerausgehenden Siegern, von Untergehenden, männlich Untergehenden. Von Angeschlagenen. *Fiesta*.

Die Todesfurcht ist für ihn offenbar omnipräsent und dies bis zu einem krankhaften Grade. Er geht nach Spanien, in das Todesland, wo er den Stierkampf entdeckt, das Ritual des Tötens. Der Stier stirbt stellvertretend für den Sieger, diesem Aufschub vom Tode gewährend. Diese heidnische mystische Sache fasziniert Hemingway, er wird ein aficionado. »Tod am Nachmittag«.

H. ist ein Mann, der sich immer dem Tod stellen muß, um mit Mutbeweisen das Todesbewußtsein aushalten, bannen zu können.

Und dann macht er sich ans Aufarbeiten seiner wichtigsten Erfahrungen: der frühen Kriegserfahrung. Er ist bis dahin ein individualistischer nihilistischer Amerikanerschreiber, ich meine, die gesellschaftliche Perspektive läßt er aus, er forscht nach einem Privatheil. Er hat ungeheuren Erfolg schon mit *Fiesta*, dem Buch des kriegsgeschädigten kriegsversehrten »Helden«. Und mit dem Italienbuch eines Deserteurs, der um seines privaten Liebesglücks willen ausschert, aber gestraft wird: Er verliert die Geliebte. *In einem anderen Land*. H., der in Key West hochseefischend und für *Esquire* schreibend, in splendider Isolation lebt, ist ein Mann, der die Todesgefahr braucht, um überleben, um schreiben zu können. Aus Angst vor dem Feuer muß er dauernd ins Feuer springen.

Er muß alles am Leibe erfahren und sich im Leben bewahrheiten lassen. Er hat natürlich auch die Mittel und die Disposition, um sich die Lehrgänge leisten zu können. Imponierend das insistierende bohrende Kreisen.

Nach Krieg (Isonzo-Front) und Reportererfahrungen, nach der wiederholten Rückkehr (zur Überprüfung) zu den Paradiesplätzen der Kindheit »oben in Michigan« wirft er sich in die »Grünen Hügel Afrikas« und in die Großwildjagd: »Das kurze glückliche Leben des Francis Macomber«; »Schnee auf dem Kilimandscharo«. Auch das Jagen hat mit dem stellvertretenden Töten zu tun: ein Teufels-, ein Angstaustreiben, luxuriös in gewissem Sinne.

Im Angesicht des Todes oder der (antikischen) Hinrichtung innen das Leben versammeln, Gericht halten, um Sinn bitten, nach Grund tasten oder auch nur nach dem hilfreichen Ethos. Aber all das ist Privatsache: Er will mit sich ins reine kommen.

Im übrigen schert er sich um alle weitere Verantwortung. Dann kommt die Übersiedlung nach Kuba. Und er schreibt sich sein sozial schlechtes Gewissen vom Leibe im Roman *Haben und Nichthaben*. Solidarisierung. Man kann nicht abgesondert von der Gesellschaft existieren. Auch hat er vermutlich ein schlechtes Gewissen auf Grund seines materiellen Erfolgs.

Und nun kann er sich mit der Teilnahme am Spanischen Bür-

gerkrieg »für die Sache der Republik«, ein Mann muß eine Sache haben, engagieren und einsetzen, nämlich den Tod riskieren. Er tut es nicht aus politischen oder gar ideologischen Überlegungen, sondern um *sein* Spanien, das ein Spanien der Republik ist, wenn es für ihn auch in erster Linie das Land der mystischen Erfahrung vom männlichen Todaushalten und Mit-dem-Tod-leben, also eine hohe Schule des Lebens ist, zu verteidigen.
Das Resultat davon sind im Werk: der Film *Spanische Erde*, das Theaterstück *Die fünfte Kolonne* und später der Roman *Wem die Stunde schlägt*. Der Sache des Menschen dienen, und dafür ist natürlich der Krieg eine Art Glücksfall, ich stelle mir vor, was H. gemacht hätte ohne Krieg, ohne diese »Vergünstigung«, ohne diese weitere Schule.
Es folgen später noch *Über den Fluß und in die Wälder* und »Der alte Mann und das Meer«. Dann bringt sich Hemingway, mit Pulitzer- und Nobelpreis ausgezeichnet, mit seiner Jagdflinte um, wie sein Vater es getan hat. In der Biographie ist nur davon die Rede, daß H. auf Grund hohen Blutdrucks und beginnender Diabetes seinen Lebensstil nicht unverändert hätte fortsetzen können, worunter wohl hauptsächlich das Saufen und Rauchen zu verstehen ist. Aber man kann sich ja einen H. nicht als teilweise handicapierten Stubenhocker und Gesundheitstee-Trinker, als dahinsiechenden Rekonvaleszenten vorstellen, den Jäger und Krieger und Fischer und Matadoren, ihn nicht. Ich schreibe das nicht höhnisch oder überheblich, es gehörte zu seinem Aktivismus-Nihilismus, zu diesem Existenzialismus/Atheismus die Freiheit, den Tod zu wählen und nicht abzuwarten.
Aber was mich dennoch bewegt, ist dieses Generalprogramm, dieser Generalbaß, dieses Kreisen und Suchen, diese Art, wie er sein Thema empfangen und wie er es angenommen hatte, so wie man den Kampf annimmt oder die Herausforderung.

Berlin
Mit Herrn D. von der ständigen Vertretung der Bundesrepublik in der DDR. Ich will das kurz festhalten.
Es war wie in einer Enklave der Kriegs- und Vorkriegszeit Deutschlands, es war ein entsprechendes Befremdetsein, ein leicht grausliches. Dazu die Stimmung der Eingeschlossenen. Schließlich waren die Leute, die ich da nach diesen vier oder fünf humorlosen Kontrollen auf der andern Seite des S-Bahn-Bahnhofs antraf, eben dieselben Eingesperrten, die ich von der Mauer aus hätte wahrnehmen können, es gibt ja Stacheldraht und bewaffnete Posten zu sehen, und es wird geschossen. Also ein Gefühl wie in einem KZ oder Lager: Irgendwie denkt man auch ans eigene Wieder-Hinauskommen. Nun, das ist leicht übertrieben, klar, aber es war ein Gefühls-Anteil.
Vom Alltagsleben oder Straßenbild aus habe ich – aber vielleicht nur ich als Ausländer – ähnliche Gefühle wie damals nach dem Krieg in Aschaffenburg und ähnlichen Städten und auch noch wie in Prag: Reservate einer Vorkriegsmentalität und altväterlichen Spießigkeit. Diese Leute leben in einem Gemisch aus ungelüftetem Deutschtum und diesem spießigen Parteimoralin (stelle ich mir vor); dasselbe kommt im Wirtshaus zum Ausdruck, Speckrolle mit Krautfüllung und einer Art Kraut- und Rübensalat oder Eisbein oder Schweinekamm, alles auf dem Teller serviert, das Wirtshaus kahl und allzu heimelig, Kantine, die Preise sozialistisch niedrig, Rauchen verboten, die Stimmung jedenfalls nicht ausgelassen oder fröhlich, nicht frei. Es kam aber auch zum Ausdruck in der Polizeiallanwesenheit, dieser Überwachung, der Haltung der Wachsoldaten vor dem Ehrenmal des Unbekannten Soldaten und Unbekannten Widerstandskämpfers, Stechschritt, übrigens meint man das treudeutsche Kauderwelsch der volksväterlich verbreiteten Stimmungsmache (der Partei) mitzuhören. Die Bauten im allgemeinen freud-

los und nach wie vor kriegsversehrt, daneben sowjetisch inspirierte großmannssüchtige Hochhausarchitektur. Ich war mit D. auf dem Friedhof unmittelbar neben dem Bert-Brecht-Haus, Dorotheenstädtischer Friedhof, sah die Gräber von Brecht und Weigel und Heinrich Mann, Fichte und Hegel und noch paar anderen Größen. Ein bescheidener Friedhof. Ich spazierte Unter den Linden mit den Prachtbauten Schinkels, Brandenburger Tor, sah Pergamonmuseum und Deutsches Museum und Nationalgalerie und Staatsbibliothek und von weitem die Charité und einiges mehr. Ich war in einer Ausstellung von Menzel, toller Porträtist vor allem, sah auch Liebermann, verstehe, warum letzterer oder beide den jungen van Gogh beeindruckten, da ist auch das soziale Element, Hans von Marées, Thoma, Böcklin und Segantini, sogar einen Goya gesehen. Ich schaute mich mit einem geradezu märcheninnigen Behagen in diese durchaus qualitäts- und gehaltvollen Antiquitäten ein. Ich empfand aber auch Respekt vor dem »familiären« Aspekt dieses sozialistischen Systems und Alltags, da hat man offenbar eben den Zusammenhalt ganz anders als bei uns, weil man unter der einen Doktrin sehr fühlbar steht und von ihr aufgerufen ist, man ist dabei, für oder gegen, aber weniger anonym als bei uns, stelle ich mir vor. Mietpreise lächerlich niedrig, alle Sozialleistungen eindeutig, keine Verwahrlosung und Katastrophen- und Panikstimmung möglich wie in New York oder auch Westberlin, nur das Angebot der Güter sehr beschränkt, wenn man nicht zur Privilegiertenschicht zählt; und diese ewige Dauerpredigt vom Volksvater her mit dem Zeige- oder Drohfinger, und die ganze hohle Propaganda. Und darum wenig »Entartung« vom vorgeschriebenen ›guten‹ Wege möglich. Nun, ich werde noch einmal rübergehen.

Paris
Ich will dieses verdammte Buch schreiben, aber ich habe immer noch keinen Marschbefehl, keine innere Karte, also keinen Faden, von Fabel ganz zu schweigen, ich habe nur mich und dieses Zimmer hier, und dieses Zimmer, dieser Warteraum, Kerker füllt sich mit lauter weitentlegenen Dingen, mit Leuten, die in einer anderen Welt oder tot, jedenfalls anderswo, wenn nicht gar verblichen sind und nicht in Paris, das Zimmer ist schon gerammelt voll von solchen Gestalten, Gelichter, der reinste Bahnhof, ich verliere mich in diese Störenfriede, die mich abhalten und mehr: entführen, aber nicht zu mir kommen lassen, wo bin ich denn eigentlich?
Ich wollte in die WELT, darum bin ich in diese Weltstadt gezogen (verzogen), aber ich bin in dieser Zelle gelandet. Ich war manchmal so einsam, daß ich es gar nicht merkte, geradezu chloroformiert von Einsamkeit.

Die Rue Muller
Ich denke an die Rue Muller, und wenn ich in Gedanken in diese Straße und zwar von der Rue Ramey aus einbiege, findet eine Art Elysiumstimmung in meinem Kopf statt, das kommt vom Weiß der Häuser, die sich da die Straße hinan stufen, es sind diese Pariser Lichtfängerfassaden, bei nahem ist es natürlich schon lange kein Weiß mehr, eher ein ganz helles, ins Weißliche spielendes Grau, es sind alle Töne drin in diesen kreidigen, kreidepapierenen und papierleichten Fassaden ohne alle Skulpierung, diesen pariserischen Kreidefelsen, die in ihren oberen Straßen den Himmel spazieren führen, es ist eine Heiterkeit, ja eine berauschende Südlichkeit, schon fast Liederlichkeit drin, nein, liederlich, das tönt moralisch, und hier würde ich alles in Winter und mieses Brüten verwandeln, wenn ich moralisch urteilen wollte, es

ist eine Lebensleichtigkeit. Und unten auf dem relativ engen Trottoir entlang an meist arabischen Gemüsehändlern, die ihre Kisten außen unterm Sonnendach aufgetürmt haben, entlang an Cafés und Bars, diesen kleinen Unterständen, wo immer welche an der Theke stehen oder am Flipperkasten, überhaupt sind alle Geschäftchen und Pintchen Unterstände und Klönereilokale, an all dem entlang, auf dem Trottoir kreuzen mich Alte und Liebespärchen und ein entschlossener Klempner und eine Gruppe schnatternder Mädchen und eine andere Gruppe witzelnder Angestellter, alle Quartierleute, und alle Quartierleute bewegen sich wie daheim und bei sich, man ist auf diesen Trottoiren ganz intim, nicht draußen, sondern drinnen in etwas, wirklich unter Leuten, ja, und immer die schönen kreidigen Häuser vor Augen, und die Augen klettern hoch an der hellen Pracht, und oben an der Ecke ist ein Plätzchen, auf dem zwei Bistros mit Tischen und Stühlen sich belagern, dazwischen eine Bank mit Clochards, die Clochards sind im Gespräch, die Reden nachdrücklich, es sind die Reden von Betrunkenen, sagte ich schon, daß es von diesem Plätzchen aus die Treppe zu Sacré-Cœur hoch geht? daß das Plätzchen an die schönen hängenden Anlagen von Sacré-Cœur angrenzt? Nun, auf dem Plätzchen spielen außerdem die verschiedenen Hunde der erwähnten Bistros, ein Collie und ein Foxterrier und noch einer, ein Köter, und außerdem spielen Kinder Ball, und dann und wann kommen Gruppen von Touristen vorbei, sie sind über einen Stadtplan gebeugt und suchen Sacré-Cœur, von der Aussicht oben muß ich noch sprechen, doch davon später, ich gehe an einem Schild vorbei, das öffentliche Duschen und Bäder ankündigt, einmal war ich auch in so einem öffentlichen Hygienelokal, das war zur Zeit als meine Dusche noch nicht funktionierte, nein, es war der Gasboiler, der kaputt war, und wenn wir abends noch in der Gegend von Caulaincourt, etwa von Clichy herkommend, heimzuwandern unter den jetzt im Dunkeln herrlich glänzenden Blätterdächern der Bäume heimgehen, und zwar wie auf Zehenspitzen, um den Bann der Straße nicht zu stören, ja da können wir auch gleich noch einen trinken, denn da sind immer noch Lokale offen wie neulich nachts, ich glaube, wir kamen vom Kino, und dann saßen wir also noch da unter den Bäumen auf der nächtlichen Straße bei einem Whisky oder Pernod oder einem Glas Wein, und drinnen im geradezu überhitzt wirkenden kleinen Café, es wirkte überhitzt vor Helligkeit, weil alles rundum in Nachtruhe getaucht war, drinnen lachten ein paar Angesäuselte ausgiebig über einen vom Viertel, der sich mit einer Ausländerin, Touristin, die sich am Flipperkasten betätigte, englisch zu parlieren getraute, wir saßen draußen und in Abständen kamen die Wogen des großen Lachens über uns, überbrandeten uns, wir waren glücklich, wir waren im Viertel, wir waren in Paris, wir waren daheim, wir mochten noch nicht in die Wohnung zurückkehren.

Über meinen Hügel, die Butte, könnte ich jede Menge erzählen, ich könnte den hinteren Anstieg über die Rue Caulaincourt beschreiben mit der Abkürzung, die gleich zur Rue des Abbesses, nein, erst zur Rue Lepic führt; ich könnte alle Straßen um den Weinberg beschreiben, weil ich in diesen Straßen den Wagen abstelle; ich müßte von jenem Café erzählen, wo ich sonntags meine Zigaretten hole, weil sonst weit und breit alle Bureaux Tabac geschlossen haben, dieses Café ergreift mich, wie übrigens die meisten, tief, jedesmal, es liegt an der Menschlichkeit drinnen, natürlich auch am Rahmen, der Rahmen ist immer ausgesucht schön, aber drinnen der mit dem überdimensionierten Schnauzbart und die liebe Alte am Tabakstand und das Paar mit dem Kinderwagen und wieder die Leute aus dem Viertel, die bei sich sind.

Heut morgen um sechs Uhr die Stadt von Sacré-Cœur aus begrüßt, angebetet, es war kalt und nächtlich, wir kamen vom Flohmarkt in Montreuil zurück, ganz wenig Leute, die durch die Straßen schlichen, zwei Polizisten, die mit einem Funkgerät Schabernack trieben, ein verlorener Hund, Irish Setter, irrte herum, stellte sich in Angstdistanz auf und heulte, weinte, eine Hündin. Die Stadt in dieser Nachtmahrillumination, in einem vagen Dunst mit Glutkernen, in einem Glast, das Häusermeer mit den Wahrzeichen, in einem Urknäuelzustand, und wir von dieser Empore von Sacré-Cœur aus begrüßten die Schöne, Nächtliche. Danach im Café bei der Mairie gefrühstückt, heiße Croissants, während andere schon ihren kleinen Rosé, ihr Bier, ja einen Cognac kippten. Und ein Schuljunge flipperte bereits, aber die Straßen waren noch in diesem abweisenden abwesenden Ausnahmezustand vor Anbruch des Tages.

Ich möchte die Atmosphäre der Pariser Abendstraßen einfangen können, dieses ganz und gar zauberische intime Leben. Und warum? Warum genügt es mir nicht, einfach mit- und dahinzuleben, die Stadt zu erleben? Es ist wie in der Liebe. Wenn das Herz übergeht vor Zärtlichkeit, innerer Huldigung, Überschwang … dann möchte man resümieren können, man möchte das Erlebte wiederaufleben lassen können; man kann es fast selber nicht glauben; aus Ungläubigkeit unter anderem denkt man zurück und möchte alles noch einmal vor sich hin beten, es ist sonst wie nicht gehabt. Und dabei merkt man, daß sozusagen nichts zu halten ist, das Leben ist kein Besitz. Leerausgehen in der Fülle.

Ich denke an die Äußerung des Helden in Hemingways »Schnee auf dem Kilimandscharo«; da liegt einer angesichts des Todes, ein Schriftsteller, und denkt daran, was er immer hätte schreiben mögen und immer unterließ. Es sind Sachen wie das Gurgeln des Wassers im Rinnstein Place de Contrescarpe, es sind Elemente eines atmosphärischen Ganzen, kleine Elemente, die eine Existenz ausmachten, damals als man jung war. Und man wird es nie können, es sei denn man schmuggle etwas davon ein in eine Erzählung, die von ganz anderem handelt. Dieser kleine Exkurs gilt meinem eigentlichen fast pubertären Verlangen, mir hier in Paris etwas so Banales klar machen zu wollen, wie denn die Straße, ein Café, eine Pariser Bar beschaffen sei und woher mein Glücksgefühl rühre.

Die Bars gehören zur Straße, sie sind ja auch unter Markisen aufs Trottoir hinaus bestuhlt, und sie sind gläsern eingeschalt, so daß die Theke mit dem oft rundlaufenden Zinktresen und der runden oder girlandenförmigen Neonleuchte wie ein Riesenfenster ebenerdig auf die Straße geht. Die Stimmung in diesem unfehlbar sehnsüchtig stimmenden Fensterraum ist farblich ein Gemisch aus illuminiertem Crème und Schwarz, und immer ist da auch Rot, ein hitziges Rot, das von Leuchtschriften kommen mag, und das alles – mit den Stehenden am Tresen – wirkt dermaßen animierend, daß man eintreten will wie in das einzige erwärmte Zimmer in der weiten Nacht. Nun, und zur Straße gehört der Mann mit der Baguette in der Hand, gehört das übers Trottoir spazierende Pariserbrot, gehört irgendwer in einem Schlafrock, gehört einer mit wunden Füßen, gehören die Frauen, gehört diese Intimität, als wäre man nicht draußen, sondern im tiefsten Inneren des Serail.

Frisch lädt dich ein zum Essen, er wählt den Wein, es soll ein bescheidener Landwein sein, ein Hallauer, weil er nicht mit Geld prunken will, weil er sich schämt? vor seinem Gelderfolg? und weil man ja damals zu seinen Zeiten, als al-

les noch schwer war, auch nicht den teuersten kaufen konnte. Damals fuhr Frisch Velo und nicht Auto wie wir alle heute so selbstverständlich, damals trug Frisch immer Veloklammern, er ist auf diesem Foto mit Brecht mit Veloklammern abgebildet, auf diesem Bild, wo er Brecht an Hand eines Plans sein Schwimmbad erklärt, Frisch war Architekt und hat sein Büro aufgegeben, als er sich klarmachte, daß er seine Haupteinkünfte nicht aus der Architektur, sondern aus seinen Theaterstücken bezog. Von daher blieb ihm diese Bescheidenheit, nehmen Sie auch Geschnetzeltes? und bestellt, er findet, man soll nicht übertreiben, aber er vergewaltigt den Gast, der lieber gerne ein Steak oder was Besonderes bestellt hätte, weil er sich keine Vorwürfe macht in Sachen Geldausgeben, er ist anders als Frisch. Frisch erzählt gerne von seinen Anfangsschwierigkeiten, wie man damals unten durch mußte, dabei hatte er sehr schnell Erfolg, finde ich, der ich heute älter bin als Frisch damals in Rom, als wir uns kennenlernten, damals war er entschieden reicher als ich jetzt, er nahm sich nach der Wohnung an der Via Giulia, die er einem Bildhauer abgemietet hatte, ein herrschaftliches Appartement in einem Palazzo, im Parioli-Viertel, das einem Grafen gehörte oder einer Fürstin.
Frisch konnte immer lange davon erzählen, wie etwa Dürrenmatt skrupellos von seinem Geld Gebrauch mache und ohne alle Gewissensbisse immer das Größte bestelle, Wein mit Jahrgängen bis ins vorige Jahrhundert zurück, das spielte Frisch gerne seinen Gästen vor, die Gigantomanie eines Dürrenmatt, dessen Unbekümmertheit, Ungebrochenheit, er neidete ihm beides, nicht das Geld, nicht den Ruhm, bloß das unschlechte Gewissen beim Reichsein und Geldausgeben. Er ist amüsant mit diesem Schuß Bitterkeit, mit dieser neidischen Bosheit, und dabei hat er ja alles. Er hat sogar eine junge Frau und stellt sich vor, wie es wäre, wenn er blind wäre oder sich blind stellte und er die Untreue sei-

ner Frau andauernd überwachen könnte, alle Anzeichen. Er wäre wirklich in einer Dauerpein, aber wozu?
Mir neidete er mein damaliges Verhältnis zum Nichtruhm, zum Zukunfthaben, mein Unbeschriebensein, ich hatte vielleicht Leben statt Verwaltungsdienst an eigenen Pfründen, ich verschleuderte Leben in Rom, ich lebte, und er rechnete in seinen Büchern mit Möglichkeiten eines beschissenen Lebens ab. Mit dem drohenden Horror des Altwerdens, aber warum mußte er diese Beweise eines letztendlichen Beschissenseins aller Welt vor-schreiben? mußte er sie und seinen Altershorror wie eine ansteckende Krankheit unter die Leute bringen? Ich frage mich, was in seinen Büchern und Themen steckt, daß sie mondial gelesen werden und ebenso ankommen.
Vielleicht hat er diesen großen und weitumspannenden Erfolg, weil er Probleme aufwirft, mit welchen sich ein jeder leicht identifizieren kann. Wer wird nicht betrogen. Wer kriegt nicht eine beschämende Förderung in der Jugend, die eine Art Erniedrigung wird in der Erinnerung und nach Abrechnung schreit oder lechzt.
Was ärgert mich an Frisch? Ich wollte mich nicht adoptieren lassen, wollte nicht in die Sohnesrolle. Als Anfänger in Rom hat er mir vielleicht dadurch, daß er als Platzinhaber, als großer Profi, so selbstverständlich mit mir Umgang pflegte, das Gefühl gegeben, ich gehöre schon ein wenig dazu zum großen Literaturbetrieb. Suchte ich ernst genommen zu werden? War ich es nicht vor mir selber? Er führte mich in Kreise ein, Ingeborg Bachmann zum Beispiel. Ich verkehrte mit Grass und Martin Walser und Reinhard Baumgart und wem immer, ich gehörte (am Rande) dazu. Durch Frisch? Hat er mir eine Tür aufgemacht?
Ich hatte immer ein wenig das Gefühl, daß Frisch mich gerne um sich sah, weil er meine Erscheinung, sowohl das Aussehen wie die dichterische »Erscheinung« mochte, mög-

licherweise bewunderte, er hielt sich einen Exoten, eine Art Begleitung, er rief ja häufig auch schon von der Grenze (aus Rom kommend) an, um sich mit mir für den Abend in Zürich zu verabreden. Derlei. Ich sollte ein schön schillerndes Exemplar von Hoffnung und Möglichkeiten in seinem näheren Gefolge sein und bleiben, so etwas ärgerte mich. Ich kam mir denn tatsächlich irgendwie mißbraucht vor durch Frischs Bevorzugung meiner Person.

Neulich träumte mir: Ich war in einem herrlichen Appartement mit hohen Fenstern, einer luxuriösen Wohnung, in Spanien? und ich war sehr jung, und im schönen luftigen durchsonnten Raum traf ein jüngerer Mann, der aber älter war als ich, vielleicht so gegen 40, ein sehr angenehmer, gutaussehender Mann, von einer von innen kommenden Höflichkeit, Reisevorbereitungen. Er war ein Mann von heute, in Zivil, aber er war KÖNIG, und ich war nicht etwa sein Untertan, doch eine Art Gesellschafter, halb Gast, halb in seinem Sold, so etwas. Der König traf Reisevorbereitungen, er stellte seine Koffer neben einen Fauteuil, es waren die schönsten Koffer, die ich je gesehen hatte, aus einem blonden Kalbsleder, weich und verschwenderisch, und sie bauschten sich gar und hatten große Laschen und Taschen, ich staunte diese erstrebenswerten Koffer und Taschen an, die blonden in dem hohen durchsonnten Raum, und da sagte der König, ich möchte mich bitte um den Goldfisch im Aquarium kümmern in seiner Abwesenheit, ich möchte ihn bitte nicht zu füttern vergessen, dann ging er.
Später sehe ich, daß das Aquarium gekippt, jedenfalls ohne Wasser war, und der große Goldfisch lag seitlich da auf dem Sand oder Kies, ich erschrak über meine Achtlosigkeit, brachte das Aquarium in Ordnung, füllte das Wasser ein – oder füllte sich das Aquarium automatisch mit Wasser? –,

und siehe da, der Goldfisch erholte sich und erhob sich und schwaderte davon und aufwärts, und ich war erleichtert. Das ist der Traum von dem König und dem Goldfisch.

Zu Beginn der vergangenen Woche hatte ich einen Hexenschuß, also einen Bandscheibenrückfall, ich war wie gelähmt, im Kreuz das Gefühl, lauter Scherben anstelle eines *Rückgrats* zu haben, Scherben, die bei der geringsten Bewegung Panik auslösten, Haltungspanik, Angst vor einem Zusammenbrechen, einem Gebrochensein, und die Schmerzen! Ich konnte sitzen, aber nicht liegen und vor allem nicht von der einen Position in die andere, und ich dachte, mein Gott, und das jetzt, wo es ums Ganze und Letzte geht.

Nemi
Wir kleben an einem krausen Hang überm Nemi-See, einem Kratersee, in welchen wir allabendlich den Sonnenball rutschen sehen. Allnächtlich heulen die herrenlosen Hunde wie Wölfe, sie laufen in Rudeln durchs Gehölz und am Haus vorbei, sogar mit Welpen. Sie heulen und streunen; weil Hundeabschießen Unglück bringt, lassen die Italiener sie leben.

Es ist der Vorabend von Odiles 26. Geburtstag, wir sind jetzt eine Woche (von Zürich) zurück, aber ich habe nichts getan, nicht arbeiten können, da ich mit dieser glühenden kratzenden Kehle von Italien und den Albaner Bergen zurückgekommen bin, immer mich räuspernd, immer hüstelnd, hustend und bellend, und in unserer Lottervilla am Hang der heulenden Hunde in Nemi hatte ich einmal die Angst oder Sensation gehabt, der ganze weitere Schlund sei wie bei einem Feuerschlucker verglüht und entzündet, ich dachte ans Schlimmste, aber hier in Paris bin ich letzten Endes zu einem Hals-Nasen-Ohren-Spezialisten gegangen, der eine stark entzündete, gerötete Kehle und einen offenbar ebenso mitgenommenen Kehlkopf feststellte und mir eine Schockkur verschrieb und zwar mit dreierlei Medikamenten täglich, seitdem, das heißt seit vergangenem Freitag, rauche ich nicht mehr, weshalb ich auch nicht viel tun kann, übrigens hatte ich andauernd schreckliche Hitzeanfälle, ich schwamm in Schweiß, Schweißausbrüche sind Schwächezustände oder was? Angstzustände? und was ist diese glühende Kehle, es schnürt dir die Kehle zu, heißt es, aus Angst? hatte ich Angst vor dem Erscheinen des Buches?

Hier in München ist das Buch eben erst ausgeliefert worden, noch nicht mal in den Schaufenstern, noch keine Kritik, es läuft noch unerkannt oder im Stillen. Ich bange. Sonntagseinladung bei Peter Hamm in Tutzing (zusammen mit den Filmleuten Volker Schlöndorff und Margaretha von Trotta, die eben den Goldenen Löwen von Venedig erhalten hat – und Schlöndorff den ersten Preis in Cannes für den Blechtrommler), ein schöner stilvoller Abend, die Weine ebenso ausgewählt wie das Gespräch leicht und heiter, und dann gab mir Peter Hamm seinen Dokumentationsband über Walser (Robert), und ich dachte, wenn ich mich nicht durchsetze, werde ich aufgeben oder einige ermorden, es ist einfach unerträglich, mit dem Wissen um eine dichterische Welt unterschätzt bis unerkannt unter diesen deutschen *Berufs*schreibern zu leben – so wie Robert Walser neben Hesse ein Clochardдasein führen mußte, während jener ein Fürst und Nobelpreis-Träger und ein Weltgewissen und ein Platzinhaber war.

Eine Woche hier und ganz trunken von Paris. Es war eine aufregende Woche, erst haben wir dem Volvo eine Überwinterungsunterkunft verschafft und zwar in Vitry, etwa 40 Kilometer von Paris, anschließend habe ich mich auf die Suche nach einem Atelier gemacht und, ja, letzten Freitag, Freitag, den 13., habe ich's gefunden und gestern den Kauf eingeleitet: mein erstes selbst erworbenes Stückchen Paris: zwei Räume, nebst einer Dusche und einer Art Estrich in einem zweiten Boden, im sechsten Stock eines verlausten Hauses Rue Labat (was die Fortsetzung der Rue Simart jenseits des Boulevard Barbès ist), wobei das Haus selber gar nicht mal in so schlechtem Zustand wäre, Treppenhaus solide und aus Eichenholz, alles nicht übel, nur schrecklich verwahrlost weil ohne Concierge und von armen Leuten bevölkert, Schwarzen und Arabern, gut, aber oben in *meinem* Bereich ist's hell und sogar geräumig, ich stehe am Fenster geradezu im Himmel, dem hellsten Himmel der Welt, Blick über die Dächer und auf Brandmauern. Aus dem Ding läßt sich, wenn ich es herrichte und vor allem wenn ich die Trennwand zur nebenstehenden Küche niederreiße (Küche und Spülstein und Herd und Eisschrank brauche ich nicht, hingegen sind schubladenreiche Korpusse und Schränke da, die zu gebrauchen sind), etwas machen. Nebenan auf dem Gang, Wand an Wand mit meinem Atelier ist noch ein Raum mit Untermieter, falls ich den hinzuerwerben könnte, so hätte ich eine Riesenwohnung da oben – ganz zu schweigen davon, daß ich da, wo dieser geräumige Estrichboden ist, eine Art Schlafstelle einziehen könnte; auch ist der Duschraum auf der andern Seite des Gangs, der auch dazu gehört, geräumig …: Alles in allem eine *affaire*, ohne Zweifel, und spottbillig.

Das so tief Beglückende »wieder zurück in den Pariser Straßen« und dies vormittags, ich frage mich seit langem, was

es sei, jedenfalls habe ich es noch nie schreiben können, dieses Geschäft des Lebens auf den Trottoiren unter den kanalisierten Himmeln zu Füßen dieser kreidigen zuckrigen ockrigen Lenden der Straßenkörper, es ist dermaßen stimulierend und versöhnend, es ist das offenste, schon fast nackte Umgehen mit den einfachen Bedürfnissen des Lebens, Tagesbedürfnissen, da, die Cafébar mit den paar Frühtrinkern, da die Frau oder der Mann, der an der Hand des Steckenbrotes wie an einem Geländer geht, da die schielenden brummigen Hunde zu Füßen des noch blutenden Wilds, das vor dem Metzgerladen aufs Trottoir hinaus gehängt ist, und die Leute am Postschalter, all die Afrikaner und Farbigen und Einwanderer, alle bringen und tragen sie ganze Bände voller einfacher Lebensgeschichten und Lebensbedürfnisse an die Öffentlichkeit, es ist, als ob die Frauen in Lockenwicklern, Pantoffeln und Hausröcken dahinschlurften und zum Epicier oder Boulanger schwatzen gingen, das Trottoir gehört wahrlich den MENSCHEN, und es ist voller Geschichten und voller Sex und voller Häuslichkeit, die ganze Häuslichkeit ist auf die Straße, das heißt aufs Trottoir hinaus getragen, und die Märkte unter den Dächern der Stände, diese straßen-langen Zeltlager und Campingplätze des Handelns und Feilschens und Tratschens, und alles in den Gerüchen der Fisch- und Fleisch- und Gemüsestände etc., und auf dem Trottoir, etwa über den Gittern der Metro, also im Heißluftkanal, dürfen wirklich die Clochards liegen in all ihren Lumpen und inmitten ihrer lumpigen Habe. Es ist ein Auslaufen, vormittags in Paris, in Pariser Straßen, und hier der Bazar der Stoff- und Kleiderhändler, das Menschliche ist es, aber wenn ich es nur sagen, genauer sagen und schreiben könnte.
Boulevard Rochechouart auf dem mittleren von Bäumen gesäumten Straßenstück, den Himmel vor Augen und die Augen im Himmel und an den von Sexplakaten geschmück-

ten oder verunzierten Fassaden, da wo die Kinos und Buden und Bars und Garküchen und Freßstände sind, und die Leute, die die Hunde ausführen und die Autos und die Armen auf Bänken und die Huren weiter vorn, bereits vormittags, und diese Nase voll LEBEN, Pariser Leben in den Nüstern, und alles in dieser Schönheit und Helle, aber auf dem Trottoir ist die Schönheit kunterbunt und farbstiftrot und pinguinenschwarz, und das Trottoir ist ANIMATION-tausendfach, und der Himmel fließt vorbei und ab, und der Tag ist jung, und ich habe Lust auf einfach alles.

Ich frage mich zum x-ten Mal, warum man diese Aggression entwickelt gegen (schwarze) Leute, die doch an sich überhaupt nicht aggressiv sind, bloß daß sie einen mit ihrem Anderssein einkreisen und einkesseln.
Man sieht sie im sperrangelweit offenen Fenster in ihren Nationaltrachten, diesen farbenfrohen Tüchern, hocken, als hockten sie um ein Feuerchen, sie haben gewiß kaum Möbel, bloß den Telephon- und Fernsehapparat, nun, warum auch nicht, aber nun quatschen sie mit ihren gutturalen Stimmen, diesen überschwappenden, auch kreischenden Stimmen, überlaut und endlos. Man hat den Eindruck, es werden unaufhörlich die simpelsten Feststellungen immerzu wiederholt oder variiert. Möglicherweise folgt es einer Etikette. Dann waschen die Frauen tagein tagaus ihre meterlangen Tücher, die sie zum Trocknen in den Hof hängen, die Tücher bedecken die unteren Fenster und tropfen und tropfen. Die machen alles kaputt, denkt man.
Natürlich denkt man längst in Rassendiskriminierung, allein das reine Charakterisieren, wie ich es jetzt mache, ist Rassismus, was mir klar ist und nicht eben zu meiner Zufriedenheit beiträgt.

Im Treppenhaus kein Licht, weil die Arbeiten stagnieren: Die Hausverwaltung konnte das nötige Geld der (vielfach abwesenden, wenn nicht verschollenen) Wohnungsbesitzer nicht eintreiben, konnte also die Unternehmer nicht bezahlen. Kein Licht also und, was schlimmer ist, der Hausflur zu ebener Erde immer mit einer kotigen Lava überdeckt, weil im Keller unten der Abwasserabfluß nicht nur verstopft, sondern irgendein Siphon gebrochen ist, es handelt sich um eine größere Sache, aber da war eben kein Geld vorhanden, also mußte man buchstäblich durch Scheiße waten und in der Scheiße leben, von den Gerüchen ganz zu schweigen, ich hatte das Ganze mehr als über, ich war nicht mehr in Stimmung, ich war verzweifelt und blockiert oder doch durch das verdammte Problem des allgemeinen Untergangs so absorbiert, daß ich gelähmt war.
Sah neulich am Fernsehen einen Filmbeitrag über die illegalen Einwanderer aus Nordafrika und Schwarzafrika, was mich natürlich besonders angeht, da ich unter diesen Leuten lebe. Diese ganze illegale Einschleusung ist natürlich Menschenhandel: Die Leute aus den Hungerbreiten werden von eigentlichen Anwerbern auf den Trip in Richtung Paris gesetzt. Ganze Dörfer steuern die nötigen Moneten zusammen, damit einige Söhne und Väter weg können. Sie werden sodann ohne Papiere von anderen Antreibern durch Grenzlöcher geschleust und schließlich – es geht über die spanisch-französische Grenze, und die Polizei ist an der ganzen Transaktion auch mit Bestechungsgeldern beteiligt – kommen sie hier an, ohne Papiere und Unterkünfte, der Sprache meist nicht mächtig, dunkle Männer, die teils schon von der Physis her Afrika oder irgendeine ferne keusche Exotengegend evozieren.
Es ist eine Existenz in einer neuen Wildnis, gefahrenreich und vorerst ohne die Möglichkeit der Anpassung, und ein Überlebenskampf ist es, vor allem ein Leben im Ghetto. Sie

sind die Opfer eines organisierten Menschenhandels, sie sind Sklaven und werden, wenn sie Glück haben, einem Sklavenhalter übergeben, wo sie zu unwahrscheinlich niedrigen Löhnen in Billigst-Schneiderateliers arbeiten oder sonstwas tun oder als Straßenverkäufer für riesige Ringe von Importeuren tätig sind, sieben Lederhüte auf dem Kopf, Armbänder, Ledergürtel, Taschen an Armen und in Händen ... irgend so etwas. Und sie leben in Häusern, die immer mehr herunterkommen und natürlich nie und nimmer an Weiße oder Franzosen vermietet werden könnten, nur an derlei Unterprivilegierte, die ganze Wolkenkratzer tief unterhalb unseres Lebensniveaus zu leben bereit sind. Und indem sie in solchen Häusern ohne Wasser, ohne Elektrizität, ohne Hygiene etc. leben, gehen ganze Straßen zu Bruch, es sind Bruchghettos, es ist die Rückverwandlung von Paris in etwas Fürchterliches, Brutales. Und nun blüht das Verbrechen auf, der tätliche Angriff, der Raub, Raubüberfall, es ist ja jetzt Wildnis. Alle üblen Elemente kommen auf solch kriminelle Weise »hoch«, während die anderen dahinhungern und dahinvegetieren.

Übrigens ist in meinem Haus auch allerlei Wasserschaden im Schwange. Das Wasser strömt teils durch die Holzböden der darunter Wohnenden, das Parkett wirft Wellen, einer meinte, er könne seinen Kühlschrank nicht mehr öffnen, weil das Holz sich aufwirft, auch hieß es, manche Mieter waschen sich in den Schüsseln der Klos, in den Abtritten. Ich erfuhr es bei einer der Wohnungsbesitzerversammlungen, die die Reparaturen beschließen, den Unterhalt des Hauses, und da erfuhr ich auch, daß eben verschiedene Besitzer seit langem keine dieser Kostenanteile mehr bezahlt haben, daß sie zu vielen Tausenden von Francs Schulden haben, und die Schulden werden den anderen Mitbesitzern aufgehalst, da ist dann zu wenig Geld und Interesse (seitens der braven anderswo lebenden Wohnungsbesitzer) zum Weiterinvestieren, darum gehen die allernötigsten Reparatur- und Instandhaltungsarbeiten nicht weiter, wie es in unserem Hause der Fall ist, und darum ertrinkt man schließlich in Scheiße.

Der Einbruch ist an der Tagesordnung. Alle drei Minuten ein Einbruchdiebstahl in Paris. Üblich ist es, bei Abwesenheit einen 500-Francs-Schein bereit zu legen mit einem Brief: »Lieber Einbrecher, bitte bedienen Sie sich, im Eisschrank wartet Ihrer eine Flasche Champagner, aber bitte sehen Sie von Vandalismus ab, bitte, Vandalismus, wenn möglich, vermeiden, herzlich Ihr …«

Bages; und gestern waren wir in Nîmes, vorher in Montpellier und am Abend beim Pont du Gard.
Letzteres ist *der* gewaltige Aquädukt, der das Wasser von Nîmes nach Arles leitete (in Römerzeiten). Es war ein schöner mildsonniger Abend, und der quadergefügte Aquaedukt führt hoch in den Lüften über den Fluß, eben den GARD, unten die rohen Bogen, der rohgefügte lebendige, in seinen Fugen atmende lange lange Bogenschritt, darunter in einer Art Blendgalerie die Wasserrinne; aber oben ist es eine in die Lüfte gebaute Römerstraße, sie ist recht breit, doch wenn man darauf steht, hat man das Gefühl, heruntergeweht zu werden, die Möglichkeit besteht bei Schirokko oder Tramontana oder wie er hier heißt, es ist das HOHE SEIL, ich hatte mehr Angst, als vermutet, ich stand da oben und sah über den Fluß und die buschigen Hügel und die fernere Hügellandschaft, alles im Spätsommerabendglanz der Provence, mich erfaßte Schwindel und Grauen wie im Traume, wenn man sich *verstiegen* hat, ich machte nach den zwei ersten keinen weiteren Schritt mehr, sondern stieg sofort wieder hinunter.

Der Morgen hatte in Montpellier begonnen, aber jetzt muß ich noch hinzufügen, daß diese heile Römerstraße in hohen Lüften von Dohlen umflogen und umsungen ist, der Dohlenlaut ist wie der Schrei der Ratte oder auch der Möwe, ein leicht weinerlicher Kinderlaut, sehr hoch, aber kein Wimmern. Meine Lieblingsvögel waren da; und heute früh, als ich aufs Dach des Hauses stieg, flogen ein Paar Riesenvögel in diesem ewig seufzenden Wind heran und über mich hinweg, Raubvögel, die sich kaum zu halten wußten im Wind (oder es schien nur so), der Wind ist natürlich der MISTRAL, und die Vögel legten sich in diese Windflut, ließen sich abdriften, dann suchten sie sich wieder einzuhängen, mit Flatterbewegungen, die schon fast Klimmzügen glichen, es wird für sie ein Vergnügen gewesen sein, denke ich, zwei flogen nah und niedrig über mich hinweg, weiß nicht, warum mich diese Himmelsfreiheit mit eisiger Lust erreicht und erfüllt, früher war das nicht so, ich mochte das Physische der Vögel nicht, aber das Himmlische ist für mich jetzt wie eine Droge, etwas mich Umstülpendes, ein Glück (oder Glücksempfinden).

Ich suchte mit meiner Dichtung das Wunder des Lebens aus dem Stein zu schlagen.
Ich dachte immer, daß das Leben wie von unbegabten Schauspielern in unannehmbarer Verkleinerung und Vergemeinerung »gespielt« werde, ich dachte, das ist ja Unwirklichkeit, die spielen ja eine Minimalausgabe und die verfälschteste Version von dem Stück, das darf doch nicht sein; es ist UNWIRKLICHKEIT, dachte ich, weil ich es nicht wahrhaben wollte.

Sind wir vielleicht die Würmer, die die Erde lockern, die harte harte Masse von Erde? Lockern mit unserer Sehnsucht nach einem anderem Leben, die uns antreibt?

Neulich glitt der Name Stella Maris vorbei, wohl in einer Buchzeile, und ich erinnerte mich eines so benannten Massagesalons, wo die Inhaberin und Muse ihre Sache erstaunlich gut machte, aber dermaßen professionell, daß es mich gleich schon nach dem Erguß anwiderte, sie war recht schön gewachsen, groß und wahrlich fern von Verwelkung, und sie hatte sich da so eine Nummer zurechtgelegt oder möglicherweise von einem Kerl zurechtschneidern lassen, sie zog sich aus und bediente sich einer aufmunternden Pflegerinnenstimme, einer falschen Munterkeit, und innerhalb der Nummer wies sie auch auf ihre schöne Blume Vagina hin, und dann machte sie sich murrend und stöhnend an meinem schönen Langen zu schaffen, den sie auch schleckte, aber irgendwie brachte sie es fertig, ihn fast ohne Berührung zu schlecken und zu lutschen, und alles tönte so falsch, aber es war dennoch aufregend, und da war einmal eine Vertreterin in dem hübschen modernen beinah luxuriös eingerichteten Behandlungszimmer, dem Praxisraum, und diese Kleine war wirklich hinreißend und dunkel und flaumig und noch ferne von Professionalität, sie war Stellvertreterin, eine Freundin, copine, interessiert daran, selber ins Geschäft einzusteigen, und sie hatte sich sichtlich in die bewährte Nummer der Inhaberin einlernen lassen, sie machte das gleiche Theater, zeigte auch ihr Blümchen her, bevor sie auf den Schragen stieg und die Sache in die Hand und dann in den Mund nahm, und ich wollte sie gleich auch noch vögeln, merkte sofort, daß ich da eine tolle Glücksträhne, nein, einen Glücksfall vor mir hatte, weiß jetzt nicht mehr, ob's ging, oder ob sie mich hinhielt, vertröstete, jedenfalls gab sie brav und offen Auskunft über alles, ja, sie wollte auch so einen Saftladen aufmachen, ja, sie hatte einen Freund, ja, und ich war dermaßen erregt und dachte, hast Glück gehabt, weil mir hier auch die Person gefiel und weil die Person für meinen Geschmack wirklich sexy war und eben noch ganz und gar Amateurin, noch unverdorben, noch ungeschickt, echt.

Und was war mit der anderen? Ach, ja, das war bei diesem Masseur, den sie später eingelocht haben, da hatte er einmal eine Tolle, die habe ich gleich heiß begehrt, ich erinnere mich, daß sie ohne weiteres aufs (Ganze) einging, bloß daß sie 100 dafür wollte, aber ich hatte eben nur 80 bei mir, geht auch, klar, sagte sie, und dann ritt sie mich in einer Weise, die mir durch und durch ging, eben richtig, sie machte mit, sie vögelte richtig, und sie gefiel mir, und draußen das schöne Licht, das vormittägliche zarte tändelnde noch nicht ausgewachsene noch vor sich hin flirtende, noch nicht ganz erwachte zarte, überaus zarte Vormittagslicht, und Hausfrauen auf den Straßen, wenig Verkehr, und hier war's rosig, und das Mädchen gefiel mir, und wie sie mich ritt, wie ich im feuchten Inneren, dem Traumhaus der Männer, der einzigen Sehnsucht auf Erden, drin steckte und tiefer wühlte, während meine Hände WEIB griffen. Und dann bin ich wohl zu H. L. auf die Redaktion hinüber gegangen, um ihm glücklich von meinem Glück zu erzählen, bruhwarm noch, derlei kam mir in den Sinn, und ich will all das aufnotieren, wenn es mir wieder einfällt, aber das Mädchen, diese eine, keine Professionelle, einfach eine Wagemutige, Unternehmungslustige, die mal zur Aushilfe oder aus purer Neugierde da hingegangen war, ich habe sie nie wieder getroffen, die andere jedoch sah ich später mal, als ich mit M. in Aarau in einer Kneipe mit Künstlern zusammensaß, am Nebentisch, es war ein Wiedererkennen beiderseits, glaube ich.

Und da ist dieser Moment, wo die Kleider fallen und die Nackten sich gegenübertreten und zwar auf platten Sohlen, ich habe es im *Jahr der Liebe* mehrmals zu sagen versucht, und von diesem Übersprung, einer Durchbrechung der Schallmauer, nein: von dieser *Verwandlung* müßte ich noch viel besser schreiben lernen, es ist etwas, das mich sehr häufig obsediert, so wie mich immer wieder die Vorstellung des weiblichen Gürtels, dieses fleischigen Hauses hinter der Verkleidung und hinter dem öffentlichen Benehmen nicht losläßt, es ist ja keineswegs das Striptease, das läßt mich völlig kalt, ich bin nicht Voyeur, es ist so etwas wie die Geburt des Weibes aus dem angekleideten Distanziert- und Neutralsein, eben saß oder stand sie noch da und wendet sich dir zu im Plauderton, mit diesen oder jenen konventionellen oder sehr eigenen Gebärden, dem reizenden oder verhaltenen Benehmen, ein Mädchen, eine Dame, eine Frau, und dann steht kurz danach diese wehrlose Nackte da, und in der Nacktheit die Preisgegebenheit, und die Brüste wippen leicht und die Würde von Hüften und Gesäß und die lieben Arme und die Scham und dann das Sich-Anfassen und -Streicheln, das Umfangen und Ermessen des weiblichen Kontinents im Umfangen und immer mehr bis zum Kampfgeschlinge und Eindringen und diesem ...: wenn es dir die Sinne verschlägt, weil du nun drin bist und blind bist und alles schwarz oder unendlich wird und du zu Hause bist, und ich denke, daß dieses Ankommen tief drinnen das einzige Ziel auf Erden, die einzige Blendung, Besessenheit ist, dieses Untergehen im Weibe, Ankommen und zu den Sternen verreisen oder versprühen, und das Verreisen und Versprühen die tiefste Lust, und das Empfangen wäre die Wür-

de der Frau und wäre die Last und die Macht, ein Wissen, Heimat zu haben und Heimat zu bieten für diese blindwühlenden entwurzelten Männerwesen immer auf Kriegspfad oder Kreuzzug und dabei nur Heimat wünschend, Einlaß wünschend, und alles Geplänkel und Gerede zwischen Mann und Frau meint nur dieses Tiefe und Ewige. Ob es dennoch Mütterlichkeit sein mag, was wir suchen, Rückkehr in den alten ewigen zärtlichen weichen bergenden Leib, ob es dennoch immer nur das ist? Rückkehr?
Die leise Melancholie dieser mit ihrem Leib Gastgeberin verkörpernden Partnerin, weil sie es weiß, darum weiß, das Sinnende Nachsichtige, nun, vielleicht verschöne ich auch, aber was da im Tiefsten vor sich geht, die VERWANDLUNG im Fleische, kann im Geiste nie eingeholt werden.

Mir träumte von einer Schriftstellerversammlung, auf welcher beschlossen wurde, daß alle Schriftsteller fortan von der Arbeit befreit werden sollten, und es gab einen Zug, prall voll, beinah schon einen Deportiertenzug voller grölender befreiter Schriftsteller, wohin fuhren sie nur? Und später sah ich Dürrenmatt auf einem Traktor durch weite Felder und über Hügel fahren, und er las vom Traktor aus in seiner berndeutschen Einfärbung aus seinen Werken, das hallte, seine Stimme hallte über einen Lautsprecher durch die Landschaft, während er gemächlich weg ruckzuckelte auf dem Landwirtschaftsgefährt, und er las und las schon fast wie Gottvater, der aus den Wolken spricht.

Und nun wieder in Paris. Mit Berliner Augen hat die Architektur diese äußerst feine helle vibrierende zärtlich strahlende Gestalt. Alles da, und die Frauen gehen dir voran und schreiten durch die feuerlohenden Reifen. Endlich wieder im ELEMENT. Ein Überschäumen von Lebensgefühl, vorbei die triste Erstreckung, das lückenreiche Gerümpel von Stadt, das dumpfe zu Boden Geducktsein, das Kampieren in Straßen.

Mehrmals bin ich Mädchen nachgelaufen, es führte zu etwas oder zu nichts, aber die Erwartung war immer verzehrend.

Ich schreibe hier von der JURASSIERIN und von der ENGLÄNDERIN. Die Jurassierin stand spät abends im Berner Bahnhof vor der Tafel mit den Abfahrtszeiten der Züge, die sie studierte, aber ich sah sie nicht gleich, ich wurde auf sie aufmerksam durch einen Ring von Männern, vorwiegend italienische Fremdarbeiter (die sich ja gerne auf Bahnhöfen aufhalten). Sie bildeten einen Ring oder eine Traube um etwas, und so blieb ich stehen, um dahinter zu kommen, was es da zu gaffen gab. Ich sah die Hinteransicht eines die Abfahrtszeiten der Züge studierenden Mädchens, es war ein sehr junges blondes Mädchen, und die Unabhängigkeit, die Ungezwungenheit, mit welcher das Mädchen sich da hinstellte, ausstellte, um die Züge zu studieren, elektrisierte auch mich. Sie mochte eine Herumtreiberin sein, sie war faszinierend. War sie »eine« (die zu haben ist), war wohl die Frage, die in den Köpfen der herumlungernden Männer brannte. Und dann löste sich das Mädchen aus dem Kreis und durchschritt den Ring der Männer, sie tat es weder herausfordernd noch ängstlich, nur natürlich, wie gefeit, nicht einmal sonderlich selbstbewußt. Und ich hinterher.

Ich war spät auf den Bahnhof gekommen, nicht etwa, weil ich etwas mit Zügen zu tun hatte, ich war mit dem Wagen nach Bern gekommen und zwar zu einer Klassenzusammenkunft, nach vielen Jahren, und ich war deprimiert weggegangen von diesem Treffen mit Kerlen, in denen ich zwar aufs selbstverständlichste den Schulkameraden von einst nicht nur sah und wiedererkannte, sondern vor mir hatte, aber nun waren aus diesen Jungen von damals Advokaten und Ärzte und Lehrer geworden, gesetzte Personen, einer, ein Pfarrerssohn, der als Gymnasiast recht gut jazzte und ein modischer Angeber gewesen war, war eine Art verkrachter Geschäftsmann, ein Verkäufer geworden, immerhin interessant, weil er von der Spur abgekommen war, doch er roch immer noch aus dem Mund und trug immer noch diese schmalen Krawatten. Insgesamt war ich tief deprimiert weggegangen, was war aus uns allen geworden? Der angesehene Reiche hatte sich zum Erfolglosen gebeugt – leutselig war das Wort. Schrecklich, ich mochte noch nicht nach Hause fahren, durch die Nacht nach Zürich zurückfahren, ich trieb mich noch ein bißchen in der Stadt herum, kam – auf den Spuren meiner jugendlichen Herumtreibereien – ganz automatisch auf den Bahnhof und lief auf diese Männertraube zu. Und dann trottete ich, ohne eigentliche Absicht oder Hoffnung, hinter dem freimütigen Mädchen her. Überhole, gehe an ihrer Seite, spreche sie an. Und sie antwortet, ohne Hochmut, ohne Koketterie, ohne alles. Wir gehen etwas trinken und danach ins »Mocambo«, einen Night Club, der jetzt vollgestopft ist, auf der Tanzfläche aus Spiegelglas schieben sich die Paare. Wir trinken im Dunkel, wir plaudern. Ich erfahre von ihr, daß sie Jurassierin ist und im Hotel wohnt, morgen fährt sie zurück. Tanzen wir, sage ich. Sie tanze nicht oder nicht gut, sagt sie, und wir tanzen, es stimmt, sie kann es nicht, sie tritt ungelenk herum, so daß ich sie fest und an mich halte. Wir küssen uns, ja wen küsse ich da? weiß immer weniger. Wir tanzen, küssen und trinken, und dann nach Lokalschluß, um vier oder fünf früh, trennen wir uns, da sie ja im Hotel wohnt, einem anständigen Hotel, und ich habe kein anderes Domizil als meinen Wagen. Ich notiere mir ihre Adresse, ich werde dich besuchen, sage ich, ja, besuch mich, sagt sie, ich freue mich darauf. Und als ich Wochen später im Jura an der besagten Tür klingle, kommt sie mir nackt entgegen. Sie habe die Mutter erwartet, komme eben aus dem Bad, sei krank, glühe vor Fieber, man sieht es, aber ich sehe auch, wie wahnsinnig schön sie ist. Wie schön? Worte finden – das ist die Jurassierin.

Ich war jung und auf Tantenbesuch in Paris und lief den Boulevard Rochechouart entlang und auf eine Gruppe von Gaffern zu, die sich vor einer Straßenbar gebildet hatte und zwar weil gleich an der Tür zur Straße sich vor einem Musikautomaten ein Mädchen nicht nur ausstellte, sondern zur Musik wiegte, es sah hinreißend aus, ich dachte, die gehört wohl zur Bar, aber dann brach sie unversehens auf und marschierte davon und weg und den Boulevard hinunter. Und ich hinterher. Weiß nicht mehr, wie sie aussah, die Meldung oder Lockung war bereits in mir eingetroffen, das Bild war eingefallen und kursierte in meiner Phantasie, und ich sehe mich neben der Kleinen daherstapfen durch den Karneval des Trottoirtreibens und in kleinen Abständen Anreden starten, aber die reagierte nicht und ging bloß immer weiter. Blieb vor einem Kino stehen, stellt sich an die Kasse, und ich, einmal blitzschnell reagierend, rufe: zwei Karten, bitte! und zahle.

Ein Horrorfilm, im Dunkeln sitzen wir nebeneinander und noch kein Wort gewechselt, noch kein Wort kam von ihrer Seite, der Film ist *Dracula*, ich sehe halb hin und halbseitig bin ich von der Nähe des Mädchens abgelenkt, das, o Wunder, bei einer schrecklichen Szene plötzlich aufschreit und sich an mich klammert, nein, ihr Gesicht in meiner Achsel verbirgt. Aber danach ist wieder die Wort- und Kontaktlosigkeit da. Und nach Kinoschluß, es ist Abend geworden, das Licht anders, die Leute auf der Straße andere Leute, das große seufzende Entspannen hat mit den ersten Lichtern eingesetzt, und ich sage, trinken wir etwas und lenke uns in eine Bar, in welcher Schwarze spielen, eine schwarze Band, die Tür zum Boulevard ist offen, noch wenig Betrieb, und wir trinken etwas, und sie nicht gerade Milch, eher Cola oder so ähnlich, mit Strohhalm, und sie klopft leicht mit den Fingern zur Musik, sonst keine Reaktion, immer noch keine, obwohl ich alles versuche, wir kommen nicht ins Gespräch. Also brechen wir auf, aber warum bleibt sie bei mir? wie bringe ich das nur fertig, so ohne Worte? Möglicherweise hat sie genickt zu meinen Vorschlägen, sonst nur Abweisung. Jetzt lenke ich uns in einen Stripteaseladen, nonstop Strip, und wir sitzen wieder im Dunkeln und auf der Bühne die armen Schönheitstänzerinnen, wie man sie einst nannte, jetzt sind es hart arbeitende Mädchen, man sieht sie mit ihren Kleiderkoffern und Taschen von Laden zu Laden, von Vorstellung zu Vorstellung die Straßen überqueren. Und eine war so mager, und nun sprach meine Begleiterin, sie rief mit einem vogelartigen Laut aus, aber die kann ja keine Milch geben, die hat keine Brüste, die ist ja ganz flach, ruft sie aus, und dann umarmt sie mich heftig und zärtlich und küßt mich aufs Ohr und dann auf den Mund und umhalst mich. Und wir verlassen das Lokal und gehen Hand in Hand und hinter uns einige Männer, die auf sie einreden, und ich höre sie immer bloß sagen, je sais où je suis, je sais ce que je fais. Es sind Algerier, es ist die Zeit des Algerienkriegs, und sie Algerierin, und es wird nicht gern gesehen, wenn eine Algerierin mit einem Franzosen, denn für einen solchen halten mich die Männer hier, ausgeht oder ins Bett geht, und dann erfuhr ich auch, daß sie in einer Familie als Hausmädchen arbeite und noch nicht lange im Land sei und blutjung, und wir gehen in ein Hotel und ziehen uns aus, und wie es losgeht, das Spielen, denke ich, es ist ein Zwangs-

denken, hier wirst du dir die Ansteckung holen, hier solltest du nicht, warum dachte ich es? wohl weil ich NORDAFRIKA dachte und dieses Afrika automatisch mit Gefahr gleichsetzte, damals, jedenfalls war es nun an dem Mädchen, nicht zu begreifen, mein abwehrendes Verhalten nicht zu verstehen.
Wir trennten uns frühmorgens, tranken einen Café, und ich erinnere mich gefragt zu haben, ob ich ihr etwas schenken dürfe, und daß sie geantwortet hat, sie würde sich gern ein paar Strümpfe kaufen.

Entwurf
Die Namen bestimmter Verlagshäuser hatten einen magischen Klang, denn hier waren sie als Unbekannte eingetreten, hier ausgeschlüpft und selber zu Namen gekommen, die Dichter, die ich verehrte; und sie hatten ihrerseits auf die Verlage abgefärbt. Es war nicht gleichgültig, unter welchem Verlagssignet ich einen Autor beim Stöbern im Antiquariat entdeckte. Es war ein Staunen, aber auch eine Genugtuung, als ich Robert Walser zu einer Zeit, da er längst wieder vergessen und antiquarisch für ein Trinkgeld zu haben war, in einer schönen Cassirer-Ausgabe erstand. Er war auch bei der Insel, auch bei Kurt Wolff erschienen. Ich konnte mir zwar den *Gehülfen* in natura nur schwer unter den damals Tonangebenden vorstellen, und dennoch empfand ich etwas wie Stolz, als könne ihn sein illustrer Verlag posthum in der Öffentlichkeit rehabilitieren.
Über das Verhältnis Autor/Verleger nachzudenken, hatte ich noch keine Veranlassung, trotzdem ging mir nahe, was Thomas Wolfe an seinem Partner Maxwell Evarts Perkins vom Scribner-Verlag gehabt haben mußte. Wolfe verströmte sich in seinen Manuskripten hemmungslos, und Perkins machte Bücher aus Wolfes Fluten. Er bestärkte, beriet, be-

schützte, beschnitt ihn. Vielleicht »machte« er ihn bis zu einem gewissen Grade. Perkins war Wolfe so sehr ein Wahlvater, daß er sich eines Tages von dem Über-Ich ablösen zu müssen glaubte.
Auch an ein eigenes Buch zu denken, lag damals noch fern. Ich schrieb für mich und für die Schublade, und dennoch muß sich schon früh der Wunsch eingegraben haben, dereinst, wenn es je so weit käme, in einem Verlag und bei einer Verlegerpersönlichkeit herauszukommen, dem die in meinen Augen echten Dichter meiner Zeit zugehörten. Vielleicht verband sich damit auch die Vorstellung, nur so sei ein »beglaubigter« Eintritt in die Literatur möglich.
»Damals« war in sehr jungen Jahren, und als es zu meiner ersten Buchveröffentlichung kam, war ich knapp unter 30. Ich hatte lange zugewartet und publizierte als erstes einen kleinen Band Kurzprosa (bei Scherz) aus Ungeduld. Ich brauchte den gedruckten Beweis, auch vor mir selber.
Zwei Jahre darauf traf ich Siegfried Unseld.
Herbst 1961. Unseld war zur Premiere von Max Frischs *Andorra* nach Zürich gekommen, und Frisch, den ich während eines längeren Romaufenthalts kennengelernt hatte und nun in Zürich wiedersah, schlug mir vor, mich mit den Suhrkamp-Leuten zusammenzubringen.
Ich hatte Frisch auf der Straße getroffen, ich selber war auf der Straße, denn ich hatte eben eine beginnende bürgerliche Karriere weggeworfen, um in Freiheit einen Roman zu schreiben. Zwar stand ich in Verbindung mit einem neuen Verleger, der sich auf meinen Kurzprosa-Erstling hin gemeldet hatte und bereit schien, den Roman in statu nascendi unter seine Fittiche zu nehmen. Aber alles war noch offen. All das sagte ich Frisch. Er riet mir, keine Abmachungen zu treffen, ehe ich die Suhrkamp-Leute gesehen hätte.
Die Suhrkamp-Leute,wie Frisch sagte, waren Siegfried Un-

seld und Walter Boehlich. Sie hatten mich ins Hotel »Urban« bestellt, das heute verschwunden ist; damals war es das Literatenhotel Zürichs.
Ich hatte, als ich das Hotel betrat, einige Romanskizzen bei mir und außerdem einen auf Tonband gesprochenen Text, Entwürfe, Sprachmuster. Im Hotelzimmer spielte ich das Tonband ab, las aus den Skizzen vor. Das Zimmer ist eng, wenigstens in meiner Erinnerung. Siegfried sitzt in jener schlafähnlichen Versunkenheit da, die im Konzertsaal vorherrscht, den Kopf geneigt. Ich sehe ihn fragend zu Boehlich blicken, sehe diesen nicken. Die Fragen betreffen den raschestmöglichen Abgabetermin, meine finanziellen Bedürfnisse zur Überbrückung fehlenden Einkommens, das Vorgehen – die Bedingungen, die gleich in einen Vertragsentwurf aufgenommen werden.
Ich war als unbekannter Passant ins Hotel gekommen, und nun ging ich einigermaßen benommen zum Aufzug und als Suhrkamp-Autor auf eine Straße hinaus, die wie niegesehen dalag. Alles war neu, die Zukunft stand scheunentorgroß offen. Der Roman hatte noch keinen Titel. Er wurde auf Weihnachten 1962 abgeliefert und erschien im Herbst 1963 als *Canto*.

Ich beschreibe diese erste Begegnung im Staccato, weil sie so vehement und gleichzeitig barsch verlief und alles nach Aufbruch schrie. Ich sah mir wie einem Glückskerl zu, als ich nach Hause eilte.
Das Buch schrieb ich, wenn auch nicht in der vereinbarten Schnellstzeit, so doch in einer rauschhaften Aufbietung meiner Geister wie in Selbsthypnose nieder. Auch dieses Hochgefühl habe ich so nie wieder gekannt.
Es bedurfte eines Siegfried Unseld, um bei einem angehenden Autor oder besser bei einem in Gärung befindlichen literarischen Versprechen auf nicht viel mehr als ein Sprach-

funkeln, eine Duftspur, mit einem Verlagsvertrag vorbehaltlos zu reagieren und dies auf der Stelle.
Es ist bei ihm weder Anwandlung, Stimmung noch Spekulation, es ist Witterung, ja, schon, aber diese orientiert sich nicht einfach am Wind, sondern an Geschriebenem, an der Artikulation der Wörter und Sätze, am Text. Wenn er in einem Text den Ton, das Pochen, den Furor, das Unerhörte, das Etwas verspürt, das in seinem Verstand den echten Schriftsteller, womöglich den Neuerer verrät, dann verwandelt sich der Großadmiral in literarischen Gewässern zurück in den textverliebten Lesenden, einen zu Wagnissen entschlossenen Verliebten. Der Macher ist seine zweite Person. Aber es ist der Text, an dem er Feuer fängt, nur mittelbar die Person samt Habitus und Würden derselben.
Das macht, daß für ihn nur der schreibende, produzierende, der in Hervorbringungsmühsal gebeugte oder in seltenem Schreibgelingen dahinsegelnde Autor zählt. Bei diesem partizipiert er freudig temperamentvoll und nimmt auch die übrige Person großzügig in Kauf. Aber der pausierende, nur eben lebende oder gar stagnierende Autor ist weniger sein Fall. Was bewirkt, daß die Beziehung zum Autor immer dann etwas verblaßt, wenn dieser statt mit Hervorbringungen mit seiner Niedergeschlagenheit oder anderen dem Schreiben hinderlichen Gebrechen befaßt ist. Verständlich. Der Autor soll schreiben, nicht kränkeln. Wo käme der Verlag hin, wenn sich der Verleger auf das Verzagen kaprizierte statt auf das Verlegen.

Meine Mutter lag noch zu Bett, in diesem Alterspflegeheimbett, das wie ein Babybett umgittert ist, Maßnahme gegen das Herausfallen, Aus-dem-Bett-Rutschen; in einem Bett in der gegenüberliegenden Reihe des Sechs-Bett-Zimmers liegt wie immer die Alte, die ihre Puppe an sich gedrückt hält. Meine Mutter liegt auf dem Rücken, der Kopf mit weitoffenem Mund leicht nach hinten gelehnt. Das Gesicht abgemagert, Haut und Knochen. Nur das leise Röcheln verrät, daß sie noch lebt.

Früher Nachmittag. Ich weckte sie, und sie drückte mir mit der Knochenhand meine Hand, schön daß du gekommen bist, ich freue mich ja immer, wenn du kommst, gerade heute dachte ich, er wird kommen. Siehst gut aus, geht's gut? Und dir, wie geht's dir? frage ich.

Gut, meint sie, eben nur ein bißchen hingelegt, bin eben erst zurückgekommen, mußt du wissen, ich war in der Stadt, ja. Und seit ich diese Gymnastikkurse besuche, geht's aufwärts, weißt du. Jaja, man darf nur den Humor nicht verlieren, den Homur, wie dein Onkel immer sagte, weißt du. Und nun erzählt sie mir die schönsten Lügengeschichten, was sie alles treibt, und daß sie eben die Wäsche vorbereitet habe in der Waschküche undsofort, und dazu drückt sie mit der Knochenhand die meine, bist ein Lieber, daß du immer kommst, ja, wenn ich dich nicht hätte. Undsofort. Und schaut mich aus den tiefen Augenhöhlen mit diesem Blick von woandersher an, der aber auch ein Komplizenlicht hat oder ein Fünkchen Überzeugenwollen, also Zweifel, und erzählt, erzählt, während ich zum Fenster auf die winterlichen Bäume und den winterlichen Garten schaue und merke, daß ich eigentlich ganz froh bin, froh geworden bin, weil Mutter so schön phantasiert und nicht klagt. Offenbar lebt sie jetzt ganz oder fast ganz in dieser eingebildeten anderen Welt, die zuzugeben sie früher fürchtete, sie wollte ja nicht als kindisch gelten, darum die Formelhaftigkeit, mit der sie Würde und Wissen vorspielte. Aber jetzt ist sie endlich ganz in die Traumwelt hinübergetreten und darum nicht beklagenswert. Ich bin ganz stolz auf diese Leistung. Die Wirklichkeit ist immer eine Funktion unserer Einbildung, und Mutter hat Einbildungskraft.

Die andere sagt kein Wort und drückt nur die Puppe an sich oder kuschelt sich an die Puppe. Im Gang ganz hinten am Fenster sitzt klein und allein eine Greisin. Wie sie mich sieht, höre ich sie »bitte« »bitte« murmeln. Sie bittet mich zu kommen. Oder daß ich sie nicht allein lasse. Bitte, tönt es, während ich enteile. Unten schlüpfe ich schnell durch das Portal, denn eine verstörte Alte hatte sich auf mich zu bewegt wie ein Apparat, wie eine Spukgestalt. Als ich mich von draußen umdrehe, steht sie hinterm Glas der Türe und winkt mit einer Hand, die wie ein Blatt flattert. Hatte sie schon mal gesehen, wie sie auf jedermann, der vorbeiging, zuschlurfte. Sie möchte immer entkommen. Greisenkinder haben Angst vor dem Verlassenwerden, kuscheln das Gesicht an die Puppe, die sie an sich pressen. Die jungen Schwestern benehmen sich wie Kindergärtnerinnen oder Babysitter.

Sonntag früh mache ich immer den Markt längs der Boulevards Barbès und Ornano, und immer muß ich mich bei jenem Eierhändler aufhalten, der in einem Holzgitter lebende Hühner hält, unter denen auch mal eine Ente ist. Selten auch ein Kaninchen, sitzt mit den schönen Lauschern zahm auf einer Kiste und schnüffelt. Das lebende Federvieh ist für die Araber bestimmt, die die Tiere zu Hause töten und schächten.

Der Strom der Menschen, der sonntagmorgendlichen Einkäufer längs der Gemüsestände, ein Gedränge; und in dem hölzernen Pferch das Federvieh, das sich aneinanderdrängt, eine Ente zwischen den Hennen. Die Bewegungen langsam, vielleicht verschüchtert, die fragend zuckenden Köpfe, die diese Seitenblicke schleudern. Und dann greift eine Hand, die zu einem in den Pferch starrenden, die Hennen musternden Araber gehört, hinunter, schiebt die Hennen auseinander, um die eine, auf die er aus ist, zu packen. Die Hand greift den Vogel am Flügel, zerrt ihn hoch, ändert den Griff, so daß sie den Ansatz der beiden Schwingen zu packen bekommt. Dasselbe vollführt die andere Hand, und der Blick ist vollkommen sachlich, fleischbezogen, kaufbezogen; und nun hat er die zwei Hennen so in Händen, die weder gakkern noch flattern, sondern in totaler Ergebenheit oder vielleicht angstgelähmt alles über sich ergehen lassen, während der Käufer darauf wartet, daß er an die Reihe kommt, also mit dem Händler, der weiter oben am Ladentisch bedient, sich ins Benehmen setzen kann. Jetzt ist es so weit, der Händler greift mit derselben Manier, als handle es sich um einen Kohlkopf, einen Bund Lauch, die erste der Hennen, er legt oder drückt sie auf die Waage, verknotet die beiden Schwingen, das heißt, er steckt die eine schräg unter die andere, nun sind sie in sich selber befestigt. Das Tier liegt gefesselt, bäuchlings gedemütigt auf der Waage. Das gleiche wiederholt sich mit dem anderen Tier, und kein Laut, kein Gakkern des Aufbegehrens, nur das Herz, es muß wie toll schlagen. Und über den beiden in Todesangst paralysierten Tieren gehen die Stimmen hin und her, wird der Preis ausgehandelt, wird bezahlt. Dann klemmt sich der Käufer die Tiere unter die Arme und geht mit seinem Einkauf nach Hause. Ich schaue gebannt zu, auch wenn man den Hasen ergreift und zwischen Ohren und Füßen streckt, als handle es sich um den Balg und nicht um dieses sanfteste der Tiere. Es mag ja natürlicher sein, so zu töten oder zu selektionieren, aber dieses furchtbare Bestimmen über die letzte Stunde, dieses EINGREIFEN, buchstäblich, in anderes Leben, hat eine dermaßen erschreckende Gestik. Und Henne und Hase sind auf einmal KREATUR, in diesem Moment werden sie es in den Augen des Zuschauenden, erst in der Minute, da der Mensch sich an ihnen vergreift.

Raschid getroffen. Arbeitet jetzt auf eigene Faust als schwarzarbeitender Spengler, Installateur. Kleinwagen, Zweizimmer-Wohnung, mit Frau und zwei Kindern. Zwar hatten wir uns verabredet, aber er führte mich in ein eben eröffnetes Araberbistro von copains, die er treffen sollte. Es ist immer auch Opportunismus dabei, dem und jenem einen Gefallen tun, in meinem Fall hat er dem dortigen Patron, von dem er sich vielleicht einen Auftrag erhofft, einen Schweizer und erst noch écrivain zugeführt; und der Singsang der arabischen Musik von der Musiktruhe und die trostlose Männerversammlung. Sprach viel von respect, Respekt der eigenen Frau gegenüber, er, der damals Anreißer und wohl auch Zuhälter bei Pigalle gewesen war, hat nun eine respektierte Frau aus ehrbarem arabischem Hause, die zwar halbtags arbeitet, aber nie ausgehen würde, nicht einmal Fernsehen, geschweige denn Filme anschaut, sondern sich ausschließlich um Küche und Wohnung (Staubsauger!) und Kinder und um Raschid kümmert, der Respekt besteht unter anderem, soviel ich verstanden habe, darin, daß man nur im Dunkeln miteinander schläft und sich sozusagen nicht anfaßt, jedenfalls nicht nackt zeigt, man steigt verhüllt ins Bett und fingert nicht aneinander herum, eben das ist Respekt. Und er treibt seine Kunden im Bistro auf, er sagt ja auch von sich selber, daß er sehr beredt sei und dazu noch sprachgewandt, mischt englische Brocken mit italienischen und spricht sogar einige Worte Schweizerdeutsch, da sein Bruder im Luzernischen ein Restaurant betreibt. Raschid ist mit 14 Jahren von Constantine nach Algier gekommen und von da nach Genf, ohne Geld, bloß mit Fahrkarte bewaffnet, und dann hat er sich durchgeschlagen.

Man konnte sich keine Schulen leisten, klar, man kam aus armen Verhältnissen und wurde mit der Pubertät aus dem Nest geworfen, Vogel friß oder stirb, das war nicht wie bei uns, wo die gewöhnliche Schule obligatorisch und natürlich kein Luxus ist, wenn es früher auch so gewesen sein mag, dort ist es das Milieu, das den Schulbesuch erlaubt oder verbietet. Raschid will mich Montag zu einem Méchoui, einer Hammelkeule, bei eben diesem Bistrocopain, zu einem Freitisch einladen, einem Eröffnungsfestessen. Bei Pigalle habe er sich zeitweise mit einem Messer Respekt verschafft, da man ihn vertreiben wollte, als Anreißer vor einem Stripladen vertreiben? oder als Zuhälter? Wohl von beidem etwas. Er hatte sich vorgestellt, daß er mir eines Tages von den immigrés erzähle, damit ich als Schriftsteller darüber schreiben könne, er stellt sich also von unsereins vor, wir seien eine Art Dorfschreiber, die für andere formulieren, was sie zu sagen haben, aber nicht schreiben können. Kam in Genf an und hatte sich mit ganzen 25 Schweizer Franken nach Bern mitnehmen lassen als Autostopper, er begann also mit sage und schreibe diesem Sümmchen Anfangskapital, mit 14 Jahren. So ein Patron im Bistro – was braucht denn so einer als Anfangskapital, um sein Ding zu starten? frage ich R. Er meint, mit 50 000 francs, nouveaux francs wohlverstanden, möge es angehen.

Der Traum ist der verrückte Mund der Wahrheit, deiner Wahrheit, aber diese ist nicht einfach zu haben, wie über den Ladentisch gereicht, auch wenn sie sich noch so inständig an dich richtet, sie ist nicht zu haben, weil sie dich verschlingt, du hängst an ihren Lippen und Bildern, die betörend sind wie Sirenenmusik und erschreckend wie das Haupt der Gorgo, keiner Geschichte warst du so atemlos hingegeben wie derjenigen, die dir dein Traum erfindet, keiner so nah, es ist Einkehr beim Allerheiligsten und Allerschrecklichsten, wie du weißt, die ursprünglichste Form des Fabulierens, Geburt der Poesie aus deinem tiefsten Bade, ich hänge am Mund meiner Träume wie der Säugling an der Mutterbrust, kann mich nicht sättigen, das Erwachen ist schmerzlich, die grausamste Ausweisung; oder tief verwirrend, es liegt noch eine Duftspur in deinen Sinnen, ein Abendrot vom Verlorenen, Nachglanz; es kann sein, du findest noch einmal zurück, der Traum sei dir gnädig, dann ist es ein Staunen, aber viel öfter verblaßt der Ton, dann bleibst du ausgesperrt mit dem Gefühl tiefen Entbehrens.

Wie bringe ich den Glücksschimmer, das Lachen in den Lichtkringeln unterm Laubdach in meine Residenz? Darum bin ich nach Frankreich gekommen, um das Glück auf Erden kennen und leben zu lernen – ist denn nicht die ganze französische Malerei dieser Thematik: des paradis terrestre gewidmet? Die Impressionisten bis Matisse und Bonnard, und schon viel früher begann's, schon bei Lorrain und Poussin, und führte über die galanten Schäferszenen, über Chardin zu Courbet und Corot, früher begann's und dauerte fort, eine gewaltige Arbeit am Glück, Vorstellungsarbeit, Traumleistung, alle haben sie den Paradiestraum gemalt, und er soll hier auf Erden stattfinden und heute noch wirklich werden, bei Rousseau begann's und wurde mit Waffen erstritten, zwischendurch.

Und wir waren vor kurzem noch in *Napoli*.
Auf Capri zwischen den Mäuerchen die Insel durchschritten, wie vor 30 Jahren auf Ischia (ein Inselgarten). Die Rückfahrt auf dem Dampfer war südliche Volksszene, lagerndes Volk und dieses leibliche Kommunizieren und Flaschenreichen. Die Stadt war einfach pathetisch, ich meine die Lebensäußerung ist pathetisch, und wie die Gassen zusammenrücken und es aus den Löchern und Schlünden der Fenster und Geschäfte und Lädelchen züngelt und zündet, nicht nur

die Wäsche kriecht da zum Vorschein, das Hausleben setzt sich einfach auf die Straße hinaus fort und zwar überzeugungssüchtig, lebensschlau. Die Wohnungen zu ebener Erde öffnen sich auf die Straße, drinnen Bett und Fernseher, Schlafende, Essende, Tafelnde, eine bügelnde Frau, alles einsichtig, während ein Stuhl oder gar Tisch draußen auf der Straße aufgestellt ist und dazu ein Motorrad, es war, glaube ich im spanischen Viertel, spät am Abend, als wir durch dermaßen in Beschlag genommene Gassen spazierten. Das Meer gibt den Hafenstädten diesen Stich der Vorläufigkeit, diesen Melancholiewert, der die Lebenslust entfacht und hochsteigert. Das Essen eine Angelegenheit von Opernausmaßen.

Als wir in einem Motoscafo, einem Schnellboot, hinüberflitzten (in einer Sitzordnung wie im Flugzeug) und manchmal draußen auf dem Heck im Fahrtwind standen, die gepflügte Wasserstraße vor Augen, die wir gischtend zurückließen, kam etwas von damals, von Ischia, wieder in mir auf und empor. Und drinnen beim Anblick einer Matrone, die ihr breitflächiges Gesicht wie eine angeschnittene Frucht herhielt, konnte ich mich durch eine Ritze hindurch an die Teilnahmslust von vor über 30 Jahren zurückerinnern, die ein solches Gesicht damals in mir ausgelöst hatte: an dieses Aufstaunen, Erwarten, Wittern und wie ich mich dabei frei fühlte, dem auf mich wartenden Leben gegenüber geöffnet. Und ich dachte, daß ich heutzutage fast nie mehr vergleichbar stark empfinde. Damals war ich das reine Wachs, alles prägte sich mir ein, ich war eine Wachsseele.

Als ich eben von einem Nachmittagsschlaf erwachte, drang ein Schwall Licht, ein Guß Sonnenschein durch die Dachluke, und ich sah mich auf einem Mäuerchen, war's Ischia, damals? oder unter Gartenbäumen hingestreckt, sah mich in jener fernen Jugend liegen, es lag Weite, wenn nicht Meeresweite in dieser Luft, und es schwang ANFANG darin, und in all dem war Glück; und ich dachte und fragte mich: Was war dieses Glück? Damals? Das Glück des jungen Körpers auf einer Hafenmauer hingestreckt oder auf der Mauer eines Gartens, der überm Meer oder in einem meerartigen Licht lag, die Augen geschlossen, und auf die geschlossenen Lider fällt dieses Licht. Und die Lider des Erwachenden saugen es ein und verwandeln es in diesen überglücklichen Gedanken. Es ist das Glück des Anfangs, die Welt ist noch nicht beschmutzt, die Schritte sind noch in den schlummernden Gliedern, du wiegst in einer noch unbetretenen Helle, die Winde tragen etwas zu, die Schiffe warten auf schaukelnden Wellen …

Reminiszenz
An der Bar die kleine konversierende Annäherung, der Mann hält sich am Klingelbecher seines Glases fest, am Whisky, an der Zigarette, die Frau reicht Feuer, spielt Aufmerksamkeit, es ist ein Beschnuppern, der Herr eher reserviert oder die Reserviertheit ein Schutzwall für's Beobachten, er möchte ja noch entwischen können, noch ist keine Bestellung erfolgt, wovon handelt das leichte Gespräch? Sie meint, sie liebe ihren Beruf, früher Mannequin gewesen, verheiratet, wie er später erfährt, sie ist eine Große, Schlanke, eine Mannequinfigur, auffallend das sehr lange dichte schwarze schwer fallende Haar, hat sie nicht einen Leberfleck über der Lippe? oder einen leichten Schorf von einem Kratzer? Sie also liebt diesen Hostessenberuf, überaus wohlerzogen wirkt sie, und die Bar ist lang und hölzern, ich meine, nicht gerade eine supermoderne Theke, übrigens trägt sie einen knöchellangen Rock, die Mutter Deutsche, hat sie gesagt, aber sie spricht kein Deutsch, wohnt angeblich auf dem Land, nun,

derlei Konversation. Nicht gleich die Frage, ob sie etwas bestellen dürfe, das später. Der Mann fühlt sich träge eingesponnen, wozu auch weitersuchen, die Bars weiter abklappern, man kann ja doch nicht alles mit der Apothekerwaage abmessen, anderswo mag's besser sein, aber jetzt bist du hier, nun denn: Trinken Sie einen mit? Einen kleinen, ein Glas Champagner, eine Coupc, gibt es nicht? nun warum denn nicht, eine Flasche möchte er nicht bestellen. Klar gibt's eine Coupe. Und so fort. Und sie macht dieses langsame Zur-Sache-Kommen wirklich prima, dieses um den Brei reden, nach all den Fragen, ob er zum ersten Mal hier sei oder gar in so einer Bar etc., was er verneint, eine Zeitlang habe er sehr häufig in derlei Bars verkehrt, aber nun schon länger nicht mehr. Und er erfährt, daß sie hier drei Mädchen oder Hostessen seien, eine Polin, eine Israelin und sie. Und jetzt erinnert er sich, warum er überhaupt nach all dem Abklappern von Bars und Straßen gerade in diese unansehnliche eingetreten ist, es geschah, weil er eine Schöne aus einem Wagen oder Taxi hier hat eintreten und verschwinden sehen, und darum verhält er sich auch so abwartend: weil er drinnen diese Schöne oder Reizende überhaupt nicht vorfand und sich dachte, trinkst einen, bis sie auftaucht, aber sie ist bis jetzt nicht aufgetaucht, nun, jetzt ist er eben bei dieser, die er ein bißchen näher ins Auge zu fassen beginnt, er geht jetzt vor Anker. Und schließlich meint er, nun denn: Eine halbe Flasche könnten sie sich ja genehmigen, die Dinger sind sündhaft teuer, aber eine halbe Flasche, um zu sehen, was sich tut, wenn man nun in den Hinterraum umzieht, in den Knutschraum, das verdunkelte Intimgebiet, aber da sitzt noch ein Paar, man kriegt also vorerst, er weiß nicht weshalb, einen provisorischen Tisch zugewiesen, bis die zwei verschwinden, auch gut, und wie sie so sitzen, beginnt das Mannequin ganz leicht mit ihren Lippen seinen Mund abzutupfen oder einzukreisen, einzuschnuppern, es ist eher so etwas wie ein Versprechen oder eine zarte Vorkost, aber überaus reizvoll, aufreizend, er ist nicht schlecht elektrisiert und läßt Reserven fahren und Vorsätze fallen. Dann steht das störende Paar auf, sie werden umparkiert. Sie nimmt ihm seinen Mantel ab und hängt ihn da irgendwo auf, und nun trinken sie einen Schluck, und nun steht diese lange Dunkle auf und zieht ihr Oberteil aus, und dann läßt sie auch gleich den langen Rock fallen und ist nun schön nackt da, mit hübschen kleinen doch schön gekurvten Brüsten und langen Schenkeln neigt sie sich ihm zu und dann über ihn und beginnt richtig zu küssen, so daß sein Schwanz hochschnellt, jetzt ist er schön geil und läßt die Hand über ihre Hüften gleiten und zum Geschlecht hin, und sie lüftet ganz leicht die Schenkel, um der Hand Platz zu machen, und jetzt macht sie ihm seinen Hosenschlitz auf, macht ihm die Hose auf und neigt sich zu seinem Großen oder Schwanz oder Specht, wie Miller sagen würde, und schlecken kann die, es ist zum Vergehen, zum Hochgehen, zum Platzen, sie macht es wahnsinnig aufreizend und ausgiebig, und dann streicht sie mit den Lippen wieder der ganzen Naht entlang, und er in diesem Hinterraum mit dieser großen Schlanken, die völlig nackt über ihm liegt, eigentlich unglaubliches Glück gehabt und überhaupt unglaublich, das Ganze, in dieser nicht eben ansehnlichen und ganz ohne Glamour auskommenden Bar namens »Eros«, wenn er sich nicht irrt, unglaublich, daß er nun hier am frühen Abend so weit ist und dies ohne Aufforderung, ohne Abmachung, bloß daß sie 300 nehme, hat sie zwischendurch zur Kenntnis gegeben, was nicht einmal viel ist, und er da mit seiner offenen Hose, ansonsten aufrecht im Stuhl, oder ist's eine Bank? hockt einfach da wie in einem Warteraum in einem Bahnhof und hat dieses eigentlich ganz tolle Weib über sich und an seinem Geschlecht, und die Haare fallen wirklich vorhangtief über das verrückte Ereignis oder über den intimen Ort der Handlung, er wie in einem, ach, ist ja wurscht, schön ist's, er sucht die Haare zu heben und kriegt nicht gleich die ganze Pracht, das ganze Gefälle in die Hand, weshalb sie zwischendurch bemerkt, er habe wohl noch nie eine mit so langem Haar gekannt, da offensichtlich etwas ungeschickt diesbezüglich, aber das sagt sie nicht, und dann kommt ihm der ganze Schuß oder Erguß, und er schiebt das schöne Gesicht etwas zur Seite, wozu? sagt sie, hättest du nicht tun brauchen, hättest mich ruhig lassen sollen, meint wohl: schlukken, trinken lassen sollen, auch nicht schlecht, dann entfernt sie sich in Richtung Toilette und kommt etwas später mit einem Kleenex wieder, um ihn zu säubern, dann verschwindet er kurz zum Wasserlassen und säubern und gurgeln und kommt gleich zurück, jetzt trinken sie wieder, unterhalten sich, sie ist 23 oder 25 und war mit einem Herrn um die 50 verheiratet, der mit Pferderennen zu tun hatte, einem Mann von schnellem Entschluß, der sie auf der Stelle geheiratet hatte, eigentlich geraubt, ein Belgier, aber ebenso schnell hat er sie wieder verlassen, und zwar mit einer anderen, Sekretärin, die viel Geld mitbrachte, einbrachte, er weiß jetzt nicht mehr genau, wie alles war, bloß daß sie es dem Kerl nicht über die Maßen übelzunehmen scheint, er muß sie in der Liebe prima bedient, eingeführt, behandelt und sonst verwöhnt haben, aber eben bloß kurze Zeit, wie immer, jetzt denkt er, er hätte ebensogut oder noch lieber in sie eindringen mögen, bedauert es ein bißchen, weil das Vorspiel so toll gewesen war, was er auch so nebenhin bemerkt, magst du? meint sie und zieht sich gleich wieder aus, und nun ist sie auf ihm, aufgespießt auf seinem Penis, der immer noch geil und stark ist und gierig, und sie beginnen zu wippen, und das Holz kracht oder quietscht, weshalb er sich zurückhält in Gedanken an die anderen Mädchen und Gäste gleich nebenan hinter der Trennwand, so ist das also, denkt er, wirklich ohne Umstände, aber überhaupt nicht peinlich, gar nicht brutal, sehr gepflegt im Gestus, eigentlich stilvoll, wenn auch das Lokal eher einfach als luxuriös, altmodisch, schlicht, es verkehren ja auch zumeist Freunde des Hauses, und wenn ein Paar in diesem Hinterraum sitzt, wird das respektiert, sagt sie, obwohl auf einmal ein angezogener Herr in Mantel und Hut an den beiden vorbei zur Toilette geistert, was ihm einigermaßen peinlich ist, aber es ist einfach herrlich, so am späteren Nachmittag mit allen Finessen und Freundlichkeiten ein Schäferstündchen verbringen zu können, so hätte man's früher genannt, sagen wir: Liebe zu machen in so einem Hinterraum einer Bar, und er denkt: Es ist in diesem Paris Frankreich oder Paris France wie eh und je, *dies* ist sich gleich geblieben und wird es bleiben, und darum ist er ja auch nach Paris gekommen: um diesen Happen vom irdischen Paradies zu greifen, sich einzuverleiben und immer als etwas Erreichbares um sich zu wissen, zu wissen, daß diese Ecke des Tischs immer gedeckt bleiben wird, die Hetäre hat er ja gesucht; diesen Zweig vom galanten Leben, dieses Brot, das kein Zucker- und Naschwerk ist, dieses Kokette, das sich als tief erweist, dieses Stück vom Leben. Und sie meint, erstaunlich, daß er gleich nach dem Erguß schon wieder bereit sei, sonst dauere es in der Regel eine gute Weile, aber offenbar hat sich sein steifes Ich nicht sättigen können, mehr, mehr haben wollen, und dann sitzen sie wieder und plaudern, und nach einer Weile beginnt sie ihn wiederum vorzubereiten, aber nun wehrt er ab, er notiert sich ihre Telefonnummer privat, er zahlt und geht jetzt und geht in seltener Eintracht mit sich und allem die abendlichen Straßen entlang, wo jetzt die Metzgereien und Gemüse- und anderen Freßläden ihren Schwall Licht und die prallen Angebote im Licht auf die Straße entlassen, er, ein alleinstehender Mann in diesen versöhnlichen Straßen von Paris, in der Schönheit, der Schönheit wegen, von der auch das französische Liebemachen ein Teil ist, lebt er ja hier, um dieser anderen Ernährung willen, um nicht aus dem Leben zu fallen wie in Helvetien oder Deutschland, um in der großen schönen Prozession drinzubleiben, in dem was er für sich KULTUR nennt, hartnäckig immer noch so nennt. Das Wort Lebenskunst mag er nicht sonderlich, ist ihm zu schnippisch, snobistisch, zu wenig prall und direkt, er muß es schon Kultur nennen. Alle Straßen entflimmern nach oben in diesem abendlich illuminierten Himmel, entflimmern mit den herrlichen Architekturkörpern, und unten ist das Trottoir für den Menschen bereitgestellt, und immer die AUSSICHTEN, die die Straßen eröffnen, ob sie auf eine Opéra oder sonst einen sternförmigen Platz weisen, das steinerne Kontinuum.

Canetti. Eine große, wohl väterliche Instanz. Das Erfindergesicht oder Gesicht eines Wissenschaftlers, der struppige kurze Schnurrbart, die buschige Mähne, die zerfurchte Stirn, der forschende und manchmal zum Fürchten konzentrierte, aufs Gegenüber konzentrierte Blick muß vage mit dem Bild meines Vaters, Erfindervaters, zu tun haben. Übrigens beide Chemiker und Heiler im Sinne, nun, von Teufelsaustreiber. Irgendwie gehört Canetti wohl (für mich) in die Vaterfamilie (wo sich in weiterer Linie noch ein Albert Schweitzer und Einstein situieren oder unterbringen ließen), es handelt sich um eine möglicherweise vom Wunschdenken oder von sentimentaler Rückschau verklärte Optik. Canettis Geistigkeit war mir sehr lange eine Schutzmacht, ich verehrte in ihm ein Weltwissen, Menschen-, Menschheitswissen, ich könnte sagen einen universalen Überblick, das Menschheitsgedächtnis, insofern etwas Magushaftes oder etwas vom großen Medizinmann, also Zauberer-Priester (der auch die Macht hat, von Schuld zu entbinden). Bei Canetti fühlte ich mich in den mir unerreichbaren großen

Zusammenhängen wenn nicht untergebracht, so doch toleriert. Es war eine Art Geborgenheit, sein Verständnis begriff mich ein in ein Universum. Und durch seine Bejahung meiner Suche und Sache und Existenz genoß ich Ermutigung, Auszeichnung. Hinzu kam die Güte. Ich fraß die Güte. Seine Unbestechlichkeit prüfte mich, ich bestand die Prüfung. Vatereigenschaften.

Nicht zu vergessen, daß er wie der eigene Vater Fremdling war, Emigrant, in mehreren Ländern zu Hause, und durch sein Wissen und die Kenntnisse in allen Winkeln, in jeder Dimension der Welt. Und wie mein Vater war er ein Forscher im Alleingang, Selbstdenker, Freidenker, also beinahe Dilettant im Verhältnis zu den Inhabern des zünftigen Fachwissens. Meine eigene Unbürgerlichkeit und Nichtzugehörigkeit oder Unangepaßtheit, mein Außenseitertum stärkte und bekräftigte sich an dem seinen, auch an seiner Stellung als Geheimtip, der er in den sechziger Jahren noch war. Später wuchs sein Ansehen, und ich sah seinen Aufstieg oder erlebte ihn mit. Nicht zu verhehlen: seine hohe Einschätzung der eigenen Sache, sein Selbstbewußtsein, Sendungsbewußtsein? seinen höchsten Anspruch, sein unbestechliches Werturteil, also die SELBSTGEWISSHEIT als Lebenskonstante.

Soll ich sagen, daß mein elitärer Anspruch sich in seiner Gegenwart bestätigt sehen durfte?

Habe ich Canetti vergöttert? Unsere Verbindung fiel hauptsächlich in meine sieben mageren Jahre zwischen *Canto* und *Im Hause enden die Geschichten* und darüber hinaus bis zu *Stolz*. Ich war Kunstkritiker die längste Zeit und insofern eine helvetische Figur und ziemlich abgeschlossen vom deutschen Literaturbetrieb, vom schweizerischen ebenso, ich distanzierte mich im Sinne von meinem *Diskurs in der Enge*; wenn schon Anerkennung, so wartete ich auf die der *Welt*, nicht auf die lokale Bedeutung.

Bei Canetti konnte ich aus mir herausgehen. Wir erzählten

uns Menschen, und in seiner Gegenwart erlangten sie die Bedeutung von Charakteren. In seiner Gegenwart war alles interessant, das Außerordentliche wie das Gewöhnliche, alles gewann Dramatik und Fabelhaftigkeit, Umriß und Dimension, Abenteuerlichkeit, alle Langeweile verflog, das Leben war hinreißend in seiner Gegenwart, reich und tief, wunderlich und gefährlich, unter keinen Umständen neutral.

Waren in Nîmes und nahmen teil an der Feria, am Stierkampf-Festtreiben, an der Corrida. Und sahen die fliegenden Flamingos, das Rosa wie von zartester Unterwäsche, die ewiglangen gereckten Hälse; wenn man sie weit oben fliegen sah, steht die Welt Kopf. Zartes Unglaublichkeitsgefühl.

Das verfluchte Alter schleicht auf einen zu, könnte man sagen. Ich dachte heute morgen erstmals mit Schrecken daran – genauer daran, daß ich jetzt den 60 näher bin als den 50 und daß nach Überschreitung der 60 die 70 winken, eine Greisenjahrzahl; ich komme darauf, weil mir Odiles Mutterschaftspanik mein Alter verdeutlicht. Höchste oder besser allerhöchste Zeit im Sinne von letzte Frist für ein Kind, besonders mit einem Vater in den 60ern, 70ern, einfach lächerlich; von allem anderen ganz zu schweigen, nämlich von den Lebensumständen, kurzum: Plötzlich sehe ich (endlich) alles ganz deutlich, ganz plastisch. Man müßte ein Zimmer mehr haben für das Kind, also Geld, um etwas hinzuzuerwerben, aber wir haben eine Menge Schulden vom Wohnungsumbau, die erst einmal abbezahlt werden wollen, und woher mehr Geld nehmen, da meine Produktion nach wie vor eher stagniert als akzeleriert und mein materieller

Erfolg als Schriftsteller konstant bescheiden bleibt. Beengung in jeder Hinsicht, und nun die Vorstellung der Kleinfamilie, eines Babymittelpunkts mit Geschrei und Windeln und Sorgen, die einem jungen Ehepaar anstünden, genug! Sehe auf einmal alles von Odiles Standpunkt aus, ihre Ungeduld, Enttäuschung, ja Verbitterung (zeitweise) – darüber, wo diese verrückte Liebe hingeführt hat. Unser Engpaß, unsere Sackgasse.

Ich hocke da in Klausur mit den obligaten Anfangsschwierigkeiten und lese, aus welchem Grund oder Zufall immer, Goethes *Dichtung und Wahrheit*. Und staune.

Vor allem staune ich über das nach außen gerichtete Interesse von Kind auf, das vielfältige Sachinteresse, die Weltneugierde, das Phänomen Bildung und Selbstverwirklichung. Theater und Zeichnen schon in jüngsten Jahren, dazu die Sprachen: natürlich Latein und Griechisch, aber auch Englisch und Französisch, dann aus eigner Neugierde Hebräisch, woraus gleich die Erzählung, Nacherzählung aus dem alten Testament, der Entstehung und Geschichte des Volkes Israel resultiert. Natürlich ist er in der antiken Mythologie und Philosophie schon im Knabenalter bewandert, aber auch, indem er seinem Vater an die Hand geht, in der Jurisprudenz; er interessiert sich für Architektur und alle Handwerksarten, für Naturwissenschaften. Sein Märchen »Der neue Paris«, im Alter von acht Jahren gesponnen, wenn ich nicht irre, ist schlicht wunderbar und makellos. Hinzu kommen die Disziplinen der körperlichen Ertüchtigung wie Reiten und Fechten. Was aber das Erstaunlichste ist: die Einbindung der individuellen Entwicklung, des individuellen *Bildungs*romans in den Gang und die Vielfalt des sozialen und geschichtlichen, politischen Zusammenhangs. Die Beschreibung der Kaiserkrönung in Frankfurt (Joseph II.)

bis in alle Einzelheiten von Kleidung und Insignien des ständischen Welttheaters belegt die ungetrübte Freiheit und Reinheit dieses Interesses aufs erstaunlichste. Die Vollständigkeit dieses Mannes schon in der Anlage, die Ausgewogenheit der Talente und Kräfte, der »Natur« Goethe. Natürlich hat dieser Mann einen denkbar privilegierten Familien- und Herkommenshintergrund. (Im Unterschied zu einem Karl Philipp Moritz.)
Ich lese voller Spannung, kann kaum aufhören. Und dabei denke ich an mein eigenes Kreuz der Interesselosigkeit.

Onkels Haus war in dem verschlafenen, wiewohl fetten Dorf Täuffelen, einem damals noch reinen Bauerndorf nah am Bielersee, der einzige Fremdkörper. Die Höfe lagen weit auseinander und waren stattlich, die Bauern wohlhabend, das Land flach, Seeland heißt die Gegend. Das Dorf hatte keinen richtigen Kern, es gab ein zwei Wirtshäuser und wohl auch einen Kramladen, ich erinnere mich nicht daran, ich sehe, wenn ich zurückdenke, die unbelebte Dorfstraße, aber an dieser Straße Onkels Haus, ein modernes Einfamilienhaus mit *Drogerie*. Ich weiß nicht, ob ich damals die Häßlichkeit des in fadem Biskuitton gehaltenen Dutzenddings empfunden habe. Ich empfand das Reinliche, Fortschrittliche, Helle in Onkels Haushalt und Geschäft, es roch ja auch anders als sonst im Dorf, es roch nach Chemie, aber auch nach aromatischen Kräuterpulvern, die mein Onkel in seinem kleinen pharmazeutischen Betrieb verarbeitete, er war überaus tätig, unternehmungslustig, dabei breitlächelnd, am Platze eine Art Pionier, er trug den weißen Berufsmantel des Laboranten, er rieb sich schmunzelnd die Hände, immer zu Späßen aufgelegt, immer voller Energie, im Labor standen die bauchigen Korbflaschen und vielerlei Kräuterpulver, und im Laden reihten und türmten sich die bunten Packungen der Drogeriewaren. Ein Unternehmer. In der Garage wartete der breite Amerikanerwagen, ein Straßen-Schiff. Onkel und Tante unterhielten ein aufstrebendes, gewinnbringendes Unternehmen, sie waren Besitzer der einen und einzigen Drogerie in der ganzen Gegend, sie hatten mit Täuffelen eine gute Wahl getroffen, das Geschäft florierte, sie waren wohlhabend, sie wurden allmählich reich.

Meine Schwester und ich verbrachten manchmal die Ferien bei diesen Verwandten auf dem Lande, wir kannten die Dorfkinder, mit denen wir Völkerball spielten und Unsinn trieben, und vor allem vor dem Zubettgehen hatten wir aufregende Erlebnisse mit unseren Kusinen, für die ich furchterregende Geschichten erfand und erzählte.

Während des Krieges gab es Interniertenlager in der näheren Umgebung, ich sah die polnischen Soldaten, die aus ihrem Lager zur Waldarbeit marschierten, einzelne arbeiteten bei Bauern. Und mit Befremden und Staunen sah ich die Nordafrikaner, die Spahis in ihren exotischen Uniformen ihre Vollblutpferde ausreiten, sie gehörten zur französischen Armee.

Ich weiß nicht mehr viel aus dem Dorf Täuffelen, ich komme darauf zu sprechen, weil ich neulich vom Zug aus oder vom Auto aus so ein häßliches Einfamilienhaus in sonst unangetasteter Landschaft bemerkt habe, einen Vorboten kommender Landschaftszerstörung, und mir dabei dachte, daß die Besitzer vermutlich stolz sein müßten auf das in anderen Augen als Schandfleck wirkende Dutzendhäuschen, sie sehen das Praktische, die moderne Küche, das Bad, die Wasch-, die Geschirrspülmaschinen. Ich hatte als Kind bei meinen Verwandten in Ferien untergründig das Empfinden, bei Leuten zu Gast zu sein, die den technischen Fortschritt eingeführt hatten und mit ihm die Freiheit. Der Haushalt funktionierte nach rein praktischen Gesichtspunkten, nicht nach vorzeitlichen wie bei uns zu Hause, alles war hell bei ihnen, unsentimental hell, transparent, funktionell, vor allem gab es nichts zu verstecken und nichts zu verheimlichen, es gab nicht die Last der falschen Prätention (einer in Wirklichkeit überhaupt nicht existierenden Herrschaftlichkeit) zu tragen und zu ertragen, nichts Schummriges, keine Vergrottung, nichts Geheimnisvolles. Wenn Tante unsere Mahlzeiten bereitete, geschah es in einer apparatehaft nüchternen Küche unter Zuhilfenahme zeitgemäßer praktischer Utensilien und nach vernünftigen ernährungstechnischen Gesichtspunkten.

Bei uns in der Stadt in Großmutters Küche wurde aufwendig und reichhaltig und schmackhaft gekocht, aber um welchen Preis. Kochmutter am Herd mit hochrotem Kopf wie der Heizer auf einem Dampfschiff, die überstellte Küche in Dampfschwaden getaucht, alle Vorrichtungen, die Ablagen, selbst die Schränke wohl von diesen fettigen Dämpfen klebrig und ganz und gar durchtränkt. Die Gewürze und Zutaten in unsäglichen Behältern, überall ein Gewirr solcher Nester, eine wahre Vergrottung. Gerät und sogar Geschirr seit Menschengedenken in Gebrauch und vielfach schadhaft, der Begriff Ordnung reines Wunschdenken, ein Chaos. Von Platz keine Rede. Vorn am Fenster das Dienstmädchen Anna vor dem steinzeitlichen Spültrog, unaufhörlich mit Spülen beschäftigt, die Hände im Wasser. In dem anschließenden Office, wie wir es nannten, eigentlich war es die Speisekammer, die, wie mir eben einfällt, aufs Treppenhaus ging und einen zweiten Eingang zur Wohnung bildete; in diesem mit jeder Menge Kram angefüllten Nebenraum stand ein vorsintflutlicher Eisschrank, der mit ganzen Eisbarren gefüttert werden mußte, großen kantigen Barren, die von Bierbrauereien geliefert wurden. Ich erinnere mich der Männer mit dem Lederschutz, der Zulieferer. Die Küche in Betrieb war nicht zu betreten, jedenfalls für uns Kinder nicht, sie

war ein Schauplatz des Kampfes, Hölle und Heizraum, ich frage mich, wo der ansehnlich große Hund Bobby Platz fand, der, schon der Pensionäre wegen, auch hier gehalten und eingeschlossen blieb. Erst wenn die Herren und Damen Pensionäre im Speisesaal getafelt hatten, fand sich die Familie um den Küchentisch zur privaten Mahlzeit ein, danach das Dienstmädchen und der Hausbursche. Und der Hund. Erst da verzog sich der Dampf allmählich, und es trat eine Art Ruhe ein, ein Aufatmen, die Stille der Erschöpfung.
Natürlich war unser Leben interessant, vor allem aus der Distanz gesehen, aus der Distanz des Rückblickenden und im Vergleich mit dem Normaldasein der unzähligen mittelmäßigen Verhältnisse, zu welchen auch der Haushalt der Täuffeler Verwandten zu zählen ist. Bei uns zu Hause gab es Stimmung, nur zuviel, aber es gab keine klaren Verhältnisse, vor allem herrschte keine nüchterne Sicht auf die Dinge.

Lese in Billeters Schrift *Das Dichterische bei Kafka und Kierkegaard*: »Das Dichtergenie – so behauptet Kierkegaard – führt ein Leben in unberechtigtem Genuß, indem es egoistisch an nichts anderes denkt als an die Entfaltung des eigenen Talents. Es wähnt sich als ›Ausnahme‹ und kümmert sich nicht um das ›Allgemeine‹, um das schlicht Menschliche, um das positive Leben in der Pflicht, so daß es mit der Instanz des Ethischen, die das Allgemeine fordert und stützt, in Streit kommt. Aber nicht nur ethisch, auch religiös gesehen darf das Genie keine Ausnahmerechte in Anspruch nehmen: auch vor der Ewigkeit schwinden alle ›menschlichen Differenzen zwischen Mensch und Mensch‹, d. h. der mit genialen Gaben Ausgezeichnete gilt Gott gleichviel wie der geistig Geringe.
Auch Kafka hält den ›Selbstgenuß‹ des Dichters für Egois-

mus, der ein tätig-erfüllendes, ein ethisches Leben verhindert, und doch muß er anderseits seinen Dichteregoismus als für sich lebensnotwendig erkennen. ›Ich habe inzwischen, nachdem ich durch Wahnsinnszeiten gepeitscht worden bin, zu schreiben angefangen und dieses Schreiben ist in einer für jeden Menschen um mich grausamsten (unerhört grausamen, davon rede ich gar nicht) Weise das Wichtigste auf Erden, wie etwa einem Irrsinigen sein Wahn (wenn er ihn verlieren würde, würde er, irrsinnig werden) oder wie einer Frau ihre Schwangerschaft.‹«

Weiter Kafka: Und das Teuflische daran scheint mir klar. Es ist die Eitelkeit und Genußsucht, die immerfort um die eigene oder auch um eine fremde Gestalt – die Bewegung vervielfältigt sich dann, es wird ein Sonnensystem der Eitelkeit – schwirrt und sie genießt. Was der naive Mensch sich manchmal wünscht: ›Ich wollte sterben und sehn, wie man mich beweint‹, das verwirklicht ein solcher Schriftsteller fortwährend. Damit meine ich nicht, daß zum Leben Weib und Kind und Feld und Vieh nötig sind. Nötig zum Leben ist nur, auf Selbstgenuß zu verzichten; einziehn in das Haus, statt es zu bewundern und zu bekränzen. Dagegen könnte man sagen, daß dies Schicksal ist und in niemandes Hand gegeben. Aber warum hat man dann Reue, warum hört die Reue nicht auf? Um sich schöner und schmackhafter zu machen? Auch das. Aber warum bleibt darüber hinaus das Schlußwort in solchen Nächten immer: Ich könnte leben und lebe nicht.

Die Gebäude der Washington University sind Cambridge nachgebaut, dieser Verweis sollte genügen, und ich befinde mich in einem dieser neogotischen Häuser in einem mir zugeordneten Büro, Samstagmittag, und tippe diese Zeilen, um ein bißchen etwas festzumachen, wo alles um mich her schwimmt vor neuen Eindrücken und schöner Fremde. Hier ist Frühling, ich schritt durch den Forest Park – stundenlang, weil ich mich verlief – heimzu, in der Luft Düfte des Vorfrühlings, im Gras zweifarbige Amseln (?) und viele Stare, einige Bäume haben bereits zartes Grün angesetzt, an den Rändern des Parks Villen in Backsteinkonstruktion, teils mit vorgeblendeten weißen Säulen, es ist Westend, Reichtum, einige Jogger, immer wieder die fischleibigen Flugzeuge mit abgespreizten Flossen schräg in der Luft, aufsteigend, absteigend, wie aus dem Wasser schnellende Tümmler in Zeitlupe, ich verlief mich gegen Norden, weil ich keine Ahnung hatte, wo ich den Park zu verlassen hätte, kam in Negerviertel, doch schließlich erblickte ich den schönen Hochbau, der mit seiner abgetreppten Pyramidenform mir bereits aufgefallen war – Sullivan? – und konnte mich danach orientieren; fand heimzu, zum Hotel. Die Liftboys, zwei ältere herrlich ja museal uniformierte, schwarzhäutige Film-Gestalten und dann ein jüngerer gewaltiger, ein Koloß im Polohemd mit Armen wie Oberschenkel, ein gemütlicher Riese. Unweit vom Hotel sind allerlei schicke Läden, auch Kuriositäten- und Antiquitätengeschäfte nebst Boutiken und Restaurants. Bin noch nicht im Stadtinnern gewesen, noch nicht am Mississippi. Als ich in Washington einige Stunden in der Haupthalle wartend verbringen mußte, bis ich Anschluß hätte auf den Flieger nach Saint Louis/Missouri, sah ich mich erstmals (wieder) den USA gegenüber, einem ganzen Panoptikum, sogar Leute mit Texashüten waren da, es war dieses freie unbekümmerte Benehmen, eine Art Schamlosigkeit oder Unempfindlichkeit gegenüber Benehmens- und Empfindlichkeitsargumenten, eine Freiheit, die wiederum ein Konformismus oder Ausdruck eines solchen sein könnte, jedenfalls nicht Individualismus, alles ist erlaubt, weil anderswo Verbindlichkeit herrscht. Die Maid, die servierte, hatte ein Kleid, das ein Bein freigab, es war nicht sexy, sondern Verkaufsargument, absurd, es gehörte zu einer Überlegung auf dem Niveau des Kundendienstes. Die Amerikanerinnen, denke und fürchte ich, haben bei aller Aufgemachtheit eher eine Art Sportsgeist.

Der Mississippi, breit und nicht sonderlich majestätisch hier, soll oben in Hannibal, wo Twain herstammt, seine volle Weite zeigen, ich werde mal hinfahren. Am Ufer zu Vergnügungslokalen umgebaute Raddampfer, Radschaufler. Das überdimensionierte Wahrzeichen, ein Stahlbogen von 160 Meter Höhe (?), selbsttragend, mit inwendigem Lift, sieht aus wie ein materialisierter Regenbogen, ein Wunder der Technik wie weiland der Eiffelturm: er symbolisiert das Tor zum Westen. Darunter ein interessantes Museum, von zwei amerikanischen Forschungsreisenden handelnd, die im Auftrag der Regierung das (von den Franzosen) frisch erworbene Land (wohl inklusive Louisiana), durchzogen und den Stand der Dinge »aufnahmen«. Man sieht alles, Flora und Fauna, den Grizzlybären, den Biber, das Langhornvieh, den wilden Büffel oder Bison, alles was damals dazugehörte, und das kleine Indianerpferd, aus dem Mustang hervorgegangen. Übrigens gab es anscheinend auf dem Kontinent vor Ankunft der Spanier keine Pferde, die amerikanische Wildpferdrasse hat sich von entlaufenen Spanier-, also wohl Araberpferden herausentwickelt, interessant: Die Indianer waren ursprünglich kein Reitervolk. Erfahre ich. Man sieht Indianerzelte aus Büffelhaut, sieht das Zubehör der Trapper und Rothäute, herrliche rührende Planwagen (Konstruktion), schönes Gerät, sieht die Soldaten und ihre Ausrüstung, einer steht auf der obersten Rampe einer Festung, ein Wachsoldat, die ganzen Wildwestfilme fallen einem ein. Stellt sich gleich auch die zugehörige Mentalität ein, die Vorstellung vom harten Trapper- und Siedlerleben, aus dem das heutige Wertsystem sich herausgebildet hat: Es gehört dazu der Stolz des Weißen samt Verachtung der Naturvölker, ein Überlegenheitsgefühl, dann das Machertum, das hemdärmlige, alles vereinfachende, das Zupackertum, das Tatdenken, dann aber auch das Puritanische, das bis zum Verklemmten geht, unter Berufung auf die Bibel, aber es ist ein waffentragender Bibelglaube, teils eine viehische Roheit samt Verachtung der Kultur, das Faustrecht im Kampf mit dem Rechtsdenken, außerdem das Herumziehertum, ein unverzärteltes Nomadisieren – die ersten waren fahrendes Volk! –, ein Leben unter dem freien, ja unendlichen Himmel. Die Bibel gegen die Heiden, aber die von Colt und Gewehr unterstützte Bibel. Das Fehlen des Erotischen, weil – stelle ich mir vor – unter dem unendlichen Himmel in der gefahrenumstellten Wildnis eben anderes vorrangig war als der Minnedienst und weil die Frau Mangelware war, sowohl Lady wie Zuchtobjekt, Arbeitskraft, es war eine Männerwelt und ist es wohl geblieben. Trotzdem muß im Anfang hinter all dem etwas Großartiges gestanden haben, vor allem etwas Freiheitliches, und das Wilde unterlag einem langen und hart umkämpften Zivilisierungs- und Kultivierungsprozeß, man muß an Emerson denken, an Whitman …

Und wenn ich an einem Tag wie gestern Samstag, wo wahre Menschenfluten in GRÜN, irischstämmige Amerikaner, den St. Patricks-Day feierten – es soll in USA deren 40 Millionen geben im Verhältnis zu den mageren sechs Millionen im alten Irland –, wenn ich an einem Tag wie gestern die außer Rand und Band geratenen Massen mit ihrem verrückten rückwärtsgewandten Identifikationstick oder eben Lokalpatriotismus anschaue und darunter die Frauen, dann kann ich wahrhaftig die Erotik vergessen. In allen Jubellokalen und Bars, die ein wenig an irische Pubs, aber auch an holländische Kneipen erinnern, aber eben mit dem typisch ameri-

kanischen technischen Aspekt gekoppelt, einem besonderen Komfort, fallen die zu wahren Pin-up-Girls aufgemöbelten Hostessen auf? Diese Nackedeis sind kalt wie frisch aus dem Eiskasten oder wie reines Plastik. Es liegt hierzulande nirgends Eros in der Luft. Muß übrigens unbedingt Millers *Klimatisierten Alptraum* lesen, sowohl als Reisebuch quer durch die Staaten, als moderne »Bestandsaufnahme« wie als Kritik der amerikanischen Mentalität und Gesellschaft.
Les choses de la vie, habe ich schon im Flugzeug gedacht, wo dich die Hostessen ungeniert anfassen, ermutigend deinen Arm drücken, kameradschaftlich, ist nicht des Amerikaners Sache. Man lebt unbehaust, im komfortablen Schlitten, im falschen Moralismus, in der Motorik, terrorisiert durch einen Konformismus, der ebenso stark sein muß wie in den totalitären Staaten. Die Amis werden sich im Weltraum prima zurechtfinden, in der supertechnischen Abkapselung im Leeren. Hier kannst du ja auch nicht flanieren, planlos schlendern, die Augen füttern, die Sachen anfassen und streicheln, *genießen*. Was schön ist: all dasjenige, das unter technischem praktischem Komfort zu subsumieren wäre: Ausstattung, Leuchtschriften, sanitäre Anlagen, Verpackung allgemein, Lettern, Banknoten, Uniformen, DEKOR.

Es war eine Art Blockhaus, am See. Der Mann wirkte auf mich wie ein Gefangener, war er das? Ein Künstler, Kunstmaler, großer Gestenschmierer, so viel ich sah, mit Schmierer meine ich nichts Herabwürdigendes, sondern peinture de gestes, er hatte Talent und mehr als das, aber das Wort Schmierer ist trotzdem nicht von ungefähr in den Satz gerutscht, er hatte etwas von einem Schmierenkomödianten, wie er so mitten im Gespräch von seinem Sitz aufsprang, nach einem armlangen Pinsel griff und in ausfallender Grätschstellung, ein Fechter, ein Tüpfelchen im fleischigen Farbgewebe seines Bilds anbrachte, wonach er laut aufatmend, aufschnaufend wieder Platz nahm. Was soll die Show, dachte ich, was will er beweisen? Dann sprachen wir wieder in normalem Tonfall von irgendetwas, ganz manierlich. Er irritierte mich. Er hatte etwas verhalten Wildes, ja Rohes an sich, mittlere Statur, sehnig, kernig, sowohl jungen- wie ganovenhaft war der erste Eindruck, doch es störte das verwüstete Gebiß, er hatte das Gebiß eines Häftlings, ein Verschickter? Ich sprach von Blockhaus, falsch! es war wohl eine ehemalige Fischerhütte, so etwas, möglicherweise ein umgebautes Bootshaus, es war nett eingerichtet, Küche und Dusche, alles was man braucht, war da, ja, und Wein gab's und Wurst und Käse, und wir kamen ins Gespräch, und ich erfuhr, daß er ein Ostdeutscher sei, Flüchtling, war Soldat, Kriegsteilnehmer, und war mausarm in die westliche Welt entkommen. Und irgendwo in diesem Paradies der freien Welt hatte er, im Rausch der neugefundenen Freiheit eine junge Frau kennengelernt, ebenfalls Malerin und keine schlechte, jedoch Tochter aus bestem und vermögendem Schweizer Haus, wenn nicht Sproß der High-Society; die Sache ging schnell, es war eine Liebesgeschichte und für die Frau noch anderes als das, nämlich ein Ausbruch aus ihrer Gesellschaftsschicht, kurzum, sie hatte diesen leicht verkommenen Kerl und halbwegs Wilden gleich mit nach Hause genommen und als ihren künftigen Mann eingeführt. Ich glaube, sie war damals schwanger, ich könnte es nicht mit Sicherheit behaupten, jedenfalls gab es ein unumstößliches Argument für eine Heirat, etwas das die Familie schlucken mußte, denn gern sah sie diese Liaison bestimmt nicht. Übrigens hatte man den fremden Maler wohl auch deshalb so weit vom Familiensitz entfernt und beinahe in Sicherheitshaft untergebracht, weil man ihn gern oder am liebsten verleugnet, wenn nicht verbannt hätte. Er lebte denn da oben am See in diesem idyl-

lischen Abseits in einer Art Quarantäne, er schwamm gern, er durchschwamm den See, hin und zurück, eine eindrückliche Strecke, er war ja körperlich mehr als fit, sah man von den Zähnen ab. Diese wurden im übrigen schon bald von einem der besten Zahnärzte am Platze instandgesetzt. Kann mich noch an die junge Frau, damals in schwangerem Zustand, erinnern; und wie sie sich für das Ansehen ihres Mannes einsetzte, wie sie von Pontius bis Pilatus, wie man bei uns sagt, ging, um Kontakte zu knüpfen, die seiner Karriere nützlich sein könnten. Die Kontakte führten zu nichts, wenigstens zu keiner Ausstellung, zu keiner schnellen Anerkennung, der Mann blieb Außenseiter in unserer Stadt. Sie hatte ein Nagergesicht, wenn auch nur ein ganz klein wenig oder einen Schimmer davon, sonst war sie durchaus ansehnlich, wenn ich mir eine Liebesgeschichte auch nicht ohne weiteres vorstellen konnte. Es mag eine Trotzreaktion gegenüber der Familie und der ganzen hochansehnlichen Gesellschaftsschicht, aus welcher sie stammte, mit im Spiel gewesen sein. Warum denke ich an ihn als einen Paria? Nun, er gehörte nicht in ihre Kreise. Im übrigen war die junge Frau mit dem ganz leichten Einschlag eines Nagers im sonst hübschen Gesicht – vorstehende Zähne? – durchaus talentiert als Künstlerin, vielleicht mehr als das – ich habe mich hinterher davon überzeugen können. Sie besaß eine Atelierwohnung in Paris, hatte wohl da auch studiert, bevor sie unseren Freund kennenlernte.
Ich fuhr nicht ungern zu ihm hinaus nach Wädenswil oder wie das treuherzige Bauerndorf heißt. Er war Komödiant und Prahlhans, das war wenigstens seine Maske, die er bei mir nach kurzem abstreifte. Danach war's ganz gemütlich zu zweit. Ich liebe Ateliers, der Malerhaushalt hat für mich etwas ausgesprochen Anspornendes, ein Aroma.
Verschiedentlich hörte ich über Umwege von seiner Existenz, es hieß, er sei nach New York verzogen, zusammen mit sei-

ner Frau. Deren Familie muß den Exodus finanziert haben. Ich stellte mir vor, sie hätten das unliebsame Familienanhängsel auf diese Weise abgeschoben, wenigstens außer Sichtweite gebracht. Ein, zwei Jahre später habe ich das Paar wiedergesehen. Sie meldeten sich bei mir, zurück auf Heimatbesuch, und führten mich zum Essen aus. Mein Freund war einigermaßen verwandelt. Halb abwesend in innerer Trance, frohlockend. Eine Bemerkung ist mir leitmotivisch in Erinnerung geblieben, in Neid gerahmt: »Als ich«, sagte er (und wir saßen uns in »Kaiser's Reblaube«, möglicherweise im darüberliegenden »Goethe-Stübli«, gegenüber), »in New York ankam, zitterte ich und bebte mir der Boden unter den Füßen, und das Beben setzte sich in meinen Gliedern bis ins Innerste fort, ich zitterte vor Erregung und mehr noch, weil mich die Erkenntnis durchschoß, daß ich in meiner Bestimmung, nein: daß ich an meinem Bestimmungsort angekommen sei. Ich wußte und zitterte. Dies zur Antwort auf Ihre Frage nach meinem Ergehen«, sagte er und biß mit strahlend neuem Gebiß in das zarte Fleisch eines erlesenen Filetstücks. Er hatte einen Mitwisserblick und Triumph im Gesicht. Im Kontrast dazu gab er sich jedoch in seinen sonstigen Äußerungen eher bescheiden, ganz im Unterschied zu seinen forcierten Prahlerei-Aktionen zu Anfang unserer Begegnung.

Ich hörte von seiner Frau, die ein auffallend höfliches und nicht wie bisher überhebliches Wesen an den Tag legte, sie habe in NY zwei Kinder geboren, sie ohne Haushilfe besorgt, sie hätten schöne, doch eher harte Zeiten hinter sich. Sie schien eine einfache natürliche Frau geworden zu sein. Ihr Mann unterrichte ein bißchen, male wunderbar und stelle auch gelegentlich aus. Von ihrer eigenen Malerei erwähnte sie nichts.

Ich habe sie noch einmal Jahre später getroffen, in Zürich, allein. Sie schien erleichtert, hatte immer noch etwas von der einfachen Würde, die sie beim letzten Mal bewiesen hatte, doch auch wieder etwas leicht Snobistisches, sie schien im Begriff, in den alten Umriß zurückzufallen. Die Neuigkeit bestand darin, daß sie geschieden sei. Ihr Mann sei eine unzumutbare Belastung geworden, sie sei der Kinder wegen zurückgekehrt und, vorläufig wenigstens, wieder zu Hause, wenn auch bloß in einem ihr aus großmütterlichem Erbe zugefallenen kleinen Haus. Sie sprach von der Drogensucht ihres Mannes, von einem delirierenden Außersichgeratensein. Er bringt sich um, sagte sie. Er hat sich umgebracht, tönte es in meinen Ohren. Ich dachte an die kurze Bemerkung des Malers: Er sei am Ort seiner Bestimmung angekommen, das habe er gleich gewußt. Seine Bestimmung war die Einswerdung im Sterben oder die Ichwerdung im Untergang. Wenigstens hat er dieses mystische Gefühl kennengelernt, dachte ich damals, sowohl erschrocken wie von leichtem Neid berührt.

Auf der Fahrt nach Hannibal, nach Mark-Twain-Land, bestaunte ich den breiten weinfarbenen Mississippi mit seinen Inseln und Verlandungen und Nebenflüssen ohne Getier, doch in langen Intervallen waren Schlepper, Schleppkähne zu sehen. Die Brücken, Eisenkonstruktionen, spannten sich wie Wildtiergehege über das Wasser, wahre Laufgitter, herrliche Silhouetten. In Illinois auf der Rückfahrt endlich etwas von Landwirtschaft. Hunderte von freilaufenden Schweinen, Sauen mit Ferkeln, glattrosiggraue Leiber mit Schnüffelnasen und Wedelschwänzchen, wandelnde Pilze in der aufgerührten Erde, die zu den Wasserfässern liefen, wenn sie sich nicht suhlten oder wenn sie nicht wühlten. Auch Braunvieh, zottelhaarige Rasse. Und die Häuser, vor allem auch in den Ortschaften, die wir durchfuhren, waren winzigklein, eine Art Kartenhäuschen, zerbrechliche Holzkonstruktionen mit der obligaten Veranda, aber alles zum Zusammenstürzen leicht, in schönen Farben, z. B. Grün gegen Grau, apart. Derlei »Architektur« in der Größenordnung von Zweizimmerwohnungen, spielzeugleicht, dazu die Giganten von Landwirtschaftsmaschinen oder auch nur Autos. Komisches Verhältnis zwischen Wohnen und Rollen, Siedeln und Herumziehen, Kultur und Technologie. Herrlich gemalte Schriften, das Reklamewesen knalligschön überall. Woher aber kommt diese Kartenhausästhetik? Der Wind kann dieses Wohnen wegblasen. Nomadenmentalität? Es muß ganz schön zugig sein im Innern dieser – nun, schön geschnittenen und manchmal ziselierten bemalten Baracken. Bei uns käme zum Vergleich das Schrebergartenhaus in Betracht.

Der Kellner in der »Bar Italia«, meinem Stammlokal in St. Louis, hat den Ruf des french lover. Er hat etwas Unruhig-Witterndes, Heimlich-Verwildertes hinter schlau-freundlichem Lächeln. Ihn hat es hierher verschlagen, scheint es und heißt es, der Anlaß herzukommen war ein Freundesbesuch, und dann ist er hängengeblieben und ist ein Frauenjäger geworden, ein Getriebener. Dachte immer, was mit ihm los sei. Ich finde, daß er wie ein aus dem Warschauer Ghetto Entkommener aussieht, ebenso entschlossen und verzweifelt, und irgendwie mit angefressenem schwarzem Haar. Ein Weiberfreibeuter. Er hängt in den Bars und Jazzlokalen herum und reißt Amerikanerinnen auf, die er auf europäische Art umwirbt, mit Komplimenten traktiert und mit Geigentönen behext. Dabei hat er eine verrückte Liebesgeschichte mit einer jungen überaus schönen, im Liebesbewußtsein anscheinend reifen Amerikanerin aus Boston und bester Familie, die ihn um eine Wartezeit, Bedenkzeit von sechs Monaten bat, und wenn sie ja sagen sollte, würde er alles lassen und nur diesem Glück leben, wie er sagt, am liebsten aufs Land ziehen, sich abkapseln mit seinem Glück und seiner Beute. Sie liebe ihn, er sei sich ihrer Gefühle, ihrer ernsthaften Absichten sicher, sie seien einander so gut wie versprochen, sagt er. Und in der Zwischenzeit jagt er Frauen, um das Loch der Erwartung, des Bangens zu füllen und zuzudecken mit immer neuen und anderen Bettgeschichten, eine Geschichte jagt die andere, er meint, es sei erstaunlich, was sich hinter der kühlen und smarten Fassade der gepflegten Amerikanerin löse, welche Wildheit und Hingabe und Raserei frei werde im Bett. Und Schönheiten kriege er zu sehen, sagt er, eine entsprechend schöne Französin würde den Mann zum Sklaven machen und kriechen lassen, die Amerikanerinnen hätten demgegenüber eine wahre Unschuld. Davon und nur davon spricht er. Das Lächeln hat etwas Verschämtes, Schüchternes. Doch ist es auch ein Triumphlächeln. Er trumpft jedenfalls nicht mit Machismus auf, mit Protzermännlichkeit, ich denke, er will geliebt werden, kann nicht genügend Beweise kriegen, nie genug davon. Sagt, er sei in Frankreich, Sohn eines polnischen Grubenarbeiters oder Steinhackers, eines brutalen harten Kerls, und einer gleichgültigen Mutter, am Arsch der Welt aufgewachsen, mit 15 oder 16 erstmals ein Kino gesehen oder ein Buch berührt, dann abgehauen (nach einem Aufenthalt in einem Knabenpensionat), ein wölfisches Lächeln, und mit 18 Jahren nach Paris, und der fürchterlich gestaute Lebenshunger brach aus und richtete sich auf die Frauen. Ich wurde erst hellhörig, als er nebenbei meinte, er falle immer auf Mädchen, die ähnlich entwurzelt seien wie er, entwurzelt, déraciné, sagte er, und erzählte die Geschichte einer französischen Geliebten, die unwahrscheinlich kriminalromanlike tönte, mit Inzesthintergrund und Drogenvordergrund und rasantem Zerfall. Und auch die letzte Amerikanerin, letzte Eroberung, eine Krankenschwester aus der Entbindungsabteilung eines Spitals, hat eine verrückte Lebensgeschichte und Herkunft, mit einer Mutter, die die Kinder halsüberkopf an der Hand eines Geliebten verließ. Und als der Mann dahinterkam, reiste er der Untreuen nach und erschoß den Rivalen und ging ins Gefängnis und so fort, bis das Kind sich auffing und Krankenschwester wurde und aussah wie eine normale kühle super aufgemachte Amerikanerin und eines Tages in der »Bar Italia« zum Essen ging und unseren Servierer oder eben hinter der Theke beschäftigten Freund ansprach und sich anbot, ihn im Wagen heimzufahren. Und mit fliegenden Fahnen in sein Bett, wunderbar. Was mich aber interessiert und berührt, ist der Sachverhalt seiner Liebeshörigkeit Richtung Boston und daß er trotzdem oder deswegen so wild herumhurt, klar: Er würde im Schacht des Bangens verschwinden, hätte er nicht dieses unentwegte Gewiegtwerden in weichen weißen Armen, und zwar zur Erträglichmachung des Wartens, zur Überwindung der Angst. So stelle ich mir ein wenig den jungen Céline vor oder den Helden aus der *Reise ans Ende der Nacht* im Abschnitt Detroit, als er in einer Autofabrik und daneben in einem Bordell als french lover, das heißt Liebestrainer, arbeitet und dann von einer milden Amerikanerin nicht nur geliebt, sondern ernährt und gekleidet und ausgehalten wird und dennoch eines Tages abhaut und hinterher bereut, weil er, ein Schuft, fühlt, daß er da wirklich der Liebe begegnet war und sie mißachtete und wegwarf.

Ich bin in Deckung mit dem verdammten Buch [*Im Bauch des Wals*], das leider meist weder fließt noch flutet, sondern eher hupft und springt und dann wieder sich verkriecht und verschweigt, es ist eine vertrackte Schachpartie. Es ist eben etwas Neues, kein Prêt-à-porter.

Heute früh die Nachricht, daß Mutter in Bern gestorben ist, dieselbe Nacht, während ich mit Horst tafelte, setzte ihre Seele zum Flug an; sie hat diese Welt verlassen. Sie entschlief. Schwester untröstlich, aufgeregt, aggressiv, macht sich Vorwürfe, den Tag nicht im Heim gewesen zu sein, die Sterbende allein gelassen zu haben. Werde nun hinfahren, um das Beerdigen in die Wege zu leiten, dieses Liquidieren und Abmelden.
Weiß nicht, was das Fehlen von Mutter bewirken wird. Ich sehe nur immer die aneinanderstoßenden Fremdheiten. Hol über, schreit es vergebens. Das Häufchen Mütterchen wird der Erde übergeben.

Das Maienlaub schimmerte auf dem Schoßhaldenfriedhof, Vormittag. Zwei Männer wie falsche Schauspieler, wie Ersatzleute, der eine klobig groß, der andere ein schmaler Wurf, schoben den Sarg in der Kapelle auf ein Wägelchen mit Deichsel und Elektromotor, eine Art Postzustellkarren; und so beförderten sie Mutter im Sarg durch die Allee; und wir hinterher zum Grab. Und das Maienlaub und der Vogelgesang. Und wir unter den vielen schäumenden Bäumen. Albisetti war da und Walter Hunziker und der Schulfreund »Blasius« und die Kusinen und Vettern und Bekannte aus dem Kreis meiner Schwester und Valentin und Tamara. Und Herr Hemmann, Mutters Lieblingspensionär von damals, jetzt eine Erscheinung wie aus einem alten amerikanischen Film, groß schlank elegant, der Herzensbrecher vom Dienst in hohen Tagen, Gesicht merkwürdig schillernd zwischen Jugendschönheit und Greis. Sah ihn später allein weggehen, das Taschentuch an die Augen führend. Dann steckt er sich eine Zigarette an.

Heute im Bus dachte ich, Literatur, so wie ich sie verstehe, sei DER SCHLÜSSEL DES LEBENS. Ich dachte weniger an aufbauende aufklärende Literatur denn an Sätze, die etwas greifen und ergreifen und in dem Leser aufgehen wie Knospen aufgehen, mit dem gleichen lautlosen Knall; und später lauben sie den Himmel ein, legen betörende Straßen vor die Augen, grün schäumende Himmelswege.
Dachte an mein Herumtragen von keimenden Wörtern und Wendungen und wie ich sie eines Tages hasche und schnappe und habe und hinschreibe, Wortwege, Landnahme, Raumschneisen.

Mit Bus No. 60 über die Rue Ordener, Rue Riquet, Rue de l'Ourcq, Rue de Crimée, die Rue de Flandre und den Canal de l'Ourcq sowie Avenue Jean Jaurès streifend oder besser kreuzend nach der Place des Fêtes. Zentrum ist Rue de Flandre. Die neuen Hochbauten. Bereits nach der Rue Ordener, wenn man Marx Dormoy kreuzt, wenn man den Bahnübergang überfährt, ersteht die Ansicht der modernen Klippen, das schneeige Stalaktitengebilde (oder bleckende Gebiß) der modernen neuen Zone um Rue de Flandre. Hier war einst ein armseliges, doch intaktes Kleineleute- und Arabergebiet (Villette-Gegend, 19ième), kleinmaßstäblich, verwachsen, verrunzelt, voller Patina, Lädelchen, winzige Schenken, ein altersgegerbtes Gebiet; nun sieht es aus wie nach einer Sprengung: Es wirbeln und ragen die hohen Trümmer der Hochhaustürme, eine Art Strandgut, ein Auswurfpanorama, und rundherum phantasiearme Siedlungen, das heißt Wohnbarren, und zugehörig die obligaten Einkaufszentren. Man kann sagen: Es wird die Intimität, der kleine Grenzverkehr über die Straße, das aus vielen Privatheiten sich ergebende Alltagsgeschwätz, die Kleinstruktur, eine Freiheit, die mit dem Recht auf Armut und kleine Delinquenz und allerlei Improvisation einhergeht, zerstört; viel Stimmung, viel Individualismus, eine Art Dörflichkeit; und ersetzt wird dieses *ansässige* und an Ort wimmelnde Leben durch ein anonymes Untergebrachtwerden samt gewissem Komfort um den Preis des Kontaktes, es kommt eine Art Einsargung in hohen Lüften zustande, Eintopfgesicht gegen die frühere Vielschichtigkeit – nun, das gilt nicht nur für Paris-France, das ist ein allgemeiner Status und Notstand.

Ville nouvelle. *Cergy* – St.-Christophe (Name der Station) Kommst durch irgendwelche kleinmaßstäbliche bazarartige Fußgängereinkaufszonen aus biskuitfarbener Allerwelts-Architektur auf den Platz von Boffil – und befindest dich in einer Architekturkulisse, du traust deinen Augen nicht, ein kolossalarchitekturgewordenes Zitat oder eine Augentäuschung, Trompe-l'œil. Ein Platz, leicht konkav; in rosaockrigem Innenfeld, von grünem Rasen umgeben, ein eckiger sich verjüngender Turm, einzahniges Obeliskoid, und dahinter ein übergroßer Kolonnadenbogen, schimmrig weiß, Pilaster an Pilaster, darüber ein wuchtiges Gesimse, und zwischen den monumentalen Pilastern oder Halbsäulen Glaswände, dunkel spiegelnd; Architektur aus nichts als einigen Elementen des Antiken- und Imperialismus-Vokabulars, doch sind sie innen bewohnt, das riesige Kulissending, die Kolonnadenbogenwand ist offenbar Wohngrotte, die Menschen, die den Platz überqueren oder unter diesem an die Kolonnaden von Bernini erinnernden Ding entlang gehen, sind ganz kleine Krabbelwesen; in diesem Rahmen sehen Himmel und Wolken wie gemalt aus; Architektur gewordener de Chirico oder Magritte, metaphysische Architektur, es ist großartig, ohne Zweifel, un-menschlich, reiner Gestus. Und Durchgänge, Durchblicke, Tore sind integriert, durch sie ist die ferne Landschaft, die zum Tal der Oise gehört, ein-

bezogen, du schreitest durch einen solchen Durchgang über die »Esplanade de Paris« in Terrassen an den Rand des Tals, siehst den Fluß und unter Bäumen träumende alte Häuser und Pavillons – und in der Ferne die Zähne der Défense.
Der Platz ist gegen Osten durch eine Front aus Renaissance-Palast-ähnlichen Fassaden (mit giebelbekrönten Fenstern) abgeriegelt, auch diese Bauten sind Wohnhäuser.
Viel farbige Bevölkerung, Schwarze und Ostasiaten, auch entsprechende Restaurants. Und vom Wahlkampf übriggebliebene Plakate, die für Le Pen werben.
Die Apfelbaumspaliere nicht vergessen.

Und vorgestern, glaube ich, gab's einen Traum mit Hold up in einem Restaurant, ich sehe die bewaffneten Terroristen eintreten und installiere mich geistesgegenwärtig flachausgestreckt unter einem Tisch, Odile mit mir ziehend, in Erwartung der Schießerei. Wobei mir jetzt nicht mehr recht klar ist, ob die Schießerei losging oder nicht. Wenn nicht, wäre mein Selbstrettungsversuch nicht nur beschämend gewesen, sondern geradezu eine Herausforderung an die Terroristen, mich, den einzigen Feigling, ins Visier zu nehmen?

Zurück aus Tanger.
Als wir wieder daheim in Paris, France waren, fielen wir in ein Loch, ein Nichts; nichts von Wiedersehensfreude, nur Verlustgefühl und eine Art Heimweh. Und dennoch hatten wir die Tage die Stunden gezählt bis zur Abfahrt.
Wonach sehnten wir uns, da es uns gar nicht gefallen hatte? Ich hatte mir vorgestellt, wie es wäre, wenn ich dahin verbannt worden wäre, ein politischer Flüchtling zum Beispiel. Da ist dieser Trott finsterer Gesellen, manche in den braunen Kapuzenmänteln wie im Mittelalter, viele Frauen ver-

schleiert, Bettler wie Aussätzige. Und immer die Kerle, die sich schmierig an einen heranmachen, ça va? und einen begleiten, eskortieren, beschnorren. Eine finstere Männergesellschaft in den Cafés, kein Gran Feminität in der Luft. Und die weißlichen Häuser aus Kolonialzeiten angeschmutzt und rüde, keine echte Pracht. Und auch unten am Strand und Bahnhofsgelände und am Hafen kein eigentliches Leben, nichts das schwingt und ausschwingt, wenn auch die Palmen rascheln und knattern im Wind. Und dennoch eine Luft, die einen umhalst oder an sich nimmt, mit einem Körperglück betupft.
Die Stadt ist weißzackig gegen diese Luft oder diesen luftigleibhaftigen Himmel geschnitten.
Die Landschaften immer unter den Hoheitszeichen der Palmen und Herden von Eseln und Büffeln und Rindern und Ziegen; und manche am Straßenrand an einem Pflock angebunden, grasend. In Asilah mit den schnittigen und mit abstrakten Farbzeichnungen gemusterten Kasbahgassen und -häusern das zimperliche Getrippel der Esel, Lastesel, Reitesel, kleinen Araberpferde, Maultiere. Keine Motoren. Wie in Vorzeiten.

Es gibt die Ahnung der Poesie, des Friedens, inneren Glücks. Wenig Freude.
Wir waren erregend glücklich (bei aller Verstörung); wir verstanden uns. Und das keimende Kind war dabei. Im Mutterleib von Odile. Ein Schmelz. Wenn der Hahn kräht.

In Zürich J. R. von Salis und Canetti wiedergesehen. Von Salis hat in dieser Aristokratendiktion fast atemlos monologisiert, wie im Selbstverhör oder ex cathedra und dabei in kleinen Wendungen Höflichkeiten für den Zuhörer eingeflochten, saß versunken und wie fast-blind, altersgefesselt im Stuhl in der kleinen Stadtwohnung Clausiusstraße Nähe ETH, ein monomanischer Sender, nur kleine entschuldigende Handbewegungen wandten sich korrigierend an Valérie und mich. Eben war das ausschließlich ihm gewidmete *DU*-Heft von Bachmann erschienen.

Mit Canetti im Wohnzimmer zum Vier-Uhr-Tee, samt Kuchen und Schokolade wie immer, wie zu Heras Zeiten. Er ist zuerst ziemlich still und wirkt unwirsch, Erkundigungen wie immer, erst nach längerem kommen wir auf Heras Tod zu sprechen. Er ist faltiger, gezeichnet, hätte ich gedacht oder gesagt. Sagt, er möge die Menschen nicht mehr, die meisten seien total uninteressant, stellen Sie sich vor, Nizon, das sage ich, der ich nicht genug Menschen kennenlernen konnte.

Er schreibe nicht mehr an einem bestimmten Projekt, bloß Aufzeichnungen, meint er erst. Doch später, als wir uns wieder im alten Ton gefunden und erwärmt haben, korrigiert er sich dahin, daß er natürlich an seinem Buch über den Tod weiterarbeite. Erkundigt sich genau nach den Meinen. Er sagt, er möchte sie gerne wiedersehen, sie sollen sich melden. Alle, die zu mir gehören, würde er gerne wiedersehen. Es ist eine Aufforderung.

Dann die Erzählung vom russischen Übersetzer (Canetti endlich ins Russische übersetzt), der ihn von Wien aus anrief und in slawisch gebrochenem Deutsch – Canetti imitiert Stimme und Aussprache des anderen – mitgeteilt habe, in der Sowjetunion fände sich kein ganzes Exemplar mehr von Canettis Buch, weil alle zerfleddert sein dürften, zerrissen vom unstillbaren Lesehunger der Russen. Erstauflage 100 000, auf ein Buch kommen sieben Leser. Er liebt die Russen in ihrem Verhältnis zur Literatur, stellen Sie sich vor, Nizon, sagt er, der Übersetzer habe sich für das Wort »verkauft« im Zusammenhang mit Büchern am Telefon entschuldigt, als kämen Bücher richtigerweise nicht über den Geld-

weg zum Leser, als kämen sie vom lieben Gott oder von sonst einer reinen Seite. Die Russen. Wir reden über die russischen Dichter, er habe beim Wiederlesen erst bei Dostojewski neulich eine gewisse Reserve empfunden und erst nach einiger Zeit die alte Liebe wiedergewonnen, Tolstoi ist ihm zu real, zu buchhalterisch, mit Ausnahme der »Kosaken«. Sind uns in bezug auf Babel und Gogol einig. Was Hera angeht, sagt er, sei sie aufgebahrt so schön gewesen, und Johanna habe stundenlang bei der Aufgebahrten gestanden und sich nicht satt sehen können. Sie ist nach anthroposophischem Brauch bestattet worden, ich hatte nicht gewußt, daß Hera in der Steinerschule erzogen worden war.
Ich erzählte ihm von Marokko und wie ich seine *Stimmen von Marrakesch* darin wiedererkannt hätte, erzähle ihm von den Räumen des Glücks in der Medina. Habe ihm übrigens mein Buch überreicht (wie auch von Salis).
Canettis Hände sind weiß und fein und anscheinend ohne Altersflecken, er ist ganz da und lebendig, etwas härter als früher, hört nicht mehr gut, wie er zugibt. Vollkommen unerbärmlich. Ist zeitungsinformiert, hatte bereits die Kritik über mein Buch in der *FAZ* gelesen. Schon früher hatte er sich über Gorbatschows neuen Kurs beglückt und hoffnungsvoll gezeigt. Ich konnte diesmal nicht lange bleiben. Will ihn bald wiederaufsuchen.

Was soll denn meiner Meinung nach ein BUCH sein, wenn nicht ein Destillat von Essenz und Essenzen (so wie der Honig die Essenz der Blumen und Wiesen und Jahreszeiten mitsamt Wind und Sonne … geheißen zu werden verdient).
Lebens-Essenz, Existenz-Essenz, Daseins-Essenz, Gedanken-, Gefühls-, Empfindungs-, Lust- und Leid-Essenz, Geschichts- und Erinnerungs- und Vorstellungs-Essenz … auf französisch: une pompe à essence.

Als zweites würde ich postulieren, daß ein Buch eine Schöpfung zu sein hat, dies im Unterschied zu Kommentar und Paraphrase, Reproduktion und Variation … ich meine eine Neuschöpfung, da jede Schöpfung per definitionem einmalig und niegesehen und unvergleichlich sein muß, sonst wäre sie ein Abklatsch, ein Kommentar, eine Paraphrase von etwas, wie gehabt: Papier.

Igor diktiert den Tageslauf, ich bin berührt von seinem Köpfchen, dem feinen Gesicht mit den staunend fordernden dunkelblauen Augen, man sagt, er habe das typische Nizon-Kind-Gesicht, wie man es auf ganz frühen Bildern von mir und meiner Schwester sieht. Vor der Geburt mit Odile in ihrer Ründe und dem langsamen Gang der hochschwangeren Frau noch einen Spaziergang über die Place Vendôme gemacht, das Todeshaus Chopins entdeckt und erst da, in letzter Minute, den Namen Igor gefunden, den Odile plötzlich in Vorschlag brachte, nachdem wir lange mit Gaspard und Gaston und sogar Gilbert gespielt hatten. Und kurz nach dem besagten Spaziergang ging's in die Klinik, mit Namen Marie-Louise unterhalb Pigalle (Cité Malesherbes, Rue des Martyrs), die halb wie ein Stundenhotel wirkte, charmant und etwas allzuwenig steril, nämlich etwas zwischen privat und verlottert, es zeigte sich jedoch, daß alles gut funktionierte. Odile brachte den Jungen in der Rekordzeit von etwas mehr als einer halben Stunde zur Welt und bezog ohne große Anzeichen von Erschöpfung das kleine Zimmer, wo ich dann jeweils zu Besuch war während der obligaten acht Tage Klinikaufenthalt. Der Arzt hatte nicht die Zeit gefunden, rechtzeitig in Erscheinung zu treten, er kam erst etwa eine Stunde nach der Entbindung, die von einer jungen Hebamme cool und reizend vorgenommen worden war. Mit der plötzlichen Anwesenheit des winzigen

Kerlchens namens Igor, mit dieser Menschheitsvermehrung, war gleich ein Dritter im Bunde da. Es ist ja nicht so, daß ein Baby etwas Ungestaltes wäre, es ist im Gegenteil die Strahlung des Dritten vom ersten Augenblick an gebündelt fühlbar, der Dritte rückt das alte Leben gleich in ein neues Licht.

Igor Odilon Maximilien, so der volle Name des Söhnchens, ist ein überaus sympathischer Citoyen, er bringt jede Menge Umtriebe, Wunder und Freude ins Haus und den Alltag, ich werde wohl in der modischen Reihe der fortsetzungswütigen Alten à la Yves Montand situiert. Einerlei.

Mit Odile und Igor in Rom gewesen. Fragte mich jemand, ob ich bereits ein neues Buch eingefädelt habe, ich winke ab. Wenn ich mich an ein Buch begebe, ist es, wie wenn ich für die Fremdenlegion signieren wollte, ich kann es nicht anders sagen.

Einmal träumte mir, ich befinde mich mit Freunden zum Abendessen im Restaurant. Wir tafeln und reden, und dabei weiß ich, das heißt bricht wie durch Wolken des Verdrängens oder Vergessens immer wieder das Wissen durch, daß ich anderentags einen Weltmeisterschaftskampf im Boxen auszutragen habe. Eine fürchterliche Aussicht. Ich weiß nicht, wie ich dazu komme, einesteils ist es eine unglaubliche Extravaganz – ich in meinem heutigen körperlichen Zustand? Ohne Training, Können, Muskeln, ohne alle Voraussetzung, ein 60jähriger Schriftsteller im Ring gegen einen Profiboxer? Eine Sensation. Andernteils ist es ein Albtraum, nicht auszudenken, was die feindliche Kampfmaschine mit mir anstellen wird. Was heißt anstellen? Umbringen wird mich der Gegner. Und dabei ist gegen jedes bessere Wissen Hoffnung im Spiel. Und es ist ja noch Aufschub, noch nicht aller Tage Abend. Trinken wir, reden wir, denken wir nicht daran. Hoffnung und Angst, Hochgefühl und Panik schweben wie Zigarettenrauch über der Tafelrunde. Es ist der Vorabend vor der Bewährung. Vor welcher? *Vor dem Kampf* wäre ein Titel.

Die Nachricht von Frischs Tod steht in den Zeitungen. Frisch hat Dürrenmatt nur um wenige Monate überlebt. Die beiden waren im literarischen Gespräch und Betrieb aneinandergekettet wie Sträflinge oder Zwangszwillinge; keine Nennung des einen ohne eine vergleichende Bemerkung über den andern. Sie kamen nicht voneinander los, sie litten unter dem ihnen aufgezwungenen Wettbewerb und ewigen Vergleich. Sie sprachen zeitweilig sehr böse übereinander.
Ich bin Frisch in Rom 1960 begegnet und dann gleich als junger Freund akzeptiert worden. Wir fuhren des öfteren in seinem kleinen Fiat-Sportwagen in die Albaner Berge oder aus der Stadt ins Freie zum Essen. Frisch war fast 50, ich 30. Später in Zürich waren wir häufig zusammen, oft mit Ingeborg Bachmann. Ich kam durch Frisch zu Suhrkamp. Frisch bekundete ein gewissermaßen hochgereiztes Interesse an meiner damaligen arroganten Person, es war, wie ich zu spüren meinte, eine mit Skepsis vermischte Zuneigung; und auch Stolz spielte mit, er hatte in mir einen Zugewandten aus der nachfolgenden Generation, der sich (in seinen Augen) genialisch gab, liederlich aufführte, eine Vorführperson. Zum Erscheinen des *Canto* telegrafierte er mir, er »habe *Canto* gelesen und verstanden«, er beglückwünsche mich und beneide mich um Möglichkeiten. Ich fiel mit *Canto* von einer erheblichen Erwartungshöhe in ein Jammertal des Nichterfolgs und meinte bei Frisch zu wenig Solidarität oder Mitgefühl konstatieren zu können. Ich nahm ihm das sehr übel. Ich trat die sieben mageren Jahre (bis zum Erscheinen von *Im Hause enden die Geschichten*) an und sah Frisch immer in einer Machthaberposition kraft seiner

Berühmtheit und seines Reichtums. Ich selber war out. Ich bewunderte ihn nicht. Und dennoch hat mich 1954, nein, ich glaube, es war in meiner Assistentenzeit am Historischen Museum, also eher etwas später, sein *Stiller* nicht nur beeindruckt, sondern ermutigt, das war neu in der Schweiz. Frisch war entzückt von der Lektüre meiner *Gleitenden Plätze*, das war in Rom, er telefonierte gleich ins Institut. Er gab mir jeden Kredit, damals. Auch hatten wir schöne Gespräche bei unseren Essensausfahrten, als ich am Institut in Rom war und nichts tat und mir um so mehr den Anschein des Müßiggangs und Nichtstuers geben durfte, als er hart arbeitete und bereits eine viel beanspruchte öffentliche Person war. Ich war die personifizierte Pause oder Verantwortungslosigkeit neben ihm. Er sprach nicht gut italienisch, er verstand meiner Meinung nach das italienische Lebensgefühl nicht. Das vertrackte Verhör-Denken, das er gerne schauspielernd vorführte, wenn er über Beziehungen sprach, verstimmte mich. Er hatte so nichts Verrücktes, er war wohl schon sehr zürcherisch und puritanisch und, wie kürzlich einer sagte, ein Patriot. Mit *Montauk* konnte ich nichts anfangen, gefallen hat mir *Der Mensch erscheint im Holozän*, deprimierend. Und jetzt erinnere ich mich, daß ich immer die größte Mühe hatte, mich zu seinen neuen Werken zu äußern, und zu reagieren hatte ich, zumal bei Büchern, die ich als gewidmetes Leseexemplar zugeschickt oder überreicht bekam. Ich konnte wohl nie begreifen, auf Grund welch großer Vorzüge er in der Welt dermaßen berühmt geworden war. Vielleicht mag ich Ironie nicht. Alle späteren Zusammenkünfte mit Frisch waren durch Künstlichkeit und Verlegenheit gekennzeichnet. Ich sehe ihn immer hinter seiner Pfeife, an der er in einer Weise zog wie andere stottern. Ich sehe ihn in Berzona beim Tischtennis, ich sehe sein Haus, das er mir einmal für einige Wochen überlassen hatte. Ich sehe das zum Arbeitsraum umgebaute kleine Stallgebäude neben dem Haus, die Kastanien, die Büchergestelle, liederlich aufgefüllt. Den Plattenspieler und die Plattensammlung, den Weinkeller und die Kühltruhe mit den Vorräten. Der leibliche Frisch stand mir immer im Wege beim Frisch-Lesen. Der Herr sei seiner Seele gnädig. Ich schäme mich für den Mangel an Gefühlen, Zuneigung.

Karl Guldenschuh ist am 15. Juli gestorben. Am Vorabend hat ihn ein Freund besucht, anderntags in der Frühe fand ihn ein Besucher tot im Bett. Er hat seit Jahren nur mehr gewartet, man möchte sagen: auf dieses Stelldichein. Hustend, rauchend, trinkend. Er hatte zum Schluß eine Munchsche Geisterhaftigkeit in der Erscheinung, wenn nicht etwas von einem für den Sarg Geschminkten. Ein schöner Toter, gewiß. Sehr einsam und merkwürdig pflichtgetreu, hartnäkkig in seiner Verweigerung. Seit Jahren nicht mehr gearbeitet, doch alltäglich wie zum Appell ins Atelier gewandert oder gefahren, zuletzt *geschlurft*. Inmitten seiner gestapelten Bilder und unberührten Arbeitsutensilien hielt er Totenwache am Grab seiner erloschenen Schöpferkraft. Zuletzt habe er auch das Atelier und dieses sinnlose, weil simulierte Zur-Arbeit-Gehen aufgegeben. Er blieb nun in der Wohnung, zusammen mit seinen Zigaretten und dem Wein, seinen Narkotika, seinem strengen Wahn.
Die Wohnung habe ich ihm vermittelt, es war die letzte Wohnung von Marianne und damit auch meine letzte Ehestation in Zürich. Pünktlich zu meinem Geburtstag pflegte er mich anzurufen, um, durch Husten unterbrochen, die Worte: Paul, ich gratuliere zum Geburtstag, in die Leitung zu hacken. Makaber. Er liebte den Jazz und die amerikanische Literatur. Und Gauguin. Er war mit Bruno Müller befreundet oder ein künstlerisches Dioskurenpaar gewesen, zu Beginn ihrer beider Laufbahn. Beide sind jetzt tot. Wir hat-

ten in New York Verbindung, als ich in einem (riesigen) Nebenraum seines Ateliers vorübergehend zu Gast war, wobei ich den schönen Guldenschuh und die schöne Marcy sowohl bewunderte wie beneidete. Sie schienen das Leben, die Liebe und das Kunstschaffen und natürlich New York zu genießen. Als Marcy den von einer Herzoperation oder genauer: von einem Rehabilitations-Kuraufenthalt Zurückkehrenden verließ, hat sie ihm den letzten Halt, alle Lebens- und Schaffenslust entzogen. Fortan begann sein makabres Warten: Er saß, rauchte und trank, wie wenn er einem Gott unentwegt Opfergaben darbringen müßte. Wenn wir zusammen waren, saßen wir uns zumeist wortlos gegenüber. Ich leistete dem Raucher und Trinker Gesellschaft, stumm. Das Rauchen und Trinken und Husten waren Hauptsache. Er wollte dabei nicht gestört sein, schätzte jedoch bis zu einem gewissen Grade meine Anwesenheit, wenn ich nicht irre.

Valses nobles et sentimentales

Derlei Musik hat mich in meiner Adoleszenz – wie übrigens der Tango von Strawinsky – sehr emouviert, es war das Gebrochene oder besser das gebrochene Verhältnis zu den einst reibungslos aufgehenden Formen von Walzer und Tango, der nicht schließbare Kreis, Wollen Wünschen Versagen, der große Anfang und das leiernde Bemühen ohne ganzes Gelingen.

Und ganz in solcher Musikstimmung fand ich mich, nachdem meine Liebesstory, die ich im *Jahr der Liebe* mit der Radfahrt an den Thunersee als Lara-Story evoziere, in Wirklichkeit zu Ende gegangen oder besser zum Verschwinden gebracht worden war; ich nahm in meinem damaligen Schmerz Zuflucht zum Schreiben, zu Skizzen unter dem Titel *Valse grave*, was von Ravel inspiriert war, ich wollte das schwere Gefühl von Nähe und Fremde beim Wange-an-Wange-Tan-

zen thematisieren, so etwas, doch der Schmerz blieb mir erhalten, es war der Verliebtheitsraum, der mir entzogen worden war, es war der Schmerz im Umgang mit brennend nahen Erinnerungen, ein Ausgestoßensein. Verlust und Kälte. Einsamkeit.
Und wie sollte ich meine gerupfte Seele in diesem trostlosen Treppenhaus zwischen Kellergewölben und Dachstockreich, wo alle Wohnungstüren Unglück verbargen oder Trostlosigkeit verrieten, abseits, wenn nicht in Pflege bringen? Das Problem, auf das ich hier anspiele, hat zu tun mit dem Gegensatz von inneren Zuständen und häuslichen Umständen. Was ich in Prosa-Musik umzusetzen trachtete, war eine innere Leidenslast, eine dunkle Pracht, denn ich spürte bei allem Schrecken und Frieren, bei aller Panik um den Verlust, daß mein leidendes Wesen als Resonanzkörper eine dunkle und schwere Pracht zum Schwingen brachte, das heißt überhaupt beherbergte. Das Leid hatte mich reich gemacht. Wie sollte das leidgeprüfte, in dunkle Schwingung versetzte Wesen in diesem Treppenhaus und Totenhaus überleben? Es war nur durch Umdichtung möglich, durch Schöpfung und dichterische Selbsterschaffung. Was mich interessiert, ist der Aufschwung der Seele aus häuslichen Gegebenheiten, Gebundenheiten. Und kraft des Aufschwungs das Imaginieren einer anderen Welt.

Neulich wurde mir bewußt, bis zu welchem Grade ich als junger Vater für die Kinder eine Zumutung gewesen sein muß in dem Sinne, als mein Schreiben, meine künstlerische Entwicklung, die sogenannte Selbstverwirklichung so tausendprozentig Vorrang hatte vor allem anderen, vor Kinderfragen und Familienleben, was ja aus kindlicher Perspektive nicht zu fassen war, wie ich heute mit Schrecken einsehe. Ich dachte immer, es genüge, wenn der Vater in seiner Art

echt und vital, kein Schlappschwanz und kein Spießbürger sei, und ich war zutiefst der Überzeugung, mein künstlerischer Feldzug sei wichtiger als Familienleben mitsamt Kinderfragen und -leben. Diese Haltung war zumindest nach Rom unanfechtbar, wenn ich auch an den Kindern hing, es kam mir nur damals einfach nicht in den Sinn, daß man die Prioritäten anders verteilen könnte. Ich sage das nicht einfach im Sinne eines späten Reueanfalls, ich glaube nach wie vor nicht besonders an Erziehung.
Man kann lächeln über diese späte Einsicht. Ich komme darauf, weil ich in unserem um Igor kreisenden Alltag mit der Frage der Elternschaft konfrontiert werde.
Ich hoffe immer, wenn ich an die Zürcher Wohnung oder noch früher an das Berner Familienleben zurückdenke, daß es wenigstens lebendig und in diesem Sinne reichhaltig zugegangen sein möge, wenn auch die damals allzu jungen Eltern nicht eben pädagogische Begabungen und in keiner Weise genügend gerüstet waren. Aber ein Totenhaus war es nicht. Es war, bilde ich mir ein, allerlei Anregung vorhanden, viel Kontakt, Kontroverse, später Gespräch und Diskussion. Und es gingen interessante Menschen bei uns aus und ein.

An den Häusern vorübergehend, kann ich sagen, ich trete in ihren Schatten. Was ist der Schatten? Schwälle von Innenluft, Innenwelt, jedes Haus hat diese unsichtbaren Vorfelder. Wenn ich (wie in den geworfenen Schatten) eintrete, werde ich erfaßt von Intensitäten, vergleichbar stehenden Mückenschwärmen. So viel Andrang. So viel Futter für Gedanken. Ich trete in den Bereich der Menschen.
Leere Plätze in der Stadt, abends in der Dunkelheit. Wie die riesigen Räume zusammenfallender Straßenzüge ihre Stillen einherwälzen über dem braunteerigen Belag. Das gibt es nur

in den wirklichen Großstädten: dieses Kontinuum, die Steinleere, die speichelglatte Wüste mit dem Donner der Erinnerung. Es ist das Hallen nicht nur der Geschichte, sondern der Heere von Menschen und Menschheiten, die hier ein und aus gingen, umgehen. Und jetzt sind nur die paar Buslinien in Betrieb und die paar Fahrzeuge, um die Räume auszumessen.

Tipasa

Ich trage noch in meiner Tasche das Büschel Aniskraut, das ich vom Strauch riß in jenem zum Meer offenen Ruinenfeld, das mit seinen aus Trümmern und Sockeln gezeichneten Gevierten und Straßen, mit dem ganzen Trümmergrundriß nicht nur Haus und Tempel und Platz, sondern offene Stadt und antikes Leben im Licht suggeriert. Ich mag die Ruinenromantik keineswegs und nicht den Grottenkitsch des Historismus. Ich spreche auch nicht von dem, ich spreche von der Berückung, einem Glück, das mich überkam und vollkommen erfüllte in den reinlichen Steinüberresten, die Haus und Innenhof und Forum und Bäder, Nympheum und Gymnasium und Tempel und Amphitheater vor den Augen leibhaft erstehen lassen und dir die Ahnung zutragen von dem, was am Anfang der Zeiten Zivilisation war, nämlich in die Natur hinein errichtete steinerne Bühne für menschliches Zusammensein. Und auf der Bühne ergehen sich die Leiber und werden der anderen Körper gewärtig, aus der Darstellung auf der Bühne der steinernen Siedlung wird das Wunder der Ansicht geboren und mit ihm die Lautwerdung, Schritt, Gehen, Liegen, Sitzen, Ruhen, Begegnung, Lebenslaut und Gespräch. Die Bühne ist die Mutter der Kultur. Und die Kultur setzt sich ab von der Natur, die wiederum mitsamt Himmel und Gestirn und Meer, mitsamt Bäumen und Gesträuch, Blumen und Hain Gegenstand der Wahr-

nehmung, Erforschung und Verehrung wird. Ich kann es nicht wirklich formulieren, doch floß dieser ganze Hof in den Augen-Blick ein als ein Glücksgefühl.
Die Farbe des Steins in Tipasa ist ein bräunlicher Erdton. Das Reinliche der freigelegten Spolien und Basen, die summende Friedhofsstille aus Büschen und Baum rundum. Die Trümmer zeichnen das Grundrißliche, und das Auge ergänzt das Zugehörige, indem es aufbaut und weitersinnt. Die Trümmer wie zerbrochenes Spielzeug für Giganten. Das Gefühl von Menschenmaß überall, von Körpergestalt. Selbstdarstellung und Beobachtung, Denken und Sinnen, Laut und Gesang. Alles im afrikanischen Licht, einem Glühlicht bei hellem Tag. Entrückung. Falsche Eichen und Oliven, Anisstrauch, Immergrün.
Hier beginnt die Geschichte. Die Natur hat kein Gedächtnis. Und die Schönheit beginnt hier. Alles atmet Anfang. Der früheste Stein ist der Grabstein. Die früheste Schrift Grabschrift. Das Einritzen, die eingeritzte Spur. In meiner Glückserregung sprang eine Spur nach Rom auf. Jenes Rom war natürlich auch das antike Rom; hatte mich nicht das Forum Romanum inständig betört? Warum schrieb ich im *Canto* vom Pflasterstein: Es sollen Grabdeckel sein? Tipasa war Etappenhafen der Phönizier auf dem Weg nach Spanien. Danach gehörte das Gebiet zum numidischen Königsreich. Später in den römischen Staatsverband eingegliedert. Unweit Tipasa Kbor er Roumia, mauretanisches Königsgrab, vermutlich Mausoleum König Imbas II. aus dem 1. Jahrhundert v. Chr. besucht. Mit Igor und Odile in den inneren Steingängen herumgekrochen und das Gewicht und die Finsternis der Grabsteinbrocken und die Kühle empfunden. Der Rundbau, außen abgetreppt, ist 34 m hoch.
Eine Ausflugsklasse algerischer Mädchen, manche im Tschador, kam lautstark singend, skandierend, lachend daher, und ließ sich auf den unteren Würfelbrocken des Grabbaus zum

Gruppenbild nieder, mit Igor in der Mitte. Das entsprechende Foto mit dem kleinen Boten aus Europa im Zentrum (der lieblichen künftigen Mütter) wird als Erinnerungsbild in vielen Haushalten namenlos weiterexistieren.

Im Bus, Höhe Parc Monceau, eine Schönheit erblickt, die mir nicht nur nahe, sondern durch und durch ging und seither nicht mehr aus dem Sinn. Ich saß ganz vorn hinterm Fahrer und wurde aus dem Zeitungslesen durch ein Kleinkindergeschrei aufgescheucht, drehte mich um und sah in ein wunderbar lächelndes Frauengesicht. Das Geheul hatte ihr Gesicht zu diesem schönen schimmernden liebsten Lächeln verlockt. Vor dem Aussteigen stellte ich mich so, daß ich die Frau näher ansehen konnte. Eine hinreißende Schönheit, wohl 20, schwarzhaarig, dunkelglanzäugig, bleichhäutig, der schöne Mund mit einem leicht gewagten Rot angemalt, Schminke und Augenschatten luxuriös. Die Natur hatte ihr alles gegeben, und sie hatte den Geschmack und die Mittel, das alles aufs dezenteste auszustellen. Was mich am meisten beeindruckte, war das Decolleté. Zwar trug sie einen Mantel, ich erinnere mich nicht genau, nun, Herbstkleidung, und dennoch sah ich in zwei von einem Schalkragen nur leicht angeschnittene, halb entblößte Brusthälften von einem Schmelz, einer derartig verführerischen Rundung und Makellosigkeit, daß ich gleich »mon pigeon«, mein Täubchen, flüsterte. Ich weiß nicht, welcher Nationalität, Herkunft sie war, sicher ist, daß sie zu jenen dunklen Schönheiten, nicht Exotinnen, nicht Männerverbrennerinnen, nicht Südstaatlerinnen, nein, zu jenen Sendboten aus einer heiteren glücklichen Tausendundeine Nacht, zu einem Prinzessinnengeblüt gehört, das mich so tief anrührt und bei welchem ich nie die geringste Chance hatte.

Beim Notar. Maître Le Dieu de Ville sitzt hinter seinem mit Dossiers überladenen Schreibtisch zusammengekauert da in seinem noblen, von Asche bestäubten Nadelstreifenanzug, den gekerbten Kopf unter der weißen Mähne genüßlich zurückgelehnt, und holt aus zu großspurigen Deklamationen, während die Sekretärin nebenan den aufgesetzten Schriftsatz abtippt. Er meint, zu seinem Klienten, einem Künstler, mir und einem weiteren Zeugen, Bildhauer, gewandt, er habe leider für Kultur immer zu wenig Zeit aufgebracht, was er zu ändern hoffe nach seinem baldigen Rücktritt von den Geschäften (er nähert sich den 70ern); was zum Beispiel die Literatur betreffe, so komme er aus Gründen der Schlaflosigkeit nicht dazu und zwar insofern, als er, falls er zu einem anspruchsvollen Buch greife, so hellwach werde, daß er überhaupt nicht mehr einschlafen könne; nehme er sich aber leichte Kost vor, so wirke das Buch als Schlafmittel, so daß er ebenfalls nichts mitbekomme. Fernsehen führe er sich auch nur zu, um den Kopf zu entleeren, mit Ausnahme von Boxkämpfen, das möge er, weniger die Schwergewichtler als die Mittel- oder Halbschwerkategorie oder noch leichter. Nun, er gehe demnächst wie gesagt in Pension. Wissen Sie, was einer braucht, der in Pension geht? Les trois sous et une bonne santé, une santé de fer (das nötige Kleingeld und eine gute, eine eiserne Gesundheit). Voilà. Um nun aber auf die Kultur zurückzukommen, nehmen wir Musik. Musik höre er sich gerne an, sei aber auch auf diesem Gebiet leider zu wenig gebildet, er werde gleich illustrieren, was er damit meine. Er habe eine Enkelin, Absolventin einer Eliteschule, außerdem vielseitig interessiert. Diese Enkelin kenne sich in der Musik so gut aus, daß sie im Konzertsaal gleich merke und sagen könne, wenn ein Solist eine falsche Note anschlage. Das wiederum setze voraus, daß man das Original, also die Partitur oder eben das Stück gewissermaßen intus habe, so daß man die Interpretation

auch wirklich beurteilen könne und das Falschspielen gleich mitbekomme, was ihm, einem hoffnungslosen Nichtkenner, leider aus den genannten Gründen nicht gegeben sei. So höre er einfach hin und lasse sich die Musik gefallen. Wenn er erst einmal in Pension gehe, werde er erstens nie wieder das Auto nehmen, er werde den Bus benutzen, darauf freue er sich, aufs Busfahren ohne Hetze und zeitliche Verplanung. Und dann die Museen. Ob wir eigentlich wüßten, daß es allein in Paris mehrere hundert Museen gebe, und wenn er pro Woche nur einen einzigen oder allerhöchstens zwei Museumsbesuche in Betracht ziehe, dann sei ja leicht auszurechnen, für wie lange er allein auf diesem Gebiet mit einer gezielten Aktivität versorgt sein werde.
Als wir endlich nach erbrachter Unterschrift aufstanden und die Verabschiedung einleiteten, sagte er zu mir: Au boulot, écrire, vite! An die Säcke. Schreiben. Marsch. Ein toller Bursche, Maître Yves Le Dieu de Ville. Ein Schauspieler wie alle Anwälte.

Ich nahm von Jules Joffrin aus den 64er Bus, der über viele kleine und kleinste Straßen und Gäßchen die Butte Montmartre beklettert und durchschnüffelt wie ein Jagdhund. Bei mir wühlte die Busfahrt eine Menge Erinnerungen auf. Man landet schließlich bei der Metrostation *Abbesses*, um ohne Umschweife zur Endstation Pigalle hinunterzustechen. Die sagenhafte Bar aus den fünfziger Jahren ist wieder in Betrieb. Das Lokal, immer gerammelt voll, ein Panoptikum von Schurken und Huren, teils von Fellinischem Zuschnitt, war damals durchgehend geöffnet. Das heißt, es schloß irgendwann nach Mitternacht mehr oder weniger symbolisch für eine knappe halbe Stunde, um auszulüften und den schlimmsten Dreck zusammenzukehren. Ich saß unter den schützenden Blicken des Exboxers, der als Barmann waltete und schlimme Kunden hinausbeförderte, nicht grob, vielmehr zart und mitfühlend, der Schutzpatron mit seinem zerbeulten Gesicht.

Es war mein erstes Junggesellenzimmer nach der Trennung, späteren Scheidung, nach meinem Auszug aus der Familie. Das Zimmer in einem Abbruchhaus. Ich war Untermieter von H. Th., der über eine recht große Wohnung verfügte.
Ich hatte ein Zimmer mit Blick auf einen Hof, hinter dem Hof Werkstätten, Handwerkerbuden. Ja, und noch einer wohnte in dem Haus, der schwerhörige Zeichner und Flötist, ein vierschrötiger, in seiner Art sehr gebildeter Mittvierziger, mit dem für Schwerhörige zwischen Staunen und Verstörung wechselnden begriffsstutzigen und manchmal dämlichen Blick. Dämlich wirkt der Blick, wenn der Mann seine Begriffsstutzigkeit mit einer an Gläubigkeit gemahnenden Freundlichkeit zu vertuschen trachtet.
H. Th. war ein verkommenes Subjekt, das merkte man allerdings nicht gleich, weil er sich hinter einem kravattierten und wohlerzogenen Äußeren versteckte oder zu verstekken suchte. Gescheiterter Soziologe mit Studentenvergangenheit in Berlin oder so ähnlich und großer Musikliebhaber, vor allem Wagnerianer, auch ein wenig braunrüchig. Ein großer, etwas vorstellender bubenhafter Mann, aus guter bernischer Familie, der sich in Zürich mit Hilfe einer Anstellung eine Scheinexistenz mit gutbürgerlicher Fassade errichtet hatte. Die Anstellung bestand in einem fragwürdigen Redakteurspöstchen in einem kleinen Verlag, in welchem sich unser Freund mit einem vom mütterlichen Erbe oder Kapital abgezweigten Sümmchen eingekauft hatte.
Th. war hauptsächlich Muttersohn, er war ganz Ergebenheit, Zittern vor dieser übermächtigen Person, darum die Scheinexistenz, darum die Selbstüberforderung, die Ordentlich-

keit und Rechtschaffenheit simulierende Fassade, hinter welcher sich ein Schwarmgeist, Schwächling, Wagnerianer, vor allem Trinker und Alkoholiker verbarg. Die Wohnung war verkommen, die Küche eine Müllhalde von verrostenden Konserven und schmutzüberkrusteten Pfannen, verfaulenden Essensresten, Bergen ungewaschenen Geschirrs; eine stinkende Anklage. Die Küche benutzte H. Th. nur morgens, wenn er in Panik erwachte, zitternd wie Alkoholiker nach übermäßigem nächtlichen Konsum, um sich zu rasieren, weil in der Küche der einzige Spiegel, und hier schabte er sich die Bartstoppeln, unrasiert wäre er nie außer Haus gegangen, er schnitt sich dabei die ganze Visage blutig, er massakrierte sich mit dem Eifer eines Selbstverstümmelungsfanatikers, wobei er über die diversen Gesichtsstellen Blutstillerstriemen, die wie weißer Kleister aussahen, nebst Gazeschnipsel klebte, um nach solchen Camouflierungsaktionen in letzter Sekunde außer Haus zu rennen, auf die nächste Trambahn natürlich, um nicht allzu verspätet in seinem Redaktionssessel Platz zu nehmen, wo er mehr zu dösen als zu arbeiten pflegte bis zur abendlichen Erlösung, bis zum Geschäftsschluß. Bis zu diesem Zeitpunkt hatte er sich einigermaßen erholt, und dann begann der Abend, begann die andere Existenz, die Trinkerexistenz, die in Kneipen und vielen Bars stattfand und frühmorgens in den verkommensten Spelunken endete. Und in den Morgenstunden pflegte er heimzukommen, und zwar in Begleitung der hoffnungslosesten Zechgenossen, die entweder überhaupt kein festes Domizil hatten oder unter keinen Umständen nach Hause wollten; mit ihnen kehrte er heim ins abbruchreife Haus, um bis zur allgemeinen Ohnmacht weiterzuzechen. Natürlich hatte er gute Vorsätze, doch da war die Mutter, war der Alptraum ihrer überlebensgroßen in den Sohn gesetzten Erwartungen, eine Schreckensvorstellung, nicht auszudenken, nur zu ertränken. Manchmal wohnte ich seiner

Morgentoilette vor dem Spiegel bei, die Küche benutzte ich verständlicherweise nicht, ich rührte nichts an.
Und mein Zimmer hielt ich immer vorsorglich abgeschlossen, höchstens daß ich ihn in den seltenen Zwischenphasen einer leidlichen Nüchternheit also Ansprechbarkeit zwischendurch einließ, um ihn an der *Bohème* von Puccini oder den von Kathleen Ferrier gesungenen Brahmsliedern teilnehmen zu lassen, einer Musik, die zu diesem meinem damaligen Junggesellenleben gehörte, ich war süchtig nach jenen Stimmen, gewaltigen Stimmbogen, die einen fortzogen und hintrugen, ich weiß nicht, wohin; ich war entschlossen, meine neuerrungene Junggesellenfreiheit mit geleisteter Arbeit zu rechtfertigen, ich wollte wohl vor allem vor den Augen der Kinder bestehen können, daran hielt ich mich fest, und ich umarmte meinen großen Hund, und dann machten wir uns auf zu einem Spaziergang am See, und im übrigen mußte ich ja auch arbeiten, um meine und der Kinder Existenz berappen zu können.
Th. ist nach einem infernalischen Abschiedsfest, einem Gelage, zu welchem er alle Zechgenossen, mit welchen er in der Stadt je zusammengekommen war, und außerdem alle Penner, die er sichten und mitschleppen konnte, einlud, und zwar mit dem festen Vorsatz, wenn nicht das ganze Abbruchhaus, so doch seine Mietwohnung zu Bruch gehen zu lassen, was ihm auch einigermaßen gelang, aus der Stadt verschwunden.

Ich sagte zu dem Mädchen mir gegenüber im Bus Linie 27 in Gedanken:
Sie haben einen ausgezeichneten Geschmack, es ist mehr als dezent, wie Sie zu dem weißen flauschigen Rock diese Tweedjacke aus bräunlichen Mischtönen zu wählen wußten, die Kombination weiß/braun (oder ocker), gewissermaßen aus

der Kubistenskala, entspricht meinem Schönheitssinn aufs beste; und den türkisfarbenen pfeilspitzenförmigen Ohrring, der wie ein Köder nach Ihrem im übrigen erstaunlich feinmuscheligen Ohr schnappt, hätte man nicht passender aussuchen können; Ihre Augen sind mir auch gleich aufgefallen, als sie sich so sorglos zum Lächeln erwärmten; das Lachen galt einer Frauensperson, die den Fahrer durch die geöffnete Falttür abkanzelte; die Komik der Situation habe ich nicht mitbekommen, doch habe ich sie als Abglanz und liebliche Quittung in Ihren Augen gespiegelt gefunden, was mich gleich für sie einnahm; Sie haben entzückende grünliche Augen, sie haben zwischen Braun und Grün so viele Ausdrucksmöglichkeiten, das Schelmische gehört auch dazu; jetzt merken Sie natürlich, daß ich in Ihnen lese wie, ja, wie in einem mir leider verwehrten Leben; Ihr Blick streift mich neugierig, eben haben Sie meine Schuhe gemustert und sichtlich mit ihrem Gefallen beehrt; ist es nicht merkwürdig, wie schnell man mit Blicken ins Gespräch kommt; eben überlege ich mir, wie ich Sie mit Worten ansprechen könnte; *pas évident* wäre ein Einstieg, auf was immer sich das bezöge, doch hielt ich an mir, um Ihnen in Gedanken weiter zu sagen, daß mir auch Ihre Nüstern aufgefallen sind, so schöne Nüstern, zierliche Flüsterhöhlen; und hat Ihnen schon jemand gesagt, wie verführerisch Ihr Mund geschnitten ist, die Zeichnung Ihres Mundes möchte ich als Schlußschnörkel ans Ende eines Buches setzen: *finis*; Augen, Mund und Nüstern haben Rasse, doch finde ich das Wort viel zu plump, Sie haben eine zwischen Keckheit und Zärtlichkeitenversprechen spielende Anmut, und das alles in eine Haut geschrieben, die so makellos ist wie der erste Tag und noch ohne die Andeutung eines Schattens; so viel Interesse ist wohl schwer zu verkraften, darum schließen Sie jetzt auch die Augen und geben vor zu entschlummern, ein netter Einfall, ich fasse es als Kompliment auf; Ihr Gesicht liegt nun wie ein Angebot auf dem Teller meiner Verehrung, es ist auch eine Spur Preisgabe in dieser List: Mach weiter; ich frage mich die ganze Zeit, ob Sie verstehen, was ich Ihnen in Gedanken sage, ich glaube, ja. Sie können wohl nicht genug davon bekommen, so ein verwöhntes nimmersattes Kind; frage mich, wie wohl die Schenkel seien, die sich unter dem weißen Rockstoff wölben, ich bin neuerdings ein Schenkelnarr, müssen Sie wissen, *cuisses*, *hanches*, *fesses*, diese Gegend. Ich steige jetzt aus, herrliches Goldkind, je vous aime.

In einer Galerie an den Champs-Élysées eine Ausstellung vom frühen Chagall (aus den zehner und zwanziger Jahren), Leihgaben aus Rußland, gesehen. Teils sind sie wohl auch zum Verkauf in den Westen verschoben worden. Mein Eindruck: Chagall war zu Anfang bloß eine Art volkstümlicher Fabulierer, eine Art (primitiver) Märchen- und Folkloremaler. Er hat diesen Fundus nach orphischem, frühkubistischem Rezept gekämmt und arrangiert, stilisiert, modernisiert. Das ist alles. Das Ganze kam mir ziemlich leer vor, ohne existentielle Kraft, ohne menschliche Tiefe, ohne malerische Substanz, oberflächlich. Später ist er mehr oder weniger ein reiner Kitschmaler geworden. Dagegen ein Soutine! Ja, der kommt von Rembrandt und Goya her.

War eben erst angekommen in Paris und diesmal von Biel, wohin mir Odile zusammen mit Igor meine Klamotten aus dem Stadtschreiberhäuschen in Bergen transportiert hatte – nach einer guten Woche gemeinsamen Aufenthalts –; war also endlich wieder in Paris, hatte die ersten Rituale der Rückbürgerung hinter mir und lief in einen frischen Morgen hinaus, erst einmal um mir Zeitungen und die Carte Orange für meine Bus- und Metro-Zirkulationsfreiheit zu beschaffen; überquerte die Straße und sah mitten auf der Fahrbahn eine zusammengekauerte graue Taube, eine Art Hutzelweibchen, zerzaust war sie und in sich verkrochen, eine kleine unansehnliche Federkugel, schon nicht mehr ganz von dieser Welt. Und ein Wagen fuhr auf sie zu, mit einer jungen Frau am Steuer, ich sah die Frau nach dem Vogel ausschauen, die Fahrt verlangsamen, achtgebend, daß sie das Ding da ja nicht überfahre; und ich sah, während der Wagen vorsichtig anrollte, die Taube zur Seite humpeln, dachte, die Frau wird sie verschont haben und wartete, daß das Vögelchen heil zum Vorschein komme; doch sie blieb plattgewalzt zurück, die Taube. Muß sich mit einem letzten Elan unter das Rad gelegt und umgebracht haben. Es sah mir wie Selbstmord aus. Alte Tauben bringen sich in der Regel ins Abseits zum Sterben. Ich kann welche in dunklen Mauerecken harren, des Todes harren sehen, man begreift gleich und würde nie eingreifen. Doch diese Taube da, diese Alte, die wieder ein schrumpfliges Täubchen geworden war, hatte sich zum Sterben auf die Fahrbahn begeben. Und die Frau sah ich den Hals verdrehen in der Hoffnung, sie habe das Vogelwesen nicht überrollt. Weiß nicht, ob sie danach im Rückspiegel das Häufchen zerdrückter Federn noch wahrgenommen und dies oder das dabei gedacht hat. Angekommen und den Tod der Taube erlebt am ersten Morgen.

Nach einer knappen Woche Skiurlaub in Saas Fee zusammen mit Walter, Eva und Talin (Hunziker) zurück. Die Ferien waren – wie nicht anders zu erwarten – ein Schock; die »Wonnen der Gewöhnlichkeit« (Thomas Mann) – ein Anblick des Horrors.

Die eisigen Flanken der Gletscher, die verherrlichte Bergnatur mit ihrer vielbesungenen Größe, dem ewigen Schnee, der personifizierten Ewigkeit, wenn nicht Jenseitigkeit –

nichts für mich. Sehnte mich gleich nach lieblichen, näm-
lich kultivierten Gegenden, vor allem Zivilisation. Und dann
der Betrieb! Überall die Seilbahnen, Sessellifte, die die Berg-
welt erschlossen und über die monotonen Schneefelder schau-
kelten, um die wie Extraterrestrische bunt verkleideten Ski-
leute auf die Pisten zu befördern, auf daß sie auf ihren lä-
cherlichen Latten runterkurven und -sausen, Schneegischt
hinterlassend, dahingleiten konnten, alle dasselbe vom Gott
Volksgesundheit verordnete Körpervergnügen genießend,
dieselbe reine Höhenluft atmend, dasselbe strahlende blen-
dende Licht (wie Höhensonnenersatz) speichernd. Und nach
vollbrachter Leistung sieht man sie durch die Gassen und
Gäßchen mit all den Souvenirläden, bunten Geschäften,
Imbißstätten, Restaurants, sieht man sie durch diese kit-
schige, von der Ferien- und Touristikindustrie ausgedachte
und gestiftete Kulisse waten, bereit für das genormte Feier-
abendglück inklusive Bierherrlichkeit und Hotelfraß.
Vom einstigen Dorf einige wenige Überbleibsel in Form von
echten Walliserschobern, sonst ist alles in eine Art Gold-
gräberstadt, will sagen: Ansammlung, Häufung von Hotels
und Pensionen und Dienstleistungs- und Vergnügungseta-
blissements verwandelt, abstoßend neckisch. Wie mich das
anekelte: die Gleichmacherei, die einstimmige Fröhlichkeit,
das abonnierte, in faden Dosen verabreichte Behagen für je-
dermann. Ich witterte in all diesen Wintersportglücklichen
meine genuinen Feinde, die schreckliche Mehrheit auf Er-
den, die Brauchbaren, die das Leben nach den Verordnun
gen der Mächtigen und den Vorgaukelungen der Werbung
absolvieren und mit ihrem genormten Dasein alles in die
größte Ödnis verwandeln und auf meinesgleichen wie auf
den Staatsfeind reagieren.

Ich bin zutiefst irritiert durch die Lektüre von und über Dürrenmatt. Irritiert deshalb, weil er ein, allerdings bewunderter, Antipode ist, der Gedankenschlosser, der die Zustände der Welt um und immer bis in die ausweglos katastrophalen Finale hin durchdenkt und in einem wahren Gepurzel von komödiantischen Bilderfolgen und manchmal labyrinthischen Bilderfallen; das Ganze ist vollkommen konkret, ja, wie in seinen Kriminalromanen zu lesen, diesseitig, plastisch, heutig bis schnoddrig (vor allem in den Namengebungen), also aktuell; und gleichzeitig ist es in ein philosophisches, ja, naturwissenschaftliches Denkgefüge eingehängt und insofern metaphysisch; es ist negative Theologie, nämlich Demonstration der fürchterlichsten, zufälligsten Sinnlosigkeit, und dennoch ist es nie zynisch, sondern in der Gesamtwirkung letztlich von einer tapferen Güte. Dürrenmatt waltet wie ein Stallbesen in der Gesellschaft und den Gesellschaften, den Religionen, Mythologien, Ideologien des Planeten. Und alles ist vollkommen bildhaft, nie dürr und abstrakt. Und es hat diese Spannung zwischen Dorf, dem kleinsten Hienieden, und dem ungeheuerlichsten Weltall. Dürrenmatts Sprache ist eine gewaltige Sprachmaschine. Und was die Zwangsläufigkeit des Bösen anbetrifft, vielleicht ein Verwandter von Highsmith. Bei Dürrenmatt drängt sich der veraltete bis unheimliche Geniebegriff auf.

Dauernd ein seelenmarterndes Aprilwetter, bin merkwürdig abgelenkt von mir selber und gleichzeitig halb gelähmt. Dieses Wochenende ist der erste Wahlgang der Präsidentschaftswahlen, und ich müßte unbedingt das Nachwort zum *Mantel* hinbekommen. Jetzt schnell einige Schnappschüsse aus Amerika.

Mit Söhnchen Boris, dem Weltgewandten, sehe ich mich in Portland/Oregon in einem kleinen Restaurant am Fluß sitzen, es ist heiß, wir tragen wichtigtuerisch Sonnenbrillen, reden – sowohl über den Beruf des Kopfjägers, über unsere Eheverhältnisse und leider etwas allzu reduzierten Auffassungen von Frau-Mann-Beziehungen als auch über den väterlichen bzw. großväterlichen Hintergrund; und einmal hält uns gegenüber ein Sheriffboot mit einem Häftling, er sitzt mit nacktem Oberkörper und mit (Handschellen) hinter dem Rücken gebundenen Händen komisch ausgestellt wie eine Art Teddybär hilflos im Boot, einige Leute unterhalten sich mit ihm von ihren Tischchen aus, und die bewaffneten Polizisten gehen angeberisch hin und her und machen Eintragungen in Formulare, dann zerrt man ihn auf den Steg und läßt ihn Alkoholtests machen (wie mir Boris erklärt, der ähnliches auch schon über sich hat ergehen lassen). Es ist heiß, ich bin in einem fremden Land, habe am Reed College, einer Nobelinstitution, in einem Seminar gesessen und die Explosionen der blühenden Azaleen, Kamelien, Rhododendren etc. in mich aufgenommen und in einem weißen villenartigen Haus bei einem Professor Apéros getrunken, das Haus ein Holzhaus, luxuriös, voller Bücher, Bilder, Kultur, ein Intellektuellenhaus wie aus dem Buche, in einem weitläufigen Wald- oder Parkgebiet gelegen. Der Professor meint, diese Parklandschaften seien in Wirklichkeit weitgehend unerschlossene Waldgebiete, und wenn sich etwa Wanderer oder Kinder darin verliefen, führe kein Weg zurück, es sei denn, man gehe mit Helikoptern auf die Suche, mit fliegenden Suchtrupps. Und dann Candle-Light-Dinner in einer Art Country Club Restaurant, wo wiederum nur ihresgleichen verkehren, Dozenten, ein kleiner Kreis von lokalen Tonangebenden, die sich kennen. Man ist in Portland/Oregon/USA und gleichzeitig in tiefster Provinz oder universitärer Klausur. Und draußen an der Peripherie sind dann wie in einem Niemandsland Stripbars, weitläufige, wo gleichzeitig an fünf Bars schwitzende Männer im Unterhemd,

Barbaren, freie Siedler, ich tippte auf Lastwagenchauffeure, ihr Bier in sich laufen lassen und dabei wirklich unerhört schönen Nackedeien zuschauen, die nicht nur vortanzen, sondern sich auch über die Theke räkeln, um alle Intimitäten wie Vagina, Brüste, Arsch und Arschloch dem Männervolk zu servieren, herzuzeigen, das heißt in fast mikroskopische Nähe hinzuhalten, hier bekommst du wirklich etwas zu sehen für dein Geld, für die in Abständen auf die Theke hingeblätterten Dollarnoten, die die Schönheitstänzerinnen hinterher oder besser nach jeder Runde einsammeln, und das Ganze ist klinisch aseptisch, es ist so fern von Erotik wie Europa von Amerika. Ich fühlte mich richtiggehend verloren, nun, verirrt und verdattert. Boris wollte dem Vater etwas bieten.

Jetzt den TRAUM nachholen, den ich kurz nach dem Landen hatte.

Ich fand mich in einem Gedränge von mir fremden Leuten, in einer Lokalität, zusammen mit Igor, und auf einmal merke ich, daß sich die ganze Geschäftigkeit um den Kleinen dreht, er soll etwas angestellt haben, nun, ich nehme es auf die leichte Schulter, schließlich handelt es sich um ein Kleinkind, was kann da schon passieren? Doch im Verlauf der Aktivitäten, die immer mehr den Charakter von Amtshandlungen annehmen, wird mir klar, daß die Lage ernster ist als gedacht, und plötzlich schnappe ich das Wort »Erziehungsheim« auf. Was? Ich wende mich an den Untersuchungsrichter, denn um einen solchen handelt es sich, ich ersuche ihn um Auskunft. Er wehrt erst ab, doch etwas später wird mir bedeutet, der Kleine, mein Igor, sei verurteilt und werde in ein Heim kommen und dies unverzüglich. Es trifft mich wie der Blitzstrahl, ich brülle auf, ich packe den Untersuchungsrichter am Revers, ziehe ihn an mich heran, das geht doch nicht, er hat doch nichts Ernsthaftes verbrochen, das können Sie doch nicht ernstlich meinen, ich zerre ihn her zu mir, ich bin bereit, ihn zu töten, bin außer mir und gleichzeitig von einem wilden Schmerz erfüllt. Ende. Womöglich ist es eine Verwechslung oder besser Übertragung von Boris auf Igor. Boris hat sich ja minderjährig oft in Gefahrenzonen bewegt. Ihn hatte ich kürzlich erst gesehen, und Igor sieht ganz genauso aus wie Boris, als dieser in seinem Alter war. Eine Spätzündung von Angst und eine Angst- oder Befürchtungsübertragung. Konnte mich noch lange nach dem Erwachen nicht von der Panik befreien, die ich im Traum ausgestanden hatte.

Mitterrand gestorben. Eine schillernde Persönlichkeit voller Widersprüche, eine Sphinx. Ein mit allen Wassern gewaschener, mehr als nur gewandter Politiker und Machtmensch, ein Künstler der Macht, heißt es. Vielleicht ist sein größtes Werk die mit vielen Facetten versehene, statuierte und einsichtig zugänglich gemachte Erschaffung des Selbstbildnisses. Ecce Homo. Ein großer Mann. Das ist es, was *alle* Franzosen fasziniert, diese Verführung bis über den Tod hinaus, die Handreichung zur Identifikation. Diese Art Menschlichkeit, die ans Geheimnis rührt. Ein Franzose durch und durch. Mitterrand ist Frankreich. Und Frankreich trauert – eine Gott-verlassene Nation, die sich in ihm wunschbildlich wiedererkennt.

Habe Odile gesagt, daß ich letztendlich an nichts glaube mit Ausnahme vielleicht dieser poetischen Existenz, daß ich nichts zu verbreiten wisse, daß ich nach der Erleuchtung dürste, daß ich einzig besessen sei, das runde dichte *objet* zu verfertigen, das ich mit meiner Literatur dem Dunkel und der Melancholie abtrotze, etwas Resistentes, das dann im Medium der Zeit und im Bewußtsein des Lesers wie eine Blüte aufgeht vergleichbar der japanischen Papierblume, die sich im Wasser öffnet, wunderbar.

Paul Hofer, der lebenslange Freund, war bei all seiner Geselligkeitslust wohl ein sehr alleinstehender Mann, nicht einsam, doch unerreichbar in einem innersten Bezirk. Jetzt nach Mitternacht hätte er sich in seiner Geisteswerkstatt an die Arbeit gemacht und die inneren Heerscharen auf den Plan berufen. Vermutlich hat er in den einsamen Arbeitsnächten, aus den Tiefen des Wissens schöpfend und in die Flüge des Wünschens oder Sehens, was wohl ein und dasselbe war, entweichend, viel Glücklichsein erfahren. Welch ein Imaginieren, welch ein Versammeln von inneren Gestalten, ein Feldherr an seinem langen Arbeitstisch mit den Bücher- und Papierstapeln, den Plänen und Rollen und Zeichnungen und Rekonstruktionen und mit seiner bei aller bestechenden Klarheit hieroglyphisch wirkenden Handschrift. Das faktische Vermessen und die Vermessenheit der Gedankenflüge. Die innere Musik. Die Schatten in der Werkstatt. Klarheit und tänzerische Fortbewegung und der verschwiegene Schattenbezirk. Das Horchen. Und die Abwendung nach innen wie von einem Taubstummen, für Momente.
Immer fuhr er noch im hohen Alter mit seiner Lancia Fulvia nachmittags in die Stadt, um in einem seiner paar Lieblingscafés an einem Tisch zu notieren, eine auffallend urbane Erscheinung. Einmalige Silhouette. Bei aller Disputfreudigkeit nie eine Spur des Besserwissens. Widerpart war für ihn eine Rampe zu Höhenflügen oder waghalsigen Entwürfen. Welch eine Großzügigkeit, welch eine Absenz von Biedersinn oder Kleinlichkeit. Wie konnte er als Sohn eines Postbeamten, wenn ich nicht irre, diese unerhörte Dimension

erreichen? Dimension ist falsch: diese fragile Noblesse eines Letzten aus einem uralten Geschlecht. Er muß Ängste gekannt haben, Nachtmahr, Ungeheuer. Nie ein Wort davon. Mein guter Freund.

Gestern bei Colette und Jean-Baptiste, ich weiß nicht mehr aus welchem Grund, das Romjahr und das spanische Abenteuer erzählt. Dabei ist mir das Riskierte bei beiden Unternehmungen, ebenso das Brutale den Angehörigen gegenüber wie nie zuvor aufgefallen, möglicherweise aus der Altersdistanz, und zudem stellte sich mir die Frage, was denn bei so viel Risiko und (familiärer) Zerstörungswut im Grunde gesucht wurde.
In Rom kriegt der 30-Jährige einen Platz am Schweizer Institut und durch Paul Hofers Privatinitiative ein fettes Stipendium. Er logiert seine Familie in Grottaferrata ein und wird Stipendiat in Rom. Es beginnt ein Doppelleben: Die Woche über ist er Junggeselle und Stipendiat in Rom, zu den Wochenenden ist er Ehemann und Familienvater in Grottaferrata/Colli Albani. Er verweigert sich sowohl der Institutsgemeinschaft wie jeder Form von Arbeit, also jeder Pflicht. Er wird Müßiggänger und Taugenichts. Er gibt das Geld aus. Läuft herum, ohne auch nur im geringsten zielgerichtet von dem Kulturschauplatz Kenntnis zu nehmen. Man könnte sagen, er will eine verpaßte Jugend, eine durch frühe Heirat und Familiengründung samt Gelderwerb verpaßte Ungebundenheit nachholen, er fälscht gewissermaßen seinen Zivilstand und Lebenspunkt. Seine Personalien. Jetzt beginnt es: Neuanfang. Das Ganze auf Kosten der abgeschobenen Ehefrau und Familie. Er frönt einem angestauten Lebenshunger wie Freiheitsbedürfnis, und gleichzeitig läßt er sich von innerer Panik und schlechtem Gewissen zernagen. Er läßt sich mit Maria ein. Will er einen Roman leben? Sich

Romanstoff anleben? Das Konstante ist die Verweigerung, ein Egoismus und Egotismus, alles an der Grenze der Selbstquälerei. Er setzt mehr aufs Spiel, als er hat. Dabei – dies vielleicht im Sinne des Romanstoffs – läuft er sich selbst wie einem Versuchskaninchen hinterher. Wer ist der Kerl? Verausgabung. Selbstverausgabung. Das Ganze dauert so lange, bis alles Geld ausgegeben ist. Er kehrt mit leeren Händen zurück. Was heißt zurück? Er hat kein Zuhause mehr, er kriecht wie ein Gescheiterter beim deutschen Schwiegervater in dem Dorf Osternohe in Franken unter. Rom hat anscheinend nur Negatives aus ihm zutage befördert. Und nun kommt in höchster Not ein Wunder zustande (wenigstens im bürgerlichen Sinne): Er wird an die *NZZ* berufen und zieht mit seiner Familie als bestallter Familienvater – ungern – nach Zürich um. Er hat ein Einkommen und einen sozialen Status. Den er bei der ersten sich bietenden Gelegenheit verscherzt. Er wird in Sondermission als Journalist nach Barcelona geschickt und taucht schon am Tage seiner Ankunft in dem Nachtlokal »La buena sombra« unter. Er bleibt wochenlang unter Tag, an Antonita gefesselt, er taucht wirklich unter. Er vergißt sowohl seinen Auftrag wie seine Familie, er verstrickt sich in ein mörderisches Abenteuer, er frönt wiederum einer beinah masochistisch zu nennenden Zerstörungs- und Selbstzerstörungswut. Er muß sich mit Freundes Hilfe finanziell auslösen lassen. Er kehrt nach Zürich zurück, wo er sowohl seinen Posten aufgibt oder verliert wie (etwas später) seine Familie, und zwar definitiv. In der Verzweiflung am Rande des Zusammenbruchs, allein in der von der Familie verlassenen Wohnung, schreibt er den Text »Canto auf die Reise als Rezept«, den er als Erklärung dem Hauptredakteur vorweist. Der Text erscheint in der Literaturbeilage der *NZZ*. Er berührt das in Barcelona Erlebte mit keinem Wort, er ist vielmehr die Keimzelle für das Rombuch, das er schreiben wird: eine

Geistesverfassung. Doch vorerst muß er noch das spanische Abenteuer abschließen. Er fliegt auf Kosten der Villa Hügel in Essen, also der Krupp-Leute, für die er einen Vortrag hält, nach Barcelona zurück, wo ihn Antonita erwartet. Es ist ein Abtasten des Geschehenen. Zurück nach Zürich. Danach kommt wiederum Rettung oder Fügung: Er bekommt von Suhrkamp einen Vertrag und monatliche Vorschüsse zum Schreiben des *Canto*. Und gleich auch noch eine Summe, um seinen angeblichen »Auftrag« in Barcelona zu Ende zu bringen. Er fliegt ein drittes Mal hin und liquidiert seine Geschichte mit Antonita. Nun kann er das Buch schreiben. Das Buch gelingt in kurzer Zeit und frißt als Opfer seine Frau, seine Geliebte, in gewissem Sinne seine Kinder auf. Denn nun ist er aus der Familie ausgetreten. Er ist Schriftsteller geworden, alleinstehend, doch das Buch wird ein Mißerfolg. Und nun muß er für seine Freiheit und die genommenen Freiheiten zahlen. Er muß sich bis zum nächsten Buch acht Jahre als freier Kritiker und Journalist durchboxen, jetzt geht's in die Ketten. Er hat für seinen neuen Status einigen Nahestehenden viel Leid zugefügt.

Man könnte das ganze riskante Unternehmen als Freisetzung oder Initiation deuten. Mithilfe der Musen der Unterwelt. Zu den Opfern zählen seine Frau, Antonita und in weiterem Sinne Maria. Das Ganze ist eine Kettenreaktion, und Rettung kommt verschiedentlich von einem »deus ex machina«. So habe ich es bislang immer interpretiert.

Aus heutigem Abstand geht mir nicht nur die – für schweizerische oder bourgeoise Verhältnisse – nicht nur verwerfliche, in höchstem Grade schockierende, verachtenswerte Selbstsucht auf, sondern auch das Gefahrenmoment. Ohne »deus ex machina«, ohne Wunder, ohne eingreifende Retter – angefangen mit Hofer bis hin zu *NZZ*, Werner Weber und danach Unseld, um vom Schwiegervater und mich auslösenden Freund (Milo Albisetti) ganz zu schweigen – wäre alles ganz anders gelaufen. Ich bewegte mich am Rande der Verkommenheit. Ich konnte nicht wissen, ob die Häutung gelänge, ob etwas in mir steckte. Ich war ein Spieler. Die Frage ist, wonach ich jagte, während ich so viel aufs Spiel zu setzen bereit war. Welche Fährte verfolgte der HUND?

Die Eskapaden sind begleitet von Schuldgefühlen und Selbstzerknirschung, der Protagonist ist sich seines jeweiligen Wagnisses, seiner Gefährdung bewußt. Warum ruft er sich nicht zur Räson? Sein Sichgehenlassen nimmt manische krankhafte Züge an. Il faut aller jusqu'au bout. Er will bis ans Ende gehen. Es ist wie eine Selbsterpressung: Ich lasse dich nicht, du segnetest mich denn. Sucht er den Nullpunkt? Um aus der Asche aufzusteigen? Erleuchtung? Den trunkenen oder »heilig trunkenen« Zustand? Das Sehendwerden. Oder wäre es die Inspiration? Die Notwendigkeit, nein, die Sünde, die den Druck für die schöpferische Revolte erzeugt? Auch für das Schöne. Auch für die Selbsterfindung. Oder einfach für den Aufbruch. Ein Einssein. Eine Einbindung. Offenbar vertraut er blind auf die Erweckung. Er ist insofern furchtlos oder ganz und gar bedenkenlos. Übrigens tankt er bei den Frauen, um die Befeuerung hervorzurufen, das Angehen der Laterne. Bei Frauen ankommen. Tu veux être materné sans cesse. Das ist es nicht oder ist nicht das Ganze. Es geht um den Funken, der das Funkeln erzeugt.

Es geht immer um das Aussteigertum. Es geht um Gesundmagerung, um die Erreichung des Nullpunkts, um eine Selbstauslöschung, und das ganze Theater ist die Erzwingung der schöpferischen Notwendigkeit oder Unschuld.

Die Gesundmagerung hat Ähnlichkeit mit dem entlaufenen Hund, der eines Tages von seiner fürchterlichen Streunerei zurückkehrt mit knochigen Flanken, erschöpften Lungen, hervortretenden Rippen, wo war er die ganze Zeit? Was war seine Jagd? Nun kann er liegen und träumen. Er war weg.

Er war in einer Leidenschaft. Er war frei. Er war wild. Wild hinter seinem Wild her. Er war ausgebrochen, der Kettenhund Sträfling. Er war auf Erlebnisjagd. Was war sein Erlebnis? Woran hat er gerochen? Was ging in ihn ein, was ging ihm auf? Dummer Kerl. Heruntergekommen, eine Jammergestalt. In seiner Leidenschaft hat er's gehabt oder war nahe daran. Er kann davon träumen.
Meine Helden sind entgleisende Gefährte(n). Wenn man sagen würde, ihn hat die Leidenschaft gepackt, die aus einem alten verschütteten Instinkt frei wurde, wäre nach wie vor verschwiegen, was er erfahren hat auf seiner Expedition. Nur nicht im plombierten Wagen in den Tod reisen. Einmal wird er nicht wiederkommen. Er wird die Grenze überschreiten. Er wird fliegen können. Verendend sind ihm Flügel gewachsen. Er war drin. Er war mittendrin in seiner Bestimmung.

Neulich nachts an der Bastille im Kino diesen neuen Gangsterfilm mit de Niro und Al Pacino gesehen (*Heat*), die beiden bilden als Polizist und Verbrecher ein janusköpfiges Wesen, sie sind eins, nur in der zufälligen gesellschaftlichen Rollenverteilung Jäger und Gejagter – übrigens jagt zu Ende des Films auch der Verbrecher seinen Verfolger. Sie sind eins, das drückt sich unter anderem darin aus, daß die beiden sich buchstäblich wittern und wirklich aufspüren, sie kennen einander und alle möglichen Schritte des andern von innen her. Ein brutaler, technisch meisterlicher Unterhaltungsfilm der schwarzen Gattung, ein spektakuläres Fabrikat des Regisseurs Michael Mann; und vor allem anderen ein Duell der schauspielerischen Höchstklasse, ohne die beiden Hauptdarsteller wäre das Ganze eine Art bombastischer Dokumentarfilm über die hemmungsloseste Gewalt bei Bank- und Geldtransportüberfällen, Technik und Tempo. Was künstlerisch fehlt, ermißt man, wenn man an Cassavetes denkt, etwa *Tod eines chinesischen Buchmachers*. Für mich war es bei allem Unterhaltungswert ein Leerlauf, mit Ausnahme der von den beiden Hauptdarstellern vorgelebten Charakterstudie. Was mich bei alldem merkwürdigerweise faszinierte, war die mitgelieferte amerikanische Mentalität, das von irgendwelchen Selbstbefragungen, Stimmungen, Grübeleien, Seelischem völlig unbelastete Machertum, das berühmte Tatdenken, hinter welchem sich ein verrückter Positivismus und eine ungebrochene Vitalität und insofern eine Unbelastetheit und wohl auch Freiheit inklusive unangeschlagenem Selbstbewußtsein verbergen und deklarieren. Man hat das Gefühl, daß diese Menschen ohne Gepäck auskommen, sie bedienen sich an der Welt, freihändig zupackend, in einer lässigen Pioniermentalität, die dem Recht des Stärkeren huldigt und mitleidlos funktioniert. Die Gangster, die ein jeder für sich eben noch in Tennisschuhen durch die Menge robbten und bei einer jener sagenhaft schönen Coffee-Ausschänken ihre Münze hinknallten, nachdem sie vom verschwitzten Mann im Unterhemd hinter der Theke das Bestellte behändigt haben, verwandeln sich ein paar Minuten später, nachdem sie ihre Masken übergezogen haben, in coole Fachleute des Tötens, sie fackeln nicht lange herum, sie rammen den Geldtransporter mit einem gigantischen Fernlaster und schießen die Panzertüren mit bestem Kriegsmaterial auf, mitten am Tag, am belebtesten Ort der Stadt, sie reißen die Mannschaft aus dem Innern des Transporters mit der Nachdrücklichkeit des gnadenlosen Überlegenen, und zwar nicht um die Leute zu knebeln oder vorübergehend stillzulegen, sondern um sie und damit mögliche Zeugen ein für allemal aus dem Weg zu schaffen, sie schlachten sie ab, gewissermaßen im Vorbeigehen. Das Ganze ist spitzenmäßig organisiert und bedient sich der besten Technologie. Sie räumen wirklich auf, das ist Krieg, Vernichtungskrieg im Rahmen eines Beutezugs. Es geht nicht um Gut oder Böse, es geht um nackten Gewinn und ums Gewinnen, wie im Geschäft, es ist Geschäft, Business, es unterscheidet sich nur im Spektakel des blutrünstigen Gewaltanwendens von den gängigen Machenschaften der amerikanischen Gesellschaft, in der neben »Gott und Vaterland« als Wert nur das Geld und Moneymachen zählt, jeder, der es schafft, ist gottgefällig, der Versager ist Ausschuß und Dreck, er ist Amerikas unwürdig. Weil nur das Machertum zählt und das ganze tägliche Leben, was Technik und Komfort betrifft, so praktisch gemacht ist, zirkulieren die einzelnen, die den Mechanismus zu bedienen wissen, so lässig, daß man es als unbeschwert und echt frei ansehen könnte. Die Prioritäten sind eben anders als hierzulande, die Menschlichkeit ist anderswo situiert, in anderen Nischen, kodifizierten Verhaltensmustern. Ich kam mir in den USA immer wunderbar leicht vor, nicht nur im Sinne der unbeschwerten Möglichkeiten, sondern frei von innerem oder gefühligem oder sonstwie komplizierendem Ballast, wie ein ausgenommenes Huhn. Und dahinein paßt eben mein Boris beileibe nicht schlecht. Die Frage beim Ansehen solcher Filme oder bei der Lektüre amerikanischer Krimis ist immer, weshalb im Grunde der zwar sehr wohl korrumpierte und bestimmt zynische Polizist letztendlich auf der Seite des Rechts mitmischt und nicht auf der anderen. Reiner Zufall? Verirrung? Ideal des Rechtdenkens? Die Gangster haben ja auch so etwas wie ein für sie geltendes Gesetz. Ich denke, das Wichtigste in Amerika ist die Vorstellung der Effizienz, und um zu einer solchen zu gelangen, gleichviel auf welchem Gebiet, auf dem der Forschung oder des Sektenbetriebs, des Entertainment, der Wirtschaft und Wissenschaft, bedarf es des pionierhaften Zupackens, und der Erfolg wird geheiligt. Eine gewaltige Vereinfachung des Lebens, wohl zum Teil vom Puritanertum herrührend. Wohlstand ist gottgefällig, Familie ist heilig, weil praktisch oder umgekehrt, der Kirchgang und die entsprechende Zugehörigkeit ist anständig, die Abtreibung ist es weniger, die Slums wiederum sind nicht unbedingt unanständig, sie sind unvermeidlich, wie eben jede Art Ausschuß zur ungehemmten Produktivität gehört. Aus Amerika wird man nicht klug. Man neigt zu Simplifizierungen in der Beurteilung, es ist wohl alles viel komplexer und komplizierter. Die Welt des freien Mannes.

Heute »À la bonne table«, Rue Seveste unterhalb der Gärten von Sacré-Cœur, eingekehrt, in diesem mir bereits von frühen Tantenbesuchen bekannten und in meiner ersten Pariser Zeit nicht nur frequentierten, sondern besonders lieben Montmartre-Quartierrestaurant: ein Pilgergang? Ich rase ja neuerdings wieder kreuz und quer durch die Stadt, fresse mich richtiggehend voll mit Pariser Bildern, Lebensmaterial. Nachholbedarf? In-Gang-Setzung der inneren Schreibmaschine im Sinne der Übersättigung, die das respondierende Formulieren wachruft.
Nun, damals bei den Tantenbesuchen war »la bonne table« für den Berner Jungen ein Fest des Lebens. Der kleine vordere Saal – seinerzeit kam er mir riesig vor – war immer brechend voll von Essenden, Schwatzenden, die sich alle kannten. Wenn Lola mit Jimmy oder Toby, dem Foxterrier, und mir eintrat, hieß es von überall her »Bonjour, Madame Lola«, man war zu Hause, die Bemerkungen und gutmütigen Witzeleien flogen hin und her, auch der Hund war allen bekannt, er durfte ungeniert mitessen bei Tisch, und ich war der stolz vorgezeigte Neffe aus der Schweiz. Und die Tische mit den riesigen Behältern der Vorspeisen, Salaten und Wurstwaren, Fisch und Eiern ..., an welchen man sich nach Belieben gütlich tat, waren für mich Schlaraffen-

land. Der Wein kam unaufgefordert auf den Tisch, er gehörte zum »couvert« wie auch die überquellenden Brotkörbe mit geschnittenen Baguettestücken. Das alles war Vorspiel, dann erst folgten, wenn man kaum mehr Appetit hatte, Fleisch und Gemüse, die Tagesgerichte; und danach Kuchen oder Früchte, Käse, Süßspeisen und Kaffee. Es war ein Freßfest und ein Anschauungsunterricht französischer Tafelfreuden, man saß eng zusammengepfercht, und die Wirtin überwachte ihre Kinder liebevoll, und hinter der Theke im Hintergrund des Saales waltete der Wirt und kümmerte sich um die Verdauungsschnäpse. Und die Gäste hatten rote Gesichter und redeten mit vollen Mündern, eine lustige Gesellschaft. Und der Foxterrier ging von Tisch zu Tisch betteln und kriegte auch immer was ab, und Tante beschimpfte ihn gutmütig, quel mendiant, fais le beau, und er machte Männchen und schnappte nach den Zuckerstückchen. Auch für ihn war es ein Fest.

Und jetzt? Der Dekor ist sich gleich. An den Wänden die Malereien wie in einem Kabarett, montmartrerisch eben, die Theke im Hintergrund kam mir verschimmelt vor. Vor allem war ich erstaunt, so wenig Tische vorzufinden, so klein war mein Restaurant in Wirklichkeit?, das Lokal war leer, die Handvoll Gäste saßen wie Schatten und Schemen mäuschenstill auf ihren Stühlen in dieser abgestandenen Luft, die man mit Gruft identifiziert hätte, und der Wirt, ein jüngerer Mann mit einer süßlich-überhöflichen Rede, Maghrebiner? brauchte unendlich viel Zeit, um etwas herbeizubringen, Zeit, um die Bestellung entgegenzunehmen, Zeit, um das Brot, das Krügchen Wein, endlich die gewählte Vorspeise zu servieren, die aus einem Kühlschrank zu stammen schien, so viele huschende Gänge und ebenso lange Abwesenheiten, von Schlaraffenland und von Schmatzen und fröhlichen Stimmen jedenfalls keine Spur mehr Ich lief dann nach Clichy an all den pornographischen Schuppen und Sexläden vorbei, und ein Anreißer, der mich sogar am Arm gepackt hatte, um mich zu einem Besuch mehr zu nötigen als anzumachen, rief, als ich lachend auswich: »Eh chef, tu fais la gueule?« (sinngemäß: »Bist du sauer?«), und ich stapfte durch die ganze heruntergekommene Gegend, die mir im Unterschied zu damals nicht nur mies, sondern schal und verwahrlost vorkam, jedenfalls fehlte das Prickeln, das *caché*, die dazugehörige Prozession, das Leben.

Sagte einer im Radio bei einer Diskussion zum Thema der kulturellen Identität und zur Frage der staatlichen Schutzmaßnahmen zur Erhaltung derselben (unter anderem mittels Einfuhrsperre, um Film, Literatur, Chanson französischer Provenienz den verdienten Platz zu sichern), dem Einfluß oder besser der Dominanz amerikanischer Kulturprodukte könne schon darum nicht Halt geboten werden, weil möglicherweise die einheimische Produktion nicht genügend widerstandskräftig, weil realiter für ein weltweites Publikum bedeutungslos geworden sei. Sie ist unverständlich geworden. Wer von den europäischen Literaten, Künstlern, Musikern kann heutigentags schon in die USA exportiert werden? Eine verschwindende Minderheit. Nur einige Fabrikanten von Bestsellerprodukten, also kommerzielle Eintagsfliegen. Läßt sich aus dem europäischen Anschauungsbereich, läßt sich aus europäischen Stoffen kein »weltbedeutendes« Modell mehr filtern, einfach deshalb, weil wir ein in sich kreisender Spezialfall geworden sind, wie weiland Helvetia es für das Ausland war, ein Spezial-, ein Sonderfall ohne wirkliche Zukunftsperspektive, ohne Sonnenaufgang, de facto Abendland-Gut, Vergangenheit? Wir sind für die weitere Welt sichtlich keine Vordenker mehr, wir gehören nicht wirklich dazu, wir werden unsichtbar in der Festung und hinter den Wällen unserer privilegierten Bastion, in welcher es nur noch um Abrechnungen, Eigennutz, Abwehr und Ablehnung, um eine Selbstverkrochenheit bis zur Einmottung, um Narzißmus, um Konservierung, Retrospektion, Überheblichkeit und Immobilismus geht. Es fehlen die Zukunftsperspektiven, es droht die Erstarrung, es herrscht der Kirchturmsgeist. Wir sind Welt-fremd. Ich sagte seinerzeit bei der Wiederauflage meines polemischen Diskurses: Möglicherweise handle es sich bei den Passiva, bei den schweizerischen Untugenden, die zutiefst unschöpferisch seien, um etwas, das sich morgen als Avantgardeposition erweisen könnte, die Schweiz habe einen Vorsprung in der Vorbereitung des Todes. (Einübung in den materialistischen Tod.) Sterbevorsprung. Ein Absterben zu Lebzeiten. Verblichen.

Heute die Nachricht im Briefkasten vorgefunden, daß die beiden Schätzungsexperten meinen literarischen Nachlaß annähernd doppelt so hoch taxieren wie der Leiter des Literaturarchivs. Die Zeichen stehen gut, ein Gewicht fällt mir vom Herzen, ich war ja diesbezüglich gestreßt, kein Zweifel. An der Gare de Lyon haben Odile und ich wie lange nicht mehr einmütig angestoßen und in die Zukunft gezwinkert.
Valérie wie auch Odile neigten dazu, meine Benommenheit, Müdigkeit, Schwindelgefühle etc., die mit Blutdruckproblemen zu tun haben, einer generellen Panik zuzuschreiben. Valérie hatte gedacht, ich sei verunsichert in meiner Selbsteinschätzung durch die relative Ablehnung meines *Journals*. Ich bin es überhaupt nicht, ich fühle mich stärker denn je, ich weiß, daß meine Bücher ihren Platz haben nicht nur in irgendeinem heutigen Feld, sondern im Jahrhundert.

Gestern oder vorgestern auf der Rue des Martyrs von einem raffinierten Geldschnorrer aufs Kreuz gelegt worden. Ein schlanker, leicht maghrebinischer jüngerer Mann von eher smarter Aufmachung und raffiniertem Benehmen, auffallend die kleinen, schon fast blindenartigen, dunkelgetönten Augengläser; verhält stutzend den Schritt, bevor er auf mich zueilt mit allen Anzeichen des Wiedererkennens. Nein, sowas. Wohnten Sie nicht in der Nähe der Porte Saint-Cloud, Jugoslawe oder nicht? Sowas. Wie steht's? Lange nicht gesehen. War doch, warten Sie mal. War ... Und ich denke: Woher kenne ich den Kerl? Raschid? Nein. Bin schon leicht beschämt, daß ich nicht schalte. Und gleichzeitig angeregt: ein Kerl aus der ersten Pariser Zeit, ein Zeuge. Nein, das Gesicht sagt mir etwas, aber ich komme nicht auf den Namen. Auch Saint-Cloud stimmt natürlich nicht, und bei dem Reizwort Jugoslawe war ich gleich skeptisch, peinlich, daß ich auf so viel Wiedersehensfreude so vernagelt reagiere. Könnte in Neuilly gewesen sein, da hatte ich doch diese Arbeitsmansarde. Und während ich meine inneren Akten durchwühle, erregt, hüllt er mich mit dezenten begleitenden Gesten in einen Redestrom, Erinnerungen, Rekapitulationen, er sei übrigens eben erst aus dem Spital entlassen worden, nach vierjährigem Krankheitsaufenthalt, höre ich und komme mir noch um eine Spur gemeiner vor. Und als er hinzufügt, und zwar in vertraulichem Ton, er habe keine Unterkunft oder noch keine und keinen Sou, blitzt endlich Mißtrauen in mir auf, aber noch ganz vage oder wolkig, und schon sehe ich mich mein Portefeuille zücken und den einzigen 50-Francs-Schein, den ich vorfinde, hervorziehen. Der Schein wechselt die Hand, der Kerl klopft mir auf die Schulter, nun duzt er mich, während er bis dahin sehr gekonnt zwischen Sie und Du zu navigieren verstand, und jetzt wird mir auch klar, daß ich den Kerl überhaupt nicht kenne, der sich nun geradezu gönnerhaft von mir abwendet und allerlei banale

Wiedersehenswünsche murmelt, und ich denke, klar, hast dich hereinlegen lassen, aber mit welcher Brillanz der vorgeht, das ist mir vielleicht eine Masche, und obwohl ich mich für dumm verkauft erkenne, als wahren Tölpel sehe, klatsche ich innerlich Beifall. Er hat mich ganz schön erwärmt und alles in allem angenehm durcheinandergebracht, wie in früheren Zeiten, denke ich, obwohl ich selber nicht genau weiß, was ich damit sagen will. Ein Virtuose.

Es ist, wie mir eben erst aufging, wirklich eine Monstrosität, wie ich meine Mutter beschreibe und sehe. Sie war für mich, wenigstens soweit ich mich zurückerinnern kann, immer die fügsame Tochter meiner Großmutter, in der Kindheit eine Art höhere Tochter, eingebunden in den hektischen Pensionsbetrieb, unterm Regiment von Großmutter. Sie hatte die Tochter-, nicht die Mutterrolle inne, sie repräsentierte gegenüber den Pensionären und spielte sich in Grenzen auf, auch gegenüber den Dienstmädchen, doch gab es einfach keinen Spielraum für ein mütterliches Handeln uns Kindern gegenüber. Sie war eine ferne Erscheinung. Auch sah ich sie überhaupt nie in einem annähernd ehelichen Kontakt zu Vater. Im Grunde waren wir alle Pensionäre, wir alle. Ich hatte weder Vater noch Mutter, keine entsprechende Einbindung, ich hatte die Schwester und Großmutter – als Autorität. Vater war der definitive Fremde. Kann mich an keine mütterlichen Zärtlichkeiten, keine Zweisamkeit erinnern, ausgenommen vermutlich die ganz frühen Spaziergänge, wenn die junge Frau mich im Kinderwagen spazierenführte. Doch das ist Vorstellung und nicht Erinnerung. Keine Mutter-Kind-Beziehung, keine intime Zärtlichkeit, keine Berührungen. Und später, als ich annähernd erwachsen und Großmutter tot war, hatte ich eine formelhafte, in sich gefangene statuarische, weil nur auf Erscheinung, auf ängstliche Damenmaskerade versessene, auf das, was sich gehört oder in ihrem kleinkindlich gebliebenen Wesen als ehrbar oder standesbewußt gelten mochte, bedachte, zutiefst unzugängliche und unselbständige Mutter zur Last. Sie war mein Kind. Sie blieb auch mir gegenüber fügsam, ihre einzige Ausdrucksform waren die Tränen, wenn ich ihr zusetzte oder sie ihrem Sinn nach überforderte oder respektlos behandelte. Das waren fast russische Verhältnisse. Eine unerreichbare Mutter.

Auf dem Markt hat mich ein Herumtreiber von nicht gerade jugendlichem Aussehen, der einen sitzen hatte, am Arm gefaßt mit der weinseligen Bemerkung: Sie sind mein Papa, jawohl, er ist mein Vater, hallo Papa, kannst du mir nicht … usw. Der Mann sah in meinen Augen wie mein eigener Großvater aus, wie kommt er nur dazu, in mir eine väterliche Instanz zu begrüßen, bin ich Methusalem? murmelte ich leicht beleidigt und gleichzeitig vergnügt: Warum auch nicht.

Dieses Jahr ist mir das Knospen und das Schlüpfen der Kastanienblätter in den Tuilerien nicht entgangen, ich habe alle Stadien genau verfolgt, ich war, könnte ich sagen, dabei(gewesen). Weiß der Himmel, was die Erregung, was das Glück ist beim Anblick dieser Vorgänge. Bereits wenn sich an den Trieben die dunkelbraunen klebrigen Knospen bilden, verschlägt es mir vor Staunen den Atem wie zu einem Stoßgebet. Warum bin ich von nun an in gestauter Erwartung elektrisiert, als gelte es nicht nur dem Beiwohnen des Wunders, sondern einer zutiefst mich betreffenden Offenbarung? Dann sind Tage später die ersten geplatzten Knospen mit der Spur Innengrün anzutreffen, das Grün von der bezauberndsten Frische, nein Unschuld, das Geburtsgrün! Andeutung von Enthüllung. Es gibt die frühentwickelten Bäume, eine Art Avantgarde, während die meisten dunklen Stämme rundum einzig ihre glänzenden Triebe recken. Doch einige Knospen sind gesprungen, und nun muß ich den ganzen Park ablaufen unter den Kronen inmitten der mächtigen Stämme, ich laufe wie ein Aufseher, wie ein Natur-Geheimagent unter den Stämmen. Anderntags beginnt da und dort das Ausschlüpfen, die gefältelten Blättchen mit dem unaussprechlich jugendfrischen Hellgrün, einem Grün, wie man es nirgends sieht, wie knochenlose Händchen, die sich öffnen. Und am nächsten Tag sind es hängende Blättchen, grün materialisierter Duft. Und sich das Platzen vorzustellen, den lautlosen Knall überall, das Schlüpfen. Das Knospenspringen ist dann wie ein riesiges Knüpfwerk durch den Raum gebreitet, und Tage später stehen die Bäume in ganzen Familien und Heerscharen in grünem Flaum. Es ist das Wunder des Anfangs. Es ist die Geburt der Schönheit.

Es geht mir durch und durch. Ich bin verzaubert. Ich laufe nach Hause und setze mich an die Arbeit, um es dem Werden draußen gleichzutun. Es muß geschehen, es muß jetzt geschehen. Wenn nicht, ist der herrliche Moment verpaßt, die Gnadenfrist

Heute die Nachricht aus München von Reinhard Hemms Tod im Briefkasten. Und noch vorvorgestern erzählte ich in Frankfurt beim Abendessen in einem griechischen Lokal ausführlich von dieser Freundschaft. Reinhard war für mich ein Guru. Ich habe bei meinem letzten Besuch in München, vor anderthalb Jahren, von ihm in Obermenzing Abschied genommen. Er konnte nicht mehr sprechen, er konnte gehen und flehentlich blicken, der Hirnschlag hatte ihn der Sprache beraubt. Er tappte als Fremdling wie ein geblende-

ter König umher, und sein kleiner Junge kam leichtfüßig und fröhlich von der Schule nach Hause und tat, als ob nichts wäre.
Er war, wie in der Antike, Arzt und Lehrer in einem. Er brachte eines Tages drei Griechinnen aus Patras, wo er eine Besitzung hatte, nach Deutschland, junge, mittellose Griechinnen ohne bildungsmäßige Aufstiegsmöglichkeit, und integrierte sie seinem Haushalt in Obermenzing. Sie kümmerten sich um den Haushalt und seine Person, und er brachte ihnen Deutsch bei und bildete sie heran, bis alle drei das deutsche Abitur hatten und studieren konnten; und er holte seinen eigenen indischen Guru zu sich und integrierte ihn seinem Haushalt mit den drei Griechinnen; am Abend meditierte er mit ihm, und bei Tisch nannte er ihn Opa, und sonst saß der langbärtige indische Heilige herum wie ein Vogel auf einem Ast und spielte auf seiner Sitar. Ich hatte Reinhard Hemm, der mit einer Kusine meiner damaligen Frau verheiratet war, in unserer Berner Wohnung, wenn ich nicht irre, vorgefunden, er saß da, und ich dachte, er sei wohl der Freund unseres damaligen Babysitters, er erhob sich aus dem Stuhl und sagte Hemm, es war wie ein Räuspern, und danach sagte er, sein junger Schwager habe ihn hier bei mir abgestellt, er sei nur eben zum Frisör gelaufen. Damals war Hemm unterwegs nach Indien, und zwar auf dem Landweg, in einem alten Opel Kapitän. Wir verstanden uns gleich, und als er wegfuhr, war mir, wie ich mich erinnere, als sei ein Engel dagewesen, er ließ eine Aura zurück. Später wohnte ich oft bei ihm in seiner Arztpraxis in der Ludwigstraße oder auch in seinem vergammelten Jugendstilhaus in Obermenzing. Er hatte mich 1963 zur Behandlung übernommen, als ich bandscheibengelähmt und morphiumsüchtig darniederlag, es war nach dem Mißerfolg mit *Canto*. Man hatte mich von Zürich zu ihm hinbefördert und ins Bett gesteckt. Er verpaßte mir eine Radikalkur, den eingeklemmten Nerv

aushungern, nannte er es, es war wohl auch eine Entziehungskur. Ich kriegte kein Morphium, keine Medikamente, bloß Bier und sonst nichts zu essen, ich lag da auf dem Lager der ungeheuerlichsten Schmerzen, allein, weil er tagsüber in seine Praxis fuhr. Er gab mir subkutane Spritzen mit einem Mistelextrakt und nahm den Gelähmten und Horrifizierten gleich auf, um ihn in einen Stuhl zu setzen, was unvorstellbar gewesen war in Zürich, ich schlotterte; am ersten Tag eine Viertelstunde aufstehen, am nächsten eine halbe und so fort. Eine Roßkur, zusätzlich eine Psychokur. Und es gelang. Er hat mich gerettet. Er war Arzt und Erzieher, ein unorthodoxer Medizinmann, obwohl er Dr. med. war und über Leberleiden und deren psychogene Ursachen promoviert hatte. Ein Zirkuskind ursprünglich, im Krieg mit seiner Truppe zur Unterhaltung der Frontkämpfer eingesetzt und auf Grund einer Krankheit mit bloß einigen Monaten Lebenserwartung freigestellt. Er las in Doktorbüchern, um sich über den eigenen Fall Klarheit zu verschaffen, er kam, ich weiß nicht, wie, mit dem Leben davon, beschloß, Medizin zu studieren, holte das Abitur nach, wurde erst einmal Heilpraktiker, verdiente sein Studium als solcher, unternahm die Reise nach Indien auf dem Landweg, um Volksmedizin zu studieren, blieb ein, zwei Jahre in Indien bei dem Heiligen, den er viel, viel später zu sich nach München geholt hat, kam zurück, schloß das Studium ab, machte seinen Doktor und fuhr mit einer mehr als nur unkonventionellen Behandlung als Arzt und speziell Chiropraktiker fort und blieb mein Freund. Und für mich war er außerdem eine Art Inkarnation meines armen Vaters. Er gehörte für mich zur allerengsten Familie, ich wohnte oft bei ihm in seinem vergammelten und so ganz und gar unästhetischen Haus mit den Autokadavern im Garten, er kam oft in die Schweiz zu uns zu Besuch, er rief treu an zu später Stunde, und ich schrieb ihm treu Briefe, er war mir wichtig über allerhand Schranken der verschiedenen Lebensart und Verständigungsschwierigkeit hinweg, er war wohl ein Beichtvater, eine Instanz, er war nur einige Jahre älter und hundert Jahre wissender als ich, er war ein Nabelpunkt in meinem Leben, wenn er anders auch ein Prolet oder Volkskind geblieben war und in punkto Frauen nicht eben enthaltsam. Er hatte eine Tochter aus einer ersten Verbindung, Zwillinge mit einer zweiten, und er hatte zuletzt mit Viola, die auch Chiropraktikerin und Mitarbeiterin in seiner Praxis wurde, einen kleinen Sohn, nicht viel älter als Igor. Das Söhnchen heißt wie der Vater Reinhard. Und dann hatte er den Schlaganfall, der ihm die Sprache raubte und ihn wie meinen Onkel Emil alias Alois (s. *Das Jahr der Liebe*) werden ließ. Und nun ist er gestorben. Muß mehr über ihn schreiben wie auch über Armin Kesser und Leoncillo (Leonardi), alle drei sind mir wichtig, weil wohl Mentoren gewesen.

Armin Kesser habe ich kennengelernt, als ich noch Assistent war am Bernischen Historischen Museum unter Michael Stettler, ich war unter 30 und Familienvater. Kesser kam mit einer kleinen Equipe des Fernsehens. Er schien eher klein, hager, mit einem Tigergesicht, die Augen hinter Brillengläsern kritisch bis belustigt blickend, es war auch eine Spur fast lauernder Neugier im Blick, doch das Auftreten war selbstbewußt bis arrogant. Ich war gleich alarmiert – von der Persönlichkeit! Nun, es war eine Befreundung auf den ersten Blick. Wir verabredeten uns nach Dienstschluß in der Kunsthalle nebenan, wir stürzten uns neugierig ins Kennenlernen. Dann kam ein Besuch in Zürich, wo er mir, was mich verwunderte, die Adresse einer Dame und nicht die seine angab. Die Dame war Modeschöpferin in einem eigenen Modehaus und Kessers »Lebensmensch«, wie Thomas Bernhard es von einer Tante sagte. Sie waren sich als Kinder schon nahegestanden und später in Berlin eng befreundet, Alliierte. Vor allem war die Dame eine Art Mäzenin, was Kesser dadurch gutmachte, daß er, der überall hochwertige Kunstdinge, nicht suchte, sondern einfach fand, ihr eine erstrangige Kunstsammlung aufbaute, darunter Kandinsky, Derain, aber auch antike Figuren, antiken Schmuck. Sie unterhielt ein großes Haus, sie führte uns später, als ich in Zürich wohnte, in die besten Restaurants, sie bewirtete den ganzen Kesser-Clan und auch meine Angehörigen, sie war unsere Gönnerin. Und sie war stolz darauf, denn Kesser war die Sonne in ihrer Galaxie. Er war es auch für mich. Er war Schriftsteller, Essayist, ein Stilist! Seine Gebiete waren Kunst, Antike, Psychologie, Literatur, sogar Graphologie, Mythologie. Er schrieb damals an einem Buch über das Wesen der Rolle, er verfaßte Aufsätze für die Literaturbeilage der *NZZ*, gelegentlich einen Beitrag fürs Fernsehen, er hatte ein umfassendes Wissen und daraus hervorgehendes Universum. Er war in der Odenwaldschule zusammen mit den Söhnen von Thomas Mann aufgewachsen, Sohn des expressionistischen Dramatikers Hermann Kesser und einer Schweizer Operettensängerin. Er war Emigrant, aus Berlin, wo er dem Brechtkreis angehört und für den *Börsenkurier* geschrieben hatte, nach ersten Hausdurchsuchungen durch die Nazis in die Schweiz zurückgekehrt. Ein unabhängiger Essayist und unabhängiger Geist, der mit Carl Gustav Jung eine berühmte Kontroverse geführt hatte und mit Musil befreundet gewesen war – ich meine, er hielt die Totenrede für ihn.

Und ich hielt die seine.

Eine Zeitlang, als ich in Zürich am *Canto* schrieb, fuhr ich jeden Abend nach der in meinen damaligen Arbeitskammern geleisteten Tagesarbeit zu Kesser in die Carmenstraße, bevor ich nach Hause ging. Und jeden Morgen war das erste

ein ausführliches Telefongespräch mit Armin. Ich fühlte mich wahrhaft auserwählt nicht nur durch seine Freundschaft, sondern auch seinen Glauben an den in mir steckenden Künstler.
Er hielt sich gerne in Rom auf, immer im »Minerva«. Wie ihn die Wahl des Papstes Johannes XXIII. jubeln ließ. Wie wir zusammen in Rom wandelten, auch auf den Spuren der Etrusker, wie er mit einem Telegramm die Vollendung des *Canto* feierte. Canetti hat mir einmal gesagt, ich müsse ausgezeichnete Schulen besucht haben. Hatte ich nicht, wohl aber war ich bei Kesser in die Schule gegangen. Sagte ich Canetti. Das muß es sein, meinte er.
Sein Tod wurde mir folgendermaßen berichtet: Armin befand sich bei Freunden im Tessin, es war Mittag, man trank Champagner. Eben war eine Mozartplatte zu Ende gespielt. Bitte leg' sie noch einmal auf, sagte er zu seiner Begleiterin. Sie lief zum Plattenspieler, hört das Splittern von Glas, dreht sich um und fängt Kesser auf, er stirbt in ihren Armen. Es war Mittag.
Als ich ihn in der Leichenhalle besuchte, sprach mich im Aufzug ein Fremder an mit den Worten: Sie müssen Rogoshin sein (der Freund oder Gegenspieler von Dostojewskis *Idiot*, wenn ich nicht irre). Der Unbekannte hatte eben Armins Totenmaske abgenommen. Er sprach russisch.

In der beinah fertig umgebauten Wohnung, Rue Saint-Honoré, endlich wieder allein, Igor in St. Malo. War seit Wochen mit »Außendienst« befaßt und mit Igor zusammen, was anrührend war, ich hänge wie vernarrt an dem Kleinen. Was mir (schmerzlich) abging: daß ich nie mehr denken, vor mich hin spintisieren, wahllos in der Stadt herumstreichen konnte – Vorgänge, die engstens mit meinem Arbeitsprozeß zusammenhängen. Nun, das wird sich geben, Igor ist ja tagsüber in der Schule. Und überdies ist jetzt Sommer, also nicht meine Zeit.

Er hatte alles. Er stammte aus der russischen Aristokratie, er hatte alle Privilegien seiner Klasse, worunter ich nicht nur den während den Aufenthalten in familieneigenem Gutsbesitz empfangenen und genährten (oblomowschen) Paradiestraum verstehe, sondern den geradezu luxuriösen Zugang zur Kultur; lernte zu Hause von Gouvernanten Französisch und Englisch, was ihm später zugute kam, betrieb Sport, Tennis und Boxen, tauchte früh in die Lektüre der russischen und der Weltliteratur, war umringt von einer ihn liebenden und fördernden Familie, die Eltern bedeutende Menschen, der Vater, der ihn in die Schmetterlingskunde einführt und auf Schmetterlingsjagd mitnimmt, mit dem er aber auch die Kunst des Schachspiels pflegt und über alles diskutierten kann. Ein Glückskind. Er kommt irgendwie direkt (wie Pallas Athene aus dem Kopf des Zeus) aus Puschkin und Lermontow und dem ganzen Literaturhimmel seines Volkes zur Welt, ein Auserwählter. Er hat noch Teil an den Bällen und Vergnügungen und dem zugehörigen Liebesrausch, wie es zur Zarenzeit den Bevorzugten selbstverständlich vergönnt war. Die besten Schulen, die schönsten Neigungen und Muße, sich all dem hinzugeben. Ein Aufgehobensein im Schönsten, für das er später nur den Namen Rußland zu flüstern versteht. Ein geborener Poet und außerdem diese reich gefächerte Öffnung für alle möglichen Interessen. Es kommt die Revolution, es kommt die Ausstoßung und damit der Verlust von allem. Das *Exil.* Die erste Station heißt Cambridge, die zweite Berlin, wo er – aller Mittel beraubt – zum russischen Schriftsteller wird. Die russische Kolonie in Berlin der Zwischenkriegszeit ist einigermaßen gigantisch, hundert russische Verlage, jede Menge russischer Zeitungen, Literaturzeitschriften, Theater, Zirkel, Kulturinstitutionen.

Er hat jetzt ein anderes, ein nostalgisches, ein Ersatzrußland zur Ernährung des eingeborenen, wenn jetzt auch realiter verlorenen Paradiestraums. Er schlägt sich mit Sprachunterricht, als Tennislehrer, Rezensent, auch Stückeschreiber durch, eher ärmlich. Er verliert den bei einem Attentat erschossenen, geliebten Vater; Mutter und Schwestern ziehen nach Prag. Er selber zieht weiter nach Paris, im letzten Moment nach der Machtergreifung Hitlers. Und wiederum im letzten Moment vor dem Einmarsch der Deutschen in Paris nach den USA, wo er Universitätsdozent wird und fortan amerikanisch schreibt. Nabokov ein amerikanischer Schriftsteller. Die erste Hälfte des Werks, umfangreich, entstand in russischer Sprache in Berlin, die zweite auf Amerikanisch in den Staaten. Mit *Lolita* kommt, verhältnismäßig spät, der Welterfolg und die finanzielle Unabhängigkeit. Die dritte und letzte Station heißt Montreux, wo er in einem Grand Hotel, in dem Russen abzusteigen pflegten, eine Hotelsuite bewohnt, bis zum Tode.

Doch der Nährboden von allem ist der in Rußlandliebe, Vaterlandssehnsucht eingehüllte verlorene Paradiestraum. Den er nun, als buchstäblich Entwurzelter, nie wieder Seßhafter, als eine Art Schmetterling in all seinen ausgedachten und nach Art der Schachprobleme konstruierten Romanen versteckt und verteilt. Er versteckt sich selber in vielen ausgedachten Schicksalen oder besser Schicksalsmöglichkeiten, die er in die Gewänder seiner angelebten Exilerfahrungen kleidet, es ist, wie wenn er, in Ermangelung des ihm von Geburt zugedachten Russenlebens, alle möglichen Varianten anderer Leben erfindet, er ist ein Meister der Kombinatorik und Camouflage, der ironischen Irreführungen, es ist überall zu Teilen oder Gegenteilen etwas oder viel von ihm selber im Spiel, er arbeitet mit Derivaten der Vita und frühen Substanz.

Es entsteht eine ironisch gebrochene, von wundervollen ganz eigenen Sprachbildern durchsetzte, beobachtungsreiche, sowohl sprachlich-ästhetisch wie intellektuell-geistig auf höchstem Niveau angesiedelte Odysseus-Literatur, worunter ich das aus Larven des eigenen Fundus ausschlüpfende Falterleben der sonderbarsten, manchmal abgründigen, aber auch komischen Existenzen verstehe, ein wahres Schachspiel möglicher Geschicke, insgesamt ein Pandämonium, nur eben falterleicht zelebriert oder hingeschaukelt, ans tiefste eigene Empfinden gebunden und gekoppelt einzig durch Sprachbilder, deren Empfindungstiefe bei größter Exaktheit Anker werfen, menschliche Anker, und diese poetische Eigenschaft ist es, was die Konstrukte dem Leser nicht nur nahebringen, sondern unter die Haut gehen lassen, hier das Amalgam: in der poetischen Aussagekraft.

Es zieht eine tiefe Sehnsucht durch die Bücher, ich kann sie die Sehnsucht nach dem Verlorenen nennen (oder nach einem anderen unerreichbaren Leben). Ich frage mich, was mich, einen Geschichtenverächter wie mich, mit Ausnahme des Kindheitsstoffs, so tief bewegt. Es muß das Russische sein, das Andere Land, das mir vom Vater her eingeimpft, als das Verlorene oder nie Erreichbare, als das Abgeschnittene vermacht worden sein muß. Vielleicht wäre ein in Rußland heimischer Nabokov nie der große Neuerer, nie dieser gewaltige Schöpfer geworden. Er hat nach dem Verlust alles auf die Schöpfung gesetzt. Auf die Welterschaffung als Dichter, als Künstler.

Mehrere Wochen Krankheitsausfall. Gehörsturz, Schwindel, Gehschwierigkeiten, ein schwankendes Rohr, der Kopf wie in einer Taucherglocke, brummend, Benommenheit, bleierne Müdigkeit, schwarzes Loch. Klinikuntersuchungen jede Menge ohne Resultat, ein Virus? Konnte nicht mehr

hinaus, tappende Gehversuche am Arm von Odile, die drei Wochen hier alles in die Hand nahm. Von der Außenwelt abgeschnitten, sogar den Knall der Knospen verpaßt und die grünen Schlüpflinge, jetzt ist alles gleichmäßig grün. Nur die Tonbandgespräche mit Derivière für das *République-Nizon*-Buch einigermaßen weitergemacht. Bis ich mich wieder an die Maschine setzte, um am Schreiben zu gehen oder es wenigstens zu versuchen. Jetzt bessert es sich allmählich, war eben auf dem Markt Avenue du Président Wilson beim Musée de l'art moderne. Das Erlebnis der Invalidität, die tappende Weltverlorenheit, Gebrechlichkeit, Angst.
Bestimmt bin ich etwas angefochten durch die auf mich zukommende Bilanz meines Lebens in Form der Werkausgabe in Deutschland. Auch hat mich Derivières Durchleuchtung meiner schöpferischen Person und meiner solipsistischen (?) Schaffenskondition recht eigentlich deprimiert. Mein Zappeln an der Schreibleine, mein Verfesseltsein und die kräftezehrende ewige Auflehnung. Und in diesem Jahr noch werden wir »die Karten auf den Tisch legen«. Auch das Altern dürfte eine unangenehme Pille sein.

Am 11. August in Fécamp/Normandie die Sonnenfinsternis erlebt. Schon die Anreise im Zug und dann das Landen oder besser das Einströmen der kunterbunten Pilgermassen hinein in das Hafenstädtchen hatte (fast) Fellinische Züge, es galt ja einem Naturwunder beizuwohnen, und in diesem Fall war die Erwartung leise von Ängsten, Weltuntergangsängsten untermalt. Und dann bezog man Posten, jeder für sich oder gruppenweise längs der Promenade, die zum Strand führte – der Strand selber unter den Kreidefelsen war schwarz von Menschen und unerreichbar –, und dann starrte man in die hinter Wolken verborgene Sonne, die im Zenit stand und legte die zu diesem Zweck gefertigte

undurchlässige Brille an, und man gewahrte das letzte Segment Sonne, eine immer kleiner werdende Sichel von einem irritierenden Lichtgrad, und dann war es schwarz, schwarze Nacht, das heißt, es zog wirklich ein Todesschatten über das Gestirn, es wurde Nacht und totenstill, mitten am Tag, und kein Vogellaut, und die Quelle allen irdischen Lebens für eineinhalb Minuten erloschen und kalt, nur ein Feuerrand rund um das schwarze Loch, Protuberanzen. Die Sonne verschluckt und verschwunden und Nacht. Und Sterne. Und dann geht sie tatsächlich wieder auf, spältchenweise, und die Vögel singen, und die Hähne krähen, und die Menge akklamiert und grölt und Hurra, und jetzt sieht man auch das überlaufene Städtchen, das in eine Riesenkirmes verwandelt ist und die sich schiebende Menschenmasse an den Ständen und Buden entlang zum Meer hin, zum Leuchtturm, zu den Kreidefelsen, zum Strand, ans Meer, an den Ärmelkanal.
Der Strand ist ein Kieselsteinstrand und füllt sich nun mit Badeleuten, die sich lagern und sonnenbaden und auch ins Meer tauchen, und die Luft füllt sich mit Stimmen und Fetzen von Musik, und Segelschiffe ziehen vorüber, darunter ein Dreimaster aus dem 19. Jahrhundert, majestätisch, und in der Luft über den Kormoranen und Seemöwen die Helikopter der Küstenwache und etliche Sportflugzeuge, auch Veteranen, fliegende Kisten. Und auch ich bin auf meinem steinigen Bett eingeschlafen, nachdem ich eine Schulklasse, wohl aus der Banlieue, hauptsächlich Nord- und Schwarzafrikaner, beim Planschen und danach beim Sonnenbaden beobachtet habe, wunderhübsche Kinder und Fräuleinchen. Und der zehrende Meerwind, das Rauschen und Wehen, ich war später beim Muschelessen ganz still, weil groggy. Übrigens sehen sich die hohen grünhellen, scharf geschnittenen Kreidefelsen oder Falaises, die den Strand begleiten und schirmen zum Meeresblau und hellen Himmel, sehr kost-

bar, fast wie Fayencekunst an. Und bezaubernd jenes Pärchen, das ich stehend entdeckte und später hingekuschelt sah: der dunkelhaarige athletische Junge auf dem Rücken ausgestreckt und das Mädchen seitlich halb über ihm, das Gesicht auf seiner Brust, das gewinkelte Bein über seinen Leib geklammert, das ganze junge Weib ihm angegossen, nichts von Anstößigkeit lag in der Umschlingung, nur Nähe, Liebesnähe, selbstverständlichstes Verlangen und Zugehörigkeit. Glück.

Wie ich später beim Run auf die Bahn ein anderes Liebespaar, blonde blutjunge Leute, wohl Ausländer, beim unersättlichen Kosen beobachten konnte, die Nimmersattheit beim Küssen und Anfassen, bis die Gesichter vorübergehend ganz weltabgewandt, fast schon abweisend wirken, es ist aber nur Übersättigung, eine Art Schmerzgrenze. Ja, für eine Weile oder kürzere Zeit ist alles nur ausdenkbare Verlangen im andern gestillt, es ist das totale Ineinanderaufgehen ohne weitere Wünsche, weil weitere Wünsche unvorstellbar, es ist die totale Wunschlosigkeit, eine bis zur Unerträglichkeit reichende schmerzende Fusion im Verliebtsein. Und müßte wohl mit dem Kinderkriegen enden oder doch, wenn nichts dazwischenkommt, sich so bekrönen, so der Verlauf der Dinge, so das alte Spiel, weil die Natur es so will. Auch ich habe es gekannt, nicht nur damals, als ich selber kaum über 20 war und im selben Zustand, sondern sogar viel später noch. Noch mehr Nähe, nie nie auslassen.

Zurück aus Rom

Gestern, Sonntagvormittag, mit Hans Christoph von Tavel im Institut zu einem Abschiedsblick auf den Turm des Palazzo Maraini gestiegen und bei herrlich sonnigem Licht die Stadt eingeatmet wie damals vor 40 Jahren. Sie lag ausgebreitet mit all den lagernden Leibern und Kuppeln in diesem Licht, Römerlicht, Meereslicht. Und in diesem Licht, in dieser lichten Bläue lag alles ausgebreitet in den ockrigen Tönen, in einer leichten Leibhaftigkeit, bröcklig leicht wie Tongefäß und ebenso inschriftlich klar, gleichzeitig ockrige Gravur und dreidimensionale Plastizität und keine Spur von Schummrigkeit, es war antikische Klarheit, Frühzeit und Vollendung, ganz Hiersein und ganz Entrückung, und es lag ein Hallen oder Klingen in dieser Leiberstadt, etwas vom offenen Markt des Lebens, das Licht bis zur Erde reichend, es war Form und nicht Impression. Ja, und wenn man darin ist, muß man den scharfen Schatten mitdenken wie auf einem Bild von de Chirico, einen harten Schlagschatten wie von der Sonnenuhr. Und mitdenken muß man die paar Palmen und anderen gestalthaften grünen Pflanzen zum Mauerstein und ein frühzeitliches Glücksgefühl. Und ich stand neben von Tavel, mit dem mich die gemeinsame Studienzeit in Bern verbindet, auf dem Turm und diesem Licht und schaute – ja, wohin eigentlich? In mein Leben von damals? In dieses Anfangslicht? In jene brennend junge Lebenserwartung, der schon wie ein Schlagschatten auf der Sonnenuhr die Grenze gezogen war? In einen hellsichtigen Traum?

Erinnere mich, wie sehr mich das Aufkommen der Popkultur inklusive Hippies und Flower Power und der darauffolgenden 68er-Bewegung nicht nur geschockt, sondern wie eine persönliche Attacke auf meinen Lebensentwurf getroffen hat. Es war in London 1967, und es hat mit meinem Selbstverständnis als Künstler zu tun.
Künstler als Einzelgänger und als Randerscheinung der bürgerlichen Gesellschaft. Es gehörte ein gewisser Aristokratismus in dieses Bild, denn zu meinem Künstler paßte durchaus die geistige Verankerung in den besten kulturellen Latifundien und Traditionen und ein dazugehöriger Ästhetizismus. Es käme in meinem Falle insbesondere das Außenseiterbild Robert Walsers in Frage. Diese Abfärbung. Das Antibürgerliche gehört hochrangig zu diesem Status, aber ebenso die Abgrenzung gegen das Proletarische. Mein Künstler war jedenfalls kein Barbar, er durfte arm sein wie Walser und van Gogh, doch war er überragend an geistigen Kräften und Gaben, auch als Verkörperung des Besten an kultureller Inkarnation. Er war ein selbsternannter Regent, gehorchte eigenen Gesetzen, und er war ein Kämpfer wie ein Thomas Wolfe oder Hemingway, auch ein unbürgerlicher, nur sich selbst verantwortlicher Abenteurer. Rimbaud? Das Außenseitertum ein Adelstitel. Seine Verbündeten waren die Gauner und Prostituierten, und hier schillert das Bild in die Zonen von Henry Miller und James Joyce hinüber, mein Künstler war ja im Grunde ein Revolutionär. Nur das Normalverbrauchertum lieferte die Feinde; und natürlich die verknöcherten scheinheiligen verlogenen und lebensfeindlichen Konservativen, die Statthalter und Verteidiger des schal gewordenen Besitzbürgertums.
Und nun verwandelte sich gewissermaßen über Nacht via Jugendbewegung und Popkultur das ganze gesellschaftliche Bild, und was gestern noch als halbdebiler Lümmel durch die Straßen getrottelt war, lief nun als bärtiger struppiger

Hippie und Anarchist und Popartist und liebestoller, alle Regeln des Anstands verhöhnender Revolutionär und Antivietnamheld und Beatle durch die Gegend, das Losungswort war schöpferisch, ein jeder schöpferisch, ein jeder ein Künstler und Kämpfer, eine karnevalsreife Fauna von Verkleideten und Aufmüpfigen, verbrüdert, in den Parolen und Melodien der Popsänger Zuckenden, eine Welt potentieller Barrikadenkämpfer beherrschte die Szene, alle freiheitstrunken, dichtend und kunstend, nun war diese Jugend an der Macht. Und das heilige Emblem war die Gitarre, und das ganze Jungvolk strömte in die gigantischen Messen der Popkonzerte, wo es sich speisen und bis zur Ekstase durchtränken, also wohl mobilisieren ließ, und die Messepriester, die neuen Helden, waren ihrerseits Schamanen, Erwekkungsprediger, außer Rand und Band geratene Barrikadenheuler, in Aufmachung und Gebärdung schlicht unbegreiflich. Eine wahre Volksbewegung, eine neue Massenkultur, eine neue Erscheinungsform von Demokratie und Freiheit der Expression, die Phantasie an der Macht, und der unerschöpfliche Fundus hieß Kreativität. Kreativität als Massenerscheinung. Und wo gehörte ich nun hin mit meinem elitären Anspruch und revolutionären Monopol? Ich war zutiefst verunsichert, mehr als geschockt: in meinen Grundfesten erschüttert. Übermannt. Für mich waren nicht einfach Poesie und Musik an die Macht gekommen, sondern zusammen mit dieser ganzen Kreativität auch das Obszöne schlechthin. Für mich war es eine Entwertung meiner ganzen bis dahin gültigen Glaubensartikel.

Natürlich merkte ich gleichzeitig, daß diese neue Popkultur viel Positives entfesselte, unter anderem Widerstand gegen Krieg und Repression und die mörderischen Aspekte des Kapitalismus, eines Imperialismus, nur konnte ich mich hauptsächlich aus ästhetischen Gründen mit dieser Volksbewegung nicht ohne weiteres verbünden, ich wurde einmal mehr an den Rand gedrängt, natürlich auch als Schriftsteller und in allem, was mein Wertesystem anbelangte. Ich las zwar aufmerksam und teils wirklich beeindruckt Norman Mailers *Heere aus der Nacht*, den Marsch auf Washington, ich las die neuen Autoren. Ich begann sachte meine eigenen Vorstellungen zu hinterfragen, begann mit Selbstinfragestellung, ließ mich – in Maßen – aufstören, vor allem 1969 dann, als ich an der ETH Gastdozent war und mitten in dieser Jugendbewegung steckte und mehr als nur gezwungen war, Farbe zu bekennen.

Ich komme auf den Aspekt des Höherstehenden zu sprechen, weil mir kürzlich meine Nichte Tamara diesen Hang als eine Art familieneigenen Defekt fast zum Vorwurf machte. Die Frage ist, was es mit diesem Dünkel auf sich hat, weil offensichtlich sowohl meine Mutter wie meine Großmutter, obwohl beide aus bescheidenen Verhältnissen stammend und nicht sonderlich gebildet, eine entsprechende Werteausrichtung uns eintrichterten. Einen »Aristokratismus«, würde Derivière es nennen, und Ähnliches hat man mir von meinem Habitus und Auftreten her auch immer schon angekreidet. Bei meiner Schwester hat der Anspruch auf absolute Exklusivität die Züge der Überheblichkeit. Vielleicht haben die beiden Mütter eine von meinem Vater abgeleitete oder auf ihn projizierte Sonderwertstellung in krauser Weise entwickelt und hochgehalten und uns Kindern eingeimpft. Eine Fassade, hochmütige, die im Grunde auf nichts beruht und reine Behauptung bleibt. Wir wurden ja aufgezogen und abgerichtet, als seien wir Prinz und Prinzessin.

Mit Odile habe ich immer den einen Streitpunkt: Sie kann nicht verstehen, denke ich, was mich das Kunstwerden mei-

ner Stoffe kostet. Nur der künstlerische Rang ist der Sieg über das Nichts, nur dieses Schöpfungswunder. Daher mein problematischer Elitismus. Es besteht ein abgrundtiefer Unterschied zwischen interessanten gutgeschriebenen Büchern oder anderen sog. künstlerischen Produkten und dem Kunstwerk, und Solidarität erwarte ich mir einzig auf dieser exklusiven Ebene. Auch Hilfe.
Der Kunstanspruch meint das totale Aufgehen von Stoff in künstlerischer Sprache, in Stil und bedeutet im Unterschied zum billigen Verbrauchsgegenstand nicht weniger als das unverwüstliche Leben. Kunst – diese leichte Sache, die so schwer zu machen ist (Utz).

Zur Picasso-Plastik-Ausstellung im Beaubourg.
Ich habe hauptsächlich den Eindruck einer überbordenden Kunstfertigkeit gehabt und blieb merkwürdig unberührt. Ein Mann, der mit allem was eben vorliegt, mit Abfällen, als Verwandlungsakrobat Fauna und Flora und Mythenwesen und Alltäglichkeiten herzaubert und dabei alles in allem einzig das Spektakulum seiner grenzenlosen Ingeniosität und schöpferischen Fruchtbarkeit inszeniert. Was er anfaßt, wird Akteur auf der Bühne seiner Einbildungskraft. Und die Bühne ist das Welttheater einer nimmerendenden unerschöpflichen Zeugungswut. Picasso der Weltenschöpfer. Zur Zeugungswut gehört die Metamorphosenenergie. Es schimmern Erinnerungen an Mythen, vielleicht Religionen durch. Das Metamorphosische hat ein humoristisches Element. Der Artifex ist ein mit allen Wassern gewaschener Jongleur. Ist er ein Tiefenforscher, nahe den Ursprüngen? Auffallend die Abwesenheit von Leid und Tragik. Im Gegensatz zu Alberto Giacometti ist keine neue oder in die Zukunft weisende Welt- und Menschensicht spürbar. Ein wichtiger Einfluß ist die Negerkunst, von da das magische Ferment. Die klassizi-

stische Epoche aus den dreißiger Jahren ist im Schillerschen Sinne sentimentalisch. Zu den Gipfeln seiner Kunst gehören die fruchtbaren Frauen und die gehörnten Frauenköpfe. Durchgehend das Züngeln der Kreatürlichkeit. Er hat für Generationen von Künstlern, nicht nur minderen, Vokabularien bereitgestellt, generös. Er ist kein Visionär, sondern tellurisch. Ein Spielkind noch im Alter. Nur im Sexus ist Tiefe. Ich war von der kopulatorischen Malerei des Spätwerks tief berührt, von der Plastik kaum. Auch Degas und Daumier und Matisse haben modelliert, um einige berühmte Maler zu nennen. Die Frage ist, ob Picassos Plastik nur eben ein Seitenwagen seiner Kunst zu nennen ist. Oder war ich vorübergehend oder besser akzidentiell blind und unempfänglich? Oder ist die Ausstellung falsch konzipiert und gehängt? Bin einigermaßen leer ausgegangen bei dem Besuch.

Bin jetzt bald durch mit der Lektüre des *Ulysses*. Hatte keine Ahnung von der geballten Ladung Blasphemie und Obszönität, die da drinsteckt und die weiland das Buch auf die Liste der verbotenen Lektüren wie Millers *Wendekreis des Krebses* und Calafertes *Septentrion* brachten. Auf den Index. Die Sexualobsessionen und fäkalischen Perversitätsphantasien sind ja wirklich aufs generöseste präsent. Aber auch der Humor ist gewaltig.
Das Vergleichzeitigungsprinzip läßt an den Kubismus denken, wobei diese intellektuelle oder wissenschaftliche Dimension immer wieder gebrochen wird durch Einschübe deftigen realistischen Erzählens. Es geht hier um eine Totalitätsschau und darüber hinaus um die Bereitstellung aller nur denkbaren Erzählstrategien, Vokabularien, Sprachhaltungen, die wiederum ganze Legionen minderer Schriftsteller inspiriert haben. Die Anlehnung an die *Odyssee* scheint

mir beim Lesen nicht weiter ergiebig. Am verrücktesten dünkt mich, wie Joyce seinen Stoff aus den Wolkenballungen des Spintisierens immer wieder auf den Boden der Dubliner Realität und Humorigkeit herunterholt.

Samstagabend, als ich allein zu Hause war, weil Odile mit Freundinnen ausgegangen und Igor über Nacht bei Agnès, das heißt bei deren Söhnchen Quentin untergebracht war, kam ich mir richtiggehend abgestellt vor wie ein Möbel, ich lief dann durch den Regen ins Kino und las mich danach in meiner Gottverlassenheit in den Schlaf mit dem Vorgeschmack des definitiven Ausrangiertseins, ich dachte, wenn jetzt sowohl Unseld wie Bertrand Py, die beiden Verleger, auf meine Tastversuche negativ reagiert, nämlich uninteressiert abgewinkt hätten, also auch den finanziellen Hahn abgedreht hätten – es geht bei Actes Sud um die Übernahme der Auslandrechte und die kommenden Journale und bei Suhrkamp um einen Vorschuß –, dann wäre die Katastrophe da. Ich sah mich an allen Fronten kaltgestellt, an der Liebes-, der Produktions-, der Einkommens- und der Anerkennungs- bzw. Erfolgsfront, Panik. Aus der Zeit, aus der Welt, aus dem Leben gefallen. Eine Wiederholung der Einsamkeit und der Abgeschriebenheitsparalyse meiner ersten Zeit in Paris, nur daß damals natürlich noch die besten Mannesjahre objektiv ins Feld geführt werden konnten, während ich jetzt ebenso objektiv auf der Rutschbahn in den Tod hinein figuriere, das verfluchte Alter, konnte ich damals zähneknirschend murmeln, es war aber bloß Vorwegnahme und nicht wie heute. Ich bin heute ja auch allen möglichen Phänomenen gegenüber ganz anders entfremdet als damals, der ganzen Musikszene zum Beispiel, ich sehe mich vor dem Fernsehgerät wie ein Bilderbuchalter gehässig reagieren auf alles und jedes.

Die Liebe ist letztlich immer ein Mißverständnis.
Ich sah in der Metro oder sonstwo in einem öffentlichen Verkehrsmittel eine junge Frau ihren Begleiter mehrmals küssen und dachte: Gedankenabwesend; der Kuß galt nicht dem Mann oder Liebsten, der ihn stolz auf sich bezog, er war Abfall einer viel allgemeineren Zärtlichkeits-, wenn nicht Fürsorglichkeitsbegabung, einfach Abfall oder Überschuß.
Mann und Frau ziehen nie am selben Strick, sie können später aufgrund gemeinsamer materieller Interessen eine gute Freundschaft, Kollegialität, Partnerschaft entwickeln, nie das tiefste Einverständnis.

Die neue Paarsituation ist schrecklich. Weiß der Himmel, was Odile mit ihrem neuen Aufleben, ihrer dezidierten Aktivität, das heißt demonstrativen Unabhängigkeit bezweckt. Ich sehe mich auf einem Abstellgeleise, wenn nicht hinausgedrängt, und so soll es ja wohl auch sein. Darum die auf mein neues Quartier auf der Butte Montmartre verwandte Dynamik und Sorgfalt. Délogé ist das Wort für meinen Platz. Donnerstag nacht bis zum frühmorgendlichen Eintreffen von Odile zurück von ihren nächtlichen Verlustigungen ist mir zumute wie »heute heiratet meine Frau«, finde keinen Schlaf. Das Ganze hat nicht nur einen beleidigenden, sondern einen herausfordernden, provokativen, vor allem einen Ablösungs-Aspekt. Auch wenn sie da ist, ziehe ich es neuerdings vor, oben in meiner Bibliothek auf dem Sofa zu schlafen. Getrennte Leben, da es für die Scheidung bislang an Willenskraft nicht reichte. Nun, unsere Liebe war wohl wirklich ein Mißverständnis. Wir waren zwei in sehr verschiedenen Lebensaltern und -lagen vom gleichen Bedürfnis nach Lebensintensität und Liebesraserei erfüllte, angeschlagene Existenzen, die annahmen, sie seien verwandte Seelen, âmessœurs, und eine Zeitlang waren wir ja wirklich, wenigstens in meinen Augen, ein Leib und eine Seele, ganz und gar verschmolzen, doch mit der Zeit machten sich die verschiedenen Hintergründe und kulturellen Mitgiften immer deutlicher bemerkbar, vor allem als ich mich wieder ins Schreiben und diesen Alleingang warf, wurde die Lage dramatisch, und die Studentin Odile, ihres englischen Milieus und Werdegangs beraubt und ohne rechten Platz in meinem Leben, driftete in Einsamkeitsanfälle und krankhaften Isolationismus und erschuf sich nach dem Studienabschluß über das Arbeitsleben eine eigene, immer mehr nach Karriere aussehende Existenz, Emanzipation, getrennte Domizile, sie mit Klein-Igor in der Schweiz, ich in Paris.

Ich komme auf diesen Einfall, das heißt, der Einfall kam zu mir beim Nachhauselaufen, nach dem Besuch der Ausstellung im Musée d'art moderne »L'école de Paris«. Eine wunderbare Ausstellung. Eigentlich geht es um Emigrantendinge, Emigrantenangelegenheiten, Emigrantenkunst, insbesondere solche von jüdischen Künstlern wie Modigliani, Soutine, Kisling, Pascin, Chagall und vielen anderen, die hier in Montparnasse um den Ersten Weltkrieg herum gestrandet waren und in einer lockeren Koexistenz von Montparnassiens ergo Bohemiens die Cafés bevölkerten und dem Jazz frönten und in irgendwelchen hundsärmlichen Unterkünften malten und bildhauerten und die neue Kunst kreierten. Viele waren Hungerkünstler und fast alle Caféhauspoeten, und sie lebten von der Hand in den Mund, wenigstens eine Zeitlang, bis sie oder bis der eine oder andere von einem Sammler entdeckt wurde, sie lebten in Provisorien, sie lebten als Entwurzelte, als Trottoirpflanzen, doch im Grunde lebten sie münchhauserisch selbstschöpferisch von den Stanzen ihrer Kunst, sie stanzten sich künstlerisch ins Vorhandensein, sie lebten als die zerstreute Schar durch das Selbstbeatmungsgerät ihrer künstlerischen Wut, dieser Selbstumsetzung Tag für Tag, einer beispiellosen Verausgabung. Sie waren das Lumpenproletariat, einige brachten sich um, alle klammerten sich über den Sexus ans Leben, später sammelten die Nazis diese Heimatlosen ein fürs Gas. Im Gegensatz zu ihnen waren die Impressionisten Bauern und Bürger, Siedler. *Sie* waren Verfolgte oder eben Nichtintegrierte. Ihre Kunst atmet Melancholie und Verzweiflung und Glaubenslosigkeit und Rage und sexuelle Verpflegung und Traum, Schönheitstraum. Nicht zu vergessen in dieser Ausstellung die wunderbaren Fotografien, Man Ray, Brassaï und einige andere, diese Fotos haben Kunstrang.

Warum ich nur alles Kollektive so sehr hasse? Sogar Igors BOUM vorgestern abend, die ich natürlich floh, 15 tanzende Kinder in der Wohnung, Musik in höchster Lautstärke, wie man mir sagte, um von dem Hin und Her, den Ballungen, Laufereien, dem Gekreische etc. ganz zu schweigen, erfüllte mich mit Mißtrauen bis Abscheu, warum nur, ist das Eifersucht, weil ich selber zu so etwas nie fähig war und weil es mich mit Verdachtsanwandlungen hinsichtlich Herdentriebs erfüllte, Igor wie alle anderen, warum nur dieser Haß auf Gemeinschaftsneigungen, die ich gleich mit Durchschnittlichkeit, Mittelmäßigkeit, Normalität, Normalverbrauchertum gleichsetze, und dahinter wäre und drohte das Gespenst des schalen kleinen Glücks und mehr: des Massendaseins. Ist für mich nur das Randgängerische, das Querstehen, Einzelgänger- und Rebellentum annehmbar und vielverheißend, das Superindividualistische? Für mich waren als Kind schon Schulreisen panikauslösend, von Klassengeist, wie es in der Schule hieß, keine Spur. Dabei müßte ich wissen, daß die Kleinen ja lange wie junge Tiere im Hordenverband oder später Bandenwesen, in solchen Zugehörigkeiten existieren und daß sie da hindurchmüssen, solche Verbände lösen die Familie ab. Ich gehe immer davon aus, daß nur ein außerordentliches Leben lebenswert und überhaupt eine Antwort auf das Dasein sein kann. Und kann heute noch bei Volksfesten und ähnlichen Volksvergnügungen nur schaudern, jedenfalls zieht es mich nicht da hin, ich gehe derlei aus dem Wege. Ich kann nicht aufgehen in einem Gruppen- oder Massenkörper. Ich will nicht vom Einzelsein erlöst werden. Darum auch der Horror vor Massen von Tanzenden, für mich als Schauspiel schlicht animalisch. Und ich wünschte mir eben, daß mein Söhnchen ebenso fühlte und reagierte. Solches Aufgehen mag anderen Erlösung und Befreiung sein, für mich ist es Auslöschung.

Neulich kam mir innerlich vor Augen, wie ich Odile bei einem ihrer Besuche in Paris, sie lebte noch in London und war dann eines Tages unter diffusen Vorwänden an meiner Rue Simart im Schachtelzimmer aufgetaucht, und für mich war es die Wiedergutmachung nach dem Erlittenen, noch war nichts gewonnen, noch gehörten wir uns nicht an, das Wochenende war ein Glücksfall, ein möglicher Vorgeschmack – wovon? Von der liebenden Vereinigung, Verschmelzung. Ein Leib und eine Seele. Ein Untergehen darin. Und dabei kannten wir uns ja überhaupt noch nicht. Es sollte hernach zu den schmerzhaftsten Entfernungen, zum Abfall kommen. Aber an diesem einen Wochenende hatten wir es gehabt. Und nun begleitete ich Odile an die Gare du Nord, ein sommerlicher Sonntagabend war's, glaube ich. Wir wankten in dieser Umschlingung, die einen nicht richtig gehen, nur stolpern läßt, auf den Perron, besessen vom Drang nach der unmöglichsten körperlichen Nähe oder der Furcht, aus der Nähe zu fallen. Und dann lagen wir uns in den Armen, auf dem Perron, auf dem Tritt des Zuges, beim Anfahren des Zuges, bis … der Zug uns trennte und ich zurückblieb auf dem fürchterlich leeren Bahnsteig, wo ich bis zum Verschwinden des roten Schlußlichts verharrte. Und dann das blinde benommene Heimgehn.

Ich notiere diese wenig interessante, weil allen Liebenden eigene Szene, weil ich heutigentags oft mit befremdlichen bis amüsierten Augen dasselbe Verhalten bei Paaren vor Zugabfahrt beobachten kann und schreien möchte: Wahn, alles Wahn, et demain les pas des amants désunis. Es ist ja gerade der Liebeswahn, die Abhängigkeit von der Droge Liebe, dieser Zustand so nah an der Verzweiflung mitten im Glück, wenn es denn Glück wirklich gäbe, was mich erschauern läßt.

Was Odile betrifft, so dachte ich neulich, es sei eben doch nicht nur diese verrückte körperliche Verhexung gewesen, sondern ein Überfließen von Liebe. Kann mich erinnern, daß ich ihr einmal nachts in einer Bar, und der Barpianist spielte und spielte auf unseren Seelen, sagte: Noch im Grabe würden unsere Gebeine sich küssen, umarmen.

Odile hat eine Wohnung gefunden, ganz in der Nähe, Rue Chabanais, und wird wohl zwischen Weihnachten und Neujahr ausziehen und umziehen. Danach die Scheidung. Die zweistöckige Wohnung, unsere Festung, bleibt vorerst erhalten, hauptsächlich Igors wegen, möglicherweise wird sie hier ihr Büro unterhalten. Von einem Verkauf wird auch darum vorläufig abgesehen, weil jedermann sagt, diese unsere doch sehr gelungene gemeinsame »Schöpfung«, zieht man die unerhörte Lage in Rechnung, sollte nicht leichterhand und vorschnell liquidiert und verscherbelt werden. Für Igor ergibt sich die Illusion einer Kontinuität, wenn auch die Realität hart genug einbrechen und zuschlagen wird, auch

für mich natürlich. Odile hat das Ganze zielstrebig und sou-
verän und irgendwie großartig betrieben. Im Hintergrund
spielt auch eine Art Hoffnung mit, auf diese Weise aus der
Liquidationsmasse und dem emotionalen Scherbenhaufen
etwas für alle drei und insbesondere für die einstigen Lie-
benden Wertvolles retten zu können. Bin erstaunt, beein-
druckt, aufgewühlt, zwischen Bewunderung und Schrek-
ken hin- und hergerissen. So endet das Jahr, so enden die
Zermürbungskriege.

Neulich abends, ich war auf dem Heimweg, Rue Caulain-
court, und wie so oft, begreiflicherweise, etwas verstört an-
gesichts der meiner harrenden Einsamkeit oder Einzelgän-
gerei, neulich also hat mich ein Araber, der die vor seiner
Epicerie ausgelegten Gemüse- und Früchtekisten umstellte
oder einfach fürs Abendgeschäft nachfüllte, tief gerührt, er
hat mir eine Welle der Wehmut entlockt, ich fragte mich, ob
es das einfache Hantieren eines in seinen Dingen oder An-
gelegenheiten ruhig Beheimateten, ob es dessen Aufgehoben-
sein war, die mich meine neue Entwurzelung mit Schrecken
verspüren ließ. Eine alltägliche Verrichtung wie ein Kehr-
reim, der Gang der Dinge – und ich? Und einmal sah ich
einen Jungen, jungen Menschen, eine Wollweste oder -jop-
pe auf der Straße überstreifen, er war jung und kräftig und
schien es eilig zu haben, und nun schritt er aus, lief seinen
Dingen nach, und ich dachte, natürlich verwendet er keinen
Gedanken an die nachlässige Geste und schon gar nicht an
die Jacke, er hat es eilig, er hat andere Dinge im Kopf, aber
warum sehe ich ihm nach, sehe ich hin? Weil er jung und
getrieben und unversehrt und vor allem voller Vorhaben,
voller Zukunft ist und seinen Körper verschwendet, gedan-
kenlos, klar, während ich … was? angeschlagen, mit Knie-
schmerzen neuerdings, überhaupt angeschlagen und kurz

vor der Scheidung und diesbezüglich keineswegs mit zuversichtlichem inneren Glockenläuten, sondern schon eher angstgekrümmt bin ... und denke an sehr weit zurückliegende Zeiten, wo ich, jung, wenn auch mißgestimmt, weil möglicherweise mit Realisierungszweifeln oder aus Geldgründen niedergedrückt ebenso dahinlief wie er und etwas überstreifte im Laufen und keinen Gedanken an den Körper verschwendete, weil dieser jung und kraftvoll war und jedenfalls keinen Gedanken wert.

Gestern bei Robert Müller in Villiers-le-Bel gewesen, im Regionalexpress durch die Vorstädte, Banlieue und dann in dem inzwischen schon fast bis zum Grad der Verfallenheit verkümmerten alten Notariatshaus Nähe der alten Kirche gelandet. Man tritt durch die große Kutschertür in den düsteren Vorraum, sieht durch die trübe Glastür in den Garten, das heißt erst in den Vorhof zum riesigen, mit diversen Treibhäusern, einstigen Eisenateliers, besiedelten Park mit der riesigen Zeder, die unter Naturschutz steht. Im Vorhof der Riesenschnauzer, winselnd und scharrend um Einlaß bettelnd. Robert hatte mich angerufen, ich solle mir eine Anzahl Zeichnungen aussuchen, er will den Nachlaß nicht einem Archiv oder Museum übermachen. Wir saßen erst an dem langen Tisch wie eh und je, er kam mir in der Erinnerung viel länger vor, wie übrigens auch Miriam und Robert kleiner geworden sind, altershalber. Ouzo und Nüßchen zum Apéro und dann gleich nebenan mittagessen beim Portugiesen, der anscheinend nur noch auf Wunsch und Bestellung warme Speisen auftischt, wir tafelten denn gewissermaßen in einer privaten Dépendance. Danach in einem der gespenstigen Werkstätten- oder Studierzimmer des immer baufälligeren verbleichten Hauses das Aussuchen der Zeichnungen, wunderbar, Robert hat jetzt einen Altersbauch, er sieht seinen koboldisch-mythologischen Zeichnungen immer ähnlicher, er hat sich anscheinend in die eigene Kunstfigur verwandelt, nur Miriam ist wie immer, eine alte Ausgabe der einstigen New Yorker Schönen russischer Herkunft, sie ist bloß merkwürdig aufsässig im Gespräch, nicht gerade meckernd, aber unerschöpflich im Einwändevorbringen, merkwürdig lebhaft geworden. Nach einer Weile wurde der riesige Hund hereingelassen, er hat sich nach anfänglicher tappiger Überschwenglichkeit beruhigt und hingelegt. Er kann einen umhauen.

Robert mit der langen Zigarettenspitze aus Schilfrohr (?) im Mund, wir becherten tüchtig. Früher gabs ausgesuchten Bordeaux und riesige Steaks, vom Kaminfeuer, alles in Fülle und dennoch einfach: archaisch. Jetzt Bescheidung diesbezüglich. Alte Leute essen weniger, leben sparsamer, aus Geld- wie Gesundheitsgründen.

Er war mein Trauzeuge 1980, wir sind seit den fünfziger Jahren befreundet, ich traf ihn zum ersten Mal, als ich Assistent am Historischen Museum in Bern war (und bereits Kritiken für die *NZZ* schrieb), es ging um einen Text für den Katalog einer Ausstellung in Südamerika, Robert war damals ein Weltstar. Er gehört vor allem in meine erste Zeit in Paris, die zwei einsamen Jahre. Damals habe ich wieder für ihn geschrieben, einen ganz schönen Text über seine geheimnisvollen *Zugänge*, die sowohl heilig wie obszön sind oder besser beide Sphären verschleiernd grimassieren und eröffnen. Wir sind zwei alte Kämpen. Es ist einsam geworden in dem Haus, eine hallende Leere oder zehrende Leere, von der sich die geheime Aktivität der beiden alten Personen wie Heinzelmännerleben abhebt. Er wird über die Feiertage den Besuch seiner Söhne erwarten. Man könnte in seinem Falle über Aufstieg und Niedergang meditieren, doch wäre damit wenig oder nur Äußerliches gesagt, weil der Zuwachs, der geistige wie humorig-philosophische, diese innere Lebendigkeit, unterschlagen wäre. Er war mein Trauzeuge gewesen, und nun mußte ich ihm die Scheidung mitteilen.

Zweimal im Kino gewesen, *The Barber* der Gebrüder Coen und *Mulholland Drive* von David Lynch, eindrücklich, gehörte zu meiner diesjährigen alleinigen Weihnachtsverbringung. Igor und Odile in Rennes. Übermorgen mit Igor nach Zürich zu Valérie; und heute abend mit Derivière bei Malika. Ich mag das Alleinsein an hohen Feiertagen, immer schon. Einmal Silvester an der Delphinstraße in Zürich durchgearbeitet, auch im Atelier Stockerstraße Weihnachten gearbeitet, während nebenan die portugiesischen Fremdarbeiter tafelten.

Unterhaltungsliteratur. Was habe ich dagegen? Gegen das Geschichtenerzählen? Ich selber bin ja ein erklärter Liebhaber von Krimis. Solche Lektüre ist letztlich immer Ablenkung, du nimmst den Zug, um dich entführen zu lassen, um gewissermaßen Urlaub zu nehmen. Es ist das Gegenteil von Vergewisserung. Dahingegen Kunst: Sprachkunst: Es ist das Aufbrechen der Lebensintensität in dir, deine eigene Vervielfältigung, Vervielfachung, Zentrierung, ja Auferstehung. Und das Dasein versammelt sich um dein Erwachen in der unerhörtesten, nie gesehenen Bereicherung, du lebst auf, du zerspringst – vor Dichte.

Er lebt in diesem alten Hof in Schüpfen und gibt sich das Ansehen eines Krautjunkers. Das hat Egbert Moehsnang mit Thomas Bernhard gemein, der in seinem Vierkanthof in der Nähe von Gmunden (Österreich) in einem ähnlichen

Habitus und ebenso zeitungemäß selbstverkrochen hauste. Eine Neigung zum Althergebrachten?
Ich fand für seine dunkeltonige Kunst der achtziger Jahre das Wort *Malerei der aufgewühlten Tiefen*. Ich spreche von den abstrakten Schlachtenbildern (wie ich sie für mich nenne), die in erdfarbenen Tönen gehalten und in ein dramatisches Helldunkel getaucht sind. Bilder des Ringens, Notwehr gegen ein drohendes Verschlungenwerden, Notwehr gegen den seelischen Absturz.
Gegen Ende des Jahrzehnts setzt behutsam der Gang in die lichten Zonen der Farben, in zauberisch hingehauchte Heiterkeiten ein.

Warum nur sagen mir auch heute noch jüngere Gesprächspartner, wenn sie mich besuchen kommen, sie kämen, weil meine Gegenwart für sie ermutigend sei? Weil ich durchzuhalten scheine? Tönt wie Ironie in meinen Ohren.

Vor einigen Tagen kam ein irritierender nächtlicher Anruf der Schwester mit der Vermeldung, sie habe eine Art innerlich-schöpferische Explosion erlebt, ihr seien die Augen aufgerissen oder besser entschleiert und ihrem Wesen eine Schläfrigkeitswand entrissen worden, sie fühle sich zu tausendundein Unternehmungen und Projekten erwacht, sie sprach von Designergelüsten, von einem Rundumgepacktsein, kurzum von Aktivitätsanwandlungen der verschiedensten, nicht nur musikalischer Art, sondern wahren Projekten. Und nun hat sie gestern nacht wieder angerufen und erwähnt, sie komme aus einer Mitteilungs- und Einmischungswut gar nicht mehr heraus, sie spreche Leute an, telefoniere in alle Richtungen, nehme alle vergessenen Kontakte auf, sie sei zwar auch beim Arzt und Psychiater gewesen, es könne schon manisch-depressiv sein, das heißt im Moment manisch, eine Manie, sie finde keine Ruhe, keinen Schlaf mehr, sei aber nicht unglücklich, wobei sie die vorangehende und notorische Schläfrigkeit, Müdigkeit als depressiv denunzierte. Sie stehe stundenlang vor dem Spiegel und probiere immer neue Kleiderkombinationen, das Kleiderkaufen sei schon fast eine ausgewachsene schöpferische Sucht, sie brauche etwa zwei Stunden, um sich zurechtzumachen, bevor sie ausgehe. Sprach davon, wie sie in einem Selbstüberschwang irgendwelchen Leuten in Geschäften über den Mund fahre und sie auf ihren Platz verweise mit der Deklaration, sie sei keine blöde Bürgerin/Spießerin, sondern aus der Existenzialistengeneration hervorgegangen, habe als Mädchen in Paris in Kellern Sidney Bechet und Claude Luter erlebt und zu deren Jazz getanzt und alle möglichen inzwischen weltberühmten Künstler gekannt. Sie möchte eine Zusammenkunft der in den fünfziger Jahren in Bern angetretenen Rüdlinger Künstlergeneration planen, habe auch schon einige diesbezüglich angerufen. Selbstbewußtsein übersteigertes und Wahn, die eigene Singularität herauszustellen, eine Selbstigkeit, die in ihr seit immer schlummert und ab und zu geradezu brutal hervorbricht, dann wieder einem übertriebenen Weichsein, Verständigseinwollen weicht. Mich fröstelte am Telefon. Sie betont, sie leide nicht, nur daß die Beruhigungsmittel nicht wirkten. Für mich ist es die schreiende Grimasse von Einsamkeit durch Unverstandensein, ein Schub, dachte ich. Offenbar kann Tamara, die Tochter, damit umgehen, sie verhalte sich vernünftig und mit Zartgefühl und sei hilfreich. Sind diese Anrufe Hilferufe an den Bruder? Und ich die letzte Adresse?

Diese Nacht hat sie von neuem angerufen, um mir mitzuteilen, daß Unseld gestorben sei, ich brauchte einige Zeit, bis ich die Tragweite dieses Satzes erfaßte. Rief Hörning und danach Elisabeth Borchers an, es hieß, die Abteilungsleiter, die Damen und Herren von der täglichen Postkonferenz, Rainer Weiss, Günter Berg etc., seien in der Klettenbergstraße und hielten Totenwache. Borchers meinte, er habe wohl schon einen Hirnschlag gehabt, niemand sei wirklich ins Bild gesetzt worden, man habe ihn abgeschottet und nach außen nichts über seinen Zustand verlauten lassen, ich fragte mich, wie seine letzte Stunde gewesen sein mochte. Ich schaute Fernsehen und dachte dabei an Unseld, ich war fassungslos, geängstigt, konnte mich nicht zum Zubettgehen entschließen, vermutlich kam ich mir verlassen, im Stich gelassen und ausgesetzt vor, so etwas, er muß also schon eine Vater- und entsprechende Sicherheitsgarantenrolle gespielt haben, wenn wir auch des öftern nicht nur haderten, sondern im Krieg lagen. Er war die Zentralperson meines Schriftstellerlebens, manchmal die einzige oder einzig verbleibende Schutzmacht, wenn er mir auch mißtraute wie damals in Venedig, als er, Alkohols wegen, eine lange Treppe heruntergefallen war und ich ihn mit Blutspuren zu Füßen der Treppe im Hausflur liegen sah, es war an seinem 65. Geburtstag, und er hatte eine Anzahl Suhrkamp-Autoren nach Venedig einfliegen lassen, Frisch und Enzensberger und Walser und einige andere, auch den Sohn Joachim, der damals dem Vater den Fehdehandschuh hingeworfen hatte, er meldete den eigenen Macht- und Führungsanspruch an und verlangte, daß der Vater endlich abtrete, wenigstens dem Sinn nach, und daher das Zerwürfnis, der Sohnesrausschmiß, und Unseld hat es nie wieder gutgemacht, es war wohl Enthronungsfurcht, Ermordungsfurcht wie in alten Königsdramen; damals in Venedig hatte mir Unseld den Torcello-Preis der Suhrkamp-Stiftung zugespielt, eine tolle Summe, es war nach Erscheinen von *Im Bauch des Wals* (und in meinen Augen zur Geburt Igors); und als Unseld unten an der Treppe in seinem Blut lag, Handke über ihn gebeugt und seine Hand haltend, murmelte der Verletzte, als ich mich (neugierig) näherte: »Pablo, Du nicht« oder so ähnlich, als wäre ich ein potentieller Verräter oder Feind. Dabei war er häufig in meinen Ateliers gewesen und hatte sich Teile von werdenden Büchern vorlesen oder von Band vorspielen lassen, zuletzt zusammen mit Ulla in der Rue Saint-Honoré, ich erinnere mich an manche solcher Besuche, er war fasziniert von dem Gehörten und ermutigte und versprach weitere monatliche Vorschüsse, Finanzierungen, er wartete wohl immer auf meinen Durchbruch, den großen Erfolg, der leider ausblieb, und dennoch hielt er zu mir, wenn er mich auch zwischendurch beinah verleugnete nach außen hin, wenigstens schien es mir so, er blieb treu, scharte aber mit Vorliebe Erfolgreiche um sich, er mochte im Grunde den erfolglosen Autor nicht. Für ihn das Unvorstellbare. Bei mir half dann die französische Anerkennung über mein Manko hinweg, das hat ihn schon beeindruckt, und im tiefsten blieb ich seine ganz persönliche Entdeckung als junger *Canto*-Verfasser, darauf kam er immer wieder zu sprechen, und das wurde ja anscheinend gestern nacht in einer Ad-hoc-Radiosendung auch von Marcel Reich-Ranicki erwähnt, wie mir Maria Gazzetti heute am Telefon sagte, es hieß, Unseld habe einige der Autoren erster Stunde von Peter Suhrkamp übernommen und einige weitere wie Johnson und Nizon selber entdeckt oder an sich gebunden. Odile sagte mir immer, ich sei viel zu sehr seelisch von Unselds Gnaden abhängig, hätte mich seit langem lösen und mein Heil anderswo suchen sollen, und wenn ich so etwas Unseld sagte und ihm vorwarf, er habe sich nie einen Reim auf meine Kunst machen und mich darum nicht verkaufen und groß herausbringen können, dann entgegnete er immer in blutigem Ernst, kein anderer Verleger hätte mir mit vergleichbaren Investitionen die Treue gehalten. Sein gespaltenes Verhältnis zu mir kommt in der von ihm herausgebrachten und verfaßten Verlagsgeschichte zum Ausdruck, wo er mich zwar herausstellt, jedoch irgendwie zögerlich, er wagte nicht ganz zu mir zu stehen, weil er sich wohl nicht ganz sicher war, was meinen literarischen Wert anging. Erinnere mich, wie er in der Frankfurter Oper zum großen Verlagsjubiläumsfest, als ich ihm in die Hände lief, mich mit sich wegführte, als gälte es, mich irgendwem vorzustellen, oder als gälte es etwas Wichtiges; und dann führte er mich aus dem Trubel hinaus und setzte uns beide an ein dunkles Fenster in einem leeren Saal, setz dich, und wir saßen so im Dunkeln, und er schaute hinaus oder vor sich hin, und ich harrte der Dinge, die da kommen sollten, und dann murmelte er bloß: *so* oder *na ja* oder so ähnlich, und wir saßen stumm einer neben dem anderen. Er konnte mit meinem mangelnden Erfolg nicht zurechtkommen, nicht fertig werden, er hielt Stücke auf mich und blieb verunsichert. Und wie er zu meinem 50. Geburtstag in Paris erschienen war, mit einem Dupont-Schreibbesteck als Geschenk, und mit mir in der »Closerie des Lilas« gespeist und getrunken hatte, um mich »in den Kreis der Erwachsenen zu geleiten«, wie er meinte. Und in Berlin, wo er auftauchte, als ich meinen DAAD-Aufenthalt absolvierte, um mir bei einem zeremoniellen Essen anzukündigen, ich hätte den Lehrstuhl für die Frankfurter Poetikvorlesungen – derlei Einsätze (nebst allerhand Enttäuschungen). Und zuletzt im »Intercontinental Hotel«, wo er mir ultimativ das Manuskript *Hund* abverlangt und es zu verabredeter Stunde entgegengenommen hatte und fragte, was für eine Werksausgabe ich wünschte, ich hätte alles haben können. Und noch selbige Nacht rief er an und gratulierte zum *Hund* (er hatte ihn im Flugzeug gelesen).

Ich saß tief verunsichert vor dem Fernseher vergangene

Nacht, um die Todesnachricht zu verdauen oder in mich absickern zu lassen, und fühlte Entsetzen und Furcht, wie wenn der Vater gestorben wäre, Furcht wie Lebensangst. Heute morgen riefen Gstrein und Maria Gazzetti und Peter Henning und Martin Dean an. Er war doch im Zeichen der Waage geboren, muß diesen Monat seinen letzten Geburtstag gehabt haben. 78 Jahre.

Brigittes Geburtstag. Bin vergangenes Wochenende in der S-Bahn vom Münchener Flughafen nach Tutzing (zum Treffen der ehemaligen Preisträger des Kaschnitz-Preises in der Evangelischen Akademie und zur Preisverleihung an Robert Menasse) an der Station Laim vorbeigekommen, wo wir beide 1952 im Pfarrhaus der Hofmanns, Brigittes Onkel und Tante, wohnten – ich offiziell bei Metzger Klass; es waren unsere blutjungen Anfänge, es war unsere Hochzeit, es war Studentenleben kurz nach Kriegsende und dem Jahre Null. Und dieses Wochenende feiern wir Brigittes 70. in Valéries Haus in Baden, übermorgen fahre ich hin.
Ich bin arbeitsmäßig in einem Engpass. Komme mit dem *Klee* (Auftrag von Professor Maurice Müller, berühmter Hüftgelenkchirurg) nicht recht vom Fleck und kann nicht zurücktreten, da das Buch bevorschußt ist. Ich trete auf der Stelle, und dies schon bald zwei Jahre. Habe das *Fell der Forelle* auf Eis legen müssen. Das Jahresende ein Schreckgespenst. Da ist noch das Projekt zusammen mit Colette für Pauvert, ein vierhändiges Rombuch, um den wunden Punkt von *Salve Maria* kreisend, ebenfalls bevorschußt, Abgabetermin überschritten. Da ist ein Text über Robert Schumann fällig, für eine Plattenedition, Kassette von Actes Sud. Da ist ein Text über Hans Josephsohn für eine Publikation des Aargauer Kunsthauses mit Arbeitstitel »Das wilde Sehen«, wo an die 70 internationale Schriftsteller über ein ein-

zelnes Werk der museumseigenen Sammlung von Schweizer Kunst, der angeblich größten im Lande, einen freien Text zu verfassen eingeladen sind. Abgabetermin 1. Dezember. Ich bin von all diesen Arbeitsvorhaben wie in Stücke gerissen oder wie mit Stricken gefesselt; in eine Immobilität gerammt. Ist die Immobilität Angststarre? Die Angststarre hat auch mit dem Alter oder mit Todesfurcht zu tun. Zwar laufe ich wie eh und je erregt und unternehmungslustig quer durch Paris unterwegs zum Atelier und abends zurück, zwar fahre und fliege ich zu Lesungen und derlei Anlässen auf Reisen und nicht selten hochgestimmt; doch dann sagt mir mein Verstand mein Alter, nennt mir die gestundete Zeit, und ich mit meinem Trödeln und leichtsinnigen Zeitverlieren angesichts des Alters, der gestundeten Zeit, was Wunder, daß mich Panik überfällt. Kommt hinzu, daß das angelaufene Scheidungsverfahren mich mit Einsamkeitsängsten und Hilflosigkeitsdrohungen anficht, die ich spazierender-, das heißt weglaufenderweise überspiele, ich laufe de facto ja in eine Sackgasse. Aus der mich nur die Arbeit hinausführen könnte, wenn sie mich nicht dermaßen mit unüberwindlichen Mauern der Mutlosigkeit umstellte. Nicht aus noch ein wissen.

Und was die *Forelle* anbelangt, so handelt es sich natürlich um Odile, die Geliebte, die mir immer entwischt ist, nie zu halten war, nicht zu bergen, nur in totem Zustand zu besitzen. Und was das Fell betrifft, so entspricht dieses Bild meinem Verlangen, sie einzuhüllen, zu beschützen, zu wärmen und zu pflegen – zu domestizieren? War das der Fehler? Kann man eine Forelle heiraten?

Traum. Ich stand – neben Odile? – an einem Fenster mit Blick aufs Meer und Klippen, Kreidefelsen (könnte von Fécamp inspiriert sein) und sah einen großen vollbesetzten Wagen die Felsenklippe herunterfahren und dies in einem Neigungswinkel, der nur Unheil versprechen konnte; und entsprechend gebannt und entsetzt sah ich der mörderischen Fahrt zu. Es gab natürlich kein Anhalten, Ausweichen, Abzweigen, es endete unausweichlich in der Katastrophe: Der große Wagen stürzte mit seinen Insassen kopfüber ins Meer. Wir blieben erstarrt am Fenster, zufällige Zeugen eines schrecklichen Unfalls. Nur daß da unten auf dem Meeresgrund – das Wasser war glasklar wie Trinkwasser – die Passagiere unbehelligt, soviel wir sahen, ausstiegen, als sei nichts geschehen und dahinzuschlendern begannen, müßige Spaziergänger, die sich im Schlendern unterhielten. Und nun gewahrten wir, am Fenster mit einem Blick aufs Meer und die Felsen, daß der Meeresgrund von Spaziergängern, Müßiggängern wimmelte; da unten war ein Treiben wie auf einem Bild von Brueghel, nur eben unter Wasser, die Leute ergingen sich fröhlich plaudernd in Gruppen, aber wohin?

Gestern sehr spät nachts noch einen Dokumentarfilm über Cassavetes gesehen mit Gena Rowlands, Seymour Cassel, Peter Falk, Ben Gazzara u. a. nebst Ausschnitten aus verschiedenen Filmen. Da war zum einen die tiefe Zuneigung aller zu diesem charismatischen »Bandleader« hätte ich beinahe gesagt, weil sie alle zusammen offenbar so etwas wie eine Bande, Freundesbande waren, Familie? etwas von Brüderlichkeit atmeten alle Bezeugungen und dann daß ein jeder sich von Cassavetes geprägt fühlte. Alle sagten sie, sie hätten viel gelacht, in einem ansteckenden Überschwang ohne Seitenblick auf materiellen Erfolg nicht nur gearbeitet, sondern am gleichen Strick gezogen, im Vergleich zu hollywoodischen Usancen irgendwie unprofessionell, dies auch in dem Sinne, daß die einzelnen Sequenzen scheinbar improvisiert gespielt und gedreht worden seien, wenn auch in verschiedenen Varianten. Cassavetes scheint seine Leute zwar motiviert und, wenn ich richtig verstanden habe, bezirzt, aufgemöbelt, konditioniert zu haben, aber nicht richtig eingeweiht, nicht in ein Drehbuchkorsett gesperrt, sondern losgelassen zu haben, bis sie ihr Äußerstes sozusagen blindwütig hergaben. Und hernach hat er das Beste zusammengeschnitten. Dabei habe er sehr wohl ein ausgearbeitetes Drehbuch besessen. Er kitzelte ihre heftigsten Emotionen hervor, sie hatten den Eindruck, sich selber überlassen zu sein, kurzum, alles wirkte wie nicht einstudiert, und für alle war es eine Selbstentdeckung beim Spielen, dies im Gegensatz zu einer Rolle, einer einstudierten und komponierten Rolle.

Eigentlich war jeder einzelne selber Filmer in diesem Team, es schien keine Rangordnung gegeben zu haben, sie kassierten ja auch nichts oder so gut wie nichts an Honoraren. Aber da war dieses Zusammengehörigkeitsgefühl, diese Euphorie, und alles war auch Spaß und geteilte Freude, geteiltes Leid, geteiltes Risiko. Aber das Herz des Unternehmens war C., es waren sein Pulsschlag, seine Verrücktheit, die das Ganze animierten. Und dieser C. – das bemerkten alle – war überschäumende Lebensliebe und Menschenliebe. Und übrigens drehe sich das ganze Werk um die Liebe, auch um die Schwierigkeiten der Liebe, die Hindernisse, die Qual, bisweilen die Unmöglichkeit – *Opening Night*, *A Woman Under the Influence*, *Minnie and Moskowitz*, *Faces*, *Shadows* …

Es ist ja auch diese überbordende Vitalität, die unglaubliche Entblößung der emotionalen Vorgänge manchmal bis zum Grade der Unerträglichkeit, was dermaßen unter die Haut geht und mitreißt. Im Glauben (und Ringen) um die Möglichkeiten der Liebe, der Freundschaft steckt Cassavetes' Vision oder Utopie oder Engagement und – Humanität. Es gibt keine menschlichere Filmkunst als die seine, sie kommt mit einem Minimum an Fabel aus, sie quillt aus einer unvergleichlichen Reinheit, sie ist komisch und herzzerreißend. Und künstlerisch war sie ein unerhörter Vorstoß in Neuland. Es fiel die Bemerkung, Filme wie *Raging Bull* und dergleichen seien ohne C. nicht denkbar. Cassavetes schien sozusagen ohne Schlaf ausgekommen zu sein, die totale Selbstverausgabung, Selbstverbrennung? Und hättet der Liebe nicht.

Ich bin wie eine wacklige alte Maschine, und mein Hauptgeschäft scheint mir neuerdings die Verarztung. Man denkt ja anders ans Sterben oder an den Ernstfall als früher, in meinem Alter, und der Umgang mit gesundheitlicher Schädigung wird zum erstrangigen Zeitvertreib.
Igor in seinem Internat. Odile wieder nähergerückt, sie scheint die untere Wohnung, sobald abgetrennt und ihr scheidungsgerichtlich zugesprochen, wieder bewohnen zu wollen. Zur Zeit wenig Spannung zwischen Scheidenden, kein Haß meinerseits.

Gestern Scheidung (Dezember 2003). Odile ernennt den Tag und das Ereignis zum zweitglücklichsten ihres Lebens. Der glücklichste: die Heirat März 1980.

Zurück aus Turin und von den Weihnachtsfesten bei Valérie in Baden (zusammen mit Igor), zurück aus Italien und der Schweiz.
Jetzt müssen noch die paar Träume notiert werden. Der schlimmste ging so:

Die Umstände weiß ich nicht mehr, nur so viel, daß auf einer Art Henkerskarren, ich sage Henker und Karren, weil es sich um ein altmodisches Fuhrwerk handelte und weil auf der Ladefläche dieses Schinderhanneskarrens ein abgezehrtes gottergeben hinfälliges altersgraues richtig sieches Tier auf wackligen Beinen stand, weiß nicht mehr ob Hund oder Pferd, das Fell teilweise kahl oder besser abgefressen, abgeschabt und schwärenbesetzt, es war klar, daß die Fahrt zum Abdecker führte, ins Schlachthaus. Das Schrecklichste jedoch war das Kälbchen, das hinter dem greisen Tier stand und sein Maul in den kotig-blutigen After steckte, sowohl wärme- wie nahrungsuchend, Nähe, Halt und Schutz und Zugehörigkeit suchend. Die Vorstellung des flaumigen Mauls in dem kotigen Hintern, das unerträglich Rührende, auch der Vergeblichkeit wegen Rührende des unschuldigen Annabelungsversuchs – es war schrecklich. Ich konnte nicht hinsehen und wollte es nicht wahrhaben, im Traume, es ging über meine Kräfte.

Wieder zurück, träumte mir davon, daß bei Actes Sud einer von meinen Rivalen, weiß nicht mehr, um wen es sich handelte, überschwenglich gefeiert wurde, das heißt, sein Eintreten in den Verlag wurde mit allen Ehren gefeiert. Ich stand dabei und dachte, klar, sie haben einen Sieger, einen, der sich verkauft, einen Schlagerhelden erworben, für sie ist es ein Verlagssieg, der Hit ein Sieg, dachte ich, gut so. Und wandte mich ab.

Nachsommer, Altweibersommer hier in Paris, die Stadt innig in sich gekehrt, das Lebensgefühl heiter beschwingt oder doch von Entzückungen gestreift, das Träumerische springt von den Fassaden und löst sich vom Pflaster, und zwar in

dem herrlichen Sonnenlicht, das nicht mehr mörderisch, sondern Abglanz ist, ja, vielleicht ist Abglanz das Wort, das sowohl die äußere Verzauberung wie deren Widerschein in der eigenen Laune bezeichnet. Es ist ein Aufleben, und in rund zehn Tagen gehts nach Rußland, nach Moskau und in die Wolgagegend nach Rostow, Saratow. Lesereise, Lesungen an Goethe-Instituten, und zwar aus dem *Canto*, der eben übersetzt herausgekommen ist, die Übersetzung liest ein russischer Schauspieler.
Ich beginne mich zögerlich für die Reise zu erwärmen, es ist zum ersten Mal, daß ich, um es pathetisch auszudrükken, den Fuß auf den Boden des Landes setzen werde, aus dem mein Vater stammt. Er kam übrigens ungefähr im selben Alter wie Leonid, das heißt, beide haben nur die Kindheit, das Aufwachsen bis zur Maturität in Rußland verbracht, nun, rund 20 Jahre, der eine unter dem Zaren, der andere unter den Sowjets. Für mich kommt das im Grunde erzwichtige Ereignis wahrlich spät im Leben.

Neulich zusammen mit Odile und Igor (der jedoch gleich aufgab und per Taxi nach Hause desertierte) eine Abel-Ferrara-Nacht im Kino Champo verbracht, drei Filme bis zum Frühstück, Beginn um Mitternacht. Ich mag diesen in meinen Augen genialischen, als Person verdrogten, verrückten, wohl versexten Filmer mit seiner apokalyptischen Kreativität oder besser Intensität – Gewalt und Sex / Sex und Gewalt –, seine Protagonisten sind alle an der Nadel und an der Flasche und am Kopulieren, es ist eine abstoßende Fauna von Jet-set-Film-Pack oder mafiöser Kriminalität, seine Verfluchten haben längst alle Grenzen von Verantwortlichkeit oder Achtung vor dem Leben in irgendeiner Form hinter sich, aber die künstlerische Kralle oder Signatur ist hinreißend, im Vergleich dazu kriege ich angesichts der braven

französischen Gesellschaftskomödien Gänsehaut oder das große Gähnen. Nur das Bis-an-die-Grenze-Gehen zählt oder genügt in Sachen Kunst. Nun, wieder so ein Fall von rasender gewissenloser Unbürgerlichkeit, gelinde gesagt, Anstandslosigkeit/Rauschabhängigkeit wie Malcolm Lowry, wie Friedrich Kuhn, es ist das Manische, das allen Benimmregeln Spottende, das Sittliche Verabscheuende, es ist die »Freiheit«, dieser Freiheitsgrad, den ich auch bei einem Serge Gainsbourg spüre, an dem meine eigenen künstlerischen Wellen sich brechen, diesen Verlorenen oder Verdammten gegenüber komme ich mir wie der ärgste Spießer vor, solche »Freiheit« wage ich nicht in Anspruch zu nehmen, bleibe gleichzeitig angezogen und abgestoßen. Abel Ferrara kommt meiner Meinung nach spürbar von Cassavetes her. Das was mich abstößt und anzieht und tief irritiert, ist wohl die Rücksichtslosigkeit in der Selbstzerstörung. Es muß sich um eine verdrängte Hälfte in mir handeln.
Insgesamt eine schöne Kinonacht gewesen, eine wahre Lebenszufuhr, wie sie nur echte Kunst vermag. Danach der Heimweg zu Fuß nach Hause bei Tagesanbruch, den Quais entlang.

Handke, *Don Juan*
Man kann es lesen wie die Anlehnung an eine (heilige) Schrift oder auch wie an den Haaren herbeigezogen, eine Zumutung, manchmal an der Grenze zum Peinlichen? Und dennoch gewinnt der Text gleichsam wider Willen des Lesers allmähliche Autorität. Man kann ihn ablehnen, doch man kann sich ihm mit fortschreitender Lektüre kaum entziehen. Sprachlich am schönsten sind die Stifterschen Naturbeobachtungen, wenigstens für mich. Ist der Text nicht in einer Art Prophetensprache geschrieben? Der Mann ist wirklich ein sittlicher Lehrer, Erzieher.

Zurück aus Rußland. Bin aus St. Petersburg vorgestern um 16 Uhr Ortszeit abgeflogen und am Abend hier angekommen und mit Odile essen gewesen. Hier war es ziemlich kalt, in Petersburg während unseres Kurzbesuchs eine Art Wärmeeinbruch, das heißt über null Grad und Sonnenschein, so daß die in der Newa aufgeworfenen Eisschollen – wie von Caspar David Friedrich akribisch horrifiziert – im hellen Licht emporstarrten und die herrlich farbigen Fassaden der vielen vielen Paläste, an den Kanälen liegenden und darum nicht nur wie vom Wasser getragenen, sondern wie über Wasser schwebenden Fassaden und Kirchen zauberisch, vor allem leicht und apart in Erscheinung traten. Es ist soviel Raum in dieser Stadt, Lichtraum, natürlich des Wassers wegen, die Stadt ist ja fast wie Venedig eine Wasserstadt und nicht recht auf festem Grund. Ich frage mich die ganze Zeit, ob es wirklich der Panzerkreuzer Potemkin war, der da ankerte in diesem Grauton, der uns von den Kriegsspielzeugen oder besser den Spielzeugpanzern und -panzerschiffen vertraut ist und mit den ebensolchen nicht ganz ernst zu nehmenden Kanonen und Kanonenrohren. Aber auf dieser Stadtrundfahrt habe ich nur panoramisch oder schweifenden oder verhangenen Auges hingeschaut, ich sagte mir, es ist wunderbar und ich werde ja wiederkommen, es muß jetzt nicht alles gleich wie für immer sein. Dachte, diese vielen Kirchen hier in Rußland sehen wie Gruppen von eng zusammenstehenden Mütterchen unter geblähten Zipfelmützen aus, es ist eine andere Religiosität, eine in der Dimension des Massenchors, und innen sind die sakralen Räume fast bis zum Ersticken bunt bemalt wie Ostereier mit all den Ikonen, es ist wiederum eine hitzige Frömmigkeit, und dann liegen in Reihen die zaristischen Sarkophage da, und das Zarentum ist überhaupt immer allgegenwärtig, volksnah, und manchmal grausam volksnah, und damit muß die ostereibunte Frömmigkeit auch zu tun haben; und die Verschickten, nach

Sibirien Verschickten, in Ketten. Wie Dostojewski, dessen Wohnung ich besucht habe. Er war mit einer 26 Jahre jüngeren Frau verheiratet, wie ich, und hat eine Anzahl Kinder mit ihr gezeugt, wovon deren einige starben. Er hat seiner Frau immer viele verliebte Zettelchen zugeschoben und kleine Aufmerksamkeiten erwiesen, er war eben verliebt. Und er war brünstig bibelfest, die Bibel die einzige erlaubte Lektüre in der sibirischen Verschickung und Gefangenschaft, und warum kam mir seine Wohnung, die im Unterschied zu der gräflich tolstoischen bescheiden zu nennen ist, wenn sie auch für unsereinen immer noch recht standesbewußt wirkt, zwar eben bürgerlich und nicht aristokratisch, und dennoch ist sie mehr als nur geräumig, in so einer Wohnung dürfte sich Oblomow mehrheitlich liegenderweise aufgehalten haben, nun, warum kam mir die Wohnung vertraut vor bis zu dem Grade, daß ich mir sagte, ich kenne sie, kenne sie von früher her, vom Vater her? Wie denn überhaupt diese kurze Rußlandreise, wie ich eben jetzt erst erkenne, eine Art Heimkehr war, ja, es ist nicht übertrieben, das zu sagen, im Grunde war das Kindheitshaus in der Länggasse ein russisches Haus, um von unserer Familie gar nicht zu sprechen, Vater muß dennoch einiges mitgebracht oder besser transferiert haben, ich könnte fast so weit gehen zu behaupten, ich hätte in manch Russischem das Länggässliche wiedergefunden.

In Moskau habe ich schon beim Einfahren stadteinwärts vom Flughafen kommend den Puls des riesigen Landes empfunden, der Verkehr hatte das unbekümmerte Ausschwärmen, das nur riesenräumlichen Verhältnissen eigen ist, und verrußt und angeschwärzt waren alle Vehikel, der Puls kräftig, ich liebe die langen Einfahrten durch die namenlosen Vorstadtgebiete oder Einöden und das ganze Aufschieben des Kommenden, Hinausschieben, meine ich. Ich kann jetzt im Falle von Moskau nicht alles Gesehene wiedergeben, wo-

zu auch? Ich fand den Bahnhof zur Abfahrt nach St. Petersburg, einen unter acht Bahnhöfen, wenn ich nicht irre, ganz toll und ganz anders als alles Gewohnte, vielleicht weil gerade da sowohl das Vorrevolutionäre wie das Sowjetische, eben das Russische, war, vor allem in den Wartesälen mit all dem Sack und Pack, wie soll ich sagen, man spürt, daß es sich nicht um Reisende wie bei uns, nicht um Vergnügungsreisende, sondern um Nomaden handelt, man spürt die Distanzen und Weiten und das Sich-Einrichten in diesen Riesendimensionen, das andere Unterwegssein, spürt es aus den Ballen des Begleitgepäcks, der Bekleidung, dem Benehmen. Und auch die kleinen Läden und Verköstigungsstände sind anders, der Alltag weitet sich in seiner Gräue gewissermaßen ins Mystische. Und schön war die sechsstündige Eisenbahnfahrt von Moskau nach St. Petersburg, eine Art Reisewohnen oder doch ein Vorgeschmack davon, mit all den Gratisverköstigungen, der überhitzten Temperatur, den russischen Komikerfilmen im Fernsehen.
Ja, das Tolstoi-Wohnhaus in Chomowniki mitsamt Garten und Nebengebäuden (im Garten eine Art künstlicher Hügel fürs Schlitteln). Sowohl die Dostojewski-Wohnung in Petersburg wie das Tolstoi-Haus sind heute Museen, man muß Plastik-Überschuhe überstreifen und wird von lieben Matronen überwacht, während der Direktor mit dem Dolmetscher an seiner Seite schier stundenlang ausholt, um das Leben des Dichterfürsten Revue passieren zu lassen. Es geht ja in dem Hause nicht nur um ein Schreibleben, wenn der Schreibtisch im Obergeschoß mit der »Umzäunung« der Tischfläche (um das Herunterfallen der beschriebenen Blätter zu verhindern) auch eindrücklich und der kurzbeinige Stuhl, um des Dichters brillenlose Augen dem Papier näher zu bringen, auch interessant und die Vitrinen mit den selbstgefertigten Stiefeln überraschend zu nennen sind: Es geht um das Familienleben in diesem Hause, Holzhaus: um den

großen mit englischem Geschirr gedeckten Eßtisch für das um 18 h abgehaltene Abendessen, wo Eltern und alle Kinder versammelt waren. Um die verschiedenen Kinderzimmer, die eine Tochter Kunstmalerin, um die Salons, wo abends nach dem Essen und der getanen Arbeit (Tolstoi war Frühaufsteher) die Besuche empfangen wurden, Dichter und Künstler und Musiker – die Musik für T. die höchste der Künste –, Freunde und Bekannte; es ging um den hinter einem Paravant versteckten Schlafraum mit den zwei Betten und den Waschschüsseln für das Elternpaar, es ging um Gesinde- und Gouvernantenräume, alles was zur Abhaltung des um den großen Mann gescharten kinderreichen Familien- oder besser Sippenlebens gehörte; um das Private wie um das Öffentliche, Tolstoi war ja mit zunehmendem Alter eine öffentliche Person und vor allem: Instanz.

Von Moskau habe ich natürlich auch nur flüchtige Eindrükke, immerhin ist das zu einem Festungsring gehörende Neujungfrauenkloster mit den dickwandigen Mauern und den unendlichen Ikonen im Inneren der verschiedenen Kirchen ein noch abrufbarer Eindruck; ebenso wie ich mich an die Lesungen und die Gaststätten zu erinnern vermag, ich meine an den jeweiligen Rahmen, vor allem im Puschkin-Café, einem stilvollen mehrstöckigen, vor nobler Förmlichkeit prangenden Lokal erster Güte und Schönheit, während es in der Staatlichen Bibliothek für ausländische Literatur, wo sich die verschiedenen Ansprachen ablösten und mit offenbar landesüblichem Applaus ebenso ununterbrochen quittiert wurden, eher langweilig zuging und der Rahmen des Saals vom Boden bis zur Decke mit beschlagnahmter deutscher Literatur tapeziert war. Bei dem anschließenden Empfang näherte sich mir die einzige auffallend hübsche junge Frau, eine Studentin und Nizon-Leserin, was mir überaus gefiel.

Ich darf den Mittagstisch zu meinen Ehren in der schweizerischen Botschaft nicht vergessen, der Botschafter, Erwin H. Hofer, gestaltete das Ganze amüsant und aufmerksam, ich war gerührt, natürlich auch beim Gedanken, daß Höhlu oder Fredli, mein ältester Freund aus Schulzeiten, hier gewirkt und gewohnt und meine Tochter Valérie zu Gast gehabt hatte.

Ich schreibe in meiner Wohnung in der Rue Saint-Honoré, an meinem aus dem Atelier in den ehemaligen Schlafraum verpflanzten weißen Schreibtisch. Ja, vor kurzem erst fand die Räumung des Ateliers, die Schlüsselübergabe bei den Notaren, das heißt der endgültige Verkauf statt; und nun bin ich aus der zunehmend geliebten Gegend der Butte Montmartre mitsamt Rue Lepic und Place und Rue des Abbesses, aber auch aus der Gegend um die Avenue Junot und Rue Caulaincourt etc. ausgestoßen und verbannt, diese andere Seite meines Alltags mitsamt den verschiedenen Anfahrten und Anmärschen zum Arbeitsplatz besteht nun nicht mehr, das »Doppelleben« ist hin. Ich wollte vor dem Auszug unbedingt noch den Roman, mein *Fell der Forelle*, hinkriegen, was mir knapp gelang, es fehlt nurmehr knapp eine Seite. Ich denke, ich wollte das Buch noch nicht hergeben, schließlich war es ja die ganze letzte Zeit meine innere Heimat; so wie die Ateliergegend meine geheime Seelenheimat war. Hatte beim Ankommen in dem Viertel oft das Gefühl, in den Roman wenn nicht die Literatur physisch einzutreten. Was habe ich nicht im 18. Arrondissement und zu Teilen in den Straßen meiner ersten Pariser Zeit (Rue Simart) für meine *Forelle* eingesammelt!

Montag, 21. 2., ist Elisabeth Plahutnik gestorben, wie mir Valérie mitteilt. Sonntag sei sie noch ansprechbar gewesen,

dann in einen heftigen (?) Abwesenheitszustand mit Agitation der Beine, wohl Todeskampf, verfallen, hierauf in tiefen Schlummer mit unregelmäßigen Atemzügen bis zum letzten Atemzug.
Ich habe gestern nacht an sie gedacht und Abschied genommen. Ich ermaß den Verlust. Vermutlich war ich nirgendwo sonst in meiner ganzen Widersprüchlichkeit so begriffen, gesehen und, ja, wohl geliebt worden. Bedingungslos. Erkannt, rundum angenommen. Dieser Halt, diese Heimat ist nun nicht mehr. Sie war, neben meinen Frauen, *die* Gefährtin, Verschworene, Vertraute.

Canetti, Entwurf
Ich habe ihn immer den größten Menschenerklärer genannt, darum sind mir ja auch seine Essays so lieb. Er hatte diese nie nachlassende Neugier auf Menschen, er pirschte sich innerlich an sie heran, spürbar, es war eine brennende Neugier, er schlüpfte in ihre Haut, er war ja auch Komödiant, man denke nur daran, wie er sich am Telefon in der Sprachmaske der Hausbesorgerin meldete, um unliebsame Anrufer abzuwimmeln; er hatte mich davon ins Bild gesetzt, um mir klarzumachen, daß ich in solchem Falle nur gleich meinen Namen nennen möchte. Ich habe ihn auch einmal in der Rolle der Hausbesorgerin, mit der Altweiberstimme, am Apparat gehabt, jedoch gleich den Canetti dahinter erkannt, möglicherweise weil ich um die Taktik wußte, erkannt hätte ich seine Stimme trotz allem gleich. Ich kannte sie ja auch aus unzähligen Gesprächen, stunden- und nächtelangen. Ja, in London an der Thurlow Road in Hampstead hatte ich in den ausgehenden sechziger Jahren unendlich lange Zusammenkünfte mit ihm. Ich kam jeweils am späten Nachmittag an und verließ ihn manchmal auch erst im Morgengrauen oder bei Tagesanbruch. Zwischendurch gingen wir essen,

oft in ein Ristorante, kein Feinschmeckerlokal, Canetti aß gern und viel, wie er damals ja auch ein starker Raucher gewesen ist. Er sagte mir, er arbeite immer nachts, tagsüber halte er sich in Cafés oder Teestuben auf, er beobachtete, notierte in solchen anspruchslosen Lokalen, er kannte ja auch die eine oder andere Serviererin, in meiner Erinnerung eher hübsche und keß uniformierte Mädchen, er hat mich der einen oder anderen auch vorgestellt.

Die Wohnung war bescheiden und mit eher massiven, gutbürgerlichen Möbeln bestückt, sie machte nicht viel von sich her, es gab keine besondere Stimmung oder Wohnatmosphäre, nichts Beeindruckendes; was mich erstaunte, war der Umstand, daß Canetti mir Armagnac anbot, wie er mir später in der ebenfalls bescheidenen Wohnung an der Zürcher Klosbachstraße Whisky vorsetzte, er wußte, ich trank ihn gern – er trank damals nicht mehr, wie er ja auch nicht mehr rauchte, sich aber gerne von mir eine Zigarette reichen ließ, die er nie anzündete, sondern in den Fingern hielt und herumdrehte. Um auf den Menschenerklärer zurückzukommen: Er imitierte, karikierte, demaskierte schonungslos, wenn er nicht überhaupt vivisektionierte, nun, er schlüpfte in die Haut der anderen, es war Aneignung, es war Verwandlung, ein Wort, das ihm für den Dichter zentral erschien, wie jedermann weiß. Wenn es nicht überhaupt das war, was den Menschen vom Tier unterschied. Man könnte die maßlose Neugier fast schon erotisch nennen, ich denke, er hat nicht nur ein Bestiarium aus seinen Anverwandlungen gewonnen, sondern darüber hinaus ein phantastisches Spektrum aus anatomischen Organen, weniger ein Linnésches System der Arten als ein barockes Metamorphosen-Pandämonium, aus welchem Grundmaterial wohl einiges in die Aphorismen eingegangen sein dürfte. Er war kein wertfreier Wissenschaftler in der Menschenerforschung, er konnte hassen, er war Partei, er war, wie mir sehr bald aufging, eine moralische Großmacht, nicht einfach ein Moralist. Er war der Feind der Dekadenz, das war wohl auch sein Abstand zu Thomas Bernhard und überhaupt zu allem Todessüchtigen und Morbiden, er war ein Lebensmonarch, ein Menschenfreund wenigstens in seiner verantwortungsmäßigen Ausrichtung, darum auch ein Hasser des Niedrigen, nicht der Schwachen, dies überhaupt nicht, ein Hasser menschlicher Niedertracht.

Er war auch ein großer Lacher, nie hämisch, das Lachen war herzerwärmend. Es wurde von vielen bemerkt, wie gut oder besser wie dringlich, nicht nur ermutigend, sondern schon fast magisch sein Zuhören war. In meinem Falle war das Zuhören oder ebendiese gespannte Aufmerksamkeit zungenlösend. Wenn ich mich recht erinnere, haben wir uns mit Vorliebe Menschen, Personen, erzählt, übertrieben ausgedrückt: Charaktere – wenigstens war das die Zielrichtung des Interesses. Ich habe auch immer sehr viel erzählt oder eben charakterisiert; und von ihm habe ich bei solchen Gelegenheiten manches gehört, das ich später in seinen Erinnerungsbüchern nachlesen konnte. Ich glaube, er ging in meinem Falle so weit, mir eine Begabung für Figurenzeichnung attestieren zu wollen, was mich darum erstaunte, weil ich mich für einen Erzähler nicht nur ohne nennenswerte Handlung, sondern auch ohne markante Figuren hielt; mein Interesse lag anderswo, nämlich in dem, was die Franzosen heute das Autofiktionale nennen. Und natürlich im Sprachkünstlerischen. Er sah sich diesbezüglich als einen anspruchslosen Schreiber, ich meine, natürlich war er kein auffallender Sprachmensch, wenn man von seinem dramatischen Temperament absieht, von dem, was er als Sprachmaske bezeichnet, er war, wie mir bald einmal aufging, darum nicht weniger Stilist. Er schrieb eine blanke klare rasche Prosa, eine reine Münze. Es war neben dem Verschwenderischen, dem abwägend Prüferischen, der Grenzenlosigkeit seiner Interessen, seiner Neugierde und Lebenslernfähigkeit, der Überzeugungskraft seiner Werturteile, seinem tiefen Wissen auch etwas Koboldisches in seinem Wesen und natürlich, was ich lange übersah, auch das Abgründige. Ich sah ihn nämlich – und das war eine von meiner Verehrung diktierte Halbblindheit – lange als einen Kopf ohne Leib, vor allem ohne Unterleib, als eine Art direkt der Stirne des Zeus entsprungenen Streiter mit dem Schwert; und übersah die innere Schlangengrube. Vermutlich wollte ich ihn so sehen. Ich kann nicht sagen, daß mir die Enthüllungen in dem posthum erschienenen Erinnerungsband *Party im Blitz* das Canetti-Bild verschmierten, im Gegenteil, sie machen mir den vermutlich idealisierten, aus den menschlichen Niederungen herausgehaltenen oder besser ausgesparten Dichter letzten Endes glaubhafter.

Als ich ihn 1964 kennenlernte, zufällig, in der »Kronenhalle« in Zürich war es, war er nicht nur mir, sondern so gut wie jedermann im deutschen Sprachraum unbekannt. Als erstes las ich *Die Blendung*, danach *Masse und Macht*. Ersteres ein Jugendwerk und vielleicht ein Jahrhundertroman, letzteres eine polydisziplinäre, absolut eigenwillige Privatforschung unter Beiziehung von Mythen, Sagen und jeder Art von Menschheitszeugnissen, »um das Jahrhundert an der Gurgel zu packen«, wie er sagt, zumindest in der für eben *das* Jahrhundert zentralen Problematik des Massenphänomens (mit dem sich auch schon Hermann Broch befaßt hatte). Ich las *Die Blendung* einigermaßen hingerissen, wenn mir das Allegorische oder besser das tendenziöse Arrangement wesensmäßig eher fremd war. Was mich überraschte, aber zu Canettis Übertreibungshang paßte, war die Bemerkung, daß *Die Blendung* als erstes Buch eines auf acht Bände angelegten Zyklus konzipiert war. Was mich heute noch ebenfalls erstaunt, ist das Heterogene dieses Werks: ein einziger Roman, drei Theaterstücke, das philosophisch sozioanthropologische Grundlagenbuch (*Masse und Macht*), das mit den Fachwissenschaften umgeht wie ein Rechner, der sich im Zeitalter der raffiniertesten Computertechnik mit etwas wie dem Zählrahmen den heikelsten, weil vielschichtigsten Problemen nähert und u. a. der ganzen psychoanalytischen Wissenschaft spottet. Das Selbstdenkerische ist so erstaunlich, auch die Respektlosigkeit den ganzen etablierten Fachwissenschaften gegenüber resp. Wissens-KIRCHEN. Wobei sich natürlich herausstellt, über welch umfassendes Quellenwissen Canetti verfügt. Was ihn von der etablierten Forschung unterscheidet, ist der unverschämte, quasi naive Zugriff des Selbstdenkers. Darum ist *Masse und Macht* lange und vielleicht bis heute von den Vertretern des Fachs als eine Art Scharlatanerie oder doch Dilettantismus rezipiert worden. Außerdem: Aufzeichnungen, Aphorismen, Lebenserinnerungen. Der Autor dieses einmaligen und merkwürdigen Gesamtwerks ist, wie mich immer dünkte, mit einem Sendungsbewußtsein ausgestattet (Sendungsbewußtsein gleich Retterattitüde), hier das Streitbare, aber auch die hohe Selbsteinschätzung inklusive Eitelkeit. Denn von Eitelkeit schien mir Canetti nicht frei, er war sehr wohl darauf bedacht, seinen Rang einzufordern. Ich habe ihn im freundschaftlichen Umgang nie als überheblich erlebt, die Unbescheidenheit betraf den geistigen Anspruch. Im übrigen erschien er mir auch in seiner spezifischen Eitelkeit immer vollkommen natürlich. Er wußte um seinen Rang, er dachte in Hierarchien, er konnte verehren.

Gestern den Schluß des Buches auf Band aufgenommen. Beim Schreiben war ich mir über nichts im klaren. Die Sätze lösten sich mir von der Zunge, immer zu meinem größten Erstaunen, auch Gelächter. Ich wußte einfach nicht, woher ich das alles nahm.

Ja, dieses Buch war mein ganzes Glück und womöglich das Äußerste, das ich erpressen konnte. Ich wollte es nicht loslassen, nicht hergeben. Denn das Danach schmeckt nach Tod oder Ende– wie immer man dieses Wort interpretieren will.

Bin neulich mit einem seltsamen Schmerz aus einem Nikkerchen aufgewacht. Ich sah im Traum eine Freundesgruppe irgendwo beim Tafeln vor mir, Freunde aus der Zürcher Zeit, Otto Müller und Trudi Demut, Paul Eppstein, Teddy Richard, Künstler, Intellektuelle, sie gehörten auch ein wenig zum Kreis von Elisabeth Plahutnik und Hans Schweingruber, vor allem gehörten sie zu meinem damaligen Umgang; wichtig schien mir im Traume, daß es ein Aufgehobensein bedeutete, wenn ich so im Vorbeigehen oder anläßlich eines Festes, einer Vernissage in so eine Gruppe einfiel, mich gutmütig frotzeln oder einfach willkommen heißen ließ, ich war ja willkommen, weil ich zu ihnen gehörte, wenn auch mein Leben in anderen Bahnen verlief und vor allem hinaus und von ihnen und Zürich weg tendierte. Was mir aufging, war das Kapital des Wohlwollens, von Freundschaft und Solidarität, wenigstens in gewissen Grenzen. Und dann das nicht hoch genug einzuschätzende Voneinanderwissen, fast schon jeder des anderen Gewissen. Ich sah es wie Lagerfeuer im Wilden Westen, bei welchen der einsame Reiter absteigen konnte und mit Gastfreundschaft und Proviant rechnen durfte. Und was schmerzte war: daß diese Lagerfeuer nicht nur erloschen, sondern aus der Welt verschwunden waren zusammen mit den Toten. Denn all diese Freunde sind tot. Der Schmerz ein Kältestich, die eigene Gottverlassenheit. Wehmut.

Mit Leonid auf einem Morgenspaziergang durch die Tuilerien beim unteren Brunnenbecken, nein Bassin, da, wo die Gärten sich auf die Place de la Concorde öffnen, auf eine Menge tief jagender Schwalben gestoßen. Sie flogen tief, weil die Lufttemperatur morgendlich kühl und vermutlich das Wasser wärmer und darum die Mücken knapp über dem Wasserspiegel westen, jedenfalls jagten sie in herrlichen Kapriolen über dem Becken, sie pfeilten in einem schwarzen Aufruhr durcheinander, ich konnte mich nicht losreißen von dem herrlichen Tumult, einem ansteckenden Überschwang. Nie hatte ich sie so nah, so zahlreich auf engem Raume, so entfesselt, so rauschhaft erlebt. Dagegen die Stare, die auf den Rasenflächen wie winzige Hühner wirken, wenn sie eifrig vor sich hin picken: auch sie Zugvögel, aber nun, ausgehungert nach der langen Reise, beim Auffuttern, niedliche Wurmsucher, eifrige Sammler, unansehnlich.
Ja, die Schwalben gehören auch zu meinen Gottheiten. Im *Fell der Forelle* spielen sie auch eine Rolle – neben den ärgerlichen Tauben. Alle Vögel, auch Zugvögel, haben ein – manchmal lächerlich anzusehendes – Erdenleben, nur die Schwalben nicht, die im Himmel wohnen.
Bin in letzter Zeit ziemlich viel im Kino gewesen, sowjetische Literaturverfilmungen, ganz wunderbar; daneben einen Krimi aus den siebziger Jahren, farbig, von Phil Karlson, den ich schon mal gesehen und jetzt beim Wiedersehen wiederum toll fand. Und gestern *King of New York* von Abel Ferrara, wie er seine Schauspieler erpreßt, wie ein Cassavetes; er hat vor allem diesen Hauptdarsteller, Christopher Walken, der die schon fast extraterrestrische Souveränität des Todesengels besitzt, eine hinreißende Leere im Gesicht, was auch wie Vision wirken kann. Die Story ist trivial, es geht um die Machtergreifung im Drogengeschäft, jenseits von Gut und Böse, um eine Feldherrngenialität, es ist nicht anders als bei einem Napoleon, die alte Geschichte, und die

Pfade sind mit Leichen gepflastert. Ferrara ist nicht allzuweit von einem David Lynch, nur satanischer. Erstaunlich das Umschlagen von Grauenhaftigkeit in künstlerische Sieghaftigkeit, der Kinogänger bleibt offenen Mundes da sitzen und hat das Gefühl, der Erschaffung der Welt beizuwohnen.

Muß mir schnell überlegen, was es mit der verhältnismäßigen »Ernüchterung« beim Schwellenübertritt von Frankreich nach Deutschland auf sich hat. Früher nannte ich es den Eintritt in ein Werktagsland, wohl im Unterschied zu dem in Frankreich und Italien permanenten Fest des Lebens.
Ich empfinde in deutschen Landen immer eine dünnere Luft, nicht entseelt, aber *entfettet*, entzogen ist das Lebensschmieröl, verarmt, eine Art Magerluft, kein Begehren in der Luft, kein Glücksversprechen, kein Erotikum, das dich in die Zirkulation aufnähme, kein Überschwang, es ist der Ernst des Lebens, es ist möglicherweise der beinerne Goodwill oder eine Art verklemmt-verdrängte Moraldiktatur, die Pflicht, die den Ton angeben oder simpler ausgedrückt: wenig Lebensfreude, die dich anspränge, natürlich auch kein entsprechendes Kommunizieren, Fraternisieren, bestimmt nicht auf der Ebene des Nur-Menschlichen, das Alltägliche hat nichts Aufreizendes, nichts Romanverdächtiges, nichts Filmhaftes, vor allem nichts Verführerisches, aber auch nicht das in den lateinischen Ländern mitschwingende leise Tragische, das versöhnlich stimmt und den Jahrmarktskehrreim beisteuert. Es ist verdammt wenig *Anruf* in der Luft und schon gar keine Einladung einzutreten in den großen Roman und Reigen, wie es in Paris der Fall ist. Und vielleicht sogar noch in der französischen Provinz; was fehlt, ist der Leichtsinn oder das Aroma der alles versöhnlich einnebelnden großen

Illusion. Statt dessen Tatsachen. Kein Lied überm Land, das heiligt und feiert, hätte Herr Rilke bemerkt. Früher der Marschschritt.

Zur mehrwöchigen Autoeinäscherei (mehrere Tausend Wagen) und den dazugehörigen Gewaltausbrüchen der Banlieue-Jugend in ganz Frankreich, die Wochen dauerten und sich – wahllos! – gegen Polizei Geschäfte Pompiers Autobusse Kindergärten Schulen Kirchen etc. richteten und als Intifada oder auch Stadtguerilla apostrophiert wurden und Regierung, Politiker, Soziologen, Urbanisten und natürlich Polizei und Justiz in Atem hielten (bis an die Grenze des Gespensts eines Bürgerkriegs) und alles in allem das ungelöste Problem der INTEGRATION an den Tag und aufs Tapet brachten, weil diese Vorstadtjugend ja vorwiegend aus den Abkömmlingen der aus Nord- und Schwarzafrika eingewanderten Farbigen bestand, geborenen Franzosen oder Söhnen und Töchtern der Republik, wie Chirac es in seiner Fernsehansprache an die Nation nannte, die sehr lange auf sich warten ließ, fällt mir folgendes im Rückblick ein: Es war keine organisierte Revolution, es gab keine politischen Forderungen, es war ein Flächenbrand, fast schon eine Naturkatastrophe, und zwar aus Gründen einer nicht weiter aushaltbaren Erniedrigung, Respektlosigkeit, das Ganze war ja mehr oder weniger durch Sarkozys beleidigende Worte des *Gesindels* (racaille) provoziert worden.

Daß Höhlu nicht mehr ist. Er liegt in Beckenried begraben. Möchte sein Grab aufsuchen, möchte mich nach seinem Sterben erkundigen. Wir waren als Schüler ein Brüderpaar. Wir teilten den Traum des jugendlichen Lebensantritts, wenn möglich als Künstler. Oder wir träumten den Traum vom großen Abenteuer, Welteroberung, Liebestribut. Wir wuchsen beide nur halb behütet heran. Seine Eltern waren Diplomaten im Ausland, mein Vater war tot, anstelle einer Familie die Studentenpension, das Frauenhaus. Neulich in Genf dachte ich an unsere Radfahrt zu seiner Genfer Tante, die wir radelnd Tante Knarke/Knarke nannten. Sie wohnte nobel in der Genfer Altstadt, wo sie uns beherbergte. Hohl kam aus einer Art Oberklasse, ich aus unklaren Verhältnissen. Er kannte keine Geldsorgen, er hatte seinen Monatswechsel; ich verdiente mir mein Taschengeld mit Freizeit- und Ferienjobs. Beide heirateten wir früh, beide als Studenten. Er wurde wie der Vater Diplomat, später Botschafter wie jener. Ich studierte als Werkstudent und verlor nie die innere Gewißheit oder den tiefen Wunsch nach Dichterleben aus den Augen, bei allen Beschwerungen nie. Ich diente mich in harten Anläufen an meine Sache heran. In seinen Augen mochte es aussehen, als nähme ich das verflixte Kreuz auf mich. Während er ein heimlicher Schreiberling blieb, neben seiner Karriere, die ihn in gesellschaftliche Kreise entführte, die mir suspekt waren. Irgendwie mochte es so aussehen, als föchte ich für uns beide den Kampf aus. Wir entfernten uns und blieben innerlich unverbrüchlich geeint. Geeint? Ich nahm ihm sein Blendertum übel, das ja nur tiefe Konflikte überglänzte. Oder verbarg. Sein Gelächter übertönte und kaschierte etwas wie Verrat. Das war viel später. In der Schule, als wir uns der Matura und dem Eintritt ins Freie näherten, teilten wir dasselbe Wünschen, dasselbe Großhabenwollen des Lebens. Er bot mir in meinen klandestinen Verunsicherungen Schutz an. Ich war ausgesetzt, er war ein Prätendent mit Absicherungen. Wir waren ein Brüderpaar. Wir hatten uns erwählt. Wahlverwandte waren wir. Und blieben es im Inneren.

Neulich mit Igor auf die Frage gestoßen, wie ich zu dem Entscheid für die Kunstgeschichte gekommen bin. Genau wie Boris spielte ich mit dem Gedanken oder besser der Versuchung, das Gymnasium vorzeitig zu verlassen, weil ich (wie er) *leben* wollte und die Schule mich von dem Leben ausschloß, wie ich meinte. Allerdings wollte ich ein Dichterleben führen in der vagen Überzeugung, daß sich in einem solchen sowohl Freiheit und allergrößte Selbstverantwortung verheiße wie das Instrument verberge, dem Leben auf die Spur zu kommen, was wiederum hieß, sich dem Leben einzuschreiben und schreibenderweise zu nähern und zu vergewissern. Es ging überhaupt nicht um Boheme, sondern um einen Feldzug in einem van Goghschen Sinne. Um entsprechende Welteroberung. Die künstlerische Arbeit wäre die Wünschelrute auf der abenteuerlichen Reise.

Es ist vielleicht auch interessant anzumerken, daß bei den Überlegungen zu einem möglichen Studienweg die pekuniäre Seite, die Frage nach dem Gelderwerb überhaupt keine Rolle spielte. Warum dachte ich ausschließlich an Selbstverwirklichung? Von zu Hause war materiell ja nichts zu erwarten. All das bleibt dunkel. Vermutlich stand tief in mir drinnen die Richtung und Ausrichtung fest, und die hieß Dichter.

Meine Mutter. Ich sage immer, daß ich mir keiner Zärtlichkeit bewußt bin, sozusagen keiner Berührung, und dies vom Kleinkindesalter an. Ich frage mich, ob diese Vorstellung zutrifft oder Einbildung ist. Daß ich äffisch verwöhnt worden bin, wie mir meine Schwester vorsagt, mag stimmen oder zutreffen und ist mir vage erinnerlich. Ich sehe meine Mutter als junge Frau mit den Pensionären nicht gerade schäkern, jedoch spaßen. Sie muß für Komplimente empfänglich gewesen sein. Ich sehe sie als eine Art schöne modische Fremde, wenn sie von ihren Parisbesuchen zurückkam, von Onkel und Tante Bléreau. Ich sehe sie streng mit unseren Mägden verfahren, wenn diese einen Fehltritt begingen, die eine hatte sie bestohlen, Mutters Schmuck war verschwunden. Ich sehe sie auf dem Gemüse- und Fleischmarkt, einkaufen. Mutter wurde mit Ehrerbietung behandelt. Sie war ja auch eine Frau Doktor und hielt darauf, so genannt zu werden. Sie war eine stattliche Erscheinung und geachtete Dame. Innerlich war sie wohl eine Träumerin, ich denke, sie lebte andauernd und vor allem später in Jungmädchenträumen. Sie erzählte auch gerne von ihren Schulzeiten, von Lehrern, Ausflügen. Sie war ein Schwarmgeist. Auch am Klavier schien sie in schwärmerischen Träumen schwebend, Sonntagnachmittag, wenn die Wohnung uns gehörte: am Sonntag weder Mittags- noch Abendtisch für die Pensionäre. Sie war streng gehalten, wenn nicht unter der Fuchtel ihrer Mutter aufgewachsen und blieb ihr gegenüber gehorsam und jungmädchenhaft. Ich habe unklare, verklärende Erinnerungen an Sonntagnachmittagspaziergänge. Sie muß eine stolze Mutter gewesen sein, unterwegs mit dem Säugling im Kinderwagen unter den Bäumen im Bremgartenwald, im Lichtspiel und Vogelgezwitscher. Doch kann ich mich nicht erinnern, je geherzt worden zu sein, ich kann mich nicht daran erinnern, daß sie mit Worten und Gefühlen an meinen Erfahrungen oder Nöten teilgenommen hätte; daß sie je auf mich eingegangen wäre, kann mich nicht an Zuspruch oder Hilfestellung oder Rat, nicht an Mitleid oder Trostspendung erinnern. Später, als ich Gymnasiast, Student und selber Dr. phil. und Kritiker und Schriftsteller geworden war, ging ihr Stolz in ein Eingeschüchtertsein über, Bewunderung, blind, jedoch gab es nie einen Dialog, nur formelhafte Sprüche, Redensarten. Sie liebte die Gesellschaft meiner Freunde. Sie schien mir seelisch unterentwickelt, die Freunde aber sprachen immer bewundernd von ihrer stolzen schönen Erscheinung und Güte. Ich beschenkte sie, ich schenkte ihr Schmuck, auch nahm ich sie auf Autofahrten mit, wobei ich den Eindruck, eine Statue anstelle eines Menschen oder gar einer mütterlichen Person mitzuführen, nie los wurde. Nur einmal, in vorgerücktem Alter, als sie wieder berufstätig wurde und als Sekretärin oder dergleichen eigenes Geld verdiente und mich zu wunderbaren Essen mit vielen Gemüsen und mehrerlei Fleisch einlud, sah ich sie vorübergehend als selbständige Erwachsene oder gar Mutter. Letztlich ist sie wohl immer ein in die Jahre gekommenes Mädchen ohne eigene Meinung geblieben, leicht verschüchtert, in einem falschen Stolz aufrecht, gierig nach Aufmerksamkeit, ausgehungert mangels Bewunderung, so etwas.

Um auf den *frühen Blick* zurückzukommen und damit auf die Elternkonstellation: nicht nur kein Familienleben, nicht nur eine emotional unerreichbare, in sich eingeschlossene Mutter, nicht nur einen mehr oder weniger abwesenden Vater, in seiner Krankheit zunehmend verschwindenden Vater mit dem Hintergrund des Landesfremden, sondern: so gut wie kein Kommunizieren zwischen den Elternteilen, nichts, das von einem Paar kündete, kein Fünkchen zwischen Mann und Frau, nicht das geringste erotische Knistern, nichts. Von daher kein Eltern*paar*, wenn auch Vater wenigstens in dem ihn mit Hochachtung und Ehrerbietung begegnenden Benehmen der Großmutter, die ihn nie duzte, etwas darstellte. Ich kann mich an keinen Wortwechsel zwischen Vater und Mutter erinnern.
Erinnern kann ich mich an den mit Onkeln, Tanten, Kusinen und Cousins bevölkerten langen Kaffeetisch am freien Sonntagnachmittag, wo es hoch herging zwischen den Geschwistern, ein Lachen und Sich-Necken, eine Zurückversetzung in deren einstigen Familienzusammenhalt, wenn

nicht in deren Kindheit; und bei dieser Gelegenheit war Vater wiederum der Fremde, ein Anhängsel. Er saß gut angezogen und in seinem merklich anderen Umriß (Hintergrund) dabei, doch gehörte er gar nicht wirklich dazu.
Wir Kinder genossen neben der Fülle von Kuchen und Schleckereien die immer mehr ausartende Verwandten-Zusammengehörigkeit und vor allem die Späße, den Unsinn. Auch bei solcher Gelegenheit schienen Vater und Mutter nicht wirklich ein Paar.
Wenn ich zurückdenke, muß das im Kleinkindalter gewesen sein, denn später war Vater zu größten Teilen bettlägerig, und in meinem zwölften Lebensjahr starb er.

Was ich jetzt im Zusammenhang mit der *Maria*-Geschichte notieren will, ist der Aspekt der Ausbeutung. Ich komme darauf zurück, nachdem ich neulich nachts einen Film von Mauro Bolognini mit Titel *Bubu de Montparnasse* gesehen habe. Übrigens bin ich bereits bei dem Film *La ragazza con la valigia* mit Claudia Cardinale auf den Gesichtspunkt des Mißbrauchs verfallen, der damit zu tun hat, daß jugendliche Liebhaber oder besser Freier bei schönen, blutjungen Freudenmädchen ja nicht einfach den Leib, die körperliche Liebe kaufen, sondern darüber hinaus in die Präliminarien der wirklichen Liebe, wie sie glauben möchten, oder doch der echten Verliebtheit eintreten und insofern die Geschäftsregeln brutal übertreten. Was mir bei dem Bolognini-Film aufging (und der jugendliche Liebhaber sträflich übersieht), ist der soziale Hintergrund, der die Mädchen auf die schiefe Bahn schickt: die Not, womöglich verbunden mit Unterstützungspflichten. Zum sozialen Hintergrund gehört die mangelnde oder fehlende (verpaßte) Schulausbildung, die Unwissenheit. Und das einzige Gut, das auf dem Arbeitsmarkt einzubringen ist, sind Jugend und Schönheit. Der ver-

liebte jugendliche Freier sieht nur letzteres, den Hintergrund will er nicht wissen.
Für ihn ist die Prostituierte eine Projektionsfläche, eine Spielfigur. Er setzt alles daran, sie in eine Liebende zu verwandeln. Ja, er will Liebe erwecken und Liebe erleben. Mag sein, daß das Mädchen bis zu einem gewissen Grade mitspielt, aus, sagen wir, romantischen Gründen, nach einer Weile aber mit echten Hoffnungen, der malavita entgehen zu können.
Nie habe ich *Maria* unter solchem Gesichtspunkt gedacht, ich meine die Geschichte, wenn es denn eine sein oder gewesen sein sollte.

Bin eben von der großen Ingres-Ausstellung im Louvre zurück.
Ich verehrte Ingres immer schon, und zwar als den erotischsten, den schönsten Frauenkörperdarsteller in der Kunst überhaupt. Was war denn die ununterbrochene Frauenschönheitsreverenz in den Aktmalereien anderes als Begehren schürende Verherrlichung der weiblichen Hügellandschaft – als die fleischgewordene Schönheit schlechthin, als Berükkung, Traum, Trost etc.? Und der Traum zielte ja nicht einfach auf einen Kniefall, minnesängerischen. Ingres ist der subtilste, erotischste Frauenleibbildner, so in der »Quelle«, im »Türkischen Bad«, in »Die große Odaliske« etc. Er ist Klassizist, aber er geht, zumal in seinen Porträts, darüber hinaus, hier greift er vor bis zu den Realisten, nähert sich einem Manet, er ist nicht Kolorist, sondern bleibt auf Lokalfarben und einen Schwarzton eingestimmt, allerdings mit kostbaren Farbakkorden in seiner Dunkelskala; und erstaunlich wie die Kleidung, das modische Gehabe als Stofflichkeit mitspricht und außerdem das Psychologische, die Charaktere. Er wird zum realistischen Beobachter, Beobachter

des Welttheaters (wenn auch unter Ausschließung des niedrigen Volkes), ein Gesellschaftsmaler. Hier steht er bei aller Qualität unter einem Goya, der in seinen besten Porträts von einer halluzinatorischen Sensibilität und schlechthin magischen malerischen Zauberei fortgerissen wird. Ingres ist nicht revolutionär, er ist kein Wegbereiter, er ist Repräsentant seiner Epoche, ein Repräsentant seiner Klasse oder eben der tonangebenden Schicht, als Künstler ein verfeinerter Erbe und Fortsetzer, nicht dämonisch wie Goya, kein Zeuge wie Daumier mit dem Hohn oder der Entlarvung des Richterblicks. Er ist ein in einem idealistischen Gebäude fast schon autistisch Eingesperrter, an dem das Brodeln des Zeitgeistes und der künstlerischen Revolution abgleitet, er hat sich schon sehr bald in eine Zeitlosigkeit zurückgezogen und in alabasterne Szenen gehüllt, und wären nicht die erotischen Frauenkörper, diese herrlichen Verführungen, man könnte ihn für einen innerlich Exilierten, von seiner Gegenwart völlig Unberührten, einen Unrührbaren oder eben geistig Verirrten halten, starke Worte, es ist einfach nichts vom Puls seiner Epoche spürbar, Ingres muß in einer idealistischen Kunstvorstellung aufgegangen sein oder in einer imperialen Verklärung. Nur als Porträtist zeigt er Krallen. Welch ein Gegensatz zu Delacroix und den Vorbereitern des Realismus.

Der frühe Blick

Gut, ich hatte keine Auflehnungsphase, kein Kräftemessen mit dem Vater, nichts von Ablösung. Ich hatte aber auch kein väterliches Vorbild, der Vater war wie ein stiller Gast, eine Toleranzfigur, Fremdling oder Ausländer, ich sage Ausländer, weil nicht von dieser, ich meine, von unserer (bernischen) Welt, und seine Welt, sein Herkommen blieb pure Fama, es gab ja keine Angehörigen von seiner Seite, die ihn uns nähergebracht hätten, indem sie ihn in einen sicht- und erlebbaren Umkreis gebettet hätten. Auch sein Beruf ging aus der auf dem Briefkasten mit »Untersuchungslaboratorium« mehr verschwiegenen als definierten Bezeichnung nicht hervor; ich wußte natürlich, daß er Chemiker war, doch was tat er da oben in seinem Laboratorium? Wo kam er her, womit beschäftigte er sich? Er erfand irgendwelche Heilmittel, soviel ging eben gerade in meinen Kinderkopf. Die berufliche Beschäftigung blieb weitgehend unerklärlich. Und damit seine soziale Stellung und Geltung. Mein Vater war kein Mensch zum Anfassen, auch nicht zum Bewundern und Liebhaben. Er führte ein von uns abgehobenes Eigenleben im Hause. Weder Auseinandersetzung noch Auflehnung, kaum Gespräche, keine Hilfe, keine Führung, keine Züchtigung, keine wirkliche Nähe. Auch keine Furcht. Ehrfurcht? Ein aus den Wünschen eingegebenes Bewundern vielleicht, ein Bewundernwollen, ja wofür denn? Für seine stille und noble (?) Erscheinung. Ganz wenig nähergebracht haben ihn mir die Lauterburgs, die ihn manchmal, als er schon krank war, im Rollstuhl abholten und in ihr schönes Haus mit Garten brachten. Die Lauterburgs, Bruder und Schwester, angesehene Berner, und wenn er sich im schönen Garten mit ihnen und möglicherweise weiteren Gästen unterhielt und ich zufällig zu ihnen stieß oder mir Einlaß verschaffte, sah und spürte ich, daß mein Vater hier nicht nur Ehrerbietung, sondern eine Art Bewunderung genoß. Die Lauterburgs waren gebildete Menschen und begütert und ansehnliche, eindrückliche Personen, der Mann ein bekannter Maler phantastischer Richtung, die Schwester Romanistin. Im Garten wurde diskutiert und philosophiert und politisiert, und hier kam Vater nicht nur zu Wort, sondern bildete den Mittelpunkt. Viel später, lange nach Vaters Tod, sagte mir der Maler, ein Koloß, mein Vater sei der genialste Mensch gewesen, der ihm je begegnet war. Und Martin Lauterburg

war kein Provinzler, sondern hatte in der Münchner Boheme oder Künstlerwelt der Vorkriegszeit eine Rolle gespielt, und Bruder und Schwester, beide unverheiratet, hatten über das Bernische hinausgehende, internationale Beziehungen und Ausrichtungen. Sie waren der einzige väterliche Hintergrund, den das Kind meines Namens als Augenunterricht erfahren durfte. Nebst spärlichen fragmentarischen Bildern, Momentaufnahmen: wenn er uns in dem großen Wagen in die Ferien fuhr und gleich wieder abreiste. Wenn er den Wagen in die Garage fuhr und mich einsteigen ließ und wir beide Hand in Hand zu Fuß nach Hause spazierten.
Doch das alles gehört in die erste Kindheit und bildete das armselige Material an Vatererlebnissen, aus welchen ich mir das Andachtsbild des fernen und bestimmt nicht verächtlichen Erzeugers zusammenklitterte, ein Bild, das an Bedeutung immer zunahm und der Pol innerer Ausrichtung, vor allem auch im Zusammenhang mit russischen Dichtern und der dazugehörigen S*eeee*le wurde. Der Vaterverlust machte mir zu schaffen – ich war von Stund an unfähig, dem Unterricht zu folgen, und mußte das Schuljahr repetieren.

Es ist auf jeden Fall eine altmodische Geschichte. Das Ankommen der Familie in Rom im Februar, einem Februar zur Regenzeit, diluviale Verhältnisse. Die kleinen Kinder, die jungen oder blutjungen Eltern, die sich in eine Cafébar Nähe Institut, Via degli artisti, wagen, Neulinge, fast Einwanderer. Marco Albisetti hat uns, glaube ich, empfangen und irgendwie eingewiesen, auch in Grottaferrata eingewiesen. Grottaferrata die Familienunterkunft in einem Mietshäuschen, das ich über Michael Stettler, meinen Vorgesetzten am Museum, vermittelt bekommen habe. Er hat mich dann ja auch bald besucht, wir schauten uns in einem Kino

Kapò an, und draußen, als wir uns trennten, der Direktor und sein ehemaliger Assistent, mußte ich mich erst an das (mir fremde) römische Tageslicht gewöhnen, um von der mit meiner Verpflanzung zusammenhängenden Verstörung ganz zu schweigen, weil die Verstörung durch das im Kino erlebte KZ vervielfacht war. Mir war, als sei ich dem KZ entkommen, wo war ich, wer war ich, und dann sah ich die junge Maria in ihrem roten Regenmantel vorbeigehen und lief ihr nach. Lief ihr nach, und nun kam das Albergo oder heißt es der Albergo?, das Hotelzimmer, in welchem wir nur kosten und nicht miteinander schliefen, wir traten in das von den Umarmungen vorgegaukelte Versprechen, ich in eine Verzauberung, ein, und da hätte die Episode enden müssen, denn mehr war nicht drin. Ich wäre ins Institut und zu meinem Vorhaben zurückgekehrt, wenn ich nur ein Vorhaben gehabt hätte, stattdessen hatte ich nur diese gefährliche Freizeit spendiert bekommen, den Römer Aufenthalt. Und ich trat in die Geschichte meiner tiefen Verunsicherung ein, es war ja die Gunst eines neuen Lebensanlaufs, den mir das Stipendium und das von Gönnern spendierte Geld offerierten, ich in Rom, in raren Momenten mit dem Hochgefühl eines Rastignac, eines Welteroberers. Nur hatte ich in Wirklichkeit keine Stelle, keine gesellschaftliche Position mehr, kein Einkommen, kein bürgerliches Weiterkommen, wenn erst das Romjahr abgelaufen und Stipendium verbraucht wären. Nur wußte ich es nicht. Ich war in Rom, um den Schriftsteller in mir ausschlüpfen zu lassen, war die Erwartung der in Bern Zurückgelassenen. Und ich hatte wohl eine fürchterliche Angst des Versagens, ich war der deklarierte Hochstapler. Und nun griff ich nach der ersten sich bietenden Möglichkeit einer anderen Lebenswahl, und zwar in Gestalt von Maria.

Ich frage mich, was der Zauber, was die Anziehung war, die mich 1960 so weit gehen hieß. Ich muß nicht nur geblendet, sondern überwältigt gewesen sein von ihrer Schönheit oder Lieblichkeit, den Augen, dem Mund, der Haut. Es gilt ja eine Schallmauer der FREMDHEIT zu durchbrechen. Und wichtig ist die Fremdheit der anderen Sprache, der anderen Herkunft und damit der anderen Geschichte: der Hintergrund. Ich trete aus dem Munde der Schönen, wenn sie meinen Namen ausspricht mit ihrer nur ihr zugehörigen Stimme, die die andere Sprache spricht. Das Angenommenwerden, das Empfangensein. Es ist wie Taufe, wie auf die Welt kommen. Genau dasselbe geschah mit Antonita in Barcelona. Und im Grunde war es schon mit Brigitte der Fall. Was wäre die alles Denkbare übersteigende Wundermacht solcher *Erhörung*? Was wäre die aus der Tiefe quellende Dankbarkeit, vermischt mit Ungläubigkeit? Ist die Frau dank ihrer Schönheit und mit der Macht der Liebe nicht nur die Erlöserin (aus dem Mangelnden), sondern geradezu die Erfinderin deiner selbst, und zwar als vollwertiges Mitglied der Menschheit, als Mitmensch? Mann? Die Geburt des Mannes aus den Netzen der Liebe. Oder den Schleiern, Harmonien der Liebe? Ich deliriere.

Zu Gerd Hoehme fällt mir ein: das Spechtgesicht, die leicht mörtelige Haut, das umsichtig freundlich Verhaltene, das Gran Abgewandtheit und die große Portion tief angelegter Güte. Die Feinheit, die fast über Paul Klee hinausgehende Sensibilität, Kostbarkeit seiner Veranlagung. Er ist ein hochgradiger Ästhet im Gewande eines modernen hinterfragerischen Geistes, und es spukt ein Gran Sentimentalität durch sein Wesen. Der Begriff Lauterkeit gehört dazu. Und die schnellen Wagen, die er fährt, der einstige Kriegspilot, der mehrmals abgeschossen, verletzt und gefangengenommen worden ist. Und der den Krieg, ich weiß nicht wie, losgeworden ist mit einem Abwerfen der Uniform? die er gleich mit dem Kittel des Malers vertauschte. Er hat kaum vom Krieg gesprochen, er war Flieger und sogar Staffelkommandant gewesen, glaube ich. Er stammt aus der Nähe von Dessau. Er hat Celan gekannt. Er ist ohne lange Umwege zur Avantgarde vorgestoßen und hat sehr schnell Erfolg gehabt. Als wir zusammen in Rom waren, schien er mir ein gemachter Mann. Er war zehn Jahre älter. Er spielte schon in der Truppe der Berühmten mit (und ich damals nicht viel mehr als ein unbeschriebenes Blatt). Er war unangetastet von Hochmut, Erfolgsallüren. Sehr verhalten und nach innen gekehrt, und es gab ein paar Züge Skepsis in dem ansonsten von einem reinen Toren nicht sehr weit entfernten Gesichtsausdruck. Neigung zum Intellektualisieren, was in meinen Augen seinem ästhetischen Fluidum zuwiderlief, und etwas aufgesetzt wirkte. Er war ja auch sehr bald Professor an der Düsseldorfer Kunstakademie geworden. Akademiekollege war Beuys, ebenfalls Kriegsflieger a. D. Bei jenem hat der Krieg zentrale Spuren hinterlassen. Hoehme war Flieger und als Mensch eine Vogelart, ein ganz ganz leicht komischer trauriger Vogel. Bei aller Einfachheit selbstgewiß. Wir waren viel zusammen in Rom, viel Gespräch, viele Diskussionen. Am schönsten die gemeinsame Fahrt in dem damals noch verhältnismäßig bescheidenen Sportwagen durch die Berge nach München, die in meinen Text »Canto auf die Reise als Rezept« eingegangen ist. Wir starteten den Tag nach meiner ersten Begegnung mit Maria. Wäre ich nicht abgefahren anderentags, hätte die Maria-Geschichte möglicherweise einen anderen Verlauf genommen. So habe ich Maria gleich in ein unantastbares Heiligenbildchen verwandelt oder Ex-voto-Bild. Bin ich davongespurtet? Als ich neulich den ergreifenden Film von Zurlini nach Buzzatis Buch *Die Tatarenwüste* sah, dachte ich, in der Figur des Maria-Gegen-

spielers könnte ich nicht nur den Fortsetzer des Frank aus der *Forelle*, sondern auch etwas von jenem blutjungen Offizier einbringen, der in der Festung, in Erwartung der Angreifer, nicht nur seine Jugend, sondern sein Leben verspielt, verliert. Auch ein Novize. Das Wort könnte ein Schlüsselwort sein.
Das frühe freiwillige Ausscheiden aus dem Leben. Gilt für den Offizier und warum nicht für den Mariaversehrten? Warum nur die »Unbeflecktheit«? Ging mein Held gleich ins Kloster (nach der empfangenen Ohrfeige im »Weltall«)?

Bei meiner meist pauschalen und übertriebenen Abneigung gegen (schnieke) Erzählliteratur, die ich gleich als Unterhaltungsware zu schmähen die Tendenz habe (selbst wenn es sich denn um ein Buch wie *Der menschliche Makel* von Philip Roth handelte), pflege ich als Gegenargument oder Mangel die poetische Qualität und entsprechende Sprachmagie anzuführen, weil bei wirklich großer Literatur das Hinreißende, Berückende, das eigene Innere Umkrempelnde aus dieser Region oder Macht quillt, ja, und nun fühle ich mich als Leser in diese tiefe Richtigkeit versetzt und gleichzeitig in einen Erinnerungshof, der bis zu den Ursprüngen hin reicht; es ist wie Flügel, wie Brandung, es ist der uralte Chor, der begleitend anhebt; ich kann es nicht sagen, mag sein, daß es um eine Resonanz aus dem großen Buch der Bücher geht. Große Literatur, und mag sie noch so modern oder besser innovativ und infolgedessen auch ketzerisch sein, besitzt jenen Echoraum, ich will damit sagen, sie kommt von weither und aus der Tiefe der Zeit, wenn sie auch gegen die Mauer des Jetzt Sturm läuft. Wenn nicht, ist sie flach, unterhaltsame Kolportage oder Abwicklung und demgemäß geheimnislos. Alle bedeutenden modernen Bücher atmen diese Abkunft, oder täusche ich mich?

Wenn ich das Datum über das Blatt tippe oder setze, könnte mir schlecht werden beim Gedanken, daß ich bis anhin, sozusagen das ganze Jahr total unproduktiv habe verstreichen lassen, woran die Drohung des baldigen Auszugs aus der Wohnung ebenso wie der Rattenschwanz unerklärlicher Krankheitsanfechtungen, darunter eine bleierne Müdigkeit, Schwächung? beteiligt sein mögen. Doch nun wird sich das bald ändern, habe ich doch, wenn ich mich nicht irre, ein Schreibatelier in Aussicht und dies ganz in der Nähe der neuen Wohnung Rue Campagne Première; bei dem verdammten zähen Nichtstun bin ich seltsamerweise nie ganz in Verzweiflung gefallen, das bleierne Loch rubrizierte in meiner inneren Buchhaltung einfach als Arbeitsausfall oder so ähnlich.

Möchte wissen, was mich in die erwähnte Produktionslosigkeit einkerkert. Ob es die Angst vor dem zusammen mit dem Wohnungswechsel »drohenden« neuen Kapitel und Lebensantritt ist? Mir kommt vor, ich befände mich in einer Art Tiefschlaf oder doch somnambulen Zustand und sehe mir beim Zeitverbringen und Zeitverlieren wie einem nicht weiter interessanten Anderen zu. Vielleicht holt mich auch nur die Tatsache des Alters auf schockierend lähmende Weise ein. Das Gorgonenhaupt des Alters. Dabei kann ich im Umgang mit anderen durchaus unbeschwert funktionieren, so gestern bei der Abendesseneinladung und Abendverbringung mit Colette und Jean-Baptiste. Oder täusche ich mich?

Seit kurzem höre ich wieder Musik, klassische, wie in meiner musiktrunkenen Jugend, Klaviermusik, Konzerte. Jetzt eben Horowitz, hochbetagt, wunderbar, Engelstöne. Dachte wieder, die Musik sei die höchste der Künste, nur hier fließt der göttliche Atem oder Offenbarung (Verkündigung). Letzthin über das Starwesen der Interpreten, diese oft eitlen Statthalter (Musikbesitzer), gewettert. Sie sind ja nicht die Schöpfer, dachte ich; führen sich auf wie Halbgötter. Diven. Und nun sage ich mir, übrigens auch angeregt durch das Beispiel meiner Schwester, die eben eine CD aufgenommen und in bescheidenstem Rahmen in Umlauf gebracht hat; sage mir, die besten der Interpreten sind wie die chassidischen Gläubigen, die lebenslang den heiligen Text auslegen. Da sind sie, über das Instrument gebeugt, und dringen mit den Hämmerchen ihrer Finger immer tiefer, skeptisch hingebungsvoller, in den Text ein, um Nuancen, minimste Schwebungen besorgt.

Nun schon mehrmals in der neuen Wohnung und Gegend gewesen und immer von einer leisen Vorfreude erfüllt, Freude auf ein neues Leben, wenn man denn in meinem Alter noch so sprechen darf. Neue Gegend gleich neues Eintauchen in die Arbeit. Das Montparnassische ist lebensleichter, weil künstlerischer als die noble Schönheit des Palais Royal. Lange hatte ich Angst wie vor einem Abstellgeleise oder einem Abgeschobenwerden, vor Einsamkeit eben. Ich mag mich täuschen.

Ich sehe den Berner Hauptbahnhof in seiner damaligen winterlichen Verlassenheit zu später Nachtstunde vor mir, man schrieb das Jahr 1950, Februar und klirrende Kälte, wie mir später mit Blick auf die verlassenen Bahnhöfe im frostigen Laternenlicht vorkam, es ging um meine Ausreise, es ging um einen Aufbruch, Ausfahrt? Ich war 20 und mager und trug Pelzmütze, Rucksack, Koffer, vor allem war

ich allein. Auf dem Bahnhof oder vielleicht Bahnsteig neben
meiner Mutter, obwohl ich mir da nicht sicher sein kann,
Fritz Braaker mit seiner Frau Vroni, die Eltern meines Schul-
kameraden Jürgen, die eine Art Ersatzelternrolle innehat-
ten. Mein Geleit. Es ging ja um ein Abschiednehmen und
Ausfahren in die weite Welt. Und kalt war es in meinem lee-
ren hölzernen Abteil, und ich in dem dicken Wintermantel,
in dessen Tasche ich die Bahnkarte trug: Bern – Reggio di
Calabria (einfache Fahrt). Allein in der nächtlichen Kälte
des Zuges, das Ende des Kriegs war erst kurze fünf Jahre
her, und der Mut war nicht überaus groß. Warum fuhr ich
in die weite Welt hinaus? Ich war gerade Abiturient, noch
nicht Student, angehender Dichter war ich in meinen Au-
gen, kein Student, das Studentsein war für die anderen, die
Schulkameraden, die Vatersöhnchen, die beflissenen, ich ge-
hörte nicht zu ihnen, ich gehörte zu den Aufbrechenden. Von
Schlaf keine Spur, ich starrte durch das Fenster ins Dunkel
oder in mein Spiegelbild, das in kürzeren oder längeren Ab-
ständen durch winterliche Bahnsteige fremder Bahnhöfe in
frostigem Laternenlicht abgelöst wurde. Das Rattern, das
Rollen der Räder, das Mithüpfen des Körpers, vielleicht lei-
se Bangnis im Innern oder in der Magengrube, auch vage
Erwartung. Ich fuhr weg aus der Kindheit und ins Leben
hinein. Bangnis und Erwartung lösten sich auf in schicksals-
ergebener Müdigkeit, in leichtem Schlummer, in rein kör-
perlichen Sensationen. Ich frage mich, was ich verließ.
Sehe ich den Reisenden von außen, klebt nichts von verlas-
sener Nestwärme an ihm, offenbar gibt es kein Nest. Wo-
hin will er, was flieht er? Die Idee mit der Reise in den tiefen
Süden ist ihm aus allerlei Anstößen zugefallen. Da war der
Fragebogen des Klassenlehrers nach den Zielen der Abitu-
rienten: Studienrichtung, Studienort. Ich hatte die Studien-
richtung durchgestrichen und statt dessen Schriftsteller ein-
gesetzt. Als Ort hatte ich Liparische Inseln angegeben. Auf

die Liparischen Inseln, die mir schon als Vorstellung eher suspekt vorkamen, war ich durch einen Studenten namens Armin Balzer verfallen, einen Medizinstudenten, mit dem mich eine eher neugierige denn freundschaftliche Beziehung verband, schon darum, weil er ein Moribund war, ein von einem Hirntumor Operierter, der nurmehr wenig Lebenserwartung und darum nichts zu tun hatte und ein- oder mehrmals zu Besuch kam und mich auf die Liparischen Inseln gebracht hatte, weil er sie kannte, wie er sich im übrigen auch in der Literatur auskannte und von daher für meinen Fall ein gewisses Interesse aufbrachte. Ich hatte Zeit, weil ich nicht studierte, und er hatte Zeit, weil er studiert und womöglich abgeschlossen, aber als Todeskandidat keine Zukunft hatte. Statt den Liparischen Inseln hatte ich mich mit Hilfe der Landkarte oder des Globus für Reggio entschieden, nach Reggio gab es Fahrkarten, umsteigen in Rom. Doch warum wollte ich ausreisen? Eine romantische Idee? Die Mansarde war kahl und abgeschrägt, minimal möbliert, ein Kohleofen mit einem den kleinen Raum durchquerenden schwarzen Rohr, Kanonenofen, eine Gauguin-Reproduktion mit Südseemädchen, in solcher Umgebung, meine ich mich zu erinnern, fand die Unterhaltung mit Armin Balzer statt. Waren wir denn 1949 noch nicht aus der Länggasse verzogen? Gab es die Überbleibsel der Familienpension, die Restbestände meines Kindheitsdomizils denn noch? Ja, denn sonst hätte ich ja die Jenny aus meinem *Stolz*, die ich erst nach der Rückkehr von der Italienfahrt kennenlernte, nicht nächtlicherweise in die bereits unbewohnte, leerstehende Länggassewohnung verbringen können. Warum ich die Reise unternahm? Womöglich hatten wir die neue Wohnung in der inneren Enge bereits, vermutlich war alles bereits liquidiert? Die Erinnerung vermeldet nichts von Obdachlosigkeit, fehlendem Domizil, obwohl ich dann ja bald einmal definitiv in die Mansarde Gerechtigkeitsgasse eingezogen

und nur besuchsweise zu Mutter und Schwester an die Egelgasse im Ostring gegangen bin. Ich wundere mich darüber, daß ich so wenig unter der häuslichen Instabilität, dem Fehlen von Anhang gelitten zu haben scheine. War ich so verdammt selbständig? Ich war gerade eben 20, ohne Beruf, ohne Einkommen, Sicherheit, Nestwärme, alle anderen hatten ein Elternhaus, einen familiären Hintergrund, materielle Polster – ich hatte bloß Zukunft und Zukunftshunger, Lebenshunger und etliche Selbstüberzeugtheit, Einbildung, Einbildungskraft, Unbekümmertheit, Lust auf Erfahrungen und Feuerproben, Neugierde darauf, was mir die Zukunft bescheren würde. Und so fuhr ich durch die februarkalte Nacht in den Süden in meiner Pelzmütze und dem dicken Wintermantel, bald einmal einigermaßen vergnügt.
In Rom bin ich zwischen den Zügen schnell zum Tiber gelaufen, und nach Rom ratterte die Bahn die Meeresküste entlang, und der Zug war überfüllt von italienischem Volk, die sich an Wein und Salami und Früchten gütlich taten, und bald einmal tauchten vor den Fenstern die Orangen- und Zitronenhaine auf, eine junge Frau stillte ihr Kind an der prallen nackten Brust, wo fuhr ich nur hin? Ich hatte in ganz Italien nichts, das ich ansteuerte, nichts, das mich erwartete, für mich war ganz Italien ein großer fremder unbetretener Stiefel und Kontinent. Ich fuhr durch und hatte kein Ziel, nur leise Bangnis bei der Vorstellung, was ich mit mir anfangen sollte bei soviel Fremdland und bei den erbärmlichen Sprachkenntnissen. Eine Adresse trug ich bei mir, die hatte mir Armin Balzer vor dem Abschied zugesteckt – für alle Fälle. Es war die Anschrift von Freunden seiner Eltern in Neapel, sie lautete auf ein Meeresforschungsinstitut, das im Volksmund Acquario hieß.
Reggio war der reine Spuk, weiße Kuben die Häuser, die nähere Umgebung Kakteenwüste. Die Hauptverkehrsader zur Zeit des mittäglichen Stoßverkehrs ein Tumult von ener-

giegeladenen Vehikeln, ein dröhnendes Spektakel, danach schien die Stadt wie ausgestorben unter der Hitze. Ich bezog ein billiges Hotel, ich lief herum, ich verdrückte mich in ein bescheidenes Eßlokal, aller Augen richteten sich auf den auffallenden Fremden, der nicht viel mehr als ein Jüngelchen war. Ich lief zum Meeresstrand. Ich trieb mich herum, ich sog die Luft der mich ausschließenden Fremde ein, ich entzifferte mühsam das Unbekannte oder versuchte es auch nur. Ein anderer hätte einen Stadtplan erstanden, um sich ein Bild von der fremden Umgebung machen zu können.

Im Hotel kehrte eine mürrische Matrone den von Wursthäuten und anderem Abfall übersäten Steinboden auf, das Bett schien schmutzig, einen Balkon, den gab es. Spazierengehen, essen gehen. Da war einfach niemand gewesen, der mir zu Hause Ratschläge gegeben oder Befürchtungen ausgesprochen hätte. Warum nur, warum ließ man mich so wortlos, so sorglos ziehen? War da niemand, der sich um mich kümmerte? Oder wären Bedenken an mir und meiner Selbstüberzeugtheit abgeprallt? Vater war tot, Großmutter verstorben, die Schwester eigensüchtig, die Mutter? verschüchtert? Ich schiffte mich bald einmal nach Sizilien ein. Und fuhr wenig später von Messina nach Neapel zurück, um mich im Meeresforschungsinstitut vorzustellen. Von da nach Ischia.

Morgen ist Silvester, Odile fährt möglicherweise nach Basel zu Freunden, Igor reist morgen nach Reutlingen ab, um dort zu feiern, bevor seine ersten Examina angehen. Mich stört das Alleinsein keineswegs, würde allenfalls zu Saint-Julien-le-Pauvre pilgern wie meistens und zu Hause aufräumen, den Dreck vom endenden Jahr wegkehren und ein paar Zeilen oder Seiten tippen, wo ich seit vorgestern endlich das neue Buch angefangen zu haben scheine, ich wage es kaum zu glauben und nenne es seit meinem eben beendeten Morgenspaziergang *Der Nagel im Kopf*, weiß nicht wieso. Ich hatte, immer von dem Projekt *Salve Maria* ausgehend, an einen Anfang mit meiner Italienreise gedacht, an die nächtliche Ausfahrt, um das Ich nach Italien zu befördern, doch das alles ergab nichts oder ödete mich an. Und so dachte ich an Personalien und daß ich sie nicht mag oder daß der Schreiber sie nicht zu mögen vorgibt, der Gedanke, der Satz war aus der Luft gegriffen, und dann ging der Satz im Selbstgesprächston seiner Wege und wuchs sich zu über zwei Seiten aus, und ich dachte, jetzt habe ich das Buch angefangen, ob es der Monologton von der *Forelle* ist, stehe dahin, ein Ton ist es. Und die Erzählweise vagabundierend, aber auch vernagelt oder eigensinnig, ich finde das Wort nicht, egal. In dieser vagabundierenden Kopfreise kann ich einfach alles unterbringen und einfangen, das Nächste und Fernste, sogar Maria. Habe den Anfangssatz gestern Martin Dean und Silvia vorgelesen, und er passierte die Zollgrenze, und spät nachts las ich den ganzen Anfang Odile vor, die an dem Ganzen ihre Freude hatte oder zu haben vorgab. Und sollte ich wirklich mit dem neuen Buch angefangen haben, so bin ich gerettet, weil ich meine Arbeit habe, mich von dem Text führen und verführen lassen kann, nimm mich an die Hand. Und der Rest ist Schweigen. Jetzt wird es sein wie beim Schreiben der *Forelle*, der Text schwänzelt aus der Tastatur der uralten Maschine, und ich lasse mich überraschen, jeden Tag ein Stückchen weiter, mal sehen, wohin das führt. Wenn nur der Nagel im Kopf hält und nicht nachgibt.

Nächte von unstillbarem Lesehunger durchflackert. Die wunderbare Person, die überwältigende Menschlichkeit und Gerechtigkeit Tschechows. Das Wüten meiner Schwester am Telephon, zwischen den grundlosen Wutanfällen gegen wen auch immer nicht nur helle, sondern wissende und pakkende und darum ermutigende Bemerkungen über Musik und das Handwerk des Klavierspielens und ihre Kunsttrunkenheit. Vitalität kann man ihr nicht absprechen, weiß Gott.

Man sitzt ja im Käfig der eigenen Einbildung, ich meine Selbstbildnis, man schaut ja nicht in den Spiegel, sieht nicht die altgewordene Ausgabe seiner selbst, wie alt ist das Selbstgewissen, ich meine das Bild von sich, das man herumträgt, etwa in der Metro, so wie heute auf der Linie Porte de la Chapelle, unterwegs zur Bank, um eine Überweisung ins Ausland zu veranlassen, Schuldenzurückzahlung; und wer ist der, der dem gegenübersitzenden Mädchen, jungen Frau zuschaut, die jenen Liebreiz atmet, der nur jungen, noch unverletzten, hochgemuten, selbstgewissen Frauen eigen ist; alles war Anmut an ihr; ich las die Haltung des schönen Gesichts, den Mund, die bewimperten Augen, den Blick, ich spürte das Wesen auf, das sorglos selbstgewisse, ich konnte nicht anders, ich lächelte sie an (da sie ja merkte, wie ich in ihr las), und sie lächelte zurück, nein, das Zurücklächeln entschlüpfte ihr gewissermaßen, nur für einen flüchtigen Augenblick, bevor sie sich wieder zusammenfaßte, ich vertiefte mich wieder in die Zeitung und dachte, Mensch Mann, so alt und lächelst einer Unbekannten zu in der Metro, und als sie aufstand, sah ich das ganze Persönchen, wunderbar die Silhouette, ein Traum von einem Anblick, und wie sie entschwand, an der Station Madeleine, ob sie da wohnt? möglich, sie paßt jedenfalls da hin, dachte ich noch und spurte meine Gedanken auf das Bankgespräch ein.

Schwermut. Nein, meine Mutter war eher eine Frohnatur, wenn ich mich auch daran erinnere, daß sie uns Kindern gegenüber damit gedroht hatte, in den dunklen Wald zu gehen und nicht wiederzukommen, falls wir nicht gehorchten oder was immer taten oder unterließen: was mich vermutlich tief erschreckte, sonst erinnerte ich mich ja nicht daran. Schwermütig war die schöne Lena, wie sie in meinem *Haus*-Buch heißt, die Hausbesitzers- und Juweliers-Witwentochter, die sich tagelang in ihr verdunkeltes Zimmer einschloß und mit einer unnatürlich und widerlich piepsigen Stimme antwortete, wenn ihre verschüchterte und bald einmal versteinte Mutter anklopfte; und ich erinnere mich, daß diese dabei wie von einem Schlag ins Gesicht zurückwich. Man hat die schöne, die in normalen Phasen wohlriechende, berückende Schönheit ja dann eines Tages auf eine Tragbahre geschnallt die Treppen hinuntergetragen und mit der Ambulanz ins Irrenhaus oder eine Klinik verbracht. Und Lenas Mutter hat gleich danach das Haus, das ganze große Mietshaus, verkauft. Und hat nie wieder von sich hören lassen. Und von Schwermut vorübergehend heimgesucht schien mir die alte Dame Mima Dohrn auf Ischia, sie schloß sich auch in ihr Zimmer ein, verkroch sich gewissermaßen ins Dunkle, bis ich sie mit List und Tücke dazu überreden konnte, mich auf einen Spaziergang zu begleiten, was ihr anscheinend aufhalf und aus der inneren Dunkelhaft befreite. Ich war 20, und sie eine Flüchtlingsfrau aus Pommern oder Schlesien, Gutsbesitzersgattin. Ich komme auf die Schwermut zu sprechen, als wäre sie das mir Vertrauteste von der Welt, heute gebraucht man das Wort nicht mehr, man hat es durch Depression ersetzt. Ich meine Odiles für depressive Anwandlungen oder Zustände empfindliche Person, sie stürzt ja immer von neuem ab, es hat mit Unerfülltsein, mit Einsamkeit, tiefem Entbehren und daraus hervorgehender Mutlosigkeit manchmal bis zur Erschöpfung zu tun. Woher das

Glück nehmen. Früher dachte ich an Schwermut wie an eine Frauenkrankheit unter vielen anderen.

Brigitte kannte auch Schwermutszustände, will mir scheinen. Wie pubertierende Mädchen. Ich frage mich, woher mir die genannte Geistesverfassung so vertraut ist. Ich bin ja nie mutlos. Oder wäre ich jemand, der beim andern, beim Nächsten, Schwermutsanfälle auslösen kann, dachte ich auch schon.

Gestern mit Piller in Auvers-sur-Oise gewesen, vor den Gräbern von Vincent und Theo van Gogh gestanden, der Friedhof auf einer Anhöhe, die Gräber die einzigen mit kleinem Kreuz, einzigen schönen, das Beet efeuüberwachsen, davor gestanden, den Kopf im novemberlichen Nieseln, so spät im Leben endlich dem Mann, der mich entzündet hat und auf meine Lebensreise schickte, die Ehre erwiesen. Sah alles mit van-Gogh-Augen, die Felder, die Kirche in den verzogenen Konturen, die den Bau zwar genau wiedergeben, einfangen, jedoch gleichzeitig auf intim anrührende Weise verinbildlichen; das beflaggte Bürgermeisterhaus. Übrigens ist in der Nähe ein Denkmal und das Museum Daubigny. Gehört diese Wallfahrt auch zu den Quellenbesuchen dieses Jahres, angefangen mit Riga, fortgesetzt mit Rom (Schweizer Institut) und eben jetzt München, Universität, wo ich 1952 studierte? Ja, ich bin eben erst aus München zurück, habe den Vortrag, den ich in der Nacht vor der Abreise fertiggestellt, gehalten. Sonst geschah ja nicht eben viel in diesem Jahr, immerhin: ein Statement zu Friedrich Kuhn für den Katalog, auch er gehört zu den Quellen und wird kommenden Monat im Zürcher Kunsthaus wie durch ein Wunder Auferstehung feiern.

Seit Freiburg mit Marie-Luise Scherer in Kontakt. Habe gleich ihr hinter allerlei Konfusion und Unabhängigkeitsbenehmen verstecktes Persönlichkeitsformat entdeckt. Und jetzt beim Anlesen die schriftstellerische Klasse. Wahre Geschichten aus dem Alltag, als poetische (Riesen-)Reportagen im *Spiegel*, dann in Enzensbergers Reihe »Die andere Bibliothek« bei Eichborn erschienen. Lebt angeblich allein mit ihrem Hund auf dem Lande, in einem Weiler namens Damnatz, die nächste Stadt Lüneburg oder Celle, kenne ich. Sie stammt aus Saarbrücken.
Jetzt nur soviel: Reportagen in dem Sinne, als alles bis auf die Namen, Straßen, Begebenheiten aufs genaueste benannt und also wohl recherchiert ist (Detektivarbeit, würde man denken) und mit einem unwahrscheinlichen Sprachgebiß nicht nur gepackt, sondern vorgeführt, hinreißend hingestellt ist. Der Blickwinkel so unerbittlich, daß er in Liebe umschlägt. Woher die sonst nirgendwo gelesene intime Kenntnis der Dinge, woher nimmt sie sie nur. Ich kenne Vergleichbares nur bei Koestler? nein, Orwell? Truman Capote (Stories und Porträts).
Das Bindeglied zu mir ist die verehrte Größe Alltag. Und die Non-Fiction, die aber kraft der Sprache ins Legendäre oder mehr: Dichtung? schillert und überwechselt. So nah am Äußeren und Äußersten, daß es in Wahrheit (?) explodiert und dennoch lebensrätselhaft bleibt. Irgendwo ist im Programm etwas Verwandtschaftliches.

Montag und Schnee vor dem Haus. Samstag spät von Rom zurückgekehrt – eine Woche zusammen mit Skwara im Schweizer Institut logiert (und viel ausgegangen und eingekehrt). Zuletzt auf der großen Terrasse zu einem Abschiedstrunk gesessen mit Blick auf die lagernden Leiber der Ewigen Stadt und die Kuppeln – das Institut bietet den höchsten Blick über Rom. Ich schaute auf, weil mir die hellen, wie Grüße klingenden Vogellaute unvertraut vorkamen, und sah die vielen Dohlen über mir kreisen, die Lieblingsvögel, natürlich bezog ich sie auf mich, es war ja ein unverhofftes kleines Wunder. Ja, wir logierten beide in der Villa Maraini auf der Direktorenetage, wir frühstückten beide in der altvertrauten Bar Via Ludovisi wie vor 50 Jahren (damals zusammen mit Massimo Cavalli), wir fuhren jeden Tag mit dem kleinen Bus 116 in alle Richtungen der Stadt, am ersten Tag ins Centro storico, Piazza Colonna, Pantheon, Piazza Navona, Campo de' Fiori etc.; einmal zur Engelsburg und zum Vatikan, einmal auf den Monte Gianicolo und Trastevere etc., natürlich auch auf die Piazza del Popolo usf. Und aßen und tranken in vielen Trattorien, und manchmal waren die holprigen Pflasterstraßen so eng, daß man im Stein unterging und ersoff, und ich merkte, daß die Stadt für den Alten, der ich geworden bin, beschwerlich zu werden beginnt. Und Skwara mit seiner schusseligen Geschäftigkeit und seiner nimmerendenden Suada, voller Wissen, ist anzufügen; ich rief, heilig ist Skwara in seiner beschaulichen, schaukelnden Gangart, heilig ist sein nimmerendender Kommentar zu allem und vor allem über sich selber, dies am liebsten, heilig in seiner überwältigenden Abgelenktheit und Unzuverlässigkeit, heilig, heilig, rief ich, und er lachte sein kindlich stolzes Lachen, wie kann einer so zerstreut und gleichzeitig reiseführerisch kompetent und gewieft sein. Die ersten Tage war es beißend kalt und eisig naß, römisches Winterwetter; danach kalt und sonnig. Skwara sprach immer vom Weißwurstpapst, und am letzten, dem Abreisetag, ist er früh morgens zu Fuß in den Vatikan gerannt, um für seine kranke, hochbetagte Mutter eine Messe kaufen zu gehen, während ich ein bißchen um die Kioske der Veneto und durch das alte Revier von damals schlich, immer in der Hoffnung, es möge sich etwas melden in mir, hochsteigen, da mir ja bewußt war, wie ich damals vor nun wirklich 50 Jahren in einer Art Dauerrausch vor Hochgestimmtheit, umgegangen war, und es ließ sich einfach nichts mehr in mir mobilisieren, nichts von der damaligen Verzückung, nichts von der Dankbarkeit, nichts von der glücklichen Weltverlorenheit und unterirdischen Panik und Einsamkeit; es ließ sich nichts hochtrommeln, wie sehr ich auch auf die Portale und Fassaden und Trümmerbrocken und in die tragende Luft voller Weltverkehr starren mochte. Schön wars in dem Volkslokal neben dem protestantischen Friedhof Nähe Porta Paolina, wenn ich nicht irre, schön und dämmrig und heilig vor Dankbarkeit, man geht ja hier nicht nur durch die vergangene Größe, sondern durch einen Anfang von allem, Anfang der gerade noch erinnerbaren Menschheit, durch Menschheitsfrühe, durch die Schnittstelle zwischen Altertum und Christenheit; und in dem angenehm dämmrigen Volkslokal aß ich eine Minestra und danach flachgegrillte Würste und bitteres Gemüse, dazu wie immer den weißen Wein aus der Gegend, vielleicht ist das Wohlgefühl in den Tavernen das einzige, das sich gleichgeblieben ist und durch das ich noch mit jener frühen Lebenszeit korrespondieren kann.

Frage mich, was Maria damals für mich bedeutet hat. Ob wohl die Lektüre von *Canto* heute weiterhilft? Ja, da gab es durch das Portal einer Kirche Einblick auf Bramantes Tempietto, mustergültiges Kleinod. Und sonst? Ich ließ mich einfach angehängt an die Lokomotive Skwara durch mein Rom von damals, wie ich hoffte (weil ich es wiederzubeleben wünschte), ziehen zerren reißen, ohne mitgerissen zu werden, ich sprach nur immer von dem beschwerlich zu begehenden Steinbruch. Und im Grunde wünschte ich mich zurück nach Paris.

Am Nachmittag nach dem morgendlichen Ausflug habe ich mich immer hingelegt mit Blick auf den hohen Himmel über

der Terrasse, erschöpft. Es ließ sich nichts mobilisieren in mir, nichts Nennenswertes von damals, nur das Gefühl von tiefer Heimatlosigkeit, das ich bei allem Überschwang auch damals vor nun 50 Jahren empfunden haben muß, denn dieser Stadt kann man nicht angehören, man kann sich durch ihren steinernen Leib wühlen oder den LAUF, wie ich es damals wohl nannte. Skwara seufzte immer, ach, ist das schön, ach, ist das gut, je nachdem, ob es durch die Augen oder durch den Gaumen einging, und ich meinte, siehe da, der überglückliche Skwara, heilig heilig, wenn er sich auch noch so gern als Selbstmörder deklariert. Er hat seine Su-Anne und viele andere Rettungswagen und Lustkutschen und Zudiener. Und vor allem hat er sein kindliches Königreich, in dem er mit Krone und Szepter thront und herrscht, ein Phantast.
Es ging dann über die antiken Ausfallstraßen hinaus zum Flughafen Ciampino und dort durch Kontrollen, Wartesäle und Warteschlangen endlich ins Flugzeug und durch die Luft nach Paris-Orly und wieder mit Bus nach Denfert-Rochereau unweit meiner Straße; und Skwara per Taxi in seine Ecke, wo Su-Anne bereits wartete und den Tisch gedeckt hatte. Den folgenden Sonntag lag ich nach kurzem Einkauf den ganzen Tag in einer Art Schock darnieder. War niemand, der nach mir gefragt hätte, nur die Anrufe auf dem Beantworter zum Abhören. Und jetzt höre ich mit diesem Notieren auf.

Auf dem Anrufbeantworter bei meiner Rückkehr aus Rom war auch die Nachricht von Pips' Tod (Walter Pips Vögeli), Bildhauer, Postgasse 20, Bern, mein lieber Geselle in der Berner und mehr noch in meiner Zürcher Zeit, als ich berufshalber mit lauter Künstlern verkehrte. Ich weiß noch, daß ich ihn beim ersten Kennenlernen für vulgär und provokant hielt, was sich bald in große Brüderlichkeit verkehrte, ich war oft in seinem so ordentlichen Atelier, das hintenhinaus auf die Aare ging und wo auch ein Velo/Fahrrad, oder wars ein Motorrad?, schön aufgebockt seinen Platz hatte. Er war ein Draufgänger, tollkühn, notfalls auch Schläger; und er war in seiner Arbeit (einer der ersten, der mit Kunststoffmaterial arbeitete, vordem Metall und noch früher Malerei abstrakt-tachistisch) exakt wie ein Uhrmacher, ebenso reinlich und umsichtig. Auf Künstlerfesten exzessiv. Er war, vermute ich, das Alter ego meiner damals bürgerlichen oder doch bezähmten Person, er war eine Art Wunschbruder, und er guckte belustigt und neugierig zu mir über einen Zaun hinweg. Erinnere mich an mehrtägige und -nächtige Sauftouren und auf brüderliches Zusammensein in der Küche seiner ausgedehnten Altstadtwohnung, gewissermaßen im Hinterzimmer eines Lokals in verschwörerischer Komplizität wie Syndikatsbrüder. Ich war gern mit ihm zusammen, er bot mir einen Unterschlupf im Unbändigen ähnlich Friedrich Kuhn. Er sah gut aus, hatte immer sein Kampfgewicht und das leicht abschätzige, beschnauzte Gesicht. Nach viel Wein kriegte er den rednerischen Kehrreim, der nicht zu bremsen war und einen leicht philosophischen Drall hatte. Ich hatte bei meinem letzten Bernbesuch vor, ihn aufzusuchen, und verpaßte ihn. Er war lange krank, hatte nurmehr einen Viertel Lungenflügel. Unsere Beziehung fußte oder gründete auf einer bedingungslosen Verläßlichkeit. Er habe keine Abdankung, keine Todesanzeigen haben wollen, Kremation und die Asche in die Aare, habe er verfügt, sagte Willi Ebinger am Telefon, er sei einige Wochen im Spital gewesen und (ohne Todeskampf) eingeschlafen. Erinnere mich, wie er von seinem Schlaganfall sprach. Er hatte sich hingelegt und merkte beim Aufstehen, daß er halbseitig gelähmt war und nicht mehr sprechen konnte, was seine Angehörigen und auf ihn wartenden Freunde im Nebenzimmer für Spaß hielten, bis sie aufschreckten und den Notdienst anriefen. Er kam gleich in die Behandlung und konnte gerettet werden, wenn das Wiedergewinnen der Sprache auch seine Zeit benötigte. Er erzählte, daß er keine Angst hatte, wenn er durchs Spitalfenster auf eine Baustelle schaute und die Arbeiten verfolgte, die er problemlos begriff, nur daß er sich verbal keinen Reim darauf machen konnte, er konnte sich nicht ausdrücken. Ich glaube, er wurde verhältnismäßig früh, ich schätze nach 60, von schweren Krankheiten befallen, Schlaganfällen, Lungenkrebs, Operationen und Krankenhausaufenthalte. Er lebte mit Ausnahme einiger Motorradfahrten, die eher Ausbrüchen denn Reisen geglichen haben müssen, sehr regelmäßig und vor allem ansässig, arbeitsam auch, mit der obligaten Einkehr ins Wirtshaus vor dem Abendessen. Bei Festen war er unbezähmbar. Er gehörte wohl zu meinem engsten Kreis. Er war mein Jahrgänger, und nun ist er weg.

Morgen PK Wehrli zu Rekognoszierungsgesprächen für den Fernsehfilm zu meinem 80. Schon das Wort oder besser die Zahl ist schrecklich wie das Fallbeil eines Todesurteils.

Canetti-Biographie beendet. Bin sehr beeindruckt. Am meisten wohl durch die bis zuletzt und eigentlich vermehrt bekundete unzerstörbare Liebe zu Veza und Hera, eine Liebesanwesenheit. Irgendwann habe ich vermerkt, Canettis Werk verwundere nicht nur durch die Disparatheit der Werkgattungen, ein Roman, drei Stücke, Aufzeichnungen, Essays, Aphorismen etc., sondern dadurch daß das Wichtigste anvisiert und ausgespart bleibe als unerfülltes, jedoch heftig berannntes Programm, eine Utopie; es ist das Programm der Feindschaft und Kriegserklärung gegen den Tod, die

Utopie einer Abschaffung des Todes oder eines ewigen Lebens. Vielleicht ist Canetti gerade mit diesem (kindisch klingenden und unverständlichen) Programm, das ja als eine Art untergründiger Strom das ganze Denken bespült und befruchtet und nicht nur begleitet, der große geniale Neuerer oder besser Stifter von der Größenordnung eines Freud (den er ja nicht mochte). Nun, er ist sowohl Dichter wie Forscher, Denker, Menschenkundler; vielleicht ist er wirklich eine Jahrhundertfigur von noch uneinschätzbarem Volumen – und natürlich nicht vergessen. Nicht überlebt. Die Stoßrichtung seines Suchens Forschens Denkens gebiert einen Leerraum von noch Unsagbarem wie eine große Beschwörung. Welch ein Leben, sowohl titanisch in der Arbeitshingabe und dem Reichtum der Materialien wie in der Buntheit Wildheit Zerstreuung und Lächerlichkeit der Vita und Lebensführung. Und bei aller Öffnung und Fragmenthaftigkeit – welch ein Gelingen, welch eine Erfüllung. Ich glaube, die Ehren, Preise, Kranzniederlegungen zu Lebzeiten sind ebenso reich und platzregenartig an ihn verschwendet wie sein Werk enigmatisch bleibt. Wofür hat man ihn denn wirklich ausgezeichnet? Um die Unbegreiflichkeit oder besser Uneinschätzbarkeit seiner gewaltigen Leistung und die eigene Verständnislosigkeit – diesen *Leerraum* auszufüllen. Nun, er war meine größte Begegnung zu Lebzeiten.

Canettis Menschensicht war lange absolut diabolisch. Sie wurde in der *Provinz des Menschen*, den *Stimmen von Marrakesch*, den Essays (Hiroshima) komplexhumaner durch Haßabbau und Verehrung.
Die neuerliche Canetti-Rezeption und -Überprüfung hat vermutlich damit zu tun, daß mein heutiges Alter seinem Ruhmesalter entspricht – und ich bin weiß Gott weit ent-

fernt von Sieg. Manchmal möchte ich meinen, ich habe versagt.

Plötzlich, beim Musikhören, Klavierkonzert von Grieg, kam mir zu Bewußtsein, was die Antwort auf die Frage: was ist die Last, was ist der Packen (die Last ist mir zu schwer geworden, ich kann die Last nicht mehr tragen) ist: die Existenz. Es ist die Last der Existenz, und manchmal denke ich heutzutage, daß sie mir zu schwer ist. Ich dachte auch schon, ich könnte sie beenden und mich zu Tode stürzen – wie Stolp.

Eben dachte ich, daß ich ähnlich wie Brigitte in ihrem Altersheim in einer Art Einsamkeitsverwirrung stecke, nicht pathologisch wie sie, ohne Klinikaufenthalte, ärztliche Hilfe, Medikamente und nicht isoliert – ich gehe ja andauernd auf Lesereisen und andere beruflich bedingte Veranstaltungen, empfange nicht nur Privat-, sondern andauernd Journalistenbesuche, vor allem arbeite ich (bin berufstätig) etc. –, und dennoch empfinde ich an einem Feiertag wie dem heutigen mein Alleinsein wie eine an Einzelhaft grenzende Verlassenheit. Nun. Auch Beckett ist ja im hohen Alter (freiwillig) in ein Pflegeheim eingetreten. Es ist normal. Man wird wieder alleinstehend im Alter, die Partner sind häufig tot, man ist der Überlebende oder aber sonstwie durch die Maschen gefallen. Ich komme darauf und auf den Vergleich mit Brigitte, weil wir uns ja blutjung als Studenten zusammengetan hatten, bevor wir heirateten und Kinder aufzogen und uns verließen. Als wir uns verließen, waren wir Mitte 30. Inzwischen sind wir beide irgendwie auf der Strecke geblieben. Wir heirateten 1953. Ich schreibe unter dem Datum des 31. Mai 2009, vorgestern bin ich von Düsseldorf zurück-

gekommen (Podiumsgespräch im Heinrich-Heine-Haus / Buchhandlung Müller), Reise im Thalys zusammen mit Goldschmidt. Wenn ich in die verhältnismäßig neue Wohnung Montparnasse zurückkehre, meist spät in der Nacht, wartet keiner auf mich. Am Mittwoch kommt Henning, und am Samstag gehts nach Wien, Graz, Klagenfurt. Und jetzt ist Pfingstsonntag, und auf dem kleinen Beistelltisch sind die Pfingstrosen in einer derart verknitterungsreichen Pracht aufgegangen, daß es mir den Atem verschlägt vor Schönheit. Ich bin gern abgereist aus Deutschland und gern zurückgekehrt und fluche dennoch dem Alleinsein.
Es ist, wie es ist. Ich kam auf Brigitte zu sprechen, weil ich ihr Einsamkeitsleiden verstehe und es kaum fassen kann, daß wir so ahnungslos, so jung begannen und uns ins Leben wie in ein Vergnügen geworfen haben, was natürlich nicht stimmt.

Seit nun schon langem sehe ich diesen bärtigen, unter einer Kapuze auch bei heißem Wetter verhüllten, bedrohlichen jungen Menschen auf dem Boulevard Montparnasse unter einer Tür Posten beziehen, ja er wirkt wie ein Torwächter oder Tempelwächter, er steht da in seiner geballten Finsternis, ein Obdachloser, ein Heimatloser, ein verirrtes Glied der Gesellschaft, einer von weither. Er ist einschüchternd, ich habe mir angewöhnt, ihn zu grüßen, ihm zuzunicken. Sich den dazugehörigen Hintergrund mitsamt Herkommen auszudenken scheint nicht nur unmöglich, sondern wie Lästerung. Man möchte einen Bogen um so einen machen und tut es auch. Wie es in ihm aussehen mag? Und wir gehen unseren Geschäften und Vergnügen nach.

In zwei Tagen der Geburtstag der Schwester. Fiel mir ein, daß ihr hochmütiges Sich-Abgrenzen von der ganzen Bernerei, zum Beispiel im Sprachlichen, ich meine unter Vermeidung dialektaler Wendungen neuester Färbung, unter strikter Vermeidung solcher Gemeinmachung, mit dem Wunsch nach einem inneren Exil zu tun hat, nicht nur mit Mehrseinwollen. Da lebt sie ein langes Leben lang (mit Ausnahme des jugendlichen Florenzaufenthalts zu Meisterkursen bei einem Maestro Scarpini, wenn ich nicht irre) in der Berner Altstadt mehr oder weniger im Dunkeln zusammen mit dem Ausländer Luciano, der nach wie vor nur italienisch spricht, wenn er auch von dem heimatlichen Nachkriegsitalien nurmehr eine blasse Erinnerung haben dürfte; lebt sie unweit des Konservatoriums, wo sie unterrichtet hat, als eine Art komische Alte oder eine verwegen gekleidete ältere Dame, je nachdem; lebt sie als lebensgroße Prätention ihrem unerfüllten inneren Wunschleben oder Traumleben – einer Einbildung –, sowohl angepaßt wie unangepaßt, nennen wir es nie wirklich ausgeschlüpft aus der frühen Raupenexistenz und der hohen Selbsteinschätzung, eine Eigenerfindung auch sie, ein Schiff voller Segel, eine Musikverrückte, Liebesvertrackte, ein in die hohen Jahre gekommenes Kind, eine Schwester.

Beim Wiederaufnehmen des NAGELS IM KOPF. Gestern *Il bell'Antonio* von Mauro Bolognini wiedergesehen. Es ist ja nicht nur die aus höchster oder falscher Liebe herrührende »Impotenz«, was intrigiert oder auch anrührt, es ist auch – ich hatte es vergessen – die weibliche Verführung und Disponibilität, die geradezu massive, beinah bestialische Sexualität des Weibchenwesens, es gibt Szenen – ich hatte sie vergessen –, wo irgendwelche Politiker oder Notabeln aus Catania (das Ganze spielt ja in Catania) bei einem Empfang in einem Privathaus oder besser Palazzo eine Anzahl anziehender junger Frauen auf den Knien oder auf Sofas betatschen und vernaschen, man weiß nicht, sind es bestellte Freudenmädchen oder Frauen aus deren Kreisen, sie wirken nicht nuttig, nuttig ist der obszöne Zugriff und die Verbrauchsherrschaft seitens der Männer, doch wirken die Frauen wie fleischfressende Pflanzen, Verschlingerinnen, als wäre einzig die in einer jeden steckende Gebärerin und Fortpflanzerin von Bedeutung, die Fruchtbarkeit, die Fortsetzung der menschlichen Art; und entsprechend wichtig bis zentral ist die virile Potenz – das Fehlen derselben eine Schmach, ein Fluch. Und ebendiesen Fluch trifft den von Mastroianni gespielten jungen Helden, der der ihm zugedachten Ehefrau aus besten und reichsten Kreisen, eine an sich arrangierte Ehe, in einer Weise der Anbetung verfallen war, daß er sie nicht zu nehmen, nicht zu entjungfern, nicht zu schwängern imstande ist, mit anderen Worten: nicht fähig ist, sich ihr im Fleische zu vereinen, also zu vermählen. Was zur Annullierung der Ehe führt und in den Augen nicht nur der Familienangehörigen, sondern der ganzen Stadt eine Schande ist, eine Schmach. Ein Fluch. Impotenz aus Liebe. Die junge Frau, von Claudia Cardinale gespielt, ist die Reinheit in Person, die reine Schönheit, Quellwasser, unberührt und wohl für die Mehrheit der Männer eine zu kostende Frucht. Nicht für den Helden. Man weiß nicht recht, ist er nicht doch ein wenig weibisch? Nein, er ist gewissermaßen kastriert vor Liebe. Sie ist ein Engelwesen in seinen Augen, er kann das auch in ihr schlummernde mütterliche Verlangen nicht stillen, nicht befriedigen, insofern ist er ein Verräter an ihr. Was mich interessiert, ist – über meine Maria-Story hinaus – der brüllende Anteil Fleischeslust oder purer Sexualität in der Liebe, diese Folter der Fortpflanzungsbestie in uns, die anscheinend nicht zu sublimieren ist. Und letztlich im Widerstreit steht mit der Innigkeit des anderen Vereinigungsstrebens.

Wenn ich abends, etwa an einer Bushaltestelle, in beleuchtete Wohnungsfenster der so schönen pariserischen Bürgerhäuser starre, gerate ich in neidvoll träumerische Andachtsstimmungen, als geschähe in jenen Innenräumen das Schönste und alles, was mir unbehaustem Außenseiter abgeht. Dabei weiß ich wohl, daß in den verborgenen Intérieurs ebenso Langeweile und Haß herrschen und die Rituale des Immergleichen ablaufen mitsamt den menschlich verpaßten Gelegenheiten unter den Insassen, warum nur mein Neid, warum Wunschträume und Wehmut? Ist es, weil ich es mir zutiefst wünsche, das Miteinander, das Familienleben, das Aufgehobensein in liebendem Kreise? Weil ich es nie gehabt, nur immer entbehrt habe. Nie gehabt das liebende Vertrauen der Familienangehörigen untereinander, nie den Austausch, nie den Schutz. Nie Muße und Freiheit für das eigenste Werden und Tun innerhalb des Gesicherten. Nicht in der Kindheit und Adoleszenz und auch später nie in meinen eigenen Ehen, weil ich innerlich gejagt oder bedrückt war aus lauter eigenen Anforderungen, die ich wie der Hund den Knochen in Sicherheit zu bringen suchte, mich abwendend. Oder in wildernde Phantasie von einem anderen Leben verstrickt war. Was ich beim Anblick erleuchteter Fenster fremder Wohnungen beträume, ist wohl Wunschdenken: von einem anderen besseren schöneren Leben in gegenseitiger Achtung und Liebe.
Es ist immer das andere Leben.

Am Vormittag wars zwischendurch sonnig gewesen, und danach habe ich den Tag zu Hause verplempert, obwohl ich ein bißchen telefoniert und in Millers Rimbaud-Buch, *Vom großen Aufstand*, gelesen habe, mit gemischten Gefühlen, weil ich Millers wilde philosophische Verkündigungen, typische Privatweltanschauung, mit tausend Wissensverweisen auf eine das Thema einkreisende Familie verwandter Geister, nicht sonderlich mag, es ist mir zu gewaltsam, zu anklägerisch, zu persönlich, falsch ausgedrückt – wenn ich untergründig auch mit ihm einig gehe. Dabei mußte ich immer an die große Spinne denken, die ich unter einem übergestülpten Glas gefangen halte, bis die Concierge oder ihr Laub rechender Gemahl sie mir vom Leibe schafft, morgen werde ich darum bitten. Ich hatte gedacht, da liegt ein welkes Blatt, und merkte erst im letzten Moment, daß es eine Spinne war, die in völliger Unbeweglichkeit mit den gespreizten hackigen Spinnenbeinen da am Boden lag, und tottreten wollte ich sie nicht, aber vor einer Berührung hatte mir gegraust, und als ich auf den Einfall mit dem Glas kam, nahm ich allen Mut zusammen und setzte sie gefangen, und dabei kam sie in Bewegung und flatterte geradezu mit den langen zackigen Beinen. Ich hatte sie eines Morgens beim Aufmachen der Fensterläden erstmals entdeckt, als sie geradezu vor meiner Nase wie aus dem Nichts heruntergeflattert war, doch glaubte ich sie ausgesperrt zu haben, und nun war sie da und ist immer noch da unter dem Whiskyglas, und ich denke, daß sie mich hört, wenn nicht beobachtet und daß ich sie quäle mit dem Sauerstoffverlust und dem Aushungern, ich bin wie hypnotisiert von der gefangenen großen Spinne gleich neben der Eingangstüre.

Scheußliche Tagverbringung, und vielleicht ist die ganze Angst auch die Furcht, ich fände nicht in das Buch zurück, weil es womöglich nicht nur an dem Problem der schriftlichen Ingangsetzung oder Weiterführung, sondern an barem Stoffmangel liegen könnte, einfach darum, weil ich nichts unter den Zähnen, nichts im Beutel, nichts zu schreiben habe. Mal sehen, Spinnenängste, Schreibpanik und Alter und Tod. Und Odiles nicht gerade aufheiternde Telefonate, weil sie einmal mehr in den schwärzesten Launen und Gedanken steckt und mich lähmt.

Klassenzusammenkunft, Matura 1949, Greisenasyl – mit Ausnahme von Fritz Thormann, der heute noch per Rad von Bern nach Paris fährt, Glatzkopf mit riesigem abstehenden Schnurrbart, einer der beiden Aristokraten in unserer Klasse. Mit ihm hatte ich in der Schulzeit wenig zu tun, wohl aber mit Hohl, dem späteren Botschafter, den ich vor seinem Tod in seiner Villa neben Athen, wo sein letzter Botschafterposten war, besucht habe.
Wir waren wie Milchbrüder, ganz eng, beide heirateten wir früh, beide tranken wir gerne und viel, nach einer zusammen durchzechten Nacht glich der Tisch einem Wald voller leerer Flaschen, sage ich.
Einmal hatte ich eine Lesung in Bern, *Untertauchen*, muß also 1972 gewesen sein, und entdecke im Saal den lange nicht gesehenen Freund Hohl neben einer auffallenden Eurasierin, Tochter eines Botschafters aus Bangladesch, Mutter Engländerin, wie ich später erfahre. Hohl zur Botschafterkonferenz im Auswärtigen Amt, darum Bern, er hat per Zufall von meiner Lesung erfahren, und nun sitzt er also da im Saal, und hinterher gehen wir zu dritt trinken und landen im Hotelzimmer von A., so heißt die junge Dame, wo wir weitertrinken und wo Hohl sich anschickt aufzubrechen, und ich ihm nach. Nein, meint er, bleib noch, ich mache mich auf den Weg. Und er haut ab. Er muß mich als Stellvertreter vorgesehen haben, denke ich später, als ich deren komplizierte Geschichte erfahre.

Ich habe eine geradezu abergläubische Furcht, mein Manuskript mit dem *Nagel im Kopf* aus der Versenkung zu heben und mir vor Augen zu legen; wie ich Angst habe, in die Arbeitsmansarde zu gehen, die meiner wartet und harrt und nur Miete kostet.

Eben zurück vom Schreibmaschinenmechaniker, die Maschine ist repariert und läuft – wie der Mechaniker sagt – wie geschmiert oder wie ein Computer. Außerdem habe ich die Mansarde gekündigt, ich bin ja nie hingegangen.

Was ich neulich gedacht habe: Das Laboratorium des Vaters hat mir nicht nur als väterliche Braustube oder einfach geheimnisvolle Arbeitsstätte gefallen oder mich beeindruckt, es mag sein, daß mir auch das Wissenschaftliche der Arbeit etwas bedeutet hat, also das vage Experimentelle, das Nebeneinander von köchelnden Essenzen auf Bunsenbrennern, die Säcke mit Pulvern, das Aromatische in der Luft, die Gestelle mit Reagenzgläsern und dann die Notizen auf dem Schreibtisch, der Schreibtisch samt Telefon. Und irgendwie wußte ich ja, daß das Ganze mit Heilkräften zu tun hatte, also mit Medikamenten letztendlich. Nun, das Wissenschaftliche gehörte zum Chemiker und das Gedankenprogramm vage zum Philosophischen, wohinein auch die Naturheilkunde gehörte, eine Lebensanschauung. Ich sage das, weil auch in mir etwas von Wissenschaftlichkeit (Naturwissenschaft) stecken mag und überdies eine heilsame Hand manchmal sich regen möchte, wenigstens ein dahingehendes Interesse vorhanden ist. Und somit hätte das väterliche Vorbild, wie wenig davon auch bewußt ist und benennbar wäre, eine Spur hinterlassen.

Mit Enkeltochter Xenia – wunderbare gemeinsame Tage – und Igor in der Ausstellung Lucian Freud im Beaubourg gewesen. Natürlich ist man schockiert von dieser Ausbreitung von großformatigen Akten von vorwiegend alten bis difformen Körpern, Nackedeien der Häßlichkeit, die *nackte Wahrheit* fürwahr, sagt sich der Besucher, wie kommt der Maler nur zu dieser Thematik und Ausschließlichkeit? Vielfach sind es Selbstdarstellungen, der Maler alt, an die 90, würde ich denken; und was ebenso erstaunlich ist, scheint der Erfolg, die höchsten Preise, das höchste Ansehen. Und das in einer Zeit, wo das Körperideal überirdisch geschönt und geliftet und rank und schlank und ohne Makel ist – soweit die Gazetten, die Werbung, die Mode es zeigen und befehlen. Freuds Farbigkeit ist fahle Fleischfarbe, die Körperlichkeit faltig und wulstig und ohne Scham inklusive die Geschlechtsteile, all die Hodengehänge und fürchterlichen Penisse mit der knospenden Eichel und die faltigen Vaginas und Fotzen. Es ist aber nichts von Karikatur im Spiel, nichts von Verhöhnung, nichts von Demaskierung, nur die nackte Wahrheit in der leiblichen Hinfälligkeit oder wulstigen Dickleibigkeit, aber warum nur? Angesichts dieser Aktdarstellungen denkt man, daß die Aktmalerei der ganzen Kunstgeschichte Idealmalerei ist oder Reizmalerei, Verführung und Feier der Schönheit, vor allem aber, daß der alte verbrauchte Körper einfach nie Gegenstand der Kunst gewesen ist, es sei denn bei einem George Grosz, doch da ging es um Sozialkritik im Hurenmilieu, um Denunziation. Der verbrauchte Körper wird nicht ausgestellt, vielleicht bei den Nudisten, wenn auch nicht als Aktmodell, oder im KZ vor dem Gas.

Zu meiner überhohen Einschätzung des Dichterberufs und der dementsprechenden heftigen Verachtung der Vulgarisierung sprachreimerischer Tätigkeiten wie Rap und Slam fällt mir ein: daß ich das Dichten als Privileg einer Elite zu betrachten erzogen worden bin. Gehörten denn nicht die großen Dichter der Klassik und Romantik und der *europäischen* Moderne den noblen oder doch bildungsbürgerlichen Kreisen der herrschenden besitzenden Klasse an? Es ist meine Erziehung, es ist mein Herkommen, es ist mein Klassenbewußtsein, das mir dieses Elitedenken eingibt, nun, auch meine Generation. Nur nicht der Sturm auf die Bastille solcher Vorrechte. Hier meine Beschränkung. Überheblichkeit.

Ach, wie mich bei den Action Painters die subtile Beflekkung der leeren Leinwand und dann das Kontinentwerden, die Inselgeburten aus dem Nichts, die wunderbaren Farbrauschkräfte und sensiblen Nuancierungen ergriffen haben. Weil es mir zutiefst entsprach, Geburt der Schönheit aus dem Bade des Nichts. Selbstwerdung auf Papier und Leinwand. Wahrheit im Gekräusel oder Schaume. Vorführung von Genesis ohne Ende. Wahrlich ohne Fabel und Faden – ICH.

Neulich hier in meinem Viertel von einer Vorübergehenden (la passante), die ich kaum wahrgenommen hatte, alarmiert und verzückt worden, ich erriet nicht einfach den schönen Leib und die einzelnen Körperformen, sondern die Haut- und Fleischbeschaffenheit, das Anfühlen derselben, sie waren nicht einfach vollkommen in meinem Sinne, sondern das schönste Versprechen, Entsprechen für den alten Adam in mir, sie waren Wohlklang und auf mich zugeschnittene Liebesgaben, sie waren Glücksinbegriff oder so ähnlich, fast Taumel, obwohl die Frau überhaupt nicht provokant gekleidet war und nur überaus natürlich daherging, doch die Physiognomie des Leiblichen schlug als Person durch und erreichte mich, nun, wie eine Offenbarung, es hätten nur Termini wie die aus den Psalmen, aus dem Hohelied des Alten

Testaments ausgereicht, würde ich nach Worten für die Wucht der Begegnung und meiner Bewunderung, die schon fast in Anbetungsgefühle hinüberglitt, gesucht haben; das Schönste. Unwiederbringlich. Der erste und der letzte Blick, wie einer es für die Baudelairesche unbekannte Passantin formuliert hat.

Zurück aus der Schweiz und kurz darauf in der Notfallstation des Spitals Saint-Joseph, wohin mich ein Notfallarzt nach einer durchhusteten Nacht und mit Fieber per Ambulanz einliefern ließ in der Befürchtung, es könnte sich um eine Lungenentzündung handeln und Schlimmeres.
In langen Abständen wurde ich von liebenswürdigen weiblichen und männlichen Helfern in die Untersuchungsabteilungen verbracht und dann wieder auf einem Gang stillgelegt. Frisch hätte gesagt: Ich weiß jetzt, wie es ist mit dem letzten Gang. Ich dachte auch an eine Generalprobe, hatte jedoch nicht ernstliche Befürchtungen, wenn ich mir auch sagte, so könnte es ausgehen.
Gegen Mitternacht kam ich noch zum Scannen der Lungen ins Rohr, das war der Abschluß der Untersuchungen. Worauf mich zu meinem größten Erstaunen eine bis dahin nicht gesehene Ärztin – nun, es hatte inzwischen ja der Schichtwechsel stattgefunden – an meiner Bahre besuchte mit dem Bescheid, ich werde entlassen und gleich mit der Ambulanz heimgefahren werden.

Jetzt bei dem herrlichen, im Grunde noch sommerlichen Frühlicht ist die Stadtdurchquerung berückend und mehr als nur ein Vergnügen. Es sind nicht nur die wechselnden Außenansichten, am wichtigsten im übrigen die Überfahrt vom linksufrigen ins rechtsufrige Gebiet, ein Klimawechsel, ein Schnitt. Natürlich sind die Panoramen vor den Busfenstern (im fahrenden Abteil) eine unerhörte Zufuhr und Unterhaltung und gewaltiges Futter fürs Hinterherdenken, Wiederentdecken und Sinnieren, auch das Businnere ist erregend, das Leben in den Menschen, das Erraten der Leben und Lebensumstände und Innenwelten, besonders auch bei Frauen.

Bin immer freudig erregt, wenigstens neuerdings, wenn ich von meinen Ausflügen zurückkehre, ich sage Ausflüge, weil sie mit Stadtdurchquerungen und verschiedenen Anlaufstellen den Charakter von Unternehmungen und nicht nur Besorgungen annehmen. Fühle mich von den Begegnungen, vom Alltag der andern, vom gemeinsamen Alltagsgeschäft und Tagvollbringen jedermann verbunden. Wenn ich nur wüßte, warum ich mit dem *Nagel* nicht klarkomme. Es fällt mir einfach keine Fortsetzung, weil keine Leitlinie oder Richtung ein. Zu sagen ist natürlich, daß ich den Stoff oder besser das Projekt seit Monaten habe fallenlassen. Ob ich den Fast-Kadaver zum Leben bringen und erwärmen kann?

Nachbemerkung

Die Journale sind die längste Zeit nichts weiter als ein wachsender Haufen ungelesener Blätter, eine Art Abfall, gewesen und erst spät auf Anraten von dritter Seite fotokopiert und chronologisch abgelegt und damit in den Rang schriftstellerischer Notate erhoben worden.
Steckte das Zeug zu einer Publikation in diesen Aufschreibungen? Dies herauszufinden fühlte ich mich allein unfähig. Ich fürchtete nicht nur den Blick zurück, sondern das Untergehen, das Ertrinken in der Überfülle des Materials. Ich brauchte Hilfe.
Erste Hilfe fand ich bei Maria Gazzetti, der langjährigen Leiterin des Frankfurter Literaturhauses (und danach des Münchner Lyrikkabinetts), einer Freundin. Zusammen verwandelten wir den Berg aus den achtziger Jahren probeweise in ein brauch- und lesbares Manuskript – mit Schere, Klebestreifen und Fotokopierapparat. Der Verleger Siegfried Unseld war nicht nur begeistert von der vorgelegten Probe, sondern von dem vorgeschlagenen mehrbändigen Projekt insgesamt.
Den erfahrenen und kompetenten Herausgeber für das umfangreiche Journalwerk, das ich zwischendurch mein *opus delicti* nannte, fand ich in der Person von Wend Kässens, dem langjährigen Leiter der Literaturredaktion beim NDR und namhaften Kritiker. Er hat Herkulesarbeit geleistet und dabei Autorität und Subtilität bewiesen und, wo nötig, Diskretion walten lassen. Beiden Helfershelfern bin ich freundschaftlichst zu größtem Dank verpflichtet.

Paul Nizon